MÄDCHENFÄNGER

JILLIANE HOFFMAN

MÄDCHEN FÄNGER

THRILLER

Aus dem Englischen
von Sophie Zeitz

Weltbild

Die englische Originalausgabe erschien 2010
unter dem Titel *Pretty Little Things*
bei HarperCollins, London.

Besuchen Sie uns im Internet:
www.weltbild.de

Genehmigte Lizenzausgabe für Verlagsgruppe Weltbild GmbH,
Steinerne Furt, 86167 Augsburg
Copyright der Originalausgabe © 2010 by Jilliane Hoffman
Copyright der deutschsprachigen Ausgabe © 2010 by
Rowohlt Verlag GmbH, Reinbek bei Hamburg
Übersetzung: Sophie Zeitz
Umschlaggestaltung: Johannes Frick, Neusäß/Augsburg
Umschlagmotiv: Stuhl: Corbis, Düsseldorf (© Ocean);
Seil: © Henry Bonn; Hintergrund: © arquiplay77
Gesamtherstellung: CPI – Clausen & Bosse, Leck
Printed in the EU
ISBN 978-3-86800-564-6

2014 2013 2012 2011
Die letzte Jahreszahl gibt die aktuelle Lizenzausgabe an.

Für Rich. Den Fels in der Brandung

Und für meine (nicht mehr ganz so kleinen) Lämmchen Manda-Panda und Monster, die mich immer wieder inspirieren und überraschen.

PROLOG

Der kleine stämmige Mann im weißen Anzug, mit dunkelrotem Hemd und Lacklederslippern, lief auf der Bühne hin und her, das Mikrophon in der Hand, und beugte sich immer wieder vor, um wahllos einige der verschwitzten Hände zu berühren, die sich ihm in der *Unity Tree of Everlasting Evangelical Life*-Kirche zu Hunderten entgegenstreckten. Eine breite Strähne seines pomadigen grauen Haars fiel ihm über die Stirn und vor die Augen. Er strich sie zurück. Dank der brillanten Kamera war im feisten Gesicht des Fernsehpredigers jede feine Linie zu erkennen, jeder Schweißtropfen, der ihm über die geröteten Wangen und in die Speckfalten seines Nackens rann.

«Als Moses nun nach dem Sieg über die Midianiter vor die Israeliten trat», donnerte der Prediger, während er die Bühne von einem zum anderen Ende abschritt, «waren alle Fürsten bei ihm und auch der Priester Eleasar. Und was sieht Moses da? Was sieht er, das ihn so unglaublich erzürnt, wie uns die Bibel berichtet? Er sieht *Frauen*!» Die Menge, überwiegend Frauen, brach in laute Buhrufe aus.

Der Mann im abgewetzten Kippsessel vor seinem Fernseher nickte der Kirchengemeinde beifällig zu, während er das Geschehen auf dem Bildschirm verfolgte. Als hätte er das Video nicht schon hundertmal gesehen.

«Die Israeliten haben die Frauen *gerettet*!», dröhnte der Prediger weiter. «Und Moses – nun, er sagt: ‹Ihr habt die Frauen verschont? *Warum?* Warum, wenn *sie* es doch waren, die die Plage über das Volk Gottes gebracht haben!› Warum haben die Israeliten sie verschont?»

Eine Frau aus dem Publikum rief: «Weil es Männer waren!»

Der Prediger lachte. «Ja! Sie waren Männer. Und weil sie Männer waren, waren sie zu schwach für das Wesen der Frauen! Dafür, wie eine Frau riecht, wie sie schmeckt, wie sie sich anfühlt!»

Der Mann wischte sich die verschwitzten Handflächen an den Armlehnen ab und nickte enthusiastisch zu den Worten des Predigers.

«Sie waren *schwach*!», fuhr der Prediger fort. «Und so haben die schwachen Männer das Leben der verderbten Frauen verschont, die das Elend über ihren Stamm gebracht haben. Doch Moses ist nicht einfach erzürnt, o nein. Er sagt nicht bloß: ‹Das war dumm!›, und belässt es dabei. Nein. Moses weiß, was passieren wird, nun, da die verderbten Frauen gerettet worden sind. Sie werden mit ihrem köstlichen Geruch und ihrer warmen Haut und ihren weichen Kurven ihre Eroberer bald betören. Das Böse hat viele Gesichter, Leute. Das Böse hat viele Gesichter.»

Der Prediger zeigte auf eine junge Frau im Publikum und rief sie aufs Podium. Sie war höchstens siebzehn oder achtzehn. «Komm, mein Kind, komm herauf zu mir.» Von ihren Eltern und der klatschenden Menge ermutigt, kletterte das Mädchen schüchtern auf die Bühne. «Seht euch an, wie schön sie ist», rief der Prediger, während er um die schmächtige Gestalt herumlief, mit ausgebreiteten Armen wie ein Zirkusdompteur, der dem Publikum ein Tier vorführt. Er schnüffelte theatralisch und lächelte. «Sie riecht gut. Sie sieht gut aus. Es ist ihr nichts Böses anzumerken. Welcher Mann geriete da nicht in Versuchung?» Dann wandte er sich wieder an die Menge. «So wie die meisten von uns es jeden Tag tun müssen, muss Moses eine schwere Entscheidung treffen.

Eine schreckliche Entscheidung. Eine Entscheidung, die viele von euch anstößig finden, doch Moses – nun, Moses weiß, dass sie notwendig ist. Es ist eine schwere Wahl, aber notwendig.»

Gespannte Stille legte sich über die Menge. «Was sagt er zu den Israeliten?», fragte der Prediger seine Herde, indem er direkt ins Auge der Kamera sah und zu den Tausenden verlorenen Schafen vor den Bildschirmen im ganzen Land sprach, die an seinen Lippen hingen. «Was sagt er zu ihnen? Er sagt zu ihnen – genau so steht es in der Heiligen Schrift, Leute –, er sagt zu ihnen: ‹Nun tötet alle Knaben und ebenso alle Frauen, die bereits mit einem Mann verkehrt haben. Alle Mädchen aber und die Frauen, die noch nicht mit einem Mann verkehrt haben, lasset leben für euch selbst.› Was heißt das im Klartext, Leute? ‹Nur die Mädchen, die noch Jungfrau sind, dürfen leben›, sagt Moses. ‹Nur die *Jungfrauen* in eurem Volk dürfen leben. Nur die *Jungfrauen*, die rein in Wort und Tat sind, können gerettet werden.› Warum? Weil sie rein sind. Weil sie noch nicht verdorben sind.» Er sah das Mädchen auf der Bühne an und donnerte: «Sag uns, mein Kind, bist du Jungfrau? Bist du rein in Wort und Tat? Gott sieht dich! Denk daran! Wir sehen dich! Bist du rein in Wort und Tat?»

Das Mädchen nickte, Tränen rannen ihm über die Wangen. Sie lächelte erst den Prediger, dann ihre Eltern im Publikum an. «Ja», antwortete sie. «Ich bin rein.»

Die Menge brach in tosenden Applaus aus.

Wieder wischte sich der Mann die Handflächen an den Armlehnen ab. Der Prediger war wirklich charismatisch. Die Menge fraß ihm aus der Hand. Wäre die Jungfrau nicht so rein gewesen, es wäre dem Prediger bestimmt leichtgefallen, die Leute dazu zu bringen, das Mädchen zu steinigen, wenn er das gewollt hätte.

Sehr inspirierend.

Der Mann drückte auf die Rückspultaste, und während das Band im Videorekorder ratterte, faltete er den braunen Leinenbeutel auf seinem Schoß auseinander. Mit den Fingern strich er über die weichen Pinselspitzen, dann entschied er sich für einen flachen Bürstenpinsel und das stumpfe Malmesser. Er nahm seine Palette vom Beistelltisch und begann langsam und sorgfältig, Farben auszuwählen. Der stechende Geruch der Ölfarben war berauschend. Das Video begann von vorn. Der Prediger betrat die Bühne und wurde von der Menge begrüßt wie ein Feldherr, der aus der Schlacht zurückkehrte. Wie ein Messias.

Während der Mann seinem jüngsten Werk den letzten Schliff gab, lauschte er ein letztes Mal der Predigt, denn die ungebremste Energie in den Worten des Geistlichen war für ihn so entspannend und stimulierend wie klassische Musik für den Chirurgen im Operationssaal.

So wie die meisten von uns es jeden Tag tun müssen, muss Moses eine schwere Entscheidung treffen. Eine schreckliche Entscheidung. Eine Entscheidung, die viele von euch anstößig finden, doch Moses – nun, Moses weiß, dass sie notwendig ist. Es ist eine schwere Wahl, aber notwendig. Was sagt er zu den Israeliten?

Als der Mann fertig war, wandte er sich von seinem Werk ab und stellte den Pinsel zum Einweichen in Terpentinersatz. Neben dem Fernseher stand sein Computer. Der Mann erhob sich aus dem Fernsehsessel und setzte sich auf den Drehstuhl am Schreibtisch. Seine Hände zitterten ein wenig, als er sich über die Bartstoppeln strich, und an seinen Fingern klebte noch feuchte Farbe. Vor ihm auf dem Computerbildschirm saß das hübsche Mädchen auf einem rosa Bett in einem rosa Zimmer, umgeben von Postern von Filmstars und Vampiren, und telefonierte, während es versuchte, sich die Zehennägel zu lackieren.

Er sagt zu ihnen: «Nun tötet alle Knaben und ebenso alle Frauen, die bereits mit einem Mann verkehrt haben.»

Er leckte sich die Lippen und schluckte. Für den Bruchteil einer Sekunde empfand er Scham und fragte sich, warum er solche

Gedanken hatte. Doch für ein schlechtes Gewissen war es zu spät. Weder seine Gedanken noch seine Taten waren rein. Seine Seele war längst verdammt.

Alle Mädchen aber und die Frauen, die noch nicht mit einem Mann verkehrt haben, lasset leben für euch selbst.

Er tippte etwas in den Computer und klickte auf «Senden», dann sah er zu, wie das hübsche Mädchen vom Bett aufsprang und mit einem Lächeln im Gesicht zu dem Computer lief, der auf dem Schreibtisch stand.

Es war eine einfache Frage, aber sie wirkte.

Sie wirkte immer.

bist du online?

1

Lainey Emerson nagte an einem eingerissenen Acrylfingernagel, der noch auf ihrem Daumen klebte, und starrte auf den Computer. Mit der freien Hand auf der Maus lenkte sie den Pfeil über den Bildschirm. Ihre Handflächen waren klitschnass, und ihr Herz pochte so laut und so schnell, dass sie dachte, ihr Brustkorb würde platzen. Tausende von Schmetterlingen, gefangen in ihrer Magengrube, flatterten hektisch, als sich der Pfeil dem Feld «Senden» näherte. Sie musste es nur anklicken. Das Feld anklicken und ihre dumme kleine, aus zwei Sätzen bestehende Nachricht abschicken, für die sie buchstäblich – sie sah auf die Uhr in der unteren Bildschirmecke und zog eine Grimasse – *Stunden* gebraucht hatte. Trotzdem zögerte sie noch und rollte die Maus mit schwitzigen Fingern hin und her.

Stelle nie eine Auskunft über dich oder ein Bild von dir ins Internet, das du nicht auf dem Titelblatt des Miami Herald *sehen wollen würdest, Elaine.*

Lainey hörte die unheilvollen Worte so klar und deutlich, dass sie beinahe den Zigarettengestank im Atem ihrer Mutter riechen konnte. Sie stieß sich vom Schreibtisch ab, versuchte, die unangenehme elterliche Warnung von wegen «Mach nicht die gleichen Fehler wie wir» abzuschütteln, und sah sich in ihrem fast dunklen Zimmer um. Die Gesichter auf den Dutzenden von Filmplakaten, mit denen sie ihre Wände tapeziert hatte, lagen im Schatten. Von der Spätnachmittagssonne, die eben in den

Everglades versank, waren nichts als ein paar blassorange Strahlen übrig.

18:12 Uhr? War es wirklich schon so spät? Plötzlich wurde ihr bewusst, wie still es war. Der Lärm und das Gegröle des Rollhockeyspiels war verstummt, das den ganzen Nachmittag auf der Straße stattgefunden hatte – Spieler und Fans waren längst zu Hause, wo Abendessen und Hausaufgaben auf sie warteten. Zwei Dinge, mit denen Lainey noch nicht mal angefangen hatte. Und Bradley? Von ihrem kleinen Bruder hatte sie schon eine Weile nichts gehört. Eine ziemlich lange Weile, eigentlich. Sie biss sich auf die Innenseite der Lippe. Normalerweise wäre sie froh gewesen, aber nicht jetzt, wo ihre Mutter bald nach Hause kam ...

Die Haustür ging auf, und Lainey betete, es möge nicht ihre Mutter sein. Donnernd fiel die Tür wieder zu. Dreißig Sekunden später ratterte Gewehrfeuer aus dem Wohnzimmer. Brad spielte dieses blöde Videospiel, *Grand Theft Auto*, und knallte Polizisten ab, und zwar mit voller Lautstärke, nur um Lainey zu ärgern. Wut verdrängte ihre Erleichterung, und sie bereute, ein Gebet auf das Wohlergehen ihres nervtötenden Bruders verschwendet zu haben. Immerhin, er war zu Hause, sie hatte ihn nicht verloren. Sie drehte ihre Good-Charlotte-CD auf, um das Geschrei und Geknalle zu übertönen, und konzentrierte sich wieder auf den Computer. Wenn sie sich ständig ablenken ließ, würde es nie was werden.

Das Foto auf dem Bildschirm leuchtete ins dunkle Zimmer und wartete ungeduldig darauf, hinaus in den Cyberspace geschossen zu werden. Ein hübsches Mädchen, das sie kaum wiedererkannte, mit glattem braunem Haar und dunkel geschminkten Augen lächelte ihr herausfordernd entgegen. Ein hübsches Mädchen, das ihr kein bisschen ähnlich sah, wie Lainey immer noch verlegen dachte. Die enge Jeans und das bauchfreie T-Shirt betonten ihre schmale und doch weibliche Figur. Die vollen, glänzenden Lippen passten zu den glänzenden langen roten Fingernägeln. Ihre Hände stützte sie wie eine Kandidatin von *America's Next Top Model* selbstbewusst in die Hüften – eine Idee ihrer Freundin Molly. Normalerweise gefiel sich Lainey auf Fotos nicht, aber normalerweise sah sie auf Fotos auch nicht annähernd so aus wie auf *diesem* Foto. Normalerweise trug sie ihr langes, schwer zu bändigendes kastanienbraunes Haar als Pferdeschwanz oder mit einem Haarreif, und ihre langweiligen braunen Augen waren hinter einer Brille mit Drahtgestell versteckt. Normalerweise trug sie kein Make-up und keinen Schmuck, keine hochhackigen Schuhe und keine langen roten Fingernägel. Nicht etwa, weil sie nicht wollte, sondern weil sie nicht durfte.

Doch obwohl sie darauf älter aussah, als sie war – und irgendwie, na ja, sexy –, argumentierte Lainey im Stillen, war das Foto nicht sooo schlimm, dass sie es auf keinen Fall in der Zeitung sehen wollen würde. Auf MySpace gab es jede Menge Fotos, die viel, viel schlimmer waren. Sie war ja nicht nackt, und sie tat auch nichts Pornographisches oder so. Das Einzige, was man außer dem Bauch und dem falschen Bauchnabelring noch erkennen konnte, war der Umriss des ausgestopften pinken BHs unter dem knappen weißen T-Shirt, den sie ihrer Schwester Liza geklaut hatte, genau wie das T-Shirt. Vielleicht saß die Jeans ein bisschen zu tief, und das T-Shirt war ein bisschen zu eng, aber …

Lainey schüttelte den leise nagenden Zweifel ab. Das Foto war gemacht. Die Regel war bereits übertreten. Und ehrlich gesagt, sie sah ziemlich heiß aus, wenn sie das mal so sagen durfte. Ihre eigentliche Sorge zu diesem Zeitpunkt war: Was würde Zach davon halten?

Zach. ElCapitan. Allein bei dem Gedanken an ihn bekam Lainey feuchte Hände. Sie betrachtete das Foto am Rahmen ihres Bildschirms. Blondes Haar, hellblaue Augen, ein süßes, cooles Lächeln und ein niedlicher Schatten von blonden Bartstoppeln im Gesicht. Und diese Muskeln ... wow! Die Muskeln zeichneten sich sogar durch das Hollister-T-Shirt ab. Niemand, den sie aus der siebten Klasse kannte, hatte auch nur den Ansatz von Muskeln oder Haaren am Körper. Seit sie ihn vor ein paar Wochen in einem Yahoo-Chatroom zum neuen *Zombieland*-Film kennengelernt hatte, hatte sie sich vorgestellt, wie Zach wohl aussah. Ein cooler, witziger Typ, der auf die gleichen Filme stand wie sie – sogar auf die richtig schlechten –, der die gleiche Musik hörte, die gleichen Fächer hasste, die gleichen Angeber doof fand wie sie und der mit seinen Eltern die gleichen Probleme hatte wie sie mit ihren. Sie konnte wohl unmöglich mehr erhoffen als einen Streber mit schlimmer Akne und noch schlimmerer Frisur, der nur in der Football-Mannschaft war, weil sein Onkel ihn reingehievt hatte. Aber dann hatte Zach ihr vergangenen Freitag endlich ein Foto geschickt, und ihr erster Gedanke war: «O mein Gott, dieser Typ könnte Model sein bei Abercrombie & Fitch!» Er sah *phantastisch* aus. Und noch toller war, dieser coole *Kapitän der Football-Mannschaft* sah nicht nur wahnsinnig gut aus – er schien auch sie zu mögen. Ihr war klar, dass sie ihm nicht einfach einen Schnappschuss von ihrem langweiligen Schulmädchen-Selbst zurückschicken konnte, erst recht nicht, weil dem Schulmädchen drei Jahre zu den sechzehn fehlten, die sie ihm vorgeschwindelt hatte. Ein kleines Detail, das aber einem Oberschüler, um den sich nächstes Jahr die Colleges reißen würden, bestimmt nicht egal war. Sie wusste, er wäre total abgeturnt und ihre Beziehung – oder wie immer man das nennen sollte, was zwischen ihnen lief – wäre vorbei, bevor sie auch nur auf das Antwort-Feld seiner *Lass-uns-Freunde-bleiben*-Mail klickte. Falls er sich die Mühe überhaupt machte.

Sie kaute das letzte Stück des Acrylnagels ab und spuckte es Richtung Papierkorb. Am Samstag hatten sie und Molly Stunden gebraucht, um ihr die Nägel für das «Foto-Shooting» anzukleben, und ein paar kurze Sekunden im Schulsport heute Morgen hatten gereicht, um sie alle wieder zu zerstören. Dabei hatten sie so toll ausgesehen. Lang und spitz und oh, so rot. Mehr als die hohen Schuhe und das Make-up und Lizas Klamotten waren es die Fingernägel, die Lainey das Gefühl gaben, so ... aufregend zu sein. So erwachsen. Sie fühlte sich toll, wenn sie mit den Nägeln gegen ein Glas klickte oder ungeduldig auf den Tisch trommelte. Sie hatte das ganze Wochenende gebraucht, um rauszukriegen, wie man ein Blatt Papier aufhob! Doch jetzt waren die Nägel, wie Cinderellas Ballkleid und die Kürbiskutsche, nichts als eine Erinnerung. Cinderella hatte wenigstens einen gläsernen Schuh als Andenken behalten dürfen. Lainey blieb nur ein Stück angeknabbertes Acryl.

Und das Foto, natürlich.

Sie starrte sich auf dem Bildschirm an. So. Wenn sie noch länger zögerte, würde sie es nie abschicken. Sie schloss die Augen, betete und drückte die Maustaste. Ein kleiner Brief sauste über den Monitor.

Deine Nachricht wird gesendet.

Im gleichen Moment surrte das Handy in ihrer hinteren Hosentasche, und Gwen Stefani röhrte *The Sweet Escape*. Molly. Langsam holte sie Luft. «Hallo, M.!»

«Hast du's abgeschickt?», fragte eine aufgeregte Stimme.

Lainey seufzte und ließ sich rücklings aufs Bett fallen. «Endlich, ja.»

«Und?»

«Noch nichts gehört. Ich hab's eben erst geschickt, vor zwei Sekunden.»

Molly Brosnan war Laineys beste Freundin seit dem Kindergarten, und alle – Lehrer, Trainer, Freunde, Eltern – sagten, wenn sie einander nur ein kleines bisschen ähnlicher sähen, wären sie wie eineiige Zwillinge. So eng waren sie. Früher zumindest. Es war also kein Zufall, dass Molly genau in dem Moment anrief, als Lainey «Senden» geklickt hatte. So was passierte andauernd – Molly dachte, was Lainey dachte, und umgekehrt. Deswegen war dieses Jahr ja auch so besonders schlimm. Egal was ihre Mutter sagte, eine andere Schule bedeutete eben ein anderes Leben. Lainey zupfte die Fussel von ihrem marsmännchengrünen Flokati-Kissen. «Ich bin so nervös, M.»

«Warum hast du so lange gebraucht?»

«Ich bin ein Angsthase.»

«Wenn er sich meldet, musst du mir sofort Bescheid sagen, Lainey.»

«Mach ich, klar. Was meinst du, wie er es findet?»

«Ich hab's dir doch gesagt. Du siehst echt heiß aus. Ganz im Ernst. Er wird total drauf abfahren.»

«Findest du nicht, ich sehe dick aus?»

«Bitte!»

«Albern?»

«Ich wünschte, ich würde so albern aussehen.»

Lainey setzte sich auf und starrte den Computer auf dem Schreibtisch an. «Ich dreh durch, wenn ich nicht bald von ihm höre, M.! Das Warten macht mich fertig.»

Plötzlich rüttelte jemand an ihrer Türklinke. «Lainey!»

«Hau ab, Brad! Ich meine es ernst», rief Lainey. «Geh weg von meiner Tür!»

«Du darfst die Tür nicht abschließen! Das hat Mom gesagt!»

«Dann renn doch zu ihr, du Petze! Wird dir viel bringen, weil sie nämlich NICHT DA ist! Und ich erzähl ihr dann, dass du den ganzen Tag das Videospiel gespielt hast, das du erst nach den Hausaufgaben spielen darfst!», schickte sie noch hinterher und ließ sich wieder aufs Bett fallen.

«War's das Balg?», fragte Molly. «Was macht der in deinem Zimmer?»

«Er ist nicht drinnen. Aber vor der Tür. Ich höre ihn durch den Spalt atmen. Ich wünschte, ich hätte Insektenspray.» Lainey kniff die Augen zusammen. «Manchmal hasse ich ihn, M. Ich schwör's.» Molly hatte auch einen kleinen Bruder, doch der war lieb. Meistens jedenfalls.

«Was hat er jetzt wieder gemacht?»

«Er ist an meine Bücher gegangen. Hat Schnurrbärte in meine *Betty-und-Veronica*-Comics gemalt. Sie sind total ruiniert. So ein Arschloch.»

«Hast du es deiner Mutter gesagt?»

«Träum weiter. Als würde das was bringen. Wahrscheinlich hat sie ihm meine Comics und den Filzstift gegeben, weil dem armen Baby langweilig war.» Sie öffnete den Nagellack und begann, sich die Zehennägel zu lackieren.

«Du musst es ihr sagen.» Molly schniefte. «Er darf nicht an deine Sachen gehen.»

«Sie ist nicht da. Arbeitet.»

«Und Todd?»

Todd war Laineys Stiefvater und ein völlig anderes Kapitel. Ihre Mutter behandelte Bradley wie ein Baby, aber Todd bevorzugte ihn eindeutig, was klar war, denn Brad war schließlich sein Kind, und Lainey war nicht sein Kind, und so war das Leben. «Der ist auch noch nicht da, Gott sei Dank. Ich bin die Babysitterin.» Lainey warf einen finsteren Blick zur Tür. «Denk nicht, dass er auf mich hört.»

«Babysitterin? Oho. Das heißt, du bist im Moment die Verantwortliche. Meine Mutter hat zu Sean gesagt, dass körperliche Strafe in Florida erlaubt ist, was bedeutet, sie kann ihm mit ihrer Haarbürste den Hintern versohlen, und du kannst Bradley mit deinem Gürtel eins überziehen.» Sie lachten beide.

«Gute Idee. Aber wenn das Balg auch nur einen einzigen blauen Fleck auf seinem milchweißen Popöchen hat, kriege ich Hausarrest bis zur Highschool. Ich IGNORIERE ihn einfach, während er wie ein PSYCHOPATH unter meiner TÜR ATMET!!!»

Aus dem Computer ertönte ein melodisches Klingeln. Jemand hatte ihr eine Nachricht geschickt.

Lainey warf einen Blick auf den Computer, und ihr Herz klopfte plötzlich wieder wie wild. Sie wusste sofort, wer es war.

ElCapitan: bist du online?

«O Gott, M.!», flüsterte sie ins Telefon. «Er chattet mich an. Was soll ich machen?»

Molly lachte. «Sag hallo!»

«Ja, aber das heißt garantiert, dass er meine E-Mail bekommen hat.»

«Nein, heißt es nicht. Vielleicht schreibt er von seinem Blackberry aus.»

«Er hat kein Blackberry», entgegnete Lainey, doch nach einer Sekunde sagte sie: «Glaube ich jedenfalls, dass er keins hat.»

«Ist doch egal. Ich meine, es kann sein, dass er das Foto noch nicht gesehen hat.»

Lainey stand auf und fing an, im Zimmer auf und ab zu gehen. «Er will wissen, ob ich da bin.»

«Sag einfach hallo, du Idiot. Mach schon. Jetzt gleich.»

«Jaja, ich mach ja schon ...» Nie in ihrem Leben hatte es sie so viel Kraft gekostet, ein paar Buchstaben in den Computer zu tippen. Es fühlte sich an, als hätte ihr jemand Blei in ihre zitternden Fingerspitzen gegossen.

LainBrain: hi

Tief Luft holen. Ruhig bleiben. «Okay, M. Ich hab's getan.»
Wieder klingelte der Computer.

> **ElCapitan:** bin grade nach hause gekommen. training hat länger gedauert. der trainer ist immer noch sauer wegen dem spiel von letzter woche.

«Was? Was schreibt er?», bettelte Molly. «Jetzt sag schon!»
«Nichts. Nur dass er eben vom Football-Training nach Hause gekommen ist. Vielleicht hast du recht. Vielleicht hat er es noch nicht gesehen.» Sie wartete einen Moment. «Oder vielleicht hat er es gesehen und findet es grauenhaft! M.!»

> **ElCapitan:** hab deine mail bekommen

Lainey hielt die Luft an.
«Und? Lainey!»

> **ElCapitan:** schönes foto ☺

Lainey atmete hörbar aus, als hätte jemand mit einer Nadel in ihre voll aufgepumpten Lungen gepikt. «Er hat gesagt, schönes Foto, M.! Ist das gut?» Doch schon beim Fragen musste sie grinsen.
«Du bist so doof. Ich hab dir doch gesagt, dass du heiß aussiehst. Pass bloß auf, dass deine Mutter das Foto nicht sieht. Die rastet aus. Apropos ausrastende Mütter, meine ist unten und kriegt gerade einen Anfall. Ich muss zum Essen. Grüß Brad das Balg von mir.» Sie lachte. «War nur ein Witz. Grüß ihn bloß nicht.»
«Ich ruf dich später an.» Lainey legte auf und starrte die Worte auf dem Bildschirm an. In ihrem ganzen Leben hatte sie sich noch

nie so gut gefühlt. Sie wollte schreien. Dann erschien mit einem Klingeln noch ein Satz.

ElCapitan: noch besser, als ich mir vorgestellt hab, und ich hab viel phantasie ...

ElCapitan: würde gerne mehr von dir sehen

Mit glühenden Wangen sah sich Lainey in ihrem Zimmer um. Natürlich war niemand da, aber sie war dennoch seltsam verlegen. Was sollte sie antworten? Was würde Liza sagen? Meinte er das so, wie sie dachte, dass er das meinte?

Laut quietschend ging die Tür zur Garage auf. «Brad? Elaine? Hallo? Wo seid ihr alle? Warum ist das Videospiel an?» Die gereizte Stimme ihrer Mutter hallte durchs Haus, begleitet vom Klicken ihrer Absätze auf den Keramikfliesen. Lainey hörte, wie Bradley den Flur hinunterrannte und in seinem Zimmer verschwand. Feigling. Sie wusste genau, was als Nächstes kam, und formte das Wort mit den Lippen.

«Elaine!»

«Bin in meinem Zimmer!»

«Mach den Computer aus. Hast du überhaupt mit dem Abendessen angefangen?»

Und schon war der Spuk vorbei, und Cinderella war wieder zu Hause. In der Realität.

LainBrain: muss los. E112.

E112 war Chat-Slang für «Elternalarm/Eltern im Anmarsch».

ElCapitan: wer?

LainBrain: mom

ElCapitan: verdammt! dabei waren wir grade bei
meinem lieblingsthema …

Das seltsame, unangenehme Gefühl war wieder da, doch sie schob es beiseite. Warum stellte sie sich an wie ein Baby? Sie musste sich zusammenreißen.

ElCapitan: dachte, sie arbeitet montags spät

ElCapitan: oder war's freitag?

LainBrain: freitags und jeden zweiten montag. tut
mir leid mit deinem trainer ☹

«Elaine? Hast du mich gehört? Schalt sofort die verdammte Kiste aus!»

LainBrain: ☺ LTL. sie ist sauer.

«LTL» war Chatslang für «let's talk later», wir sprechen uns später. Lainey schlug das Sozialkundebuch auf, damit es so aussah, als hätte sie Hausaufgaben gemacht, und zerknüllte ein paar Seiten aus ihrem Ringbuch, um den Eindruck zu verstärken, falls ihre Mutter ins Zimmer kam. Jetzt musste sie erst mal Würstchen heiß machen und sich zwanzig Minuten lang eine Predigt anhören, dass es unverantwortlich von *ihr* gewesen sei, den kleinen hauseigenen Psychopathen zwei Stunden lang Bullen abknallen und Autos klauen zu lassen, in einem Videospiel, das *sein Vater* ihm zu Weihnachten geschenkt hatte. «Übung für den Ernstfall», würde Lainey am liebsten sagen, wenn es losging. «Mal ehrlich,

Mom, Brads Karrierechancen sind begrenzt.» Aber die Bemerkung würde ihr auch noch eine Ohrfeige einbringen.

Gerade als sie die Tür aufmachte, klingelte ihr Computer wieder. Sie rannte zurück an den Schreibtisch und starrte die Worte auf dem Bildschirm an.

ElCapitan: FYI. pink steht dir gut ☺

2

«Ich weiß nicht, ob ihr nur Halloween im Kopf habt, aber das sind nicht die Noten, die ich von euch erwartet habe», sagte Mrs. McKenzie, während sie durch die Bankreihen ging und die Klassenarbeiten zurückgab. Sie klang erschöpft vom Alter und von den ständigen Enttäuschungen. Als sie an Laineys Tisch kam, blieb sie stehen. Kein gutes Zeichen. «Miss Emerson, ich habe mehr von dir erwartet», meckerte sie, ohne auch nur zu versuchen, die Stimme zu senken. Dann ließ sie die Arbeit wie angeekelt auf Laineys Tisch fallen, als wäre sie voll von Hundekot. Eine große rote 4+ landete sichtbar vor ihr.

Wieder eine Vier. Mist ... Lainey spürte, wie ihre Wangen rot wurden. Soweit sie sich erinnern konnte, waren die Einser, die sie früher bekommen hatte, nie so groß gewesen. Oder so rot. Hastig schob sie die Arbeit in ihre Schultasche und wich dem Blick ihrer dreiundzwanzig höhnisch glotzenden neuen Mitschüler aus.

«Nächste Woche werden die Zeugnisse verschickt, Kinder», warnte Mrs. McKenzie und schüttelte ihren aufgeblasenen, margarinefarbenen Kopf, als es klingelte und die Menge der Schüler an ihr vorbei auf den Flur stürzte. «Ich weiß, dass ein paar von euch nicht sehr erfreut sein werden, wenn der Postbote kommt!»

Jede Wette, dass sie mich meint, dachte Lainey und spürte, wie die Säure in ihrem Magen brodelte, während sie langsam durch die lärmenden Massen zur Cafeteria trottete. Ihre Mutter würde an die Decke gehen, wenn sie den Umschlag aufmachte – Mathe war wahrscheinlich nicht das einzige Fach, in dem sie eine Vier bekam. Geschah ihr recht, dachte Lainey verbittert; es war nicht Laineys Idee gewesen, die Schule zu wechseln. Alle ihre Freundinnen gingen zur Ramblewood Middle School, während sie an der bescheuerten Sawgrass komplett verloren und vollkommen allein war. Ohne eine Menschenseele, die sie kannte. Null. Zero. Niemand, mit dem sie lernen konnte. Niemand, mit dem sie zur Schule ging. Niemand, mit dem sie zu Mittag aß, dachte sie unglücklich, als sie an den Tischen mit den Cheerleadern und Strebern und Sportlern vorbei zu einem leeren Platz ganz hinten in der Cafeteria durchging. Sie verstand immer noch nicht, warum sie unbedingt hatten umziehen müssen. Das alte Haus war doch schön, oder nicht? Sie waren nur anderthalb Kilometer weiter gezogen, und das «neue» war viel kleiner und hatte nicht mal einen Pool. Aber wie gewöhnlich hielt man es nicht für nötig, Lainey nach ihrer Meinung zu fragen, bevor man ihr Leben auf den Kopf stellte. Der Einzige, um den sich ihre Mutter und Todd Sorgen machten, war Bradley. Lainey und Liza waren ihnen nicht mal einen Gedanken wert. Was Liza nichts ausmachte. Sie war eh nie zu Hause, und da sie nicht die Schule wechseln musste und da all ihre Freunde Auto fuhren, gab es für sie auch das Problem nicht, dass sie ihre Freunde nicht mehr sah. Außerdem war Liza fast siebzehn – in ein paar Jahren würde sie sowieso ausziehen. Lainey aber steckte fest.

«Hallo», sagte eine leise Stimme, als Lainey ihr zerdrücktes Erdnussbutter-Marmeladen-Sandwich aus dem Rucksack nahm. Schlimm genug, dass sie sich das Mittagessen von zu Hause mitbringen musste, aber dieses Sandwich war einfach widerlich. Es sah aus wie ein durchgeblutetes Pflaster. Ein Mädchen, das ihr vage bekannt vorkam, stand mit einem Essenstablett neben ihr. «Du bist auch in Mathe bei der McKenzie, oder?», fragte sie.

Na toll. Wahrscheinlich wusste längst die ganze bescheuerte

Schule, dass sie in Mathe durchfiel. «Ja, bin ich. Anscheinend bin ich so was wie der Schulidiot», sagte Lainey mit einem kleinen, nervösen Lachen, das mehr wie ein Prusten klang.

«Ich habe auch eine miese Note bekommen», sagte das Mädchen ungerührt. Sie sah sich um. «Sitzt du allein hier?»

Lainey zuckte die Achseln. War das nicht offensichtlich? Herrje, sie kam sich vor wie die letzte Versagerin. «Ja», sagte sie und rutschte auf ihrem Stuhl. «Ganz allein.»

«Kann ich mich dazusetzen? Meine Freistunde hat sich geändert, und ich kenne sonst keinen, der jetzt Mittagspause hat.»

Lainey schob den Bücherstapel zur Seite, den sie vor sich abgelegt hatte, um beschäftigt zu wirken. «Klar.»

«Ich heiße Carrie», stellte sich das Mädchen vor und steckte einen Strohhalm in den Saftkarton. «Bist du neu hier?»

«Ja. Ich war auf der Ramblewood, aber wir sind umgezogen, und anscheinend hat sich unser Bezirk geändert.»

«Du heißt Elaine, oder?»

«Alle nennen mich Lainey.»

«Ich bin auch neu. Mein Vater wurde im August hierher versetzt. Wir sind aus Columbus, Ohio, hergezogen.»

«Ohio ... Mannomann. Gefällt dir Florida?»

Carrie zuckte die Achseln. «Wir hatten noch nie einen Pool, das finde ich schon cool. Meine Freundinnen zu Hause sind total neidisch. Sie haben gesagt, wenn es oben im Norden kalt wird, kommen sie mich alle besuchen. Schwimmen im Januar. Das wird lustig.»

Lainey spürte einen Stich im Herzen. Freundschaften über die Entfernung zu halten ist nicht so einfach, wie es klingt, wollte sie Carrie sagen. Ihre Freundinnen wohnten weniger als zwei Kilometer weg, und sie sah sie überhaupt nicht mehr. «Meine beste Freundin geht noch auf die Ramblewood», sagte sie leise und biss in ihr Sandwich. «Eigentlich alle meine Freundinnen.»

«Ramblewood, ist das eine gute Schule?»

Letztes Jahr hätte sie wahrscheinlich «beschissen» gesagt, weil Schule nie Spaß machte. Doch sie spülte ihr Sandwich mit einem Schluck widerlich warmer Milch hinunter, bevor sie antwortete: «Ramblewood ist eine tolle Schule. Die beste, die ich kenne.»

Gemeinsam lästerten sie über schlechte Lehrer, zu viele Hausaufgaben und den Schulbus. Die Neue war zwar nicht Molly, aber wenigstens konnte man mit ihr reden. «Schöner Rucksack», sagte Carrie, als sie nach dem Mittagessen zusammenpackten. «Ich glaube, ich habe *Twilight* mindestens fünfzigmal gesehen. Taylor Lautner ist so süß.»

Lainey lächelte. «Ich stehe mehr auf Robert Pattinson. Hättest du das erraten?» Auf der Klappe ihrer schwarzweißen Büchertasche war ein Bild von Edward Cullen, dem jungen Vampir, der in Laineys absolutem Lieblingsfilm von Robert Pattinson gespielt wurde. «EDWARD» stand in Siebdruck darunter. Ihre Mutter weigerte sich, schicke Schulranzen oder Lunchboxen zu kaufen, weil sie sagte, «die verdammten Stars haben schon genug Geld», und so hatte Lainey all ihr Geburtstagsgeld gespart und sich die Tasche selbst gekauft. Am Tag vor Schulanfang hatte sie bei Target gerade noch die allerletzte ergattert. Zuerst hatte sie Angst, dass die Tasche für die Mittelstufe vielleicht zu kindisch sein könnte, aber Melissa hatte sie auch, und Molly wollte eine, und schließlich hatte sich nicht mal Liza darüber lustig gemacht, was ein gutes Zeichen war.

«*New Moon* will ich unbedingt gleich am ersten Tag sehen, wenn er rauskommt. Das wär so cool. Hey, vielleicht können wir zusammen reingehen», schlug Carrie vor. «Wir wohnen drüben in Coral Hills.»

«Klar», sagte Lainey lächelnd. «Das wäre lustig. Neunzehnter November. Ich bin da.»

«Meinst du, deine Mutter würde vielleicht erlauben, dass wir in die Mitternachtsvorstellung gehen?»

Lainey zuckte die Achseln. «Weiß nicht ...»

«Meine ist auch so.» Carrie verdrehte die Augen. «Sie behandelt mich manchmal wie ein Baby. Es ist doch nur ein Film.»

«Ich habe *Twilight* zum Geburtstag auf DVD bekommen. Ich habe ihn sicher schon hundertmal gesehen. Am besten finde ich die Stelle, wo Bella Edward fragt, wie alt er ist, und er sagt: ‹Siebzehn›, und dann fragt sie ihn: ‹Wie lange bist du schon siebzehn?›»

Carrie nickte. «Und er antwortet einfach: ‹Eine Weile.› Und wie er sie ansieht, als er sie mit hoch auf den Baum nimmt.» Sie biss sich auf die Lippe und seufzte. «Diese Augen ...» Dann zeigte sie plötzlich auf das Ringbuch, das Lainey in der Hand hielt. «Hey! Wer ist das?»

Auf dem Einband des Ringbuchs klebte das Foto von Zach, das vorher an ihrem Computerbildschirm hing. Lainey schob sich eine Haarsträhne hinter das Ohr. «Ach, das ist mein Freund», antwortete sie schnell, während ihr das Blut in die Wangen stieg und sie wahrscheinlich aufleuchtete wie ein Weihnachtsbaum. Sie schluckte den Kloß herunter, der plötzlich ihre Luftröhre blockierte.

Die Zeit blieb stehen. Lainey hörte das Blut in ihren glühenden Ohren rauschen.

«Oh», sagte Carrie nach kurzem Zögern mit einem unsicheren Lächeln. «Der ist ja süß.»

Glücklicherweise klingelte es, bevor Carrie weitere Fragen stellen konnte. Hastig steckte Lainey ihr Ringbuch ein, warf sich die Tasche über die Schulter und winkte Carrie zum Abschied zu, bevor sie in der Menge verschwand, die aus der Cafeteria stürmte.

Ihr Freund? Puh ... wo war das denn hergekommen? Das

Wort war ihr einfach so rausgerutscht. Sie hatte nicht geplant, ihn so zu bezeichnen. Sie hatte überhaupt nicht darüber nachgedacht. Sie hatte sich auch nie vorgemacht, dass es so wäre, nicht mal in der Abgeschiedenheit ihres Zimmers, wenn keiner zusah, wie sie es früher manchmal mit Filmstars getan hatte. Es war ihr ziemlich peinlich – als hätte jemand sie bei etwas Verbotenem erwischt –, und gleichzeitig hatte sie seltsame Hochgefühle. Als wäre sie endlich in das größte Geheimnis der Welt eingeweiht worden.

Sie hatte einen Freund.

Da war es wieder. Außerdem, genau genommen war Zach schließlich auch so was Ähnliches, oder? Während sie sich den Weg durch die Menge bahnte, verkniff sie sich ein Grinsen. Auf einmal fühlte sie sich nicht mehr so allein wie noch heute Morgen. Und auch nicht mehr wie ein Loser. *Immerhin hatte sie einen Freund.*

Je länger Lainey darüber nachdachte, desto vertrauter wurde der Klang in ihrem Kopf. Sie hatte noch nie einen Freund gehabt. Anders als Molly und Melissa hatte nie einer sie gefragt. Und doch war Zach mehr ihr Freund, als es Peter Edwards je für Molly gewesen war. Das Einzige, was die beiden getan hatten, als sie letztes Jahr «miteinander gingen», war nämlich, in den Pausen zu quatschen und ein paarmal zu telefonieren – wie lange? Ein paar Minuten? Na gut, sie hatten sich geküsst, aber auch nur, weil Peter Molly auf dem Flur die Zunge in den Mund gesteckt hatte, als seine Freunde vorbeikamen, nur damit sie jeder knutschen sah. Molly hätte ihm die Zunge fast abgebissen, so erschrocken war sie und angewidert. Sie hatte ihr erzählt, es hätte sich angefühlt wie ein Zungenkuss von Stubbs, der Bulldogge ihres Onkels. Lainey hatte gelacht, aber insgeheim war sie neidisch gewesen. Nicht weil sie den schrägen Peter Edwards gut fand oder mit ihm knutschen wollte oder so was, sondern weil, na ja, *weil Molly es schon mal getan hatte.* Und Lainey stand immer noch draußen am Zaun und sah hinüber, wie üblich. Wartete, dass ihre Brüste wuchsen. Wartete auf ihre Periode. Wartete darauf, einen Freund zu haben. Wartete, endlich aufzuholen mit dem, was alle anderen längst hatten und taten. Aber jetzt – heute, letztes Wochenende, die letzten Wochen – war alles anders. Im Gegensatz zu Molly und Peter sprachen Lainey und Zach jeden Abend. Sie hatte ihn zwar noch nie in echt gesehen oder seine Stimme gehört, aber sie hatten einander Fotos geschickt. Und Lainey wusste, dass er sie auf die Art gut fand. Als Freundin. Falls sie sich vorher noch nicht sicher war, seit dem Chat gestern war es klar. *Er wollte mehr von ihr sehen. Er mochte pink. Er fand ihr Foto gut. Noch besser, als er es sich vorgestellt hatte.* Was hieß, dass er sich vorstellte, wie sie aussah. Er *dachte* an sie. Und das war mehr, als Molly je von Peter hatte behaupten können.

Lainey folgte den letzten Nachzüglern in den Klassenraum von Ms. Finn, ihrer Englischlehrerin, die ungeduldig in der Tür stand, mit ihrem orthopädischen Schuh auf den Boden tappte und mahnend auf die Uhr sah, obwohl es noch nicht mal geklingelt hatte. Ms. Finn kannte keine Gnade mit Zuspätkommern. Beim zweiten Klingeln ging die Tür zu, und außer bei Feuer, einem Terroranschlag oder medizinischen Notfall – und darunter fiel nicht das Bedürfnis, aufs Klo zu gehen – blieb sie geschlossen, bis es zum Ende der Stunde klingelte. «HEUTE AUFSATZ-ABGABE», stand quer über der Tafel.

Es war, als wäre ihr neuer Luftballon geplatzt. Lainey hatte den Aufsatz zu *Sturmhöhe* völlig vergessen. Und schon verschluckte das allzu vertraute Versagergefühl sie wieder. Es brauchte kein mathematisches Genie, um sich auszurechnen, mit welcher Note sie in Englisch rechnen musste – noch eine Vier, die der Postbote bringen würde. Ihre Mutter würde ausrasten.

Sie schlüpfte auf ihren Platz und rutschte möglichst tief, um Ms. Finns Maschinengewehrblick auszuweichen. Wahrscheinlich kam als Nächstes ein unangekündigter Test. Oh, Freude. Sie berührte Zachs lächelndes Gesicht auf dem Ringbuch. Halb so schlimm, redete sie sich ein. Alles halb so schlimm. Die konnten sie alle mal, die blöde Schule und die fiesen Lehrer, denen es Spaß machte, Arbeiten schreiben zu lassen und extra Hausaufgaben zu stellen. Es war nur eine blöde Note in einer blöden Klasse über ein blödes Buch, oder? Das alles war nichts im Vergleich zu den wichtigen Dingen des Lebens. Und was wirklich wichtig war, das sah ihr hier mit seinem süßen Grinsen entgegen, und sie wusste, *ihm* war es egal, wenn sie eine Vier bekam. Zach hatte ihr schon erzählt, dass er in Spanisch durchfiel. Alles war halb so schlimm, denn jetzt hatte sie einen Freund. Jemanden, dem sie wichtig war. Sie lächelte vor sich hin, als Ms. Finn die Tür schloss und die nächsten fünfzig Minuten der Hölle begannen.

Ab jetzt würde alles besser werden. Der Märchenprinz war endlich da.

Und sie konnte es kaum abwarten, sich an den Computer zu setzen und mit ihm zu chatten.

3

In Florida konnte das Wetter echt unheimlich sein, dachte Lainey, als sie zusah, wie über den Everglades und Coral Springs im Westen schwarze Wolkenklumpen aufzogen. Bis vor zwanzig Minuten war der Himmel noch strahlend blau gewesen. Sie rannte über das braune Stück Wiese auf die Doppelhaushälfte von Mrs. Ross zu, die nachmittags auf Bradley aufpasste. Nach der warmen Nachmittagsbrise war ein kühler, böiger Wind aufgefrischt, der an den Palmen zerrte. Irgendwo donnerte es bereits. Der Sturm kam näher. Sie fragte sich, wie das Wetter in Columbus, Ohio, war. Ob es dort auch manchmal nur auf einer Straßenseite regnete oder in Strömen goss, während die Sonne schien? Sie fragte sich, wie es war, im Schnee herumzutollen …

Vor der Fliegengittertür stand eine Gehhilfe auf der Treppe, mit zwei Tennisbällen unter den vorderen Füßen. An der Klingel klebte ein Zettel, auf dem in krakeliger Handschrift die Hausnummer 1106 stand. Hoffentlich war Bradley abmarschbereit, dachte Lainey, als sie schellte und dabei auf ihr Handy sah. Wenn er kein Training hatte, war Zach um fünf zu Hause. «Hallo, Mrs. Ross», grüßte sie freundlich, als die Tür aufging. Eine Katze schoss zwischen den Beinen der alten Frau heraus und verschwand in den Büschen.

«Sindbad! Komm sofort zurück!», rief Mrs. Ross mit weichem, zittrigem Südstaatenakzent.

An der Grundschule hatte Bradley eineinhalb Stunden früher

Schluss als Lainey, und Mrs. Ross diente als nachmittäglicher Boxenstopp, bevor Lainey ihren Bruder abholte und mit nach Hause nahm. Früher war Bradley einfach allein nach Hause gegangen, bis einer der neuen Nachbarn ihrer Mutter mit dem Jugendamt gedroht hatte, und seitdem passte Mrs. Ross auf ihn auf. Lainey fand, allein war er besser dran gewesen. Mrs. Ross sah aus wie hundert und konnte weder sehen noch hören, noch erinnerte sie sich an irgendwas. Außerdem roch es bei ihr immer nach Pipi und gekochten Eiern. «Hallo, Elaine», sagte sie. «Komm doch rein.»

«Soll ich ihn für Sie einfangen?», fragte Lainey.

«Wen?»

«Sindbad.»

Eine Pause entstand.

«Den Kater», erklärte Lainey.

Mrs. Ross sah sich um. Dann ging ihr ein Licht auf. «Ach so, nein, nein. Lass ihn ruhig. Der kommt schon wieder. Hier kriegt er sein Fresschen.»

In der Wohnzimmertür tauchte Bradley auf. Er war ganz blass. «Es gibt eine Sturmwarnung. Die sagen, es kann sogar Tornados geben.»

Oje. Ihr Bruder konnte sich, ohne mit der Wimper zu zucken, *Texas Chainsaw Massacre* und *Saw IV* ansehen, doch seit Hurrikan Wilma vor ein paar Jahren das Fenster in seinem Zimmer eingedrückt hatte, reichten fünf Sekunden Wettervorhersage, und Bradley machte sich in die Hose. Anscheinend hatte die Unwetterwarnung seinen Zeichentrickfilm unterbrochen.

«Vielleicht wäre es besser, wenn wir hier warten», sagte er mit vor Angst geweiteten Augen. Mrs. Ross presste die Lippen zusammen und sah von einem zum anderen. Offensichtlich machte sie sich keine Sorgen um Tornados. Sie wollte ihren Fernseher wiederhaben. Bald fing *Oprah* an.

«Reg dich ab. Es regnet ja noch nicht mal», antwortete Lainey gelassen.

«Aber ... die sagen, dass ein Tornado wie ein Güterzug klingt.»

«Wir müssen gehen, Brad. Komm schon.» Sie sah Mrs. Ross an. «Wir können nicht bleiben.»

Mrs. Ross zuckte die Achseln.

«Aber ...», murmelte er wieder.

«Hör zu, wir rennen nach Hause, bevor der Regen anfängt. Wir machen ein Wettrennen.»

Bradley sah an ihr vorbei. Wieder rollte ein Donner, und seine Lippe begann zu zittern.

Lainey seufzte. Zu sehen, wie ihr sonst so frecher Bruder zu einem Häufchen Elend zusammenschrumpfte, hätte sie eigentlich freuen sollen, doch der Anblick bewirkte das Gegenteil. Der Kleine tat ihr leid. Er war wirklich total verängstigt. «Komm an meine Hand, Brad», sagte sie leise und ging in die Knie, um ihm in die Augen zu sehen. «Es passiert nichts. Das verspreche ich dir. Aber wir müssen los, und zwar jetzt gleich.»

Gerade als sie Hand in Hand um die Ecke der 43rd Street auf die 114th Terrace rannten, drehte der liebe Gott die Schleusen auf. Und den Donner. Das ohrenbetäubende Dröhnen, das klang, als wäre es direkt über ihren Köpfen, löste drei Autoalarme aus. Als sie das Haus ein paar hundert Meter weiter erreichten, waren sie bis auf die Unterwäsche durchnässt, was den inzwischen völlig verstörten Bradley immerhin eine Viertelsekunde zum Grinsen brachte.

Sie wartete vor seiner Zimmertür, bis er trockene Kleider anhatte, dann brachte sie ihn ins Wohnzimmer, schloss die Fensterläden und legte *Resident Evil* in seine PlayStation ein. Ein Videospiel konnte nicht von Unwetterwarnungen unterbrochen werden, und die schreienden Opfer der Zombies übertönten den

Donner. Lainey beobachtete ihn aus der Küche, bis der schlimmste Schauer vorübergezogen war und sie sicher sein konnte, dass Bradley mehr mit dem Kannibalen im Schrank beschäftigt war als mit dem Wirbelsturm, der womöglich sein Zuhause dem Erdboden gleichmachte. In zwanzig Minuten wäre der Sturm vorbei, Bradley wieder der Alte und sie ohne Mitleid mit ihm. Sie hatte nicht viel Zeit.

Während er in seinem Spiderman-Pyjama auf dem Sofa herumturnte und Zombies aballerte, zog sie sich leise zurück und ging in ihr Zimmer am anderen Ende des Flurs.

Dort schloss sie die Tür hinter sich ab und stellte den Computer an.

4

Noch bevor sich der Bildschirm richtig aufgebaut hatte, hörte sie schon das vertraute Klingeln. Eine Sofortnachricht. Während sie aus den nassen Kleidern schlüpfte, klickte sie auf das blinkende orange Feld.

ElCapitan: `bist du online?`

Es war, als wüsste er, dass sie da war. Als könnte er ihre Anwesenheit spüren. Das war so cool!

LainBrain: `hi! wollte grade schreiben`

ElCapitan: `was läuft?`

LainBrain: `hatte ein wettrennen mit dem regen, hab verloren`

LainBrain: `stürme sind toll, aber es ist ziemlich eklig draußen`

ElCapitan: `heißt das, du bist klitschnass?`

LainBrain: `ziemlich`

ElCapitan: oooh. gefällt mir

LainBrain: muss mir die haare föhnen

ElCapitan: wie war mathe?

LainBrain: frag nicht

ElCapitan: du bist nicht die erste, die in algebra durchfällt

LainBrain: nicht durchgefallen. 4

ElCapitan: (::[]::)

Lainey lächelte.

LainBrain: danke für das mitgefühl

ElCapitan: kenn ich. hab mathe GEHASST. hatte auch nur ne 3

LainBrain: mom skalpiert mich. wahrsch hausarrest für immer

ElCapitan: schade. finde deine haare schön ☹

ElCapitan: und dein hübsches gesicht

Sie wurde rot und strich sich abwesend eine feuchte Strähne aus dem Gesicht, die unter dem Handtuchturban hervorgerutscht war. Es war so leicht, mit ihm zu chatten.

ElCapitan: muss dich treffen

Lainey starrte auf den Bildschirm. Damit hatte sie nicht gerechnet.

ElCapitan: freitagabend?

ElCapitan: wir holen uns was zu essen & gehen ins kino. lust auf zombieland?

O mein Gott. Er wollte sich mit ihr verabreden. Moment – *war das ein Date?* Sie sah sich um, als hoffte sie auf einen Zeugen, der bestätigen konnte, was sie gerade gelesen hatte, und ihr dabei half, die Bedeutung zu verstehen. Wo war Molly, wenn man sie brauchte? Natürlich war das ein Date ... Kino bedeutete Date. Essen gehen bedeutete Date. Kino plus essen gehen bedeutete eindeutig Date. Ein *echtes* Date. Er bat sie um ein Rendezvous! Doch dann wurde die Vorfreude, die sie jauchzend durchs Zimmer tanzen ließ, von eisiger, realistischer Panik verdrängt. Was bildete sie sich ein? Es bestand überhaupt keine Chance, dass Mom ihr das erlaubte. Nicht die Spur einer Chance. Erst recht nicht, wenn sie erfuhr, dass Zach siebzehn war. Lainey nagte an ihrem Nagel. Scheiße. Sie wollte nicht nein sagen. Was, wenn er dann nie wieder fragte?

ElCapitan: hallo?

LainBrain: hmmm ... will den film unbedingt sehen

ElCapitan: meinst du, deine mom lässt dich?

LainBrain: weiß nicht ... vor allem nach heute

ElCapitan: dann erzähl's ihr nicht

Lainey starrte den Computer an, als wäre er lebendig und beobachtete sie aufmerksam durch den blinkenden Cursor. In ihrem Magen rumorte es vor Aufregung und vor Unbehagen.

ElCapitan: was sie nicht weiß, macht sie nicht heiß

Sie sah sich in ihrem leeren Zimmer um. Sie hatte ein Kratzen in der Kehle, als hätte sie sich an irgendwas verschluckt und würde es nicht mehr los. Das ginge vielleicht. Sie könnte ihrer Mutter sagen, sie würde mit dieser neuen Klassenkameradin ins Kino gehen, mit Carrie. Ihre Mutter prüfte sowieso nie was nach. Liza war das Problemkind, nicht Elaine. Und außer «War's schön?» würde sie auch später keine Fragen stellen, das wusste Lainey. Mom fragte nie.

LainBrain: ich kann aber nicht spät nach hause kommen

ElCapitan: ich bring dich vor 10 zurück. ich hab um 8 training

ElCapitan: 8 morgens!!

Lainey kaute auf ihrer Lippe. In ihrem Kopf ging es drunter und drüber. *Was sollte sie tun?*

ElCapitan: bist du noch da?

LainBrain: mmmh … denke nach.

ElCapitan: ich hol dich von der schule ab. haben schon mal gegen CS High gespielt. warte da auf mich, 17:30 parkplatz hinten beim baseballplatz. schwarzer bmw.

LainBrain: 17:30?

ElCapitan: krieg das auto erst, wenn mein alter nach hause kommt. und die CS ist nicht grade um die ecke

Er hatte recht. Zach wohnte in Jupiter, was laut Routenplaner ungefähr eine Stunde weit weg war. *Er würde eine Stunde fahren, nur um mich zu sehen ...* Lainey holte tief Luft. Ihr Herz raste. Sie hatte noch nie was angestellt. Bis auf das Foto hatte sie nie gegen irgendeine Regel verstoßen. Aber ihre Mom würde es verbieten, nur um des Verbietens willen. Und weil es für sie diese bescheuerten, willkürlichen Regeln gab, wie alt man sein musste, um bestimmte Sachen zu dürfen. Zwölf für Lidschatten, dreizehn für Verabredungen in Gruppen, fünfzehn, um mit dem Auto abgeholt zu werden. Die Reaktion auf Lizas verkorkste Erziehung. Und wenn Lainey am Freitag nicht mitging, würde sie Zach dann je kennenlernen? Vielleicht am Sankt-Nimmerleins-Tag.

LainBrain: ok. klingt gut.

ElCapitan: cool. halt dicht. ich will nicht, dass deine mom oder dein stiefvater uns die tour versauen. such ein kino bei euch in der nähe aus

LainBrain: ok

ElCapitan: freu mich, dich endlich kennenzulernen

LainBrain: ich mich auch

Sie lehnte sich in ihrem Stuhl zurück. In ihrem Kopf drehte sich alles. Sie würde nicht nur einen Weg finden müssen, am Freitagnachmittag zur Coral Springs Highschool am anderen Ende der Stadt zu kommen – wo sie noch nie zuvor gewesen war –, außerdem musste sie es irgendwie schaffen, wie das Mädchen auszusehen, für das er sie hielt, wenn sie dort ankam. Plötzlich kam ihr ein schrecklicher Gedanke, und es lief ihr eiskalt über den Rücken.

Was, wenn es nicht funktionierte? Was, wenn er sie mit einem Blick durchschaute und wusste, dass sie dreizehn war? Was würde er dann tun?

Aus dem Computer klingelte es.

ElCapitan: keine sorge. bei mir bist du sicher

Sie lächelte. Es war, als könnte er ihre Gedanken lesen. Immer wieder.

ElCapitan: bin kein psycho ☺

5

Als es am Freitag zum Schulschluss läutete, explodierte die Sawgrass Middleschool wie ein Teig, der im Ofen aus der Form quoll. Tausende von Schülern strömten gleichzeitig aus allen Türen, rannten zum Bus oder zum Parkplatz, wo sie abgeholt wurden, schlossen ihre Räder auf oder versammelten sich, um mit Freunden zu Fuß nach Hause zu gehen. Drei lange Tage würden Hausaufgaben, Klassenarbeiten und Schulprojekte vergessen sein. Eine halbe Stunde lang herrschte auf dem Schulgelände ohrenbetäubendes Chaos.

Und dann war es vorbei.

Lainey stand auf Zehenspitzen auf dem Handtrockner im Mädchenklo und beobachtete durch das winzige Klappfenster, wie der letzte vollgepackte gelbe Schulbus aus dem Kreisel fuhr und wie mit ihm der aufgeregte Lärm von fünfzig oder mehr schreienden Kindern verebbte. Auf dem verlassenen Schulhof blieben zerknüllte Zettel und leere Pausenbrottüten zurück, die über den Parkplatz und das Footballfeld kollerten wie Steppenläufer. Freitags gab es in der Sawgrass keine Nachmittagsveranstaltungen, Club-Treffen oder Konferenzen – selbst die Lehrer nahmen mit dem letzten Klingeln Reißaus. Um diese Zeit war es im Gebäude genauso menschenleer wie draußen auf dem Parkplatz.

Lainey blies die Luft aus, die sie anscheinend den ganzen Tag angehalten hatte – die ganze Woche. Dann kletterte sie vom Handtrockner herunter und holte ihre Büchertasche aus der Kabine für Behinderte, in der sie sich beim Läuten versteckt hatte. Ihr Bus war weg, und sie war der Verwirklichung ihres Plans einen Schritt näher. Sie warf einen Blick auf ihr Handy – 16:10 Uhr. Sie hatte Zeit, aber nicht allzu viel, denn sie musste sich noch schminken und umziehen und um 17:10 Uhr den Bus in der Sample Road erwischen, der sie rüber zur Coral Springs High brachte. Dort musste sie dann den Baseballplatz und den hinteren Parkplatz finden. Nicht zu viel Zeit zu haben war gut, sagte sie sich, während es in ihrem Magen wieder rumorte. Bloß keinen Leerlauf, bloß nicht darüber nachdenken, was sie tat oder warum sie es tat, denn dann würde sie am Ende doch noch kneifen. Das war einer der Gründe, weshalb sie keiner Menschenseele erzählt hatte, dass sie sich heute mit Zach traf. Nicht mal Molly. Sie wollte einfach nicht, dass es ihr jemand ausredete. Der andere Grund war eine persönliche Schutzmaßnahme. Falls – Gott behüte – Zach *nicht* auftauchte – falls er sie sitzenließ –, na ja, dann musste niemand von ihrer Niederlage erfahren, und sie würde nicht für den Rest ihres Lebens vor ihren Freundinnen als totaler Loser dastehen. «Wisst ihr noch, *Laineys erstes Date? Was für ein Griff ins Klo!*»

Sie schüttelte den Kopf, um die Stimmen zu vertreiben. Jetzt war sie schon so weit gekommen, da würde sie nicht kneifen. Bald würde sie allen von dem Date mit ihrem Freund, dem Footballspieler, erzählen können. Dass er sie ins Kino ausgeführt hatte. Und zum Essen! Und dass er nicht irgendein Auto fuhr – er fuhr einen BMW! Mannomann! Irgendwie musste sie ihn dazu bringen, mit ihrem Handy ein Foto von ihr zu machen, auf dem auch das Auto zu sehen war, damit sie es den Leuten zeigen konnte, dachte sie, während sie in Lizas coole Jeans und das sexy Abercrombie-T-Shirt schlüpfte. Für die Busfahrt würde sie ihre Turnschuhe anbehalten und erst an der CS High Lizas hohe Stiefeletten anziehen. Sie warf die Plastiktüte mit dem Schminkzeug, das sie sich von Lizas Kommode zusammengeklaut hatte, neben sich ins Waschbecken. Ihre Schwester würde ausrasten, wenn sie wüsste, dass Lainey sowohl ihren Schrank als auch ihre Schubladen geplündert hatte. Deshalb musste bis Mitternacht alles wieder an seinem Platz sein, wenn Liza von ihrem Job auf der Bowlingbahn heimkam. Sie ging das Durcheinander von Pudern und Lippenstiften durch, bevor sie sich für eine Palette mit braunem und grünem Lidschatten entschied. Einen Moment zögerte sie und kreiste den Finger über den schimmernden Puder. Außer an Halloween hatte sich Lainey noch nie geschminkt. Gelegentlich nahm sie ein wenig Lipgloss. Hoffentlich erinnerte sie sich daran, was Molly ihr letztes Wochenende alles ins Gesicht gekleistert hatte, und in welcher Reihenfolge. Sie wollte nicht aussehen wie ein Clown.

Eine halbe Stunde später kam sie aus dem Mädchenklo und stolperte beinahe kopfüber in den riesigen gelben Putzeimer, den der Hausmeister vor sich herschob. Beide schnappten nach Luft. Dann sah sich der Hausmeister hektisch um, als hätte er Lainey von einem Fahndungsfoto wiedererkannt, und schrie etwas, was auch ohne Spanischkenntnisse zu verstehen war.

Höchste Zeit. So schnell es, ohne zu rennen, ging, hastete sie auf die Haupttür zu und betete, dass am Freitagnachmittag auch die Schulverwaltung früher Feierabend machte.

Gut, dass sie ihre Turnschuhe trug. Als sie die Sample Road erreichte, war sie schon völlig außer Atem und musste rennen, um den Bus noch zu erwischen. Sie setzte sich auf einen Sitz ganz vorn und wich dem starren Blick eines verwahrlosten Mannes aus, der auf der anderen Seite des Gangs saß, an einer Orange lutschte und sie nicht aus den Augen ließ. Sie wischte sich die Hände an der Jeans ab und bat den Fahrer leise, ihr an ihrer Haltestelle Bescheid zu sagen. Sie blickte aus dem Fenster und sah

Läden, Banken und Restaurants vorbeigleiten. Orte, an denen sie Dutzende von Malen gegessen oder eingekauft hatte, doch heute, dachte sie und versuchte, sich das Grinsen zu verkneifen, das sich auf ihrem ganzen Gesicht ausbreiten wollte, heute war es, als sähe sie alles zum ersten Mal.

6

Von seinem Parkplatz vor dem zweistöckigen Allstate-Versicherungsgebäude aus beobachtete er, wie die schmale Gestalt mit dem langen kastanienbraunen Haar aus dem Bus stieg und sich umsah wie eine Touristin, die zum ersten Mal das Empire State Building aus der Nähe betrachtete – voller Ehrfurcht, Staunen und Aufregung.

Kein Zweifel. Sie war es eindeutig.

Hübsch sah sie aus, in ihrer engen Bluejeans und dem modischen engen T-Shirt, die Büchertasche unbeholfen über die Schulter geworfen. Und sie hatte eine hübsche Figur – nicht zu rundlich, nicht zu knochig. Den Hunger-Look von Kate Moss konnte er nicht ausstehen, aber üppige Monroe-Kurven machten ihn auch nicht an. So viele Mädchen strengten sich sehr an, wie etwas auszusehen, das sie nicht waren. Zuerst kamen ausgestopfte BHs und formgebende Unterhosen, dann Brustimplantate, Fettabsaugen, Nasen-OPs und Botox. Was man sah, war nicht mehr unbedingt, was man bekam. Es tat gut, jemanden zu sehen, der von dem Barbie-Bild, das in Modemagazinen und auf MTV propagiert wurde, noch nicht verdorben war. Jemand, dessen schöner Körper noch … rein war.

Aufgeregt beobachtete er, wie sie vor dem Haupteingang der Schule stehen blieb und sich zögernd umsah. Einen Augenblick befürchtete er, sie würde hineingehen. Er ging zwar davon aus, dass keiner mehr da war, doch er wollte nicht eines Besseren belehrt werden. Das würde alles kaputt machen. Er spürte, wie sein Herz schneller schlug. Dann, nach ein paar Sekunden, drehte sie sich um und ging über den verlassenen Parkplatz hinter die Schule in Richtung Baseballplatz.

Um *auf ihn* zu warten.

Sein Mund fühlte sich plötzlich an, als hätte er Watte verschluckt, und er rieb sich die Hände, damit sie nicht zitterten. Eine schlechte Angewohnheit – ein *Tick*, wie seine Mutter sagte. Immer wenn er zu aufgeregt wurde, zitterten seine Hände. Der Tick war so schlimm, dass er ihn behinderte, wenn er Leute kennenlernte. Vor allem hübsche Mädchen.

Er warf einen letzten Blick auf das Foto in seinem Schoß. Dann steckte er es ins Handschuhfach und ließ den Motor an. Die Sonne war eben hinter den Horizont getaucht, und es war offiziell Abend geworden. Er sah auf die Uhr. 17:29. Pünktlich.

Wie nett, dachte er, als er auf die Straße fuhr. *Sehr, sehr nett.*

Er mochte pünktliche Mädchen.

7

Der Bus fuhr weiter und ließ Lainey in einer giftigen Wolke Dieselabgase stehen. Auf der anderen Straßenseite stand die imposante Fassade der Coral Springs High, beschirmt von einem riesigen Feigenbaum. Sie sah auf ihr Handy. 17:23 Uhr.

Keine Zeit zum Nachdenken. Keine Zeit zum Trödeln. Kein Weg zurück.

Links war offensichtlich der Footballplatz, und so folgerte sie, dass der Baseballplatz hinter der Schule lag. Sie überquerte die Straße und den leeren Parkplatz. Auch hier war wohl freitagabends kein Mensch mehr da. Schatten schnitten durch die Bäume und den rissigen Asphalt. In ein paar Minuten wäre die Sonne weg. Lainey mochte den Herbst und Halloween und das Thanksgivingfest Ende November, aber dass die Tage kürzer wurden, gefiel ihr nicht. Im Dezember hatten sie nach der Schule nur noch – wie viel? – eine Stunde Tageslicht. Sie folgte dem Maschendrahtzaun hinter das Schulgebäude, und dort lag er. Der Baseballplatz. Auch hier stand kein einziger Wagen auf dem Parkplatz. Kein Sportler auf dem Feld. Alles war genauso verlassen wie Sawgrass. Gott sei Dank. Wären noch Schüler hier gewesen und hätten sie wie eine Hochstaplerin beäugt, ihr wären sicher die Nerven durchgegangen.

Sie setzte sich auf den Bordstein und zog Lizas Stiefeletten an. Die Turnschuhe tat sie in die Büchertasche. Verdammt! Jetzt kam die Panik. Warum hatte sie die blöde *Twilight*-Tasche dabei?

Sie hatte doch Lizas alten silbernen Rucksack nehmen wollen. Mit der Hand verdeckte sie Robert Pattinsons hübsches Gesicht. Die Tasche könnte alles kaputt machen. Irgendwie musste sie den Aufdruck verstecken – es wäre zu peinlich, wenn Zach das sah. Dann wäre ihm sofort klar, dass sie jünger war als sechzehn. Vielleicht sollte sie sagen, ihre Tasche wäre heute Morgen kaputtgegangen und sie musste sich die ihrer kleinen Schwester leihen? Noch mehr Lügen, auch noch eine kleine Schwester, die sie gar nicht hatte. Plötzlich meldete sich ihr schlechtes Gewissen. Sie hatte in den letzten Tagen so oft gelogen. Es wurde immer schwerer, den Überblick zu behalten ...

Sie stand auf und schlenderte über den Parkplatz, um den Kopf freizubekommen und sich an Lizas Absätze zu gewöhnen. Falls die *Twilight*-Tasche noch kein eindeutiges Indiz war, würde er sie spätestens dann durchschauen, wenn sie stolperte und den Bordstein küsste. Sie steckte sich einen Kaugummi in den Mund, legte noch eine Schicht Erdbeer-Lipgloss auf und schüttelte ihre Hände aus, damit sie nicht so schwitzten. Und dann fiel ihr ein, dass Zach heute Abend vielleicht wirklich versuchen würde, sie zu küssen.

Ihr erster Kuss ...

Das war's. Sie klappte das Handy auf und drückte Mollys Kurzwahl. Während sie auf dem Parkplatz auf und ab marschierte, schlenkerte sie den Riemen der Büchertasche herum, bis sie ganz verdreht war.

Sie erreichte nur die Mailbox.

«Hey, M., ich bin's», begann Lainey aufgeregt. «Wahrscheinlich hast du gerade Klavier, aber ich wünschte, du würdest rangehen! Ich muss dir was ... du rätst nie, wo ich gerade bin! Nie!»

Von hinten hatte sich ein Wagen genähert, so leise, dass nicht mal der Splitt auf dem Asphalt geknirscht hatte. Es war seine Stimme, die sie als Erstes hörte.

«Lainey?»

Sie zuckte zusammen. Keine Zeit, zu Ende zu sprechen. Keine Zeit zum Nachdenken. Endlich war der Augenblick gekommen. Das war's.

«Muss los», flüsterte sie hastig ins Telefon. «Ruf nicht zurück. Ich will nicht, dass das Telefon klingelt. Melde mich in ein paar Stunden.»

Dann leckte sie sich über die Lippen, damit sie glänzten, holte tief Luft und drehte sich um, um den unglaublich tollen Typ in echt zu sehen, von dem sie in den letzten Wochen buchstäblich Tag und Nacht geträumt hatte.

Cinderella lernte endlich ihren Prinzen kennen. Der Ball konnte beginnen.

8

«Hi», sagte sie in das halb offene Autofenster, während sie versuchte, möglichst lässig die verknotete Büchertasche zu entwirren. Es war fast dunkel, und die Scheiben des Wagens waren schwarz getönt, wie bei einer Limousine. Es war schwer, etwas zu erkennen. «Ich hab dich gar nicht kommen hören.»

«Alles klar?», antwortete er leise. Sein Gesicht war zum Teil von einer Baseballmütze verdeckt, doch sie sah sein Megawattlächeln aufstrahlen, und ihre Knie begannen zu flattern. Sein hellblondes Haar quoll unter der Baseballmütze hervor und reichte ihm fast bis zu den Schultern. Er trug ein enges, langärmeliges schwarzes T-Shirt und dunkle Jeans, sodass der Rest seines Körpers chamäleonartig mit dem dunklen Innern des Wagens verschmolz. Er zeigte auf die Beifahrertür. «Spring rein.»

Sie tat, was er sagte.

Sie rutschte auf den Beifahrersitz, der butterweich und glatt war, aber eiskalt. Im Wagen roch es nach neuem Leder und altem Rauch. Und Paco Rabanne, Todds Aftershave. Doch diesen Gedanken schob sie weit weg. Ihr Stiefvater war wirklich der Letzte, an den sie jetzt denken wollte.

«Schickes Auto», sagte sie lächelnd, als sie die Wagentür zuzog. Sie beugte sich vor und versuchte unauffällig, die Büchertasche so im Fußraum zu verstauen, dass Robert Pattinson mit dem Gesicht auf dem Boden lag. Sie hätte sich ohrfeigen können, dass sie vergessen hatte, die Taschen auszutauschen.

«Danke», antwortete er.

Das Fenster glitt wieder nach oben, und er drehte die Musik lauter. Lainey kannte den Song aus dem Film *30 über Nacht*. Es war Michael Jacksons *Thriller*.

Eigenartig, dachte sie. Sie hätte Linkin Park oder The Fray erwartet, Zachs Lieblingsbands. Wenn Michael Jackson nicht gerade gestorben wäre, würde ihn doch keiner unter dreißig mehr hören. Vielleicht war das Zachs Soundtrack zu Halloween – eine Einstimmung zum Film. Gott, dachte sie, bitte, bitte, mach, dass er nicht uncool ist. Oder ein Freak. «*Zombieland* läuft in mehreren Kinos», sagte Lainey. «Die nächste Vorstellung ist um zehn nach sechs im Magnolia, das ist nur die Straße runter. Oder wir nehmen die Vorstellung um Viertel nach sieben im Einkaufszentrum.» Es gab noch ein paar andere Kinos im Umkreis, aber in diesen beiden war es den Türstehern egal, wenn ein Kindergartenkind in einen Horrorfilm ging, solange es das Geld für die Eintrittskarte hatte.

«Okay.»

… You start to scream, but terror takes the sound before you make it …

Michael Jackson gurrte und raunte aus den Lautsprechern. «Gehen wir in die um Viertel nach sieben? Dann musst du hier links fahren. Ich kenne nur den Weg, den ich sonst immer nehme, aber dafür muss ich erst mal auf den Atlantic Boulevard.» Sie kicherte und warf einen Blick auf das Armaturenbrett. «Ich hoffe, du hast ein Navi hier drin. Meine Freunde sagen immer, ich bin orientierungsgestört. Meistens finde ich nach der Mittagspause nicht mal mein eigenes Schließfach.»

In der Mitte des Lenkrads war eine Plakette mit einem erhabenen, geschwungenen L. Lainey kannte das Logo aus dem Auto von Mollys Vater. Er hatte einen Lexus.

… Cause this is thriller, thriller night! And no one's gonna save you from the beast about to strike …

Sie wollte fragen, warum er nicht mit dem BMW gekommen war, doch das klang irgendwie oberflächlich. War es ja auch. Ein Lexus war genauso gut. Vielleicht noch besser. Sie fingerte an ihrem Mood-Ring herum, der je nach Laune die Farbe änderte. Hoffentlich würde die Unterhaltung nicht den ganzen Abend so schleppend bleiben. Molly war gut in Smalltalk, nicht sie.

«Hast du Hunger?», fragte sie, als sie vom Parkplatz fuhren und rechts auf die Rock Island Road bogen. «Im Einkaufszentrum können wir auch was essen, wenn du Lust hast.» Das wäre perfekt, dachte sie. Dort würde eine echt fette Chance bestehen, dass jemand von der Ramblewood sie sah. Vielleicht sogar Melissa oder Erica.

«Klingt gut», sagte er leise.

Im Radio fing der unheimlich klingende Alte zu rappen an. Vincent Price, der König der Horrorfilme von vor tausend Jahren.

Darkness falls across the land. The midnight hour is close at hand ...

»Ich fand dein Foto echt gut», sagte Zach, ohne sie anzusehen. Ein einzelner Schweißtropfen lief ihm über den Nacken und verschwand im Kragen.

Sein Arm lag auf der Armlehne, die Hand hing lässig herunter. Grobe Wurstfinger trommelten auf den Schaltknüppel. Auf dem Handrücken sprossen drahtige schwarze Haare. Laineys Blick glitt langsam seinen Arm hinauf. Dicke schwarze Haare verschwanden im Ärmel, wie Spinnenbeine.

Plötzlich wurde ihr eiskalt. Gänsehaut kroch über ihren ganzen Körper. Es war, als wäre plötzlich alle Luft aus dem Wagen gesaugt worden.

Zach war blond.

... And though you fight to stay alive, your body starts to shiver ...

Er fuhr auf ein leeres Grundstück, auf dem nur ein paar Strommasten standen. Auf der anderen Straßenseite war ein Park.

Sie war mal mit Molly und ihrer Mutter dort gewesen. Es gab irgendwo ein Naturschutzgebiet. Das Einkaufszentrum lag genau in der anderen Richtung.

For no mere mortal can resist the evil of the thriller …

Sie griff nach der Tür, doch die ließ sich nicht öffnen. Der King of Horror brach in schallendes Gelächter aus. Der Song war vorbei.

Blitzschnell legte sich das Tuch über ihr Gesicht, noch bevor der Wagen ausgerollt war. Ein unangenehmer Geschmack brannte ihr in den Augen und schnürte ihr die Kehle zu. Sie konnte kaum atmen. Dann ein harter Schlag auf ihren Kopf. Sie spürte, wie ihr Gesicht gegen die Scheibe schlug. Dann ein warmes Rinnsal, das von der Stirn über ihr Auge und ihre Wange lief. Sie spürte, wie ihre Hände auf den Boden fielen, ihre Beine zuckten, dann hörten sie auf sich zu bewegen, und alles wurde schwarz.

Der King of Horror lachte einfach weiter.

9

Die Standuhr im Flur schlug schon wieder. Debbie LaManna hörte sie, noch lauter als den Fernseher. Sogar durch zwei Türen. Die Uhr schlug jede Viertelstunde einmal und zu jeder vollen Stunde die Stundenzahl. Um Mitternacht dauerte es fünf verdammte Minuten lang. Die kitschige Standuhr und ein Konto mit 3714,22 Dollar war alles, was ihre Mutter ihr vor neun Jahren hinterlassen hatte, als sie an Lungenkrebs starb, mit der Sauerstoffmaske über dem Gesicht und einem Päckchen Newports in der Hand. Natürlich war das Geld längst alle, nur die kitschige alte Uhr mit dem Mondgesicht war noch da – mitgeschleppt von Ehemann zu Ehemann, von Wohnung zu Wohnung, von Mietshaus zu Mietshaus. Als machte sie sich über jede verlorene Stunde ihres Lebens lustig. Irgendwann würde Debbie die Heilsarmee anrufen und das Ding abholen lassen.

Debbie zählte elf Glockenschläge. Nur um sicherzugehen, sah sie auf ihre Armbanduhr. Sie würde Elaine umbringen. Wirklich umbringen. Für wen zum Teufel hielt sie sich, abends bis um elf unterwegs zu sein? Debbie drückte die Zigarette aus. Genauso hatte es auch bei Liza angefangen. Sie kam zu spät nach Hause oder bekifft. Stank wie eine Flasche Budweiser. Falls die Kleine sich auch nur eine Sekunde lang einbildete, sie käme mit der Hälfte der Scheiße durch, die ihre ältere Schwester ausgebadet hatte, würde sie ihr blaues Wunder erleben. Wie ging nochmal der Spruch, den Debbies Mutter immer gesagt hatte? *Wenn du mich einmal für dumm verkaufst, schäm dich, Debra. Wenn du mich zweimal für dumm verkaufst, muss ich mich schämen.* Aber Debbie ließ sich nicht für dumm verkaufen. Nicht mehr. Sobald sie hier durch die Tür spazierte, würde sie Elaine Louise derart das Fell über die Ohren ziehen, dass ihr Hören und Sehen verging. So viel stand fest. Sie trank noch einen Schluck ihres Michelob Ultra und versuchte, sich auf die Nachrichten zu konzentrieren.

«Ist sie schon da?», rief Bradley aus seinem Zimmer am anderen Ende des Flurs. Schadenfreude lag in seiner Stimme. Er wusste, seine Schwester würde mächtig Ärger bekommen.

«Brad, wenn du nicht sofort die verdammte Tür zumachst und in fünf Minuten eingeschlafen bist, kannst du Laser Tag mit Lyle morgen vergessen. Das verspreche ich dir!»

Mit einem dumpfen Knall flog die Tür zu, und Debbie versuchte sich wieder auf die Nachrichten zu konzentrieren. Von anderer Leute Not zu hören, beruhigte sie ein wenig. Ein Hausbrand. Ein Bankraub. Neun Tote bei einem Selbstmordattentat im Irak. Doch ihre Gedanken drehten sich im Kreis. Diesmal landeten sie bei Todd, der ebenfalls noch nicht zu Hause war. Er war der wahre Grund, warum Debbie so sauer war. Wo zum Teufel trieb der sich rum?

Auf ein Feierabendbierchen mit den Jungs, Schatz. Zum Runterkommen nach einem langen harten Tag, an dem ich mich abrackere, um deine Kinder durchzufüttern.

Bin echt am Arsch, dachte Debbie verbittert. Er war wahrscheinlich blau und vögelte die Neue aus dem Büro, in irgendeinem miesen Hotel in Lauderhill oder auf dem Rücksitz auf einem Handtuch. Die Empfangstussi namens Michelle, von der er schwor, dass sie nicht mal in seiner Filiale arbeitete, obwohl sie gestern das Telefon beantwortet hatte, als Debbie einen Kontrollanruf machte.

Debbie massierte sich die pochenden Schläfen und zündete

sich noch eine Zigarette an. Sie sah sich im Wohnzimmer um, das voller Mist war, den die Kinder liegenlassen hatten – verkrustete Cornflakes-Schüsseln vom Frühstück, Videospiele, Klamotten und haufenweise zerknitterte Zettel aus der Schule, die sie aus dem Ranzen zogen und irgendwohin warfen. Wenn Liza mal zu Hause auftauchte, ließ sie ihre Klamotten und ihren Kram einfach an Ort und Stelle fallen, egal wo. Und dann war da noch der Prinz des Hauses, Bradley. Dem testosterongesteuerten Gesetz seines Vaters folgend, dass Hausarbeit Frauensache sei, rührte er keinen Finger, um sein Zeug aufzuheben. Was Debbie erwartete, wenn sie nach einer Neun-Stunden-Schicht nach Hause kam, war: ein unordentliches Haus, ein mieser Ehemann, Kinder, die ihr jeden Tropfen Energie aussaugten. Und natürlich kein bisschen Respekt. Jetzt, nachdem sie mit der Ältesten endlich das Schlimmste hinter sich hatte, wie sie hoffte, fing Elaine an und trieb sie zur Weißglut. Sie schüttelte den Kopf und fegte die Zeitung von der Couch. So hatte sie sich das Leben nicht vorgestellt. Wie auf ein Stichwort fing die Uhr ihrer Mutter wieder zu bimmeln an.

Rosey, der Golden Retriever der Kinder, trottete mit einem großen Teddybär in der Schnauze herein und legte den Kopf auf Debbies Schoß. Der Hund stahl jede herumliegende Socke und jedes Stofftier im ganzen Haus. Diesmal war es Elaines verschlissener alter Teddy Claude. Rosey musste ihn aus Elaines Zimmer geklaut haben. Lainey ging immer noch nicht ohne ihren Teddy ins Bett. Auch wenn sie mit dreizehn so tat, als wäre sie erwachsen, brauchte sie immer noch ihr Kuscheltier. Debbie schob die bösen Gedanken, die sich immer wieder in ihren Kopf schlichen, beiseite. Sie strich über die Tasten des schnurlosen Telefons, das neben ihr lag, und fragte sich, ob sie die Polizei rufen sollte. Doch dann fielen ihr die Szenen mit Liza wieder ein und wie es war, wenn die Bullen sich erst mal einmischten. Sobald die ihre Nase in anderer Leute Angelegenheiten steckten, wurde man sie nicht mehr los. Lieber nicht. Stattdessen versuchte sie es nochmal auf Todds Handy. «Wo zum Teufel bist du?», bellte sie, als die Stimme ihres Mannes sie bat, nach dem Pfeifton eine Nachricht zu hinterlassen, damit er sobald wie möglich zurückrufen konnte.

Sobald ich von der unsichtbaren Empfangstussi mit der tollen Titten-OP abgestiegen bin, die nicht Michelle heißt, rufe ich gerne zurück. Piiiep.

Wahrscheinlich übernachtet sie bei ihrer neuen Freundin, dachte Debbie. Wie hieß die nochmal? Die, mit der Lainey ins Kino gegangen war. Carly? Karen? Irgend so was. Vielleicht hatte Lainey ihr sogar gesagt, dass sie bei ihr übernachten wollte? Heute Morgen war mal wieder alles drunter und drüber gegangen, als sie versucht hatte, jeden rechtzeitig aus dem Haus zu kriegen und selber pünktlich zur Arbeit zu kommen; wahrscheinlich hatte sie einfach vergessen, was Lainey ihr gesagt hatte, das war alles. Und der Grund, warum sie nicht ans Telefon ging? Ganz einfach. Weil sie den Akku nie auflud. Das war nichts Neues.

Debbie zog Claude aus Roseys Schnauze und wischte mit dem Bademantelärmel den Sabber ab. Mit einem langen Schluck trank sie ihr Bier aus, dann nahm sie sich noch eine Dose aus dem tragbaren Kühlschrank neben der Couch. Sie drehte die Lautstärke auf und wiegte abwesend den Teddy in den Armen, während Jay Leno mit seinem Monolog begann und die Standuhr eine weitere halbe Stunde ihres miesen Lebens runterzählte.

«So fangen Albträume an. Oder enden sie so?»

Rod Serling, *Twilight Zone*

10

Der Lärm des Rasenmähers direkt unter seinem Schlafzimmerfenster weckte Special Agent Supervisor Bobby Dees vom FDLE – dem Florida Department of Law Enforcement – aus einem seltsamen Traum, in den er endlich gesunken war. Einige Sekunden lang hatte sein erschöpftes Gehirn Mühe, den Krach mit dem Golfturnier zu verbinden, das er mit seinem toten Vater austrug. Ein Platzwart, der die Hänge von Loch achtzehn mähte? Ein Tiefflieger vielleicht? Langsam verebbte das Röhren, und eine gespannte Stille legte sich über die Zuschauer, während sein Vater zum Putt ausholte ...

Dann wendete der Nachbar den John-Deere-Rasenmäher.

Es nutzte nichts. Bobby hob ein Lid. Die Sonnenstrahlen, die durch die Jalousien sickerten, hatten einen weichen rosa Ton. Er sah auf den Wecker auf seinem Nachttisch. 9:03 Uhr. Dann fiel ihm ein, dass Sonntag war.

Grunzend rollte er sich zur Seite, und der neue John Grisham, über dem er eingeschlafen war, rutschte von seiner Brust und landete mit einem dumpfen Schlag auf dem Boden. Das Kissen seiner Frau war warm, aber leer. Er hörte, wie sich mit einem leisen Klicken die Badezimmertür schloss. Ein paar Sekunden später rauschte die Dusche. LuAnns Schicht im Krankenhaus fing eigentlich erst um zehn an, doch gerade am Wochenende war sie gern etwas früher da, um in der Cafeteria einen Kaffee zu trinken und die Zeitung zu lesen, bevor sie sich in der überlaufenen Notaufnahme um die Betrunkenen und Unfallopfer von Samstagabend kümmerte.

Bobby zog sich das Kissen über den Kopf. Ein paar Minuten lag er mit geschlossenen Augen da und wehrte sich dagegen, dass er endgültig wach war. Das letzte Mal, als er auf die Uhr gesehen hatte, war es 5:49 Uhr gewesen. Das Röhren des Rasenmähers wurde leiser wie ein Lied im Radio, das ausgeblendet wurde, die Menge auf dem Green beruhigte sich, und er driftete wieder davon …

Dann klingelte sein Nextel.

Auch das noch. Er tastete nach dem Telefon auf dem Nachttisch und nahm es mit unter die Decke. «Dees», knurrte er.

«Mann, du klingst scheiße», antwortete die vertraute Stimme am anderen Ende und lachte leise. «Was ist los, Mann? Hat dir jemand in die Cornflakes gepinkelt?»

«Was los ist? Erzähl du mir doch, was los ist, wenn du sonntags um, was, neun Uhr morgens hier anrufst, Zo!»

Lorenzo «Zo» Dias war der kürzlich beförderte Assistant Special Agent in Charge des FDLE Regional Operations Center in Miami alias Bobbys Boss. «Sag jetzt nicht, dass du noch nicht aufgestanden bist …»

«Schon bin ich auf hundertachtzig.» Bobby setzte sich auf und rieb sich über den Kopf. «Dein Überstundenbudget schmilzt dahin, Boss. Bin offiziell wieder im Dienst.»

«Und was, wenn ich nur fragen wollte, ob du Lust hast, heute Morgen auf dem Blue Monster ein paar Abschläge mit mir zu üben?»

Bobby gähnte. «Jetzt weiß ich, dass die Arbeit ruft. Du würdest ein Loch nicht mal mit Landkarte, Taschenlampe und persönlichem Führer finden. Wann hast du das letzte Mal Golf gespielt?»

Bobby und Zo waren schon gute Freunde gewesen, lange bevor Zo seinen einsamen Aufstieg in der Befehlskette des FDLE begonnen hatte. Vor fast zehn Jahren hatten sie sich auf der Training Academy des FDLE kennengelernt – Zo hatte den Dienst für das Miami Beach Police Department an den Nagel gehängt, um Special Agent zu werden; Bobby hatte die Nase voll von New York und der Schwachsinnspolitik des NYPD und war wegen des Wetters und der Sehnsucht nach einem weniger hektischen Lebensrhythmus nach Süden gekommen – was sich als reine Ironie herausstellte, denn in Südflorida waren Hurrikane fast so häufig wie Gewitter, und in der Crimes Against Children Squad, dem Dezernat für Verbrechen an Kindern, betreute er doppelt so viele Fälle wie im Überfalldezernat in Queens. Trotz allem waren er und Zo über die Jahre und die Posten hinweg Freunde geblieben, und daran hatten nicht einmal die bürokratischen Scherereien der letzten Monate etwas geändert. Zo war einer der wenigen Menschen, die es geschafft hatten, ein guter Chef zu sein und dabei ein guter Freund zu bleiben. Die meisten, denen Bobby im Lauf seiner Karriere begegnet war, mutierten zu Arschlöchern, noch bevor die Tinte auf der Beförderungsurkunde getrocknet war, und opferten blindwütig Kollegen, nur um irgendeinem ausgestopften Anzug in Tallahassee zu zeigen, dass sie dazu fähig waren. Andererseits war Zo erst seit ein paar Monaten Assistant Special Agent in Charge …

Zo seufzte. «Erwischt. Ich gehe lieber zur Zahnreinigung, als Bälle, die kleiner sind als meine eigenen, im Schneckentempo über eine große grüne Wiese zu schubsen. Von mir aus nenn mich unamerikanisch. Wir sehen uns in einer halben Stunde.»

«Was ist los?»

«Ein Kind, das seit Freitag nach der Schule vermisst wird», erklärte Zo und wurde ernst. «Die dreizehnjährige Elaine Louise Emerson aus Coral Springs. Sieht zwar nach klassischer Ausreißerin aus, aber wir müssen antanzen. Das Coral Springs PD hat uns dazugebeten. Kennst ja die Vorschriften.»

Leider, das stimmte. Bobby kannte die Vorschriften. Vermisstes Kind. Eltern rufen die örtliche Polizei. Die örtliche Polizei ruft das FDLE. Das FDLE ruft Bobby. In solchen Fällen waren die ersten vierundzwanzig Stunden entscheidend, was hieß, sie waren längst viel zu spät dran. Bobby rieb sich die Augen. Er hatte zu oft den gleichen Anruf erhalten. Niemand wusste besser als er, dass es bei vermissten Kindern keine Routine gab, und selten stellte sich heraus, dass alles so war, wie es von Anfang an «ausgesehen» hatte. «Hat schon jemand beim Clearinghouse angerufen?» Das Missing Children Information Clearinghouse war eine zentrale Datenbank, in der alle Informationen zu Fällen von vermissten Kindern gespeichert wurden.

«Damit haben sie auf dich gewartet. Die Mutter hat sich erst gestern Nacht gemeldet. Sie hat fast zwei Tage gewartet, dass ihr Kind zurückkommt. Sagt, sie dachte, die Kleine hätte einfach bei einer Freundin übernachtet.» Zo seufzte verbittert. «Frag mich nicht, warum sie bis kurz vor Mitternacht gewartet hat, bevor sie die Freundinnen ihrer Tochter anrief, um rauszufinden, bei wem sie denn nun ist. Leider braucht man keine Genehmigung, um Eltern zu werden.»

Ein kurzes, unangenehmes Schweigen entstand.

«Du weißt schon, was ich meine», sagte Zo, als Bobby nichts sagte.

«Wo soll ich hinkommen?»

«Wir treffen uns am Haus. Du kannst mit den Eltern reden, ein Gefühl für die Familie kriegen. Wenn dir nicht gefällt, was du hörst, melde es. North West 41st Street, Hausnummer 11495. Zu deiner Information, das ist Section 45.»

«Section 45» war das Deckwort für «SHITSVILLE», miese Gegend. Coral Springs war ein ausgedehnter Vorort mitten in einem Gebiet, das noch bis vor kurzem Ackerland gewesen war. Am Rande der Everglades, dreißig Kilometer westlich von Fort Lauderdale und siebzig Kilometer nördlich von Miami, waren die Feldwege zu vierspurigen Highways asphaltiert worden und auf den Bohnenfeldern hatte man Wohnsiedlungen hochgezogen, Büroparks und natürlich Starbucks-Filialen an jeder Ecke. Von der Zeitschrift *Money* zu einem der beliebtesten Wohnorte in den Vereinigten Staaten gewählt, hatte Coral Springs, wie jede Stadt im Wachstum, auch seinen Anteil an Problemzonen und miesen Gegenden, die die Stadträte lieber anderswo eingemeindet gesehen hätten. «Section 45» war eine davon.

«Alles klar», sagte Bobby und griff nach dem *People*-Heft auf LuAnns Nachttisch, um sich auf John Travoltas besorgter Stirn die Adresse zu notieren. «Bin in einer halben Stunde da. Und du? Hast du sonntags nichts Besseres zu tun, als mit mir rumzuhängen? Ein Unglück kommt selten allein.»

«Trent hat mich gebeten mitzukommen, weil der Polizeichef von Springs ihn extra angerufen hat. Wie gesagt, wahrscheinlich eine Ausreißerin, aber sie wollen, dass wir antanzen, damit später keiner sagen kann, es wäre nichts unternommen worden. Die können da draußen nicht noch mehr schlechte Publicity gebrauchen.»

Trent war Trenton Foxx, der neue Regional Director des FDLE in Miami alias der Oberboss. «Na schön», antwortete Bobby und gähnte. «Ist ja wie in den alten Zeiten, Chef. Ich bring den Kaffee mit.»

«Mach drei draus. Nur zu deiner Info, Veso kommt auch dazu.»

Bobby ignorierte die letzte Auskunft und legte auf, bevor er zu Zo dem Freund etwas sagte, das Zo dem Chef nicht gefallen würde. Frank Veso war der jüngste einer Reihe von unerfahrenen Agenten, die aus irgendeinem gottverlassenen Nest nach Miami versetzt wurden, um an Bobbys Stuhl zu sägen. Nicht dass Bobby etwas gegen Veso persönlich hätte – verdammt, er kannte den Typen nicht mal –, doch langsam hatte er die Nase voll davon, all den Grünschnäbeln, die es auf seinen Posten als Special Agent Supervisor abgesehen hatten, das Handwerk beibringen zu sollen. Es war kein Geheimnis, dass der neue Regional Director eine «Veränderung» in der Crimes Against Children Squad haben wollte – nämlich SAS Bobby Dees raus und einen «noch zu benennenden» Agent rein. Doch in Wirklichkeit war es so: Egal wie nett die Gehaltserhöhung und wie prestigeträchtig der Titel, am Ende *wollte keiner* Bobbys Job, und Bobby und Zo und der Director wussten das nur zu gut. Bis heute hatten alle Anwärter, die in den Süden geflogen kamen, um einen Schnupperkurs zu belegen, sehr bald den Rückwärtsgang eingelegt und waren reumütig in das jeweilige FDLE Regional Operations Center zurückgekehrt, aus dem sie gekommen waren. Denn die Arbeit fürs CAC brachte dein Gesicht zwar schneller ins Fernsehen als die Überführung skrupelloser Buchhalter, aber immer aus wirklich üblen Gründen. Verprügelte Kinder. Ausgebeutete Kinder. Missbrauchte Kinder. Vermisste Kinder. Tote Kinder. Für die meisten Cops war die Wurst, die am Ende einer Ermittlung baumelte, die Wiederherstellung der Gerechtigkeit – der Böse wurde geschnappt und eingesperrt, die Akte geschlossen. Auto gestohlen. Auto gefunden. Täter im Knast. Opfer glücklich. Doch bei Verbrechern, die es auf Kinder abgesehen hatten, fing die Ermittlung oft mit einem Opfer an und endete mit ein paar Dutzend. Und selbst wenn man den Arsch ein paar Jahrzehnte hinter Gitter brachte und die Akte geschlossen war und in einem Schuhkarton im Archiv landete, hatte man nie wirklich das Gefühl, es war vorbei. Man konnte nie sicher sein, wirklich alle Opfer gefunden zu haben. Und weil Kinder allgemein schlechte Zeugen waren und weil Eltern nicht wollten, dass die armen Kleinen das Trauma noch einmal durchleben mussten, kam es vor, dass ein Cop die Wurst niemals schmeckte – ein Klaps auf die Hand und eine lange Bewährungsstrafe waren die einzige Gerechtigkeit, die auf der Speisekarte des Gerichts zu haben war. Für Crimes Against Children zu arbeiten war, als wenn man ein Pflaster abzog, um einen Kratzer zu versorgen, und feststellte, dass das ganze Gewebe nekrotisch war. Wie viele Schichten gesunden Fleisches im Verborgenen längst zerfressen waren, das schockierte immer wieder. Erst dann begann man zu verstehen, wie allgegenwärtig das Böse war. Erst dann verstand man, dass für die kleinsten und unschuldigsten Opfer der Albtraum, der ein Leben dauern würde, gerade erst begonnen hatte. Und am Ende des Tages – oder am Ende der Ausbildung – konnten nur wenige Cops mit dieser Realität umgehen, ganz gleich wie dick die Lohntüte war und wie hell das Rampenlicht auf ihre Karriere schien.

Bobby stieg aus dem Bett, zog die Jalousien hoch und sah aus dem Fenster. Draußen zerrte sein rotgesichtiger Nachbar Chet mit der ausgeprägten Brustbehaarung den Rasenmäher zurück in die Garage. In einer anderen Einfahrt stand ein lila Jogging-Kinderwagen, und eine entschlossene junge Mutter stretchte am Bordstein ihre Waden. Die zweijährigen Zwillinge von nebenan stopften sich wahrscheinlich gerade vor dem Fernseher mit Cheerios voll, während sie mit großen Augen *Spongebob* sahen. Würde er den Kopf weiter aus Fenster recken, könnte er an diesem sonnigen Sonntagmorgen den gebratenen Speck und den frischen Kaffee in der Luft riechen. In der Dusche ging das Wasser aus, und die Stille war beinahe ohrenbetäubend.

Willkommen in Suburbia. Mit einem Anflug von Bitterkeit sah Bobby zu, wie das Leben weiterging, als wäre alles in bester Ordnung. Steigende Gaspreise und fallende Börsenkurse und ein Krieg, der zehntausend Kilometer weiter von Kindern ausgefochten wurde, waren nichts als leicht beklemmende Schlagzeilen in der Morgenzeitung. Dann wurde zum Sportteil geblättert, zu den Ergebnissen der Samstagsspiele, oder zum Reiseteil, auf der Suche nach spannenden Ideen für den nächsten Sommer.

Behaglich zurückgelehnt in dem kleinen Kokon, wo die wirklich schlimmen Dinge immer nur den anderen passierten. Besser gesagt, den schlechten Menschen, die sie verdienten. Gleichgültig und vollkommen ungerührt gegenüber der Tatsache, dass jemand von ihnen soeben sein Kind verloren hatte.

11

«Ich dachte, du wolltest ausschlafen», sagte LuAnn in den Spiegel, mit offenem Mund und der Wimperntusche in der Hand, als er ins Bad kam.

«Ich hab's versucht. Aber wer soll bei dem Lärm schlafen?» Bobby griff nach der Zahnpastatube, die auf dem Waschbeckenrand lag, und sah zu, wie LuAnn sich schminkte. Der kurze Morgenmantel klebte an ihrem feucht glänzenden Körper, und ihre Haut duftete nach Freesien. Unter der blütenweißen Baumwolle wirkten ihre straffen Beine noch braungebrannter als sonst. Der Bademantel stand offen, und der Gürtel war nur lose geknotet, sodass er die helle Wölbung ihrer Brust und ihren flachen, festen Bauch sehen konnte. Mit neununddreißig hatte seine Frau immer noch eine unglaubliche Figur. Allein hier zu stehen und zuzusehen, wie sie sich schminkte, erregte ihn, sowohl körperlich als auch emotional. LuAnn hatte immer schon so stark auf ihn gewirkt, seit dem Augenblick, als sie sich unter den gleißenden Neonröhren in der Notaufnahme des Jamaica Hospital zum ersten Mal begegnet waren. Es war ihr Gesicht, das ihn beruhigt hatte, ihre Worte, die zu ihm durchdrangen, während er auf dem kalten Stahltisch lag und aus der Schusswunde blutete, die seine Oberarmarterie verletzt hatte. Als er nach ein paar Tagen in einem Krankenhauszimmer voller besorgter Kumpel in blauen NYPD-Uniformen aufwachte, benommen von den Medikamenten und geschwächt von der Infektion, die seinen Körper befallen hatte,

erinnerte sich Bobby nicht an viel, doch sie hatte er nicht vergessen – die dunkelblonde Schwester mit den smaragdgrünen Augen und dem leichten, melodischen Südstaatenakzent. Er konnte ihr Flüstern heute noch hören und sah die grellen Lichter der Notaufnahme hinter ihrem Kopf vor sich wie einen Strahlenkranz.
Officer Dees ...
Dees ...
Bobby, kommen Sie schon.
Bleiben Sie bei uns, Bobby ...
Nicht einschlafen ... hierbleiben ... bleiben Sie hier ...
Als sie am Morgen seiner Entlassung in sein Zimmer kam, erkannte er sie sofort wieder. Sie hatte ein engelsgleiches Gesicht, das perfekt zu ihrem Namen passte, dachte er. LuAnn Briggs stand auf dem Namensschild ihrer Schwesterntracht. LuAnn – süß, sanft, südlich, unkompliziert, zart, lebhaft, verführerisch. Als sie sich an sein Krankenbett setzte und erklärte, dass sie in der Nacht, als er eingeliefert wurde, nicht einmal Dienst hatte, dass es erst ihr zweiter Tag in der Notaufnahme war, dass sie, während er im Koma lag, jede Nacht nach ihm gesehen hatte, wusste er, dass sich sein Leben für immer ändern würde. Drei Monate später machte er ihr einen Heiratsantrag. Noch im gleichen Jahr heirateten sie, zehn Tage vor Weihnachten. Im Dezember würden es achtzehn Jahre sein. Er vertrieb die alten Erinnerungen aus dem Kopf und stellte sich ans Waschbecken.

«Du solltest mit Chet reden», sagte LuAnn und wedelte mit der Wimperntusche in seine Richtung. «Ich musste sowieso aufstehen, aber du nicht. Das muss doch nicht sein, an einem Sonntagmorgen. Schon gar nicht bei deiner Schlaflosigkeit.»

Er drückte ein Stück Zahnpasta auf die Bürste. «Helen hat gesagt, er ist Zwangsneurotiker.»

«Das ist keine Entschuldigung.»

Bobby nickte und starrte sein Spiegelbild an. Er sah grauenhaft aus. Im Bartschatten begannen die silbernen Stoppeln zu überwiegen. Die Lachfältchen um seine blauen Augen waren zu ständigen Gästen geworden – ob es etwas zu lachen gab oder nicht. Seit wann ließ ihn das Alter mehr verwahrlost als seriös aussehen? Wann war er vierzig geworden, vor ein paar Monaten erst? Mit täglichen fünf gejoggten Kilometern und zwei Einheiten pro Woche im Fitnessstudio hielt er sich die Pfunde vom Leib und den Stress in Schach, aber trotzdem war ihm der Kilometerstand allmählich anzusehen. Alles nur eine Frage der Zeit. Die Tatsache, dass er nachts nicht mehr schlief, beschleunigte den Prozess. Im vergangenen Jahr war er um zehn Jahre gealtert.

LuAnn ließ die Wimperntusche in ihr Make-up-Täschchen fallen und lehnte sich ans Waschbecken. Sie zog den Bademantel zu und verschränkte die Arme über der Brust. «Hast du einen Grund, dich so schick zu machen?»

Selbst an den wenigen Sonntagen, an denen Bobby in die Kirche ging, trug er gewöhnlich Jeans und T-Shirt. Die gebügelte schwarze Hose, das weiße Hemd und die graue Seidenkrawatte, die jetzt lose um seinen Kragen hing, waren ein sicheres Indiz dafür, dass etwas passiert war. Niemand war gestorben, und es heiratete auch keiner – die Schlussfolgerung lag nahe, dass er einen Tatort zu besichtigen hatte. Er trocknete sich den Mund ab, griff nach dem Rasierschaum und drehte das heiße Wasser auf. Im Dampf beschlug die Scheibe. «Ich muss rein», sagte er leise.

«Ich dachte, du hättest diese Woche frei», wandte sie ein.

«Hatte ich auch. Aber jetzt muss ich doch rein.»

Ausdruckslos beobachte sie ihn im Spiegel, und ihr Gesicht verschwamm im Dampf, während sie auf den Rest der Erklärung wartete, die sie nicht hören wollte.

Er drehte sich zu ihr um. «Ein Mädchen», sagte er sanft. «Sie ist Freitag nach der Schule nicht nach Hause gekommen.»

LuAnn schwieg. Sie starrte ihn einfach nur an. Durch ihn hindurch. Wie es in kitschigen Liebesliedern hieß, hatte es einmal eine Zeit gegeben, als er sich in ihren smaragdgrünen Augen verlieren konnte. Als ihr Blick nur einen Wunsch in ihm entfachte: sie zu küssen. Doch als sie ihn jetzt anstarrte, waren ihre Augen kalt und leer. Der Abdeckstift konnte die dunklen Augenringe und die Krähenfüße, die der Stress um ihre Augenwinkel gegraben hatte, kaum kaschieren. In dem kleinen Bad standen sie keinen Meter voneinander entfernt, doch es war, als stünden Berge zwischen ihnen.

«Sieht aus, als wäre sie ausgerissen.»

«Oh», murmelte sie blinzelnd und ging an ihm vorbei ins Schlafzimmer.

Er rasierte sich, während sie sich schweigend anzog. Als er aus dem Bad kam, saß sie auf der Bank am Fußende des Betts und schlüpfte in die Schuhe. Er knöpfte sich das Hemd zu und band die Krawatte, hängte sich die Marke um den Hals und legte den Pistolengürtel an. Aus Respekt wartete er, bis sie wieder im Bad und außer Sichtweite war, bevor er den Waffensafe aufschloss, die Glock herausnahm und ins Holster gleiten ließ. Er wusste, der Anblick belastete sie. So war es schon immer gewesen, selbst als er, nachdem sein Arm geheilt war, wieder in den Polizeidienst zurückkehrte. Wahrscheinlich war er der einzige Cop beim NYPD gewesen, dessen Mädchen nicht auf die Uniform stand. Nicht dass LuAnn etwas gegen Waffen im Allgemeinen hatte, sie hasste es nur, *ihn* mit einer Waffe zu sehen. Es erinnere sie daran, was er den ganzen Tag tat und warum er eine Waffe brauchte, sagte sie.

Er zog ein Sportsakko über und ging zurück ins Bad. Sie stand vor dem Spiegel und starrte hinein. Als er sich hinter sie stellte, begann sie sich mechanisch das nasse Haar zu bürsten. Er legte ihr die Hand auf die Schulter und rieb sie sanft. «Arbeite nicht zu hart. Wir sehen uns heute Abend, Belle», sagte er in den Spiegel, dann küsste er sie zärtlich auf die Wange.

Belle, seine Südstaatenprinzessin. LuAnn nickte nur und bürstete sich weiter. Ihre Haut war kühl und etwas feucht, wie die Innenseite einer Scheibe an einem verschneiten Tag.

Er verließ das Bad, nahm Autoschlüssel und Handy vom Nachttisch und ging den Flur hinunter, vorbei an den hübsch gerahmten Familienfotos, die praktisch jeden Zentimeter der honiggelben Wand bedeckten. Die letzte Tür stand einen Spalt offen, und ein zerbeultes Straßenschild, das daran hing, warnte: «Betreten verboten». In dem kaugummirosa Zimmer wärmte die Morgensonne Dutzende von Teddybären, die ordentlich auf einer metallisch silbrigen Tagesdecke saßen. Auf einem Stuhl lag frische, gefaltete Wäsche, die darauf wartete, eingeräumt zu werden. Er blieb stehen, um die Tür zuzuziehen, und hielt einen Moment mit der Hand auf dem Knauf inne. Eine Million Gedanken fluteten sein Gehirn, doch er schob sie hastig fort.

Als er die Treppe hinunterging, leckte er sich über die trockenen Lippen. Sie schmeckten salzig. Da wusste er sicher, dass sie geweint hatte.

12

Keine Ü-Wagen, kein Chaos blinkender Streifenwagen, kein Schwarm von dröhnenden Helikoptern am Himmel.

Das war das Erste, was Bobby auffiel, als er den Pontiac vor dem heruntergekommenen weißen Bungalow parkte. Auf dem durchhängenden Dach flatterte eine ausgebleichte blaue Plane im Wind, und ein Fahrrad lehnte an einem Carport aus Plastik. Ein paar Häuser weiter tollten ein paar Teenager mit Skateboards auf selbstgebauten Rampen herum, lachten und machten ihre Witze. Offensichtlich war die Tatsache, dass ein Mädchen nach einem Wochenende nicht nach Hause gekommen war, kein Grund zur Sorge.

«Hallo, schöner Mann», rief Zo und klopfte an die Heckscheibe. Dann kam er an die Fahrerseite und lehnte sich ins Fenster, einen Zahnstocher im Mundwinkel, die Augen hinter einer Ray-Ban verborgen. Er trug Kakihosen und ein hellblaues Hemd, den Kragen aufgeknöpft, die Krawatte gelöst und die Ärmel bis zu den Ellbogen aufgekrempelt, als würde er sich gleich unter der Motorhaube eines Wagens zu schaffen machen oder helfen, ein Baby zur Welt zu bringen. Es war kein Geheimnis, dass sich Zo in Flipflops und Shorts wohler fühlte. Er befühlte das Revers von Bobbys Sportsakko. «Echt Polyester?»

«Sehr witzig. Ich könnte lügen und sagen, echt Armani, aber du würdest die Pointe nicht kapieren. Wozu der Zahnstocher, Kojak?» Bobby öffnete die Wagentür und stieg aus.

Zo seufzte. «Habe mit dem Rauchen aufgehört.»
«Ach ja? Wann?»
«Gestern.»
«Ich dachte, du wolltest mit dem Trinken aufhören.»
«Nein. Das habe ich aufgegeben. Camilla hat gesagt, sie sieht mich lieber blau als mit Krebs und tot. Auf Partys soll ich ein echter Knaller sein.»
«Das kann ich bestätigen.»
«Seit gestern Abend habe ich eine ganze verdammte Packung gefressen. Aber keine einzige Kippe.» Zo spuckte den zerkauten Zahnstocher auf den Boden und steckte sich einen neuen in den Mund.
«Was ist mit diesen Pflastern? Die sollen funktionieren.»
Zo zog den Ärmel seines Hemds noch weiter rauf. Drei fleischfarbene Rechtecke klebten auf dem muskulösen Bizeps, der so breit war wie Bobbys Schenkel. Zos grauer kurzgeschorener Kopf mochte seine fünfundvierzig Jahre verraten, doch körperlich war er top in Form. Er trainierte die neuen Agents in taktischer Verteidigung, stand dem Special Response Team vor – dem Sondereinsatzkommando des FDLE – und war physisch eine respekteinflößende Erscheinung, sowohl im Büro als auch draußen im Einsatz. Wenn Zo «Spring!» sagte, fragten die meisten nur: «Wie hoch, Sir?»
Bobby schüttelte den Kopf. «In anderen Worten, man pinkelt dir heute lieber nicht ans Bein.» Dann warf er einen Blick auf das Haus. «Also gut. Was erwartet mich dadrin?»
«Bin auch gerade erst angekommen. War noch nicht drin. Ich warte noch auf Veso. Übrigens, leg nicht nochmal einfach auf, wenn du mit mir telefonierst», sagte Zo mit finsterer Miene und erhobenem Zeigefinger, während er sein Notizbuch aus der Tasche zog. Er lehnte sich gegen die Haube von Bobbys Wagen. «Elaine Louise Emerson. Geboren am 27. August 1996. Braune

Haare, braune Augen, 1,52 Meter groß, 43 Kilo. Besucht die siebte Klasse der Sawgrass Middleschool.» Er hielt eine Farbkopie hoch, offensichtlich ein Schulfoto von einem jungen, schlaksigen Mädchen an einem Pult, die Hände auf dem Tisch gefaltet, mit kaffeebraunem, welligem langem Haar. Hellbraune Augen sahen hinter einer Brille hervor, die ein wenig zu groß für ihr Gesicht wirkte. Sie lächelte, ohne die Zähne zu zeigen, was darauf schließen ließ, dass sie sich entweder für ihre Zähne schämte, weil sie schief waren, oder dass sie eine Zahnspange trug. Sie sah nicht direkt wie eine Streberin aus, aber sie war eindeutig in dem schwierigen Alter mitten in der Pubertät, wenn ein Mädchen kein Kind mehr war, aber noch Lichtjahre davon entfernt, eine Frau zu sein. «Das Fax kam heute Morgen rein», sagte Zo und reichte ihm die Kopie.

«27. August?», sagte Bobby. «Das ist mein Geburtstag.»

«Legendäre Fete. Wie lang warst du auf? Bis elf?»

Bobby ignorierte den Kommentar. «Ist das aktuell? Für dreizehn sieht sie ziemlich jung aus.»

«Das hier war in der fünften Klasse, angeblich.»

«Fünfte Klasse? In dem Alter bedeuten zwei Jahre Welten.»

«Die Mutter sucht gerade nach einem neueren Bild.»

Bobby dachte an LuAnn und die Fotos, mit denen sie jede Wand im ganzen Haus tapezierte. Die Bibliothek von Fotoalben, die sie im Wohnzimmer hatten. Wenn man alle Bilder aufeinanderstapeln und schnell genug durchblättern würde, hätte man wahrscheinlich eine Art Daumenkino vom gesamten Leben ihrer Tochter Katy. Kein Tag würde fehlen. Keine Lücke von zwei Jahren, deretwegen LuAnn sich erst auf die Suche machen müsste …

«Ich habe gehört, sie ist drin und sie ist ziemlich sauer», sagte Zo.

«Auf wen?»

«Auf die Kleine, die Cops, den Ehemann, such dir was aus. Du bist als Nächstes dran», warnte er. «Debra Marie LaManna, Alter sechsunddreißig. Arbeitet bei einem telefonischen Auftragsdienst namens Ring-a-Ling drüben in Tarmanac.»

«Vater?»

«Stiefvater alias Ehemann Nummer drei. Todd Anthony LaManna, Alter vierundvierzig. Autoverkäufer des Monats bei CarMax.» Zo zog die Braue hoch. «Und im Moment hat er gerade Dienst.»

«Ich schätze mal, der macht sich keine großen Sorgen um die kleine Elaine», sagte Bobby.

«Ich schätze mal, so ist es.»

«Der richtige Vater?»

«Irgendwo in Kalifornien. Seit ein paar Jahren hat keiner mehr was von ihm gehört. Die Mutter hat drei Kinder: Liza Emerson, sechzehn, Bradley LaManna, der Sohn unseres Gebrauchtwagenhändlers, acht, und Elaine, die vermisst wird, dreizehn seit, wie du weißt, ein paar Wochen. Schlüsselkinder.»

«Hat jemand in den Krankenhäusern angerufen?»

«Ist erledigt. Nichts.»

Bobby warf einen Blick auf die vom Wetter gezeichneten Pappkartons, die sich an der Hauswand stapelten. Umzugskisten. «Wie lange wohnen sie schon hier?»

«Mutter und Stiefvater haben im Juni ihre Führerscheinadresse geändert. Das Haus ist gemietet. Anscheinend haben sie vorher in Ramblewood gewohnt, auch zur Miete, ein paar Kilometer von hier.»

«Irgendeine Vorgeschichte?»

«Nicht bei der Kleinen. Aber die Polizei war ein paarmal bei ihnen zu Hause. Einmal wegen häuslicher Gewalt und ein paarmal wegen der Sechzehnjährigen. Sie hatte Ärger wegen Alkohol, Marihuana und Schuleschwänzen. Zuletzt vorigen Monat wegen

Einbruch. Aber am Ende wurde die Sache zu unbefugtem Betreten des Schulgeländes runtergekocht.»

«Autsch. Ein fauler Apfel ...»

«... verdirbt den ganzen verdammten Korb», ergänzte Zo. «Die Schwester ist mehrmals ausgerissen. Miami-Dade hat sie vor ein paar Monaten nach einer Vermisstenanzeige des NCIC in Little Havana aufgelesen, wo sie um zwei Uhr morgens mit ein paar Jungs von den Latin Kings herumhing.» NCIC stand für National Crime Information Center, das nationale Informationssystem der Polizei.

«Keine gute Gesellschaft», bemerkte Bobby und trat mit der Schuhspitze gegen den Bürgersteig. Der Rasen war seit Wochen nicht gemäht worden. Der Rand des Grundstücks noch länger nicht. «Wer ist bei ihr drin?»

«Die GIU von Coral Springs kam gestern Nacht, als die Mutter sich endlich durchgerungen hatte anzurufen.» GIU stand für General Investigation Unit, eine Art allgemeine Ermittlungseinheit. «Bill Dagher und Troy Bigley. Kennst du sie?»

Bobby schüttelte den Kopf. Er kannte fast jeden Cop in Südflorida, der für Crimes Against Children oder Special Victims arbeitete. Die Tatsache, dass er beide Namen noch nie gehört hatte, sagte ausreichend viel über sie aus.

«Sie halten die Kleine für eine Ausreißerin. Der Chief von Coral Springs hat Trenton heute Morgen angerufen, damit wir die Sache durchwinken. Du weißt schon, nach der Scheiße mit der kleinen Jarvis im letzten Jahr wird in der Stadt am liebsten RDA gespielt.»

«Rette deinen Arsch» – jeder wollte sich absichern, keiner Verantwortung übernehmen. Bobby nickte. Normalerweise wurde das FDLE bei vermissten Kindern nur dann eingeschaltet, wenn es Grund zu der Annahme gab, dass ihr Leib und Leben in Gefahr waren – will sagen in Entführungsfällen –, nicht bei Ausreißern.

Bei fünfzigtausend Kindern, die sich allein in Florida jedes Jahr aus dem Staub machten, gab es einfach nicht genug Beamte, die nach jedem Teenager suchen konnten, der nicht gefunden werden wollte. Die örtliche Polizei kümmerte sich gewöhnlich selbst um ihre Fälle und rief das FDLE und das Clearinghouse nur dazu, wenn es um Entführungen, gefährdete Personen oder Ausnahmefälle ging. Doch dann war es zu dem Jarvis-Debakel gekommen.

Makala Jarvis war fünfzehn, als ihre Großmutter sie beim Coral Springs Police Department erstmals als vermisst meldete. Zwei Tage später rief die Mutter bei der Dienststelle an und behauptete, Makala sei wieder zu Hause. Die Akte wurde ohne Überprüfung geschlossen und Makalas Name von der Vermisstenliste des NCIC gestrichen, obwohl die Großmutter darauf beharrte, Makala sei *nicht* nach Hause gekommen. Es dauerte zwei Jahre, bis endlich ein Beamter der alten Frau zuhörte und Makalas Namen wieder ins NCIC setze. Einen Monat später wurden die Knochenreste einer jungen weiblichen Unbekannten identifiziert, die achtzehn Monate zuvor in einem Koffer auf dem St. John's River gefunden worden war. Makala Jarvis war durch stumpfe Gewalteinwirkung auf den Schädel gestorben. Die anschließende Ermittlung förderte zu Tage, dass Makala, zwei Wochen bevor ihre Großmutter sie erstmals als vermisst meldete, in einem Prozess wegen häuslicher Gewalt gegen den Freund ihrer Mutter hatte aussagen sollen. Im Fall einer Verurteilung hätte der Freund gegen Bewährungsauflagen verstoßen und wäre für zwanzig Jahre ins Florida State Prison gewandert. Makalas Mutter wollte ihren Ernährer nicht verlieren, und da die Cops nicht nach Leuten suchten, die nicht vermisst wurden, stand Makalas Name, als ihre Leiche aus dem Fluss gefischt wurde, nicht einmal mehr auf der Liste möglicher Opfer. Und so lagen ihre Gebeine fast zwei Jahre lang unidentifiziert in einem schwarzen Sack im Regal des gerichtsmedizinischen Instituts in Duval County.

Der Fall Jarvis schlug ungeheure Wellen. Der verantwortliche Ermittler des Coral Springs Police Department wurde gefeuert, praktisch die ganze General Investigations Unit wurde zum Streifendienst verdonnert und das gesamte Department von der Presse durch die Mangel gedreht. Und in allen Departments gab es eine neue Devise: Rette deinen Arsch. Ohne diese neue Devise hätte Bobby den Namen Elaine Emerson höchstwahrscheinlich nie gehört. «Durchwinken» hieß also nichts anderes als: «Wir haben schon ermittelt, ihr müsst nur noch den Bericht abzeichnen.»

«Wo war der Stiefvater am Freitag?», fragte Bobby.

«Mit den Jungs unterwegs. Oder den Mädels. Die Mrs. sagt, er wäre gegen drei zu Hause eingetorkelt. Wobei Torkeln mein Wort ist. Aus persönlicher Erfahrung glaube ich, dass die meisten Leute torkeln, wenn sie morgens um drei Uhr nach Hause kommen.»

«Hat schon jemand mit ihm gesprochen?»

«Noch nicht. Er ist gestern Abend spät gekommen und heute früh wieder aufgebrochen. Bei der Scheiße, die Stieftochter Numero uno so produziert, erwartet er wahrscheinlich von der nächsten das Gleiche und denkt sich: Nichts wie raus hier.»

«Der faule Apfel …», murmelte Bobby.

«Verdirbt das ganze verdammte Fass.» Zo klappte das Notizbuch zu.

Bobby ließ den Blick über den ungepflegten Rasen schweifen, die übervolle Mülltonne, das Haus, das dringend gestrichen gehörte. Sah nicht so aus, als würde Todd LaManna viel Zeit zu Hause verbringen. «Dein Schützling Veso ist spät dran, Boss», sagte er mit einem Blick auf die Uhr. «Schätze, was er hier verpasst, muss er später beim Briefing nachholen.» Er ging den Zementweg hinauf. «Der Morgen läuft uns davon, und ich will rausfinden, wo zum Teufel die Kleine abgeblieben ist.»

13

«Ich glaube, sie heißt Karen oder Carla.» Debra LaManna saß auf einem malvenfarbenen Anbausofa und griff nach der nächsten Zigarette, obwohl die letzte noch auf dem Polster neben ihr im Aschenbecher vor sich hin glühte. In dem bescheidenen, unordentlichen Wohnzimmer hing dünner blauer Dunst. «Sie wollte nur ins Kino, verdammt nochmal», setzte sie mit einem Augenrollen nach. «Tut mir leid, dass ich nicht dran gedacht habe, mir die Sozialversicherungsnummer des Mädchens zu notieren, mit dem sie gegangen ist.»

Bobby musterte die schmale Frau mit den knochigen, sommersprossigen Wangen und dem misstrauischen Blick, die vor ihm saß. Ihr dünnes glattes Haar war zu einem Pferdeschwanz zurückgebunden, der ihr über die Schulter hing und den sie abwesend streichelte, wie den Schwanz einer Katze. Sie sah müde und gestresst aus, doch für eine Mutter, deren Tochter seit fast zwei Tagen vermisst wurde, wirkte sie nicht besonders traurig. Keine rotgeränderten Augen, kein von Tränenströmen verschmiertes Make-up. Keine Panik oder Angst. Nur jede Menge Wut, die wie ein Kraftfeld von ihrem dünnen Körper ausstrahlte. Die Botschaft war klar: Die kleine Elaine würde was erleben, wenn es ihr irgendwann einfiel, wieder zu Hause aufzukreuzen.

«Manchmal ist es die eine Frage, die nicht gestellt wurde», antwortete Bobby und sah sich um. Bill Dagher, der Ermittler des Coral Springs PD, stand in der Küche und verschickte eine SMS.

Für die örtlichen Beamten war die Ermittlung gelaufen: Die Anzeige war aufgenommen worden, und Elaine Louise Emerson wurde als vermisster Teenager in die Datenbank des NCIC eingegeben. Die Kleine wollte nicht heimkommen, so einfach war das, und ein Blick auf die Mutter und die Vorgeschichte der Schwester vermittelte eine ziemlich gute Ahnung, warum. Es war Aufgabe eines Sozialarbeiters vom Jugendamt, geradezubiegen, wovor Elaine überhaupt ausriss. «Hat sie Ihnen gesagt, welches Fach sie zusammen hatten?», fragte Bobby. «Wo das Mädchen wohnt? Einen Nachnamen? Hat sie vielleicht das Kino erwähnt oder welchen Film sie sich ansehen wollten?»

Debbie blies ihm eine Rauchwolke ins Gesicht. «Nein, nein, nein und nein.»

Je mehr Fragen Debbie LaManna nicht beantworten konnte, desto mehr fühlte sie sich als schlechte Mutter kritisiert, und desto aggressiver wurde sie. Ganz und gar nicht die verzweifelte Reaktion, von wegen «Ich tue alles, damit Sie sie finden», die man erwarten könnte, doch wenn er in den zehn Jahren als Leiter des Crimes Against Children Squad eines gelernt hatte, dann, dass es keine «angemessene» Reaktion gab, wenn ein Kind verschwand. Er hatte gesehen, wie die perfekte Mutter im Fernsehen schluchzte und bettelte, man möge ihren Engel finden – und hatte Stunden später im Verhörraum demselben kaltherzigen Miststück die Handschellen anlegen müssen. Und er hatte das genaue Gegenteil erlebt – die kühle, angeblich herzlose Mutter, die nicht weinen konnte. Deren scheinbare Gleichgültigkeit für die Öffentlichkeit so verdächtig wirkte. Die ihre Gefühle mit aller Macht unter Kontrolle behalten musste, weil sie wie eine zerbrochene Vase nur noch vom Kleber zusammengehalten wurde, und entfernte man nur eine einzige Scherbe, würde alles zusammenbrechen und ließe sich nie wieder reparieren. Es gab keine Reaktion – oder deren Ausbleiben –, die bei solchen Ermittlungen «normal» war. Aber selbst wenn Bobby aus Debra LaMannas offener Feindseligkeit nicht unbedingt «niedere Beweggründe» herauslas, es war kein gutes Gefühl, die Eltern des Kindes, nach dem man suchte, nicht zu mögen. In diesem Fall zum Beispiel konnte er sich nur zu gut vorstellen, warum das Mädchen vielleicht ausgerissen war.

«Und keine von Elaines Freundinnen, die Sie angerufen haben», er sah in seine Notizen, «Molly Brosnan, Melissa und Erica Weber, Theresa M. – keine von ihnen kennt diese Karen oder Carla oder weiß, wie man sie erreichen kann?»

Debbie seufzte laut. «Ich habe es doch schon gesagt, Elaine ist jetzt auf einer anderen Schule als letztes Jahr. Melissa, Erica, Molly – das sind Laineys frühere Freundinnen.»

«Lainey? Ist das Elaines Spitzname?», meldete sich Zo von einem Klappstuhl neben der Couch, wo er fast während der ganzen Befragung schweigend gesessen hatte.

Debra zuckte die Achseln. «So nennen sie ihre Freundinnen.»

«Neues Haus, neue Schule, neue Freunde. Wie ging es Lainey mit all den Veränderungen?», fragte Bobby.

Wieder rollte Debra die Augen. «Bitte. Sie fand's nicht toll. Wollen Sie das hören? Sie war unglücklich? Okay. Sie war unglücklich. Drama, Drama, Drama. In dem Alter ist immer alles ein Drama. Sie musste ihre Freundinnen ein paar Kilometer zurücklassen und die Schule wechseln, aber wir müssen alle Opfer bringen. Wenn das das Schlimmste ist, was sie als Kind erlebt, hat sie verdammtes Glück gehabt.»

«Was ist mit Jungs?», fragte Bobby.

«Sie hat keinen Freund.»

«Sind Sie sicher? Vielleicht gibt es einen, den sie gut findet?»

Debbie schnitt ihm mit einer wegwerfenden Handbewegung das Wort ab. «Bestimmt nicht.»

Bobby konnte hinter ihr die Küche sehen. Leere Bierflaschen standen auf der Arbeitsfläche und quollen aus dem Mülleimer. Auch den tragbaren Kühlschrank neben dem Sofa hatte er bemerkt. «Nimmt Elaine Drogen? Alkohol?»

Sie starrte ihn an, als hätte er drei Köpfe. «Hören Sie, wenn Sie einfach ein paar der Mädchen aus ihrer Schule anrufen würden, hätten Sie sie längst gefunden. Machen Sie einfach Ihre Polizeiarbeit und rufen Sie den Direktor an und lassen Sie sich eine Liste ihrer Klassenkameraden geben oder so was. Die kann ich mir ansehen, und vielleicht erkenne ich den Namen wieder. Ich bin mir sicher, dass Elaine bei diesem Mädchen ist, ich bin mir sicher, dass sie kein Crack raucht oder säuft, und ich bin mir sicher, dass ich mich gut selbst um sie kümmern kann, sobald sie wieder zu Hause ist. Ich brauche Ihre Hilfe nur, um an diesen verdammten Namen zu kommen, verstehen Sie?»

Obwohl ihre ältere Tochter ständig Ärger mit der Polizei hatte, trug die Frau immer noch Scheuklappen, was ihre Kleine anging. Sie hatte es zwar nicht ausgesprochen, doch wenn Bobby einen Dollar für jedes Mal bekommen hätte, dass Eltern zu ihm sagten: «Das würde mein Kind nie tun», wäre er heute Millionär. *Mein Kind würde nie mit vierzehn Sex haben. Mein Kind würde kein Meth nehmen. Mein Kind raucht nicht. Mein Kind würde nie betrunken Auto fahren. Mein Kind klaut nicht.* Laut Statistik hatten achtzig Prozent aller Kinder mindestens eines der hier genannten Delikte begangen, nur «mein Kind» natürlich nicht. Wie der unsichtbare Geist «Ich war's nicht» aus dem Comic *Family Circus* war immer jemand anders der Rabauke oder der schlechte Einfluss. Bobby wusste, er würde aus Debra LaManna nicht mehr viel herausholen können.

«Wo ist Ihr Mann?», fragte Zo.

«Auf der Arbeit.»

«Wo war er am Freitagabend?», fragte Bobby.

«Keine Ahnung, ist mir egal», antwortete Debbie kühl. «Und ich glaube nicht, dass Sie das was angeht, denn es ist Elaine, die nicht nach Hause gekommen ist.»

Autsch. Hier hatte er offenbar einen Nerv getroffen, doch kampflos würde Mrs. LaManna der Polizei nichts überlassen, nicht mal die schmutzige Wäsche eines untreuen Ehemanns. «Wir müssen uns mit ihm unterhalten», erwiderte Bobby und klappte das Notizbuch zu. Dann sagte er: «Ich will nicht drum herumreden, Mrs. LaManna. Ich weiß, Sie hatten ein paar Probleme mit Ihrer älteren Tochter, also muss ich Sie fragen, gab es irgendeinen Grund, warum Lainey nicht nach Hause kommen wollte?»

Debbies Augen flackerten auf wie die eines in die Ecke gedrängten Tiers. «Ihr Cops habt Nerven! Keine Ahnung, für wen Sie sich halten. Nur weil meine große Tochter ein Miststück ist, heißt das, meine Kleine ist auch eins? Heißt das, ich bin eine beschissene Mutter, und meine Kinder tun alles, um hier abzuhauen?»

Im Flur begann die Standuhr, die Stunden abzuzählen, und keiner sagte etwas.

Debbie strich sich über den Pferdeschwanz, den Blick in ihren Schoß gerichtet. Sie unterdrückte ein Schniefen. Es war die erste Regung neben der Wut, die Bobby an ihr sah. «Finden Sie sie einfach. Bitte», sagte sie schließlich leise.

«Das wollen wir versuchen», antwortete Bobby sanft. «Hat Elaine Zugang zu einem Computer?»

«In ihrem Zimmer. Todd hat ihr seinen überlassen, als wir umgezogen sind.»

«Was ist ihre E-Mail-Adresse?»

«Keine Ahnung. Ich schicke ihr keine E-Mails.»

«Ist sie bei MySpace? Facebook? Hat sie einen AOL-Account?»

«Was?», fragte sie. Offensichtlich hatte Debbie keine Ahnung, wovon er redete. So war es bei den meisten Eltern. Und offensichtlich hatte ihr bis jetzt keiner diese Frage gestellt. Doch dann sah Bobby plötzlich noch etwas in ihren braunen Augen aufflackern. Angst vielleicht, wie bei der Mutter eines Kleinkinds, das gerade außer Sichtweite ist, wenn ihr plötzlich der Pool der Nachbarn einfällt. *MySpace, Facebook, AOL.* Debra LaManna hatte sich gerade an etwas Unheimliches erinnert, das sie in der Zeitung gelesen oder im Fernsehen gesehen hatte – etwas, bei dem es um die Gefahren im Internet ging. «Nein, nein», sagte sie dann trotzig, als sie sich wieder gefangen hatte, als wollte sie den Gedanken nicht zulassen. «Elaine darf den Computer nur für die Hausaufgaben und ein paar Videospiele benutzen. Sonst nichts.»

«Haben Sie etwas dagegen, wenn wir uns ihren Computer und ihr Zimmer ansehen?», fragte Bobby.

Sie zuckte wieder die Achseln. Die Angst war so schnell verschwunden, wie sie aufgetaucht war. Die einzelne Träne war getrocknet. *Mein Kind würde das nie tun. Mein Kind würde nie in den Pool springen, wenn keine Erwachsenen dabei sind.* «Nur zu. Es ist ein Chaos. Sie ist eine Schlampe, wissen Sie.»

«Danke für Ihre Hilfsbereitschaft, Debbie», sagte Bobby zum Schluss und erhob sich.

«Die dritte Tür links», antwortete sie, ohne aufzusehen, und drückte die nächste Zigarette aus.

14

Poster von Robert Pattinson und Taylor Lautner aus *Twilight*, Jesse McCartney und dem Großteil der Schauspieler von *Heroes* waren mit Reißzwecken an die hellrosa Wände gepinnt. Das Bett war nicht nur ungemacht – Kissen und Laken waren im ganzen Zimmer verteilt, als wäre das Bett beim Klingeln des Weckers morgens explodiert. An der Wand standen Kisten mit Büchern, Comics, Trophäen und Krimskrams. Offensichtlich hatte Elaine nach dem Umzug noch nicht alles ausgepackt. Die Schubladen der Kommode schienen nicht geleert worden zu sein, doch Bobby wusste, es wäre sinnlos, Elaines Mutter zu fragen, ob etwas fehlte.

Der Computer stand auf einem überladenen Schreibtisch. Zu Bobbys Schulzeiten waren das Telefon und das gute alte Briefchenschreiben die bevorzugten Kommunikationswege gewesen. Heute fand alles via E-Mail, SMS, Instant Messaging und Blogs statt. Alles, was man über Teenager wissen wollte, fand man in ihren Handys oder auf der Festplatte ihres Computers. Genauer gesagt, meistens auf einer MySpace- oder Facebook-Seite, sozialen Netzwerk-Plattformen, die den Benutzern, hauptsächlich Teenagern und jungen Erwachsenen, die Möglichkeit gaben, ihren eigenen «Space» im World Wide Web zu füllen. Hier konnten Teenager ihre Fotos ins Netz stellen, ihre Gedanken «bloggen», sich über Politik, Erderwärmung und die Party von gestern auslassen, ihre Hobbys vorstellen, ihre Freunde auflisten und ihre Feinde an den Pranger stellen. Es war alles da – bis hin zu Adressen, Geburtstagen, Telefonnummern, Schulen, Jobs und den Treffpunkten, wo sie freitagabends abhingen. Eine Schatztruhe an Information – wenn man wusste, wo man zu suchen hatte. Und genau das war das Problem – die meisten Eltern hatten keine Ahnung. Die technologische Entwicklung hatte sich in den letzten fünfzehn Jahren rasant beschleunigt, und die meisten Eltern blieben immer noch an der START-Taste ihres Windows-Explorers hängen.

Bobby schaltete den Computer ein, und während er hochfuhr, ging er die Papiere auf dem Schreibtisch durch: Gedichte, Matheaufgaben, Arbeitsblätter, ein Sozialkundetest mit einer großen Vier darunter, vollgekritzelte Zettel mit roten Herzen. Ein Ausdruck mit Elaines E-Mail-Adresse würde ihm das Leben erleichtern und das Ratespiel ersparen. An der Wand hingen kolorierte Bleistiftzeichnungen von Pandas und Frettchen. Ziemlich beeindruckend für ein Mädchen, das gerade dreizehn geworden war, fand Bobby. Selbst wenn sie in der Schule weiterhin so schlecht war, gab es noch Hoffnung: Das Mädchen war künstlerisch begabt.

Keine E-Mail-Informationen in den Papierstapeln. Er öffnete den Webbrowser und sah sich die Liste der besuchten Seiten an. www.myspace.com tauchte als Erstes auf. Was bedeutete, diese Seite hatte sie zuletzt besucht. Was bedeutete, sie hatte einen Account dort. Auf der MySpace-Homepage spielte er im Suchfeld mit Namenskombinationen. Darin war er ziemlich gut; schon nach wenigen Versuchen fand er, was wie ihr Spitzname aussah.

LAINEY
Motto: VAMPIRE UND FRETTCHEN AN DIE MACHT!!!!
Status: Single
Orientierung: hetero
Hier wegen: Freunde
Geschlecht: weiblich
Alter: 16
Ort: Coral Springs, Florida
Letztes Update: 22. Oktober 2009

Bobby ließ sich von der falschen Altersangabe nicht täuschen. Um MySpace zu nutzen, musste man versprechen, dass man mindestens vierzehn war, und einen dementsprechenden Geburtstag angeben. Es gab keine Statistiken, aber seiner Einschätzung nach war ein Großteil der «Teenager» auf MySpace in Wirklichkeit näher an elf oder zwölf. Er hatte schon Acht- und Neunjährige verhört, die MySpace-Seiten hatten, auf denen sie ihr Alter mit fünfunddreißig angaben. Er klickte Laineys Profil an. Die Privatsphäre war nicht eingeschränkt, was bedeutete, dass jeder, der in MySpace surfte, ob Mitglied oder nicht, alles sehen konnte, was sie postete. Bunte Schmetterlinge bildeten den Hintergrund. Aus dem Lautsprecher kam Gwen Stefanis *The Sweet Escape*. Fotos von jungen Mädchen bebilderten die Seite, wahrscheinlich ihre Freundinnen von der Ramblewood – sie lachten, machten Kussmünder, zogen alberne Grimassen, zeigten den Mittelfinger und versuchten, viel zu sexy zu sein für ihre dreizehn Jahre. Einige hatten Zigaretten zwischen den kleinen Fingern; andere prosteten mit seltsamen Drinks in die Kamera. Auf ein paar Gruppenfotos war ein Mädchen mit langem, kaffeebraunem Haar zu sehen. Ein Mädchen, das sehr viel reifer wirkte als die magere, ungelenke Fünftklässlerin, deren Foto Bobby in der Hand hielt. Unter jedem Foto war ein Insider-Kommentar:

```
           Molly B. & die Frettchen
           Niemand da ... LAINBRAIN
              Beiß mich, bitte!!!
    Aufwärmen fürs Jelly-Jollys-Konzert mit E&M
 War ich grade auf dem Klo und dann auf der Treppe?
```

Er sah in sein Notizbuch: *Molly Brosnan, Erica und Melissa Weber, Theresa – Nachname unbekannt.* Sein Blick schweifte durch das Zimmer. Vampirposter an den Wänden. Zeichnungen von Frettchen auf der Schreibtischunterlage. Er hatte eindeutig das richtige Profil gefunden.

Kleine Foto-Icons von Laineys Lieblingsfilmen, Bands und Büchern füllten die Hälfte der ersten Seite aus. Blogs, Teenager-Sorgen und Tratsch die nächsten beiden. Wie so viele MySpace-Seiten las sich ihre wie ein Tagebuch, ergänzt von Nachrichten und Kommentaren ihrer MySpace-Freunde.

Diese drei Seiten sagten Bobby mehr über Elaine Emerson, als ihre Mutter der Polizei in den letzten acht Stunden hatte sagen können.

«Was hast du gefunden?», fragte Zo, der ihm über die Schulter sah.

«Sie hat ein MySpace-Profil. Zuletzt hat sie sich am Donnerstag eingeloggt, am Tag, bevor sie mit der unbekannten Freundin ins Kino wollte. Hasst die Schule. Kann Brüderchen nicht ausstehen, Stiefvater ist ein Arschloch, Mom eine blöde Ziege, Schwester ziemlich cool. Steht auf Tiere und ihre allerbesten Freundinnen.

Alles typisch. Wünscht, sie könnte, Zitat: ‹Raus aus der ganzen Scheiße.› Zitatende.»

«Klingt, als hätte sie ihren Wunsch in die Tat umgesetzt», murmelte Zo. «So viel zu: ‹Meine Tochter würde das nie tun.› Verdammt, du bist schnell. Dann können wir hier abhauen, oder?»

«Noch nicht. Sie hat eine Liste von vierundzwanzig Freunden, aber nur sechs davon gehören zur Top-Liste.» Bobby klickte auf Drucken.

MySpace war ein soziales Netzwerk nur für Mitglieder, was bedeutete, um mit jemandem in MySpace Kontakt aufzunehmen, musste man selbst ein Profil haben. Es war wie bei einer Zeitschrift – je mehr Abonnenten MySpace vorweisen konnte, desto höhere Preise konnte es für Werbung verlangen. Daher wurden die Mitglieder unentwegt angehalten, die Zahl der «Freunde» in ihren «persönlichen Netzwerken» zu steigern. Die Freunde wurden automatisch im «Friend Space» des eigenen Profils aufgelistet – wie eine pubertäre Angeberliste sexueller Eroberungen. Manche Mitglieder hatten Hunderte, sogar Tausende von «Freunden» – auch wenn sie mit den meisten davon noch nie ein Wort gewechselt hatten, nicht mal im Chat. Falls Laineys Netzwerk viele Freunde aufwies, konnte das eine Menge Lauferei bedeuten, wenn sie nicht wieder auftauchte. «Sehen wir mal, wen davon die Mutter identifizieren kann. Und suchen wir ein jüngeres Foto von ihr heraus.» Unter START ließ er den Dateien-Finder die Festplatte nach JPGs – elektronischen Fotos – durchsuchen.

«Oho», murmelte Zo, als Dutzende winziger Fotos über den Bildschirm huschten.

«Genau, oho», bemerkte Bobby und klickte eins davon an. Es erschien das Foto einer jungen Frau in engen Jeans und einem bauchfreien, leicht durchsichtigen T-Shirt, ein sexy Lächeln auf den rot geschminkten Lippen. Das lange braune Haar, kaffeebraun, war geföhnt und geglättet. Ihre großen braunen geschminkten Augen flirteten kokett mit der Kamera. Lange rote Fingernägel winkten Bobby und Zo näher heran.

«Da sieht sie jedenfalls nicht wie dreizehn aus», sagte Zo und pfiff durch die Zähne.

«Das scheint die Absicht zu sein», antwortete Bobby. «Von der Sorte gibt's hier noch mindestens dreißig.»

«Ein Fotoshooting?»

«Genau.»

«Für wen?»

«Das ist die Frage, auf die wir eine Antwort suchen.»

«Der Freund, von dem ihre Mom behauptet, er existiert nicht?», fragte Zo.

«Bingo.»

«Toll.» Zo lachte in sich hinein. «Ich überlasse es dir, ihr zu eröffnen, dass sie keine Ahnung von ihrer Tochter hat. Dich kann sie jetzt schon nicht leiden.»

«Damit ist sie nicht allein. Lass mich nochmal die MySpace-Freunde ansehen.» Bobby ging zurück zur ersten Seite von Elaines Profil. Die meisten der Namen unter den Top sechs waren als ihre Freundinnen aus der alten Schule wiederzuerkennen, die ihre Mutter genannt hatte: Molly B., Melly, eRica, Teri, Manda-Panda. Neben jeder war das Foto eines jungen Mädchens zu sehen. Nur bei einem der Top sechs fehlte das Foto. Nur ein Name fiel heraus.

«Ich glaube, wir haben unseren Freund gefunden, Zo», sagte Bobby zögernd. «Sieht aus, als hätte die kleine Lainey mit dem Captain angebandelt.»

15

Laineys Kopf tat schrecklich weh. Als säße ein Zwerg in ihrem Schädel und hämmerte von innen gegen den Knochen, weil er rauswollte. Je stärker ihr der Schmerz bewusst wurde, desto schlimmer wurde er.
Tock, tock, tock.
Immer lauter.
Bumm, bumm, bumm.
Irgendwo, nicht weit entfernt, hörte sie, wie jemand vor sich hin summte. Ein vergnügtes Summen, wie beim Spülen. Und sie hörte einen Fernseher. Fernsehgeschnatter. Die Geräusche wurden immer lauter, als würde jemand ganz langsam die Lautstärke aufdrehen.
Die Israeliten haben die Frauen gerettet! Und Moses – nun, er sagt: «Ihr habt die Frauen verschont? Warum? Warum, wenn sie es doch waren, die die Plage über das Volk Gottes gebracht haben!» Warum haben die Israeliten sie verschont?
Dann das Schlurfen schwerer Schritte im Raum. Knarrende Holzdielen. Die Schritte kamen näher. Sie kamen auf sie zu.
Lainey lag ganz still da. Konnte er sie sehen? Wo war sie? Sie versuchte die Augen zu öffnen. Sie waren so schwer.
… Sie riecht gut. Sie sieht gut aus. Es ist ihr nichts Böses anzumerken. Welcher Mann geriete da nicht in Versuchung? So wie die meisten von uns es jeden Tag tun müssen, muss Moses eine schwere Entscheidung treffen. Eine schreckliche Entscheidung …

Sie versuchte es wieder. Irgendwas stimmte nicht. Stimmte ganz und gar nicht.

Sie konnte die Augen nicht öffnen.

Träumte sie? War sie blind? Sie wollte ihre Augen berühren, aber sie konnte nicht. Sie konnte ihre Arme nicht bewegen. Egal wie sie sich anstrengte, die Arme zuckten nur. Dann spürte sie das Brennen an den Handgelenken und bemerkte die Seile.

Sie war gefesselt.

... Er sagt zu ihnen: «Nun tötet alle Knaben und ebenso alle Frauen, die bereits mit einem Mann verkehrt haben. Alle Mädchen aber und die Frauen, die noch nicht mit einem Mann verkehrt haben, lasset leben für euch selbst ...»

Sie spürte das Aufblitzen eines grellen Lichts und hörte das vertraute Klicken eines Fotoapparats. Wieder und wieder und wieder. Jemand machte Fotos von ihr.

«Hilfe», versuchte sie es, doch es kam nur ein heiseres Flüstern heraus, die Worte waren so schwer wie ihre Lider, und ihre Kehle brannte. Die Schritte wurden langsamer, umkreisten sie. Kamen immer näher. Wie eine Katze, die sich an einen verletzten Vogel heranschlich, ihn beobachtete, ihn studierte.

Mit ihm spielte.

Das Zittern begann in ihren Knien, dann erfasste die Angst wie ein Stromstoß ihre Wirbelsäule, die Arme, den Nacken, den Kopf, die Zähne, bis ihr ganzer Körper unkontrollierbar bebte. Sie dachte daran, wie sie einmal in der fünften Klasse die Grippe hatte und selbst unter einem Dutzend Decken nicht aufhören konnte zu schlottern. Ihre Mom hatte sie den ganzen Tag im Bett Zeichentrickfilme sehen lassen und ihr vom Chinesen Wantan-Suppe mitgebracht.

Mommy, Mommy, ich bin brav, ich schwöre es. Ich stelle nie wieder was an. Nie. Ich passe besser auf Bradley auf. Ich motze nicht mehr. Ich kriege

wieder bessere Noten. Ich höre auf dich. Aber bitte mach, dass es aufhört. Mach, dass das alles nicht passiert. Mommy, bitte, bitte, bitte …
… bitte, mach, dass ich aufwache.

Sie spürte, dass er vor ihr stand, vielleicht nur Zentimeter entfernt, höchstens einen halben Meter, und sie beobachtete. Dann setzte er sich neben sie, und die Matratze oder das Polster, auf dem sie lag, gab unter seinem Gewicht ein wenig nach. Der Geruch seines Aftershaves war ekelhaft. Paco Rabanne. War es Zach? Die Gedanken rasten durch ihren Kopf. War es der Mann aus dem Wagen? Oder waren es mehr als einer? Waren noch mehr Personen im Zimmer, die sie beobachteten? Wer hatte die Fotos gemacht? Sie konnte sein keuchendes Schnaufen hören, das er zu unterdrücken versuchte, spürte seinen warmen Atem im Gesicht. Sein Atem roch nach … Dosenspaghetti? Sie wollte ihre Sinne abstellen, nichts hören, nichts riechen, nichts spüren. Sie wünschte, alles wäre wieder schwarz. Sie wünschte, sie könnte weinen.

Der Fernseher begann zu kreischen: *Denk daran! Wir sehen dich! Bist du rein in Wort und Tat?*

Dann streckte er die Hand aus und strich ihr das Haar aus der Stirn. Seine zitternden Finger waren feucht und warm.

«Ganz ruhig, hübsches Mädchen», sagte der Teufel in einem widerlichen Singsang. «Du bist jetzt zu Hause. Da, wo du hingehörst.»

16

Sein Bauchgefühl sagte Bobby, dass etwas Schlimmeres passiert war. Dass nicht nur ein Teenager nicht zu seiner kaputten Familie zurück nach Hause kommen wollte.

Niemand kannte die Statistiken besser als er. In den Vereinigten Staaten wurde alle vierzig Sekunden ein Kind als vermisst gemeldet. 800 000 Kinder im Jahr, 2185 jeden Tag. Die meisten von ihnen – 92 Prozent – waren Ausreißer. Zweifellos alarmierende Zahlen. Allerdings musste man sich klarmachen, dass dies nur die Kinder waren, die das Glück hatten, überhaupt als vermisst *gemeldet* zu werden. Das National Runaway Switchboard, eine landesweite Hilfsorganisation für jugendliche Ausreißer und «Wegwerfkinder», auf deren Rückkehr niemand Wert legte, schätzte die tatsächliche Zahl auf zwischen 1,6 und 2,8 Millionen pro Jahr.

In Anbetracht solch überwältigender Statistiken konnte man leicht zu dem Schluss kommen, dass auch Elaine Emerson von zu Hause fortgelaufen war. Sie passte ins klassische Profil: kaputte Familie, ein älteres Geschwister, das bereits ausgerissen war und die Schule schwänzte, Alkohol- und Drogenmissbrauch innerhalb der Familie, Verschlechterung der schulischen Leistungen, ein Umzug fort von den Freunden und eine schwierige Beziehung zu den Eltern, von denen einer ein Stiefelternteil war. Selbst ihre eigene Mutter machte sich erst nach fast zwei Tagen genug Sorgen, um die Polizei zu rufen, was in Polizistensprache übersetzt hieß, dass Lainey wahrscheinlich nicht zum ersten Mal die

Nacht woanders verbrachte. Dazu die sexy Fotos und ein Web-Profil, in dem sie ihren Stiefvater als «Arschloch» und ihre Mom als «blöde Ziege» bezeichnete und schrieb, sie wolle nichts lieber als «raus aus der ganzen Scheiße». Die Klassifizierung als typische «Ausreißerin» im NCIC wäre durchaus gerechtfertigt. Statistisch gesprochen müsste die kleine Elaine in den nächsten zwölf bis vierundzwanzig Stunden wieder durch die Haustür hereinspazieren.

Doch es gab eben noch die anderen acht Prozent. Und die bereiteten Bobby Sorgen.

Er rieb sich die Schläfen. Die Skateboard-Artisten auf der Straße waren näher gerückt und zogen ihre Stunts jetzt direkt vor Elaines Fenster ab. Angesichts der Gegend war anzunehmen, das einer oder mehrere der Jugendlichen den Ford Crown, den Taurus und den Pontiac Grand Am als Undercover-Wagen der Polizei erkannt hatten und sehen wollten, was los war. Vielleicht kannten sie Liza Emersons Ruf. Vielleicht wussten sie sogar etwas über Lainey. Er nahm sich vor, mit ihnen zu sprechen, sobald er mit dem Computer fertig war.

Von den 800 000 als vermisst gemeldeten Kindern wurden fast 69 000 – oder acht Prozent – als «Entführungsfälle» gehandelt. In 82 Prozent davon war ein Familienmitglied beteiligt, insbesondere ein Elternteil, das gegen das Sorgerecht verstieß. Doch bei den restlichen 12 000 Kindern ging man von einer Entführung durch Dritte aus. Was hieß, dass ein Kind von einem Bekannten, einem Freund der Familie oder manchmal – in den seltenen, doch für die Öffentlichkeit besonders erschreckenden Fällen – von einem völlig Fremden gekidnappt worden war. Aus dem Schulbus geholt oder aus einem vollen Einkaufszentrum gefischt. Das waren die Fälle, die in die Schlagzeilen kamen und Großalarm auslösten. Aus gutem Grund. Während dieses Entführungsmuster statistisch gesehen selten vorkam, endete es fast immer tödlich.

Allerdings war mit dem explosiven Wachstum von Internet und Websites zur sozialen Vernetzung die Zahl der Entführungen durch Dritte in den letzten zehn Jahren dramatisch angestiegen. Böse Männer mussten nicht mehr in dunklen Ecken lauern oder nachts durchs Fenster spähen. Sie konnten am helllichten Tage direkt durch die Haustür hereinspazieren. An der überbesorgten Mutter und dem bewaffneten Vater vorbei durch den Computer geradewegs ins Kinderzimmer. Dort tauschten sie Fotos aus, chatteten, spielten Videospiele und erfuhren alle möglichen interessanten Dinge über den «schwierigen» Teenager, dessen Eltern ihn nicht verstanden. Das World Wide Web hatte ganz neue Jagdgebiete eröffnet. Unbehelligt streunten die Raubtiere durch Kinder-Chatrooms und Teenager-Netzwerke und suchten sich aus Millionen von Profilen ihre Beute heraus, die auf den Speisekarten von MySpace und Facebook standen, wo lächelnde Opfer ihre Feinde freiwillig mit appetitlichen Details über sich selbst versorgten. Hinter Tastatur und Bildschirm konnte sich die neue Sorte von Raubtier in alles Mögliche verwandeln: einen achtzehnjährigen Schüler, ein zwölfjähriges Mädchen, einen Talentscout, Jay-Zs besten Freund. Sie nutzten die Naivität der Kids aus und die Ignoranz ihrer Eltern, gewannen ihr Vertrauen und begannen langsam, vorsichtig, die Beziehung auszubeuten, bis sie ihr Opfer kaum merklich zu dem ultimativen, verheerenden Kick überredeten: dem Treffen in der Wirklichkeit. Und später, wenn mehrere Leben zerstört waren und endlich die Polizei anrückte, verschwanden sie mit einem einfachen Mausklick für immer in der schwarzen Tiefe des Cyberspace.

Bobby sah sich in dem rosa Zimmer mit der typischen Teenager-Dekoration um. Lainey wohnte noch nicht lange hier und nur widerwillig, doch sie hatte immerhin Poster aufgehängt und die Wände verschönert, was bedeutete, dass sie dieses Zimmer als ihr Zuhause betrachtete. Sie war unordentlich, aber auch wenn ihre Kleider aus Schubladen und Kisten quollen, hatte sie zumindest keinen Koffer gepackt. Es würde schwierig sein festzustellen, was fehlte oder, wichtiger, ob überhaupt etwas fehlte. Und dann war da das gesichtslose Bild in ihrer Freundesliste. Bobby würde alles darauf wetten, dass ElCapitan der vorgesehene Empfänger der sexy Fotos war. Und natürlich die beunruhigendste Tatsache, auf die er immer wieder zurückkam und die zugleich so harmlos schien: Seit dem Tag ihres Verschwindens hatte sich Lainey nicht mehr auf ihrer MySpace-Seite eingeloggt. Er wusste, dass MySpace für Teenager eine Art soziale Lebensader war. Ein Mädchen würde das Netz nicht einfach tagelang vernachlässigen – nicht freiwillig.

Bei 2185 als vermisst gemeldeten Kindern täglich landete natürlich nicht jedes Gesicht in der Zeitung, nicht jedes wurde zur Fahndung ausgeschrieben oder per AMBER-Alarm landesweit gesucht. Sonst wäre innerhalb von Minuten das System überlastet und die Bevölkerung in kürzester Zeit desensibilisiert. AMBER-Alarm – ein über das Funknetz laufendes Notrufsystem, das die Bevölkerung per Handy um Mithilfe bat – war reserviert für höchstgefährdete Fälle. Um ihn auszulösen, musste ein Polizist sich an strenge Kriterien halten: 1. der begründete Verdacht, dass eine Entführung vorlag, 2. der begründete Verdacht, dass Leib oder Leben des Kindes in ernster Gefahr war, und 3. ausreichende Beschreibung und Informationen, betreffend das Kind, den Verdächtigen und die Umstände der Entführung, ohne die die Mithilfe der Bevölkerung nutzlos wäre. Bobby tippte auf sein Notizbuch. Bei Elaine Emerson hatte er nicht genug in der Hand, um auch nur eines der drei Kriterien zu erfüllen. Er hatte nur sein Bauchgefühl.

Irgendwo zwischen dem öffentliche Panik auslösenden AMBER-Alarm und der Bagatellisierung als «Ausreißer» lag der «Missing Child Alert». In Fällen, in denen es zwar keine konkreten Hinweise auf eine Entführung gab, aber bestimmte Informationen den Verdacht nahelegten, das Kind könnte sich in unmittelbarer Gefahr befinden, war der Missing Child Alert der nächste Schritt. Diese Alarmstufe löste zwar nicht die gleiche landesweite Schockwelle aus wie ein AMBER, aber zumindest wurden die örtlichen Medien, der Einzelhandel und die Behörden informiert. Doch auch hier galt wieder: Bis auf sein Bauchgefühl hatte Bobby keinerlei konkreten Grund zu der Annahme, dass Elaine tatsächlich in Gefahr war. Er würde sich etwas aus den Fingern saugen müssen. Und beim aktuellen Stand der Information war es sehr viel leichter, die Ausreißer-Hypothese zu unterschreiben, die Coral Springs ans NCIC weitergeben wollte, die Golfschläger einzupacken und Feierabend zu machen.

«Veso ist gerade angekommen», sagte Zo, der den Kopf durch die Tür steckte, durch die er vor zehn Minuten verschwunden war. «Der Vollidiot hatte sich verfahren.»

«Scheint ja ein toller Ermittler zu sein», gab Bobby zurück, ohne vom Bildschirm aufzusehen.

«Sei nett zu ihm.»

«Vergiss es. Sei du doch nett. Ich brauche keinen Schoßhund. Oder eine Zweitbesetzung.»

Zo schüttelte den Kopf. Diplomatie war ein Drahtseilakt, und er war ein schlechter Akrobat. «Bist du bald fertig?», fragte er. «Ich hab Karten für die Dolphins um vier.»

«Ich mache mir nur noch ein paar Notizen. Wenn ich schon mal hier draußen bin, will ich versuchen, mit ein paar ihrer Freundinnen zu reden. Und mit dem Stiefvater. Hören, was mit ihm los ist.»

«Alles klar. Du bist der Fachmann.»

Bobby konnte nicht widerstehen. «Kannst du das bitte auch deinem Boss ausrichten?»

Zo kam ganz herein und schloss die Tür hinter sich. Er wartete lange, bevor er etwas sagte. «Ich verstehe nicht, wie du das wegsteckst.» Er sah sich im Zimmer um. «Diese *Scheiße*, jeden Tag. Jeden verdammten Tag. Lass mich ehrlich sein, Bobby, mein Freund. Ich verstehe nicht, wie du das machst. Nach der Sache mit Katy. Ich verstehe nicht, wie du funktionieren kannst. Es ist, als würdest du dich in einer verdammten Folterkammer einschließen und dich zwingen, dir die Instrumente an der Wand anzusehen, jede Sekunde an jedem Tag. Das ist doch nicht gesund.» Er setzte sich auf die Bettkante und wartete, bis die aufgeladene Stille seinen Freund endlich dazu brachte, ihn anzusehen. «Keiner dieser Fälle, kein einziger, hat ein Happy End, Mann. Nicht einer. Und das weißt du besser als jeder andere. Du bringst sie zwar alle nach Hause, Shep, all die ... Kinder. Tot oder lebendig, du holst sie heim. Aber was ist das für ein Leben? Ich meine, was ist das für ein Beruf? Denn es gibt kein Happy End, selbst wenn es so aussieht. Und das weißt du. Für die, die zurückkehren, ist es der Anfang von Jahren in Therapie. Ich habe in vielen Dezernaten gearbeitet, zu meiner Zeit, an den verschiedensten Fällen. Mord, Terrorismus, Drogen, organisiertes Verbrechen. Was immer du willst. Und ich sage nicht, dass die Arbeit leichter ist, wenn du im Morddezernat bist – es ist zum Kotzen, überall Blut und Hirn und der ganze Scheiß –, aber wenigstens weißt du, dass der Kerl, für den du arbeitest, tot ist. Ich meine, du hattest nie die *Hoffnung*, ihn lebend zu finden. Und auch wenn es deprimierend ist, die Leiche und so weiter, aber wenigstens kommt keiner und reißt dir am Ende die *Hoffnung* aus der Brust, so wie es bei deinen Fällen ständig passiert. Immer wieder, immer wieder. Was ich meine, ist, warum siehst du die Veränderung, die Foxx vorhat, nicht als Chance? Als längst überfälligen, ich weiß nicht ... Urlaub? Die Chance weiterzukommen? Es kann doch auch ganz nett sein, eine Weile Papierkram zu machen und mit Gouverneuren Händchen zu halten, wenn sie die Stadt besuchen. Ich weiß, du willst das nicht. Verdammt, das wissen wir alle – der Regional Director, jeder Anzugträger in Tallahassee, genau wie das gottverdammte FBI –, wir alle wissen, dass keiner den Job so gut macht wie du. Du bist der Beste, Shep. Aber – na ja, scheiß auf die Vesos in dieser Welt und auf Foxx, wenn du meinst, die wollen dich rausekeln – aber LuAnn zuliebe, dir selbst zuliebe, verdammt nochmal, lass jemanden anders ran, Mann.»

Bobby schwieg. Die Pfiffe und Schreie der Skateboardfahrer füllten die angespannte Stille. «Na schön, du kannst den Kerl gerne briefen, wenn du willst», sagte er schließlich. «Ich weiß jetzt schon, dass er ein Versager ist, und ich will ihn nicht hier drin haben.» Er wandte sich wieder dem Bildschirm zu.

Zo seufzte. «Wie du meinst. Wir sehen uns draußen, wenn du fertig bist.»

Nachdem Zo gegangen war, lehnte sich Bobby zurück und rieb sich die müden Augen.

Nicht alle. Ich bringe sie eben nicht alle nach Hause, Zo. Das ist das Problem. Deswegen schlafe ich nicht mehr. Ich hole sie nicht alle heim, und wir wissen das beide ...

Er klappte das Handy auf und wählte.

«Missing Children Information Clearinghouse. Travis Hall.»

«Hallo, Travis, hier ist Bobby Dees aus Miami.»

«Hallo, Agent Dees. Ich habe eine Weile nichts von Ihnen gehört. Ich dachte, Sie arbeiten nicht mehr in dem Bereich, seit, na ja, also, seit, was passiert ist ...» Travis stotterte, dann brach er ab, als hätte er gerade einen Tritt ans Schienbein bekommen.

«Glauben Sie nicht alles, was Sie hören, Travis.» Bobby setzte sich auf. «Ich bin immer noch hier unten im Freistaat Florida.»

«Schön zu hören. Wie geht's denn so, Bobby?»

Bobby ignorierte die Frage, die kein halbwegs intelligenter Mensch, der wusste, was Bobby im letzten Jahr mitgemacht hatte, gestellt hätte. «Hören Sie, Travis», sagte er kühl und berührte die zwei Fotos von Elaine Emerson, die er ausgedruckt hatte. Vorher und nachher. Das brave Schulmädchen und die Lolita. Ob er sich etwas aus den Fingern saugte oder nicht, in all den Jahren hatte er gelernt, auf sein Bauchgefühl zu hören. Es war sein Partner, der ihn noch nie hängenlassen hatte. «Ich bräuchte einen Missing Child Alert von Ihnen. Es geht um eine Elaine Louise Emerson. Weiblich, weiß, geboren am 27. August 1996 ...»

17

«Du hast also keine Ahnung, wo sie sein könnte?», fragte Bobby das dünne Mädchen mit der nassen dunkelblonden Lockenmähne. Von der himmelblauen Diele, in der sie standen, führte ein offener Durchgang zur Küche. Einkaufstüten mit Lebensmitteln türmten sich auf der Arbeitsplatte, und er konnte sehen, dass etwas auf dem Herd stand und kochte. Es roch nach Hackbraten und Zwiebeln.

«Nein», antwortete sie und rieb sich mit einem Scooby-Doo-Handtuch über den Kopf. Neben ihr, im gleichen Badeanzug und Shorts, stand ihr Ebenbild und schüttelte nur den Kopf.

«Ihre Mutter hat kurz vor elf gestern Abend hier angerufen, weil sie auf der Suche nach ihr war», erklärte Mrs. Weber finster. «Ich habe zu Debbie gesagt, ich glaube, die Mädchen haben Elaine seit Wochen nicht gesehen. Gestern waren sie bei ihrem Vater, und heute Morgen hatten sie einen Schwimmwettkampf. Sie sind eben erst nach Hause gekommen.» Sie rieb entweder Melissa oder Erica die Schultern. Bobby konnte die Zwillinge nicht unterscheiden. «Glauben Sie, sie ist ausgerissen? Geht man davon aus?»

«Halten Sie das für wahrscheinlich?», fragte Bobby zurück.

Mrs. Weber zuckte die Achseln. «Sagen wir einfach, Elaines Mutter hat eine andere Auffassung von Kindererziehung als ich. Laineys ältere Schwester ist missraten, wissen Sie. Völlig missraten. Drogen und Jungs. Deswegen gefällt mir nicht, wenn meine Mädchen zu ihr nach Hause gehen. Dort gibt es keine elterliche Kontrolle. Elaine ist ein liebes Kind, aber ...»

Bobby wartete.

«Der Apfel fällt nicht weit vom Stamm, mehr kann ich dazu nicht sagen.»

«Mom! Lainey ist ganz anders!», protestierte eins der beiden Mädchen.

«Mo-o-omm!», imitierte Mrs. Weber ihre Tochter. «Wir werden sehen», sagte sie dann sanft und warf Bobby einen skeptischen Blick zu.

«Rufen Sie mich an, wenn Sie oder die Mädchen oder ihre Freundinnen etwas von ihr hören.» Bobby reichte ihr seine Visitenkarte. «Oder wenn Ihnen noch etwas dazu einfällt, wer diese Carla oder Karen sein könnte. Irgendetwas. Meine Handynummer steht auch darauf.» Dann wandte er sich an die Zwillinge. «Bevor ich's vergesse, schreibt ihr euch mit Lainey E-Mails?»

Sie nickten im Einklang. Es musste seltsam sein, zwei Freundinnen zu haben, die genau gleich waren, dachte Bobby. Vielleicht war es der Traum eines erwachsenen Mannes, aber als Kind musste es irgendwie anstrengend sein – sie waren immer in der Überzahl. «Könnt ihr mir ihre E-Mail-Adresse geben? Ihre Mutter wusste sie nicht.»

Mrs. Weber rollte mit den Augen.

«Klar. LainBrain96@msn.com», sagte das Mädchen mit dem Handtuch.

«Danke. Eure andere Freundin, Molly – ich war dort, aber es ist keiner zu Hause.»

«Ihre Oma ist gestorben. Sie ist in New Mexico», erklärte Scooby Doo.

«Nebraska», verbesserte sie ihre Schwester.

«Nee. Es war irgendwas mit New.»

«New York?», fragte Mrs. Weber. «New Jersey?»

Die Erste zuckte die Achseln. »Vielleicht. Sie ist bis Montag weg, glaube ich. Oder Dienstag.»

«Hat sie ein Handy?», fragte Bobby.

«Ja, aber letzte Woche ist sie in der Schule beim SMS-Schreiben erwischt worden. Mrs. Rohr hat es einkassiert und gesagt, sie kriegt es erst wieder, wenn sie am Mittwoch nachgesessen hat.»

«Wie ist ihre Nummer?»

Wieder rollte Mrs. Weber die Augen.

«954-695-4229.»

«Eine letzte Frage noch. Hat Lainey einen Freund?», fragte Bobby.

Beide Mädchen kicherten verlegen. «Nein.»

«Na gut, dann noch eine allerletzte: Steht sie auf Jungs?»

«Na ja, sie ist nicht lesbisch oder so was.»

«Erica ...», mahnte Mrs. Weber.

«Aber einen Freund hat sie nicht. Die Typen, die wir kennen, sind Vollidioten. Sie steht auf Robert Pattinson», sagte Melissa.

Bobby steckte das Notizbuch ein. «Na gut. Danke für eure Hilfe, Kinder.»

Kaum hatte er das Haus verlassen, wurde die Haustür mit einem dumpfen Schlag hinter ihm geschlossen. Amelia Weber wollte die bösen Keime, die Bobby möglicherweise mit sich herumtrug, auf jeden Fall von ihren Mädchen fernhalten. Ein Polizeibeamter, der sich sonntagnachmittags nach dem Verbleib einer Freundin ihrer Töchter erkundigte, gehörte nicht zu ihrem Erziehungsplan.

Er stieg in den Wagen und warf einen Blick auf die Uhr am Armaturenbrett. 14:25 Uhr. Fast fünfzehn Stunden nachdem Elaine Emerson als vermisst gemeldet worden war, und mehr als vierundfünfzig Stunden nachdem ihre Mutter sie an der Schulbushaltestelle abgesetzt hatte. Wenn sie bis morgen früh nicht auftauchte, würde er zur Sawgrass Middle School fahren, mit ihren Klassenkameraden sprechen und jede Karen oder Carla aus dem Schulregister befragen, um herauszufinden, mit wem Lainey nach Hause gegangen sein könnte.

Doch jetzt war es Zeit für einen kleinen Ausflug zum Gebrauchtwagenzentrum. Er setzte seine Sonnenbrille auf und fuhr los, während Laineys identische Freundinnen nebeneinander am Wohnzimmerfenster standen und ihm ausdruckslos hinterhersahen.

18

Obwohl Bobby ihn nicht kannte und auch kein Foto von ihm gesehen hatte, konnte er sich ganz gut vorstellen, wie der Verkäufer des Monats bei CarMax Regional aussah. Vielleicht war es die Gebrauchtwagenbranche, die ihm eine Vorstellung von Todd LaManna lieferte, oder die Wahl seiner Ehefrau, jedenfalls waren die Adjektive, die Bobby einfielen, klein, untersetzt, cholerisch und angehend kahl.

Er trat durch die automatische Glasschiebetür, und dort stand er: klein, untersetzt, cholerisch und angehend kahl, in einem blauen CarMax-Polohemd und Kakihosen, einem Klemmbrett in der Hand und einem aalglatten Lächeln in dem feisten geröteten Gesicht. Wie ein hungriger Hai glitt er auf Bobby zu, bevor ihm einer seiner klemmbretttragenden Kollegen zuvorkommen konnte.

«Schönen Tag, Kumpel!», rief Todd mit dröhnender Stimme. «Lust, heute ein bisschen die Wirtschaft anzukurbeln?»

«Todd Anthony LaManna?», fragte Bobby und griff nach seiner Marke.

Die Luft entwich aus den Apfelbacken. Selbst wenn er gewollt hätte, konnte er es nicht abstreiten. In großen Buchstaben war auf sein Polohemd «Todd LaManna» gestickt. «Worum geht es?», fragte er, das selbstsichere Dröhnen um fünfzig Dezibel gedrosselt.

«Es geht um Ihre Stieftochter Elaine, Mr. LaManna. Haben Sie einen Moment Zeit?»

«Eigentlich nicht», antwortete er und sah sich um. Außer den anderen Verkäufern war niemand im Ausstellungsraum. «Ich habe viel zu tun.»

«Dann nehmen Sie sich bitte einen Moment.»

Sie traten in einen Glaskasten mit Blick auf den Ausstellungsraum. Das Büro, wo die Kaufverträge abgeschlossen wurden. Wo für den nervösen Kunden draußen sichtbar, doch tonlos, der Filialleiter nach scheinbarer Verhandlung mit dem hartnäckigen Verkäufer des Monats am Ende widerwillig den «tiefsten Preis» aufgab. Es war eine Weile her, dass Bobby einen Wagen gekauft hatte, aber die Spielchen blieben die gleichen, egal in welchem Laden man sich befand oder welchen Wagen man kaufte.

Doch heute ging es nicht um Verhandlungen. «Ich schätze, sie ist immer noch nicht wieder da», sagte Todd leise, während er die Jalousien herunterließ.

«Und ich schätze, Sie machen sich keine großen Sorgen», antwortete Bobby.

«Halten Sie mich da raus, Mann. Debbie hat gesagt, sie übernachtet bei einer Freundin. Wahrscheinlich amüsiert sie sich und hat keine Lust, heimzukommen und den ganzen Tag im Haus zu helfen. Ich kann's ihr nachfühlen.» Er lachte in sich hinein. «Warum, meinen Sie, arbeite ich am Wochenende?»

Bobby lachte nicht mit. «Irgendeine Ahnung, wo Elaine sein könnte?»

Todd zuckte die Achseln. «Sie ist Debbies Tochter. Ihrer Mutter hat sie gesagt, sie geht mit einem Mädchen aus der Schule weg. Keine Ahnung, was sie für Freundinnen hat, habe nie gefragt. Ich habe einmal versucht, mich einzumischen, bei Liza, verstehen Sie? Habe versucht, die Vaterrolle zu übernehmen und so weiter. Ist voll in die Hose gegangen. Diese kleine ...», er bremste sich. «Sie macht ständig Ärger, und es bringt nichts, wenn ich mich auch noch aufrege. Die hört auf niemanden. Ich habe die

Cops im Haus, seit ich sie das erste Mal mit einem Joint erwischt habe.»

«Wann haben Sie zuletzt mit Elaine gesprochen?»

«Zurzeit arbeite ich sehr viel. Ich habe sie seit, weiß nicht, Mittwoch nicht gesehen? Ja, ich glaube, Mittwochmorgen, bevor sie zur Schule ist. Da habe ich versucht mit ihr zu reden. Ich wollte, dass sie ihr verdammtes Zimmer aufräumt.»

«Wie ist Ihr Verhältnis zu Elaine?»

«Verhältnis?» Todds Gesicht wurde dunkelrot. «Gut, toll. Normal.»

«Normal?»

«Irgendwie habe ich das Gefühl, Sie wollen mir was in den Mund legen. Als wollten Sie auf was Bestimmtes hinaus.»

«Ich will Ihnen nichts in den Mund legen», antwortete Bobby. «Sie ist ein Teenager. Ich will nur herausfinden, was für ein Verhältnis Sie beide hatten. Ob sie Grund gehabt haben könnte abzuhauen, falls es so war.»

«Na ja, Sie sagen es. Sie ist ein Teenager. Unser Verhältnis war, na ja ... normal. Sie war ziemlich beschäftigt mit der Schule und ihren Freundinnen und so, und sie konnte, Sie wissen schon, ziemlich zickig sein, aber sind das nicht alle Frauen?» Er lachte unbehaglich. «Sie wissen schon, wenn sie ihre Tage haben.»

Bobby sah ihn lange an. «Ich glaube nicht.»

«Na ja. Mehr habe ich nicht zu sagen.» Todd schüttelte den Kopf.

«Ich habe Ihren Namen bei uns in den Computer eingegeben, Todd», sagte Bobby. «Und raten Sie mal, was ich gefunden habe. Häusliche Gewalt. Anstiftung zur Unzucht. Und eine hochinteressante Anzeige letztes Jahr. Wissen Sie, weswegen, Todd?»

«Die Anzeige wurde fallengelassen. Es war nur eine Ordnungswidrigkeit, Mann!»

«Wegen Erregung öffentlichen Ärgernisses», fuhr Bobby fort.

«Ich habe gegen eine Mauer gepinkelt, als diese Lesbe von Polizistin vorbeikam! Das war's! Ich habe Pipi gemacht!» Todd fuhr sich mit beiden Händen über den dünnen Haarkranz. Sein rundes Gesicht glänzte vor Schweiß.

«Weniger als fünf Meter von einem Spielplatz entfernt?»

«Ich bin kein Kinderschänder, Mann! Die Anzeige war völlig überzogen! Es war eine Ordnungswidrigkeit!»

«Wo waren Sie am Freitagabend?»

«Was? Was hat das damit zu tun?»

«Wo waren Sie am Freitagabend?»

Todd begann mit der zitternden Hand auf seinen Oberschenkel zu trommeln. «Ich war, ich war, also, ich war mit den Jungs unterwegs, verstehen Sie? Wir sind ein Bier trinken gegangen.»

«Ihre Frau weiß nicht, wo Sie waren, Todd. Sie hat keine Ahnung.»

«Was soll die Scheiße? Das muss ich mir nicht anhören. Wenn diese – wenn Elaine ihren Hintern nach Hause bewegt, soll sich ihre Mutter besser um sie kümmern. Ich kann den Scheiß nicht mehr gebrauchen, den mir ihre Gören ständig einbrocken.»

«Ich brauche die Namen ihrer Kumpel. Und den Namen der Kneipe», Bobby ließ eine vielsagende Pause, «oder des Etablissements, in dem Sie sich verkrochen haben.»

«Wenn ich nicht festgenommen bin, gehe ich jetzt wieder an meine Arbeit», erklärte Todd auf dem Weg zur Tür. «Ich kenne meine Rechte.»

«Das glaube ich Ihnen gerne. Aber ich brauche diese Namen, Todd.»

Die Wände des Glaskastens wackelten, als ein wütender Todd LaManna die Tür hinter sich zuschlug und zurück in den Verkaufsraum stürmte.

19

In der Zentrale des FDLE in Miami, einem überfüllten, chaotischen, sich über drei Stockwerke hinziehenden Irrgarten von Mannschaftsräumen, Sekretariaten, Großraumbüros und Konferenzsälen, herrschte meistens ein reges Kommen und Gehen. Hier lagen die Büros von mehr als fünfzig Special Agents – und Analysten, Anwälten und Geschäftsstellen –, und so piepte ständig irgendein Palmtop, Handys klingelten, oder irgendwo fand ein Meeting statt.

Doch an einem Sonntagabend um acht waren die Flure leer.

Bobby blickte von dem Stapel Papierkram auf seinem Schreibtisch auf, der nie kleiner zu werden schien, und sah durch die offene Tür hinaus in den leeren Büroraum. Zehn Metalltische, jeder mit einem Berg von Aktenordnern und Papieren, standen verlassen in der Dunkelheit. Es war so still, dass er den Verkehr draußen auf dem Dolphin Expressway hören konnte. Das Licht aus seinem Büro fiel auf das Schwarze Brett, das die ganze hintere Wand einnahm und an dem die Flugblätter der vermissten Kinder angeschlagen waren.

Eigentlich hätte er bis zum Ersten des Monats die Füße hochlegen sollen – seine hundertsechzig Stunden für Oktober waren schon im Kasten, und seit das FDLE keine Überstunden mehr zahlte, hatte er unfreiwillig bis November Urlaub –, doch das Verschwinden der kleinen Emerson war Grund genug, im

Büro vorbeizukommen, einen Bericht zu tippen und ein paar Dinge abzuklären. Und als das getan war, konnte er den Aktenstapel auf seinem Schreibtisch nicht einfach ignorieren. Auch wenn es von oben hieß, man sollte Feierabend machen, weil der Staat zu pleite war, um Überstunden zu bezahlen – der Dienst war eigentlich nie zu Ende. Am Freitag hatte er ein Treffen mit der Staatsanwaltschaft, in dem es um eine behördenübergreifende Ermittlung wegen Kinderpornographie, die Beweisvorlage in einem bevorstehenden Mordprozess und einen etwas komplizierten Durchsuchungsbefehl ging, den er durchkriegen musste. Ob das FDLE ihn bezahlte oder nicht, er musste sich um jeden dieser Fälle kümmern. Und so war aus einem halbstündigen Abstecher in die Zentrale ein vierstündiger Aufenthalt geworden. Er rieb sich die Augen und stürzte den Rest Red Bull aus der Dose hinunter. Damit würde er zwar wahrscheinlich bis vier Uhr morgens durch die Wohnung tigern, aber er wollte nicht auf dem Nachhauseweg am Steuer einnicken. Schlaflosigkeit war ein Teufelskreis: Man war hundemüde, wenn man sich Müdigkeit nicht leisten konnte, und hellwach, wenn der Rest der Welt selig träumte. Er loggte sich aus AIMS im Intranet aus – dem «Automated Information Management System» –, in dem er gearbeitet hatte, und schob den Aktenstapel in seine Tasche. Dann, als der Computer bereits herunterfuhr, fiel ihm noch etwas ein. Er loggte sich wieder ein, ging ins Internet und klickte Elaine Emersons MySpace-Seite an. Sie hatte sich immer noch nicht wieder in ihr Profil eingeloggt. Er ging auf die Seite «Freunde von Lainey» und klickte auf das Icon mit dem Logo der Miami Dolphins. Der einzige Freund, von dem es kein Foto gab.

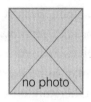

* ELCAPITAN *
Motto: NIEDER MIT DEN JETS!
Status: Single
Orientierung: hetero
Hier: wegen Kumpels und Mädels
Geschlecht: männlich
Alter: 17
Ort: Jupiter, Florida
Letztes Update: 18. Oktober 2009

Bobby sah sich auf der Seite um. Im Hintergrund leckte eine animierte Rolling-Stones-Zunge provozierend über den Bildschirm. Auch wenn das Profil öffentlich war wie Laineys, was hieß, dass jeder es sich ansehen konnte, waren anders als bei Lainey die persönlichen Informationen ziemlich karg. Der Junge hieß Zach, wohnte in Jupiter und war in Football, Basketball und Baseball in der Highschool-Mannschaft. Außerdem spielte er Bass. Das war's. Nach den Albumcovers zu schließen, die in einer Ecke versammelt waren, reichte sein Musikgeschmack von Nine Inch Nails bis zu The Fray. Die meisten Teenager packten jedes noch so intime Detail ihrer Existenz auf ihre MySpace-Seite. Dieser hier schien der Ausnahmejunge zu sein, der tatsächlich auf die Warnungen vor dem Internet hörte.

Wer war Zach? Das war die Frage, auf die Bobby immer noch eine Antwort suchte. Und wo zum Teufel Todd LaManna am Freitagabend gewesen war. Der Gebrauchtwagenverkäufer des Monats war eindeutig eine miese Type. Und er versuchte etwas zu verbergen. Ob es etwas mit seiner vermissten Stieftochter zu tun hatte oder eher mit der bevorstehenden Zerrüttung seiner Ehe, blieb abzuwarten. Was den einsamen Jungen von Laineys Freundes-Seite anging, würde Bobby die E-Mail-Registrierungs-Info vom MySpace-Unternehmen auch mit einem Gerichtsbeschluss frühestens am Dienstag oder Mittwoch bekommen. Solange kein absoluter Notfall vorlag, brauchten selbst Gefälligkeiten ein paar Tage. Allerdings hatte er die Hoffnung, mit ein bisschen Geschick und Hilfe aus dem World Wide Web den Anwälten zuvorkommen und den Kerl selbst ausfindig machen zu können.

Ein paar Eingaben bei Google führten ihn zu den Highschools in Jupiter und der Webseite der Jupiter High. Von dort gelangte er zu den Sportangeboten und mit einem weiteren Klick zur Football-Seite. Es gab keine Liste der Spieler, aber dafür einen Link zu einem Artikel aus der *Palm Beach Post*, in dem es um Highschool-Footballstars ging.

Und da war er. Zachary Cusano. Alter 17. Ein Jupiter-High-Warrior, von dem noch viel erwartet wurde. Position: Wide Receiver, Mannschaftskapitän. Jahrgangsstufe: 12. 1,85 Meter, 80 Kilo, blond, blauäugig, ein strahlender amerikanischer Jüngling. Als Nächstes googelte Bobby «Zachary Cusano, Basketball, Jupiter High». Und da war er wieder: Alter 17, hatte im letzten Januar das Spiel gerettet, als die Warriors die Boynton Beach Tigers auseinandernahmen. Im dazugehörigen Artikel wurden auch Zachs andere Hobbys genannt. Ganz oben stand die Band mit seinen Kumpeln, in der er Bassgitarre spielte.

Gleiche Beschreibung, gleiches Bild. Gleicher Junge.

Kein Wunder, dass Lainey sexy Fotos von sich gemacht hatte. Der Junge sah gut aus, keine Frage. Außerdem bestand kein Zweifel an seinen siebzehn Jahren. Bobby fragte sich, ob der Star der Highschool-Footballmannschaft wusste, dass seine Brieffreundin erst dreizehn war.

Er ließ Namen und Geburtsdatum durch das «Autotrack»-System laufen, und ... voilà! Zachary M. Cusano, Eltern Violet und Thomas Cusano, wohnhaft 124 Poinciana Drive, Jupiter, Florida. Sozialversicherungsnummer, Schulzeugnisse, Führerscheininformationen und ein sehr kurzer Abriss seiner bisherigen Arbeitsverhältnisse, die sich auf einen zweimonatigen Aushilfsjob bei einem Drogeriemarkt beschränkten. Keine Jugendstrafen. Das war gut.

Bobby druckte alles aus, inklusive der Fotos aus dem Artikel der *Palm Beach Post*, und legte die Seiten zur Emerson-Akte. Er würde trotzdem einen Gerichtsbeschluss wegen der MySpace-Registrierung beantragen, aber wenigstens hatte er etwas – jemanden –, womit er anfangen konnte, falls nötig. Falls Lainey nicht nach Hause kam.

Mit der Aktentasche in der Hand ging er zur Tür. Das Abendessen war wahrscheinlich mehr als kalt und LuAnn mehr als sauer. Auf dem Weg würde er beim Supermarkt vorbeifahren und Blumen und eine Flasche ihres Lieblingsweins besorgen. Ein paar Gläser halfen vielleicht auch ihm, von dem Energydrink runterzukommen. Am Schwarzen Brett blieb er stehen, drückte den Zeigefinger an die Lippen und berührte dann das Foto in der Mitte eines Meers von Flugblättern. Das strahlende, schöne junge Mädchen mit dem langen, glatten aschblonden Haar und den hellblauen Augen und dem sehr breiten Lächeln. **KATHERINE «KATY» ANNE DEES. GEB.: 13. 08. 1992. VERMISST IN: FORT LAUDERDALE, FLORIDA. VERMISST SEIT: 20. 11. 2008. ALTER BEI VERSCHWINDEN: 16 JAHRE, 3 MONATE.** Die rote Überschrift über dem Foto lautete: **VERMISST / AUSGERISSEN.**

Bobby gab seinem kleinen Mädchen einen Gutenachtkuss, knipste das Licht aus und machte sich auf den Nachhauseweg.

20

«Das Telefon ist tot», sagte Clint Fortune, der Technikexperte des FDLE. «Tot oder abgestellt.»

«Ihre Mutter sagt, dass sie ständig vergisst, den Akku aufzuladen», antwortete Bobby am Nextel, als er an einer roten Ampel zum Stehen kam.

«Das passt dann ja. Es ist tot. Es fängt kein Signal auf.»

Bobby trank einen Schluck Kaffee. «Wann gab's den letzten Anruf? Rein und raus.»

«Hm, warte mal», sagte Clint durch die Zähne, zwischen denen vermutlich eine Zigarette steckte, wie immer. Im Hintergrund war das Rascheln von Papier zu hören. «Okay. Der letzte Anruf, der rausging, war am dreiundzwanzigsten Oktober um 17:31 Uhr an die Nummer 954-695-4229. Hat 45 Sekunden gedauert. Was war der dreiundzwanzigste? Der Freitag?»

«Ja.»

«Der letzte Anruf, der einging, kam von der Nummer 954-914-5544. Ebenfalls am dreiundzwanzigsten. Kam um 17:15 Uhr, hat zwei Minuten gedauert. Ich habe alle Anrufe bis zum zweiten Oktober, als die neue Rechnungsperiode anfing.»

«Was ist mit Textnachrichten?»

«Ja. Seitenweise. Viel Spaß damit. Du musst einen Teenager zum Übersetzen anheuern, wenn du mit den ganzen LOLs, CUs und OMGs irgendwas anfangen willst.» Clint lachte so laut, dass er zu husten anfing.

Bobby schloss die Augen. Es war, als hätte ihm jemand in den Magen geschlagen. «Ja.»

«Was ist mit der Kleinen? Ausreißerin?»

«Sieht so aus.»

«Ich habe Candy, meiner Kontaktfrau bei der Telefongesellschaft, gesagt, dass es sich vielleicht um eine Entführung handelt. Oberste Priorität. Sonst hätte ich das Zeug nie so schnell gekriegt. Wahrscheinlich ist sie beleidigt, wenn sie in den Nachrichten heute Abend nichts davon sieht.»

«Danke für die Hilfe, Clint. Ich wollte einfach keine Woche oder zwei warten. Alles ist möglich. Ich habe einen Missing Child Alert ausgegeben.»

«Ich dachte, du hast gesagt, sie ist ausgerissen.»

«Wahrscheinlich, aber irgendwie habe ich ein komisches Gefühl.»

«Daran solltest du dich halten, Shep.»

Shep stand für Shepherd, ein uralter Spitzname, den Bobby nicht mehr gerne hörte. Aber es war schwer, ihn den Leuten abzugewöhnen, ohne ein weiteres Fass aufzumachen. «Danke, Clint.»

«Hast du was von deinem Kind gehört?»

Verdammt. Das Fass war offen und drohte überzulaufen. Er hätte mit der Frage rechnen müssen; er hörte sie mindestens alle paar Tage. «Nein. Nichts Neues. Nett, dass du fragst.»

Es war schwer zu glauben, aber es war schon fast ein Jahr vergangen seit dem schrecklichen Freitagnachmittag, als Katy nicht von der Schule zurückkam. Der regnerische Tag eine Woche vor Thanksgiving, als sein Leben den Sinn verlor. Seitdem ging er täglich von neuem jede Sekunde des Streits durch, den er und LuAnn am Abend, bevor Katy verschwand, mit ihr hatten – was er hätte anders machen können, anders tun *müssen*. Warum er es nicht getan hatte. Auch damals hatte Clint ihm die Telefonlisten besorgt. Und seitdem jeden Monat, nur für den Fall, dass Katy ihr Telefon wieder anstellte.

«Wenn ich irgendwas für dich tun kann, Bobby, ich bin da.»

«Danke, Clint. Gut zu wissen. Also, ich komme heute Nachmittag ins Büro und hole die Liste ab.»

«Arbeitet jetzt nicht der Neue aus Pensacola, Veso, mit dir zusammen? Ich kann sie ihm geben, falls du ihn heute noch siehst. Kleiner Kerl. Zieht sich die Hosen zu hoch. Hoffentlich hat er keinen Napoleonkomplex.»

«Ich habe ihn noch nicht kennengelernt», erwiderte Bobby leise. Anscheinend hatte der kleine Gedankenaustausch mit Zo gestern nichts gebracht – Veso hing immer noch herum und versuchte sich einzumischen. «Und ehrlich gesagt habe ich es auch nicht vor, Clint. Leg sie mir einfach auf den Schreibtisch.»

«Ich habe Candy einen Gerichtsbeschluss versprochen.»

«Wenn ich's mir recht überlege», sagte Bobby, während er den Wagen auf einen Parkplatz stellte, «sag Veso, er soll dir den Gerichtsbeschluss besorgen. Dann hat er was zu tun.»

Wieder lachte Clint. «Mach ich.»

Die Sawgrass Springs Middleschool lag so nahe an den Everglades, dass Bobby fast damit rechnete, zwischen den Hunderten von Schulkindern, die aus Bussen und Autos quollen, ein paar Alligatoren über den Rasen laufen zu sehen, während die Masse sich lethargisch den gepflasterten Weg hinauf zum Haupteingang schob. Überall Schulkinder. Es war wie beim Abhören, dachte er, als er sich den Weg durch die Herde bahnte und Fetzen der Gespräche aufschnappte: *Das Skaten am Samstag war superscheiße … Meghan hat zu Alexis gesagt, dass Joannes Bruder ein Perversling ist, und jetzt redet sie nicht mehr mit … Cesar hat Hausarrest, weil er zu seiner Großmutter «Leck mich am Arsch» gesagt hat …* Als er den Schulflur erreichte, wo sich das Sekretariat befand, klingelte die Schulglocke. Die Kinder verschwanden in alle Richtungen. Dreißig

Sekunden später herrschte eine apokalyptische Ruhe im Labyrinth der stuckverzierten Arkaden.

Mr. Cochran von der Verwaltung hatte die Unterlagen herausgesucht und erwartete ihn schon. Alle fünfzehnhundert Schüler alphabetisch nach Vornamen geordnet und nach Jahrgangsstufe und Klasse sortiert. Einhundertvierundsiebzig Carries, Carlas, Courtneys, Karens, Katherines, Kristys und Christines. Siebzehn von ihnen hatten Kurse mit Lainey. Sie alle wurden ins Sekretariat gerufen. Nur vier von ihnen wussten überhaupt, wer Lainey war. Keine war mit ihr im Kino gewesen.

Dann kamen die Lehrer. Elaine hatte am Freitag regulär die Schule besucht. Niemandem war etwas aufgefallen. Sie hatte noch keine neuen Freundinnen gefunden, soweit die Lehrer es wussten. Kein Kontakt mit Jungs in der Pause oder in der Cafeteria. Auch keine Feindschaften. Sie war Einzelgängerin. Sie zeigte weniger Leistung, als sie könnte. Still. Faul. Unmotiviert. Schüchtern. Unsichtbar. Eine sauertöpfische Lehrerin stellte fest, dass Elaine «Probleme» zu haben schien, doch sie konnte oder wollte nicht artikulieren, was für welche. Alle waren traurig über ihr Verschwinden. Keiner schien sonderlich überrascht.

Bobby dankte jedem für seine Zeit, steckte Kopien der Unterlagen ein und stand eine halbe Stunde später auf dem Parkplatz des Ring-a-Ling-Auftragsdienstes in Tarmanac. Es war kurz nach zwölf. Er wartete fast zehn Minuten am Empfang, bis Debbie LaManna offiziell Mittagspause hatte und mit ihm hinaus unter das Betonvordach trat. Der zementierte Hof, auf dem sie standen, war voller Zigarettenkippen und Kaugummiflecken.

«Ich weiß nicht. Es könnte jede davon sein. Haben Sie mit allen geredet?», fragte sie gereizt, während sie die Liste der Sawgrass-Schülerinnen durchging und an einer Marlboro zog.

«Wir haben mit denen gesprochen, die mit Elaine gemeinsam Unterricht haben. Kein Glück.»

«Dann reden Sie auch mit den anderen.»
«Erkennen Sie keinen der Namen wieder?»
Sie schüttelte den Kopf.
«Wie lautet die Handynummer Ihres Mannes, Debbie? Ich habe Todd gestern bei der Arbeit gesprochen, aber es gibt noch ein paar Fragen, die ich an ihn habe, und ich wette, es ist ihm lieber, wenn ich nicht nochmal dort aufkreuze.»

Sie nahm einen tiefen Zug von der Zigarette und kniff die Augen zusammen. «Er hat mir erzählt, dass Sie da waren. Er hat gesagt, Sie haben ihm erzählt, ich wüsste nicht, wo er am Freitag war. Und ich hätte Sie dazu gebracht, ihn nach seinem Verhältnis zu Elaine zu fragen, wie sich die beiden verstehen und so.»

«Sie wissen nicht, wo er am Freitag war», gab Bobby zurück.

«Aber das geht Sie nichts an. Darum kümmere ich mich selbst.»

Bobby seufzte. «Geben Sie mir bitte seine Handynummer, Debbie?»

Sie blies eine Rauchwolke aus. «914-5544», antwortete sie widerwillig.

Er musste nicht nachsehen. Er erinnerte sich an die Ziffern, die Clint ihm heute Morgen am Telefon genannt hatte. Der Anruf, den Lainey um 17:31 Uhr gemacht hatte, ging an Molly Brosnans Nummer. Das hatte er gleich erkannt. Der Anruf, der fünfzehn Minuten vorher hereinkam, war von Todd Anthony LaManna. Dem Mann, der behauptete, er hätte seit zwei Tagen vor ihrem Verschwinden kein Wort mehr mit seiner Stieftochter gewechselt.

«Und, wo ist er gewesen?», fragte sie schließlich.

«Das weiß ich noch nicht. Hat Lainey je mit Ihnen über Ihren Mann gesprochen?» Bobby sah sie durchdringend an.

Wieder kniff sie die Augen zusammen. «Todd hat gesagt, dass

Sie das versuchen würden und dass Sie diese Anzeige ins Spiel bringen würden. Aber so einer ist Todd nicht. So was würde er nie tun ... Sie wissen schon, mit Kindern.» Doch sie hatte kurz gezögert, bevor sie den letzten Satz sagte.

Bobby faltete die Liste der Sawgrass-Schülerinnen wieder zusammen und steckte sie ein. «Na gut. Ich melde mich wieder», sagte er und machte sich auf den Weg zu seinem Wagen. «Von Ihrer Tochter Liza habe ich immer noch nichts gehört.»

«Sie sagt, sie hat keine Ahnung, wo Elaine steckt oder mit wem sie befreundet ist.»

«Ich muss trotzdem mit ihr reden.»

«Und das war's? Das ist alles, was Sie tun wollen?», schrie Debbie ihm über den Parkplatz hinterher. «Ich habe diesen Polizisten aus Coral Springs angerufen, wissen Sie. Er sagt, Elaine ist ausgerissen. Wenn ich sie wiederhaben will, hat er gesagt, soll ich einen Privatdetektiv anheuern, verdammt nochmal!»

Bobby drehte sich um und sah in Debbie LaMannas erschöpftes Gesicht, ihre harten, müden Augen. Wie sagte man einer Mutter, dass es einfach nicht genug Zeit und Personal gab, um nach all den Kindern in Schwierigkeiten zu suchen, die nicht gefunden werden wollten? Dass die düstere Ausreißer-Statistik, die ihm so vertraut war, besagte, dass, wenn ein Kind nach sechsunddreißig Stunden noch nicht zurück war, man der schrecklichen Tatsache ins Auge sehen musste, dass es nie wieder nach Hause kam? Dass mit jeder Stunde, die verging, die Wahrscheinlichkeit stieg, dass ihre Tochter früher oder später Opfer von sexuellem Missbrauch, Prostitution oder Kinderpornographie würde? Und wie sagte man einer Ehefrau, die es nicht hören wollte, dass ihr Ehemann ihre heranwachsenden Töchter möglicherweise sehr viel lieber mochte als sie? Und dass er der Grund sein könnte, warum die Tochter nicht nach Hause kommen wollte?

Man sagte es nicht. Noch nicht.

«Ich melde mich, wenn ich etwas herausfinde», antwortete er.

«Ihr verdammten Cops!», schrie Debbie. Dann schnippte sie ihm ihre Zigarette hinterher, drehte sich um und stapfte zurück ins Gebäude.

21

Bobby fuhr die Einfahrt einer pfirsichfarbenen Villa im Toskana-Stil hinauf. Zwei schwere Steinlöwen begrüßten ihn, als er einen pompösen Torbogen passierte, der von pflaumenfarbenen Bougainvilleen überwachsen war. Unter einem Vordach standen ein schwarzer BMW und ein Geländewagen. Eine handgemalte spanische Kachel an der Türklingel verriet ihm, dass er richtig war. Nr. 124, Poinciana Drive. Er klingelte. Durch die geschliffenen Scheiben der schmiedeeisernen Tür konnte er irgendwo das bunte Flackern eines Fernsehers sehen.

Ein großer, gutaussehender Teenager mit von der Sonne gebleichtem, welligem schulterlangem Haar öffnete die Tür. Er trug Jeans und ein Warriors-T-Shirt und war gebaut wie ein Bodybuilder. «Zachary Cusano?», fragte Bobby.

«Ja», antwortete der Teenager.

«Ich bin Special Agent Robert Dees vom Florida Department of Law Enforcement», sagte Bobby und hielt die goldene Marke hoch, die er um den Hals trug. «Ich würde dir gerne ein paar Fragen stellen, Junge. Sind deine Eltern …?»

«Mooommm!», rief der Junge.

Zwei Sekunden später kam die Mom mit Schürze aus der Küche. Als sie die Polizeimarke sah, blieb sie wie angewurzelt stehen und rief: «Tom! Hier steht ein Polizist vor der Tür!» Sie klang so erschrocken und entsetzt, als hätte sie eine Kakerlake auf dem Teppich entdeckt.

Hinter ihr tauchte der Dad auf, frisch aus dem Büro, in einem Fünfhundert-Dollar-Anzug und mit einem Drink in der Hand. «Officer? Worum geht es hier?», fragte er und führte Bobby rasch ins Haus, außer Sichtweite der Nachbarn.

«Ich wollte mit Zachary über ein Mädchen sprechen, mit dem er über MySpace in Kontakt stand, Mr. Cusano. Ihr Name ist Elaine Emerson.»

Kaum war die Tür zu, reichte der Vater Bobby eine Visitenkarte. *Thomas T. Cusano, Esqu., Cusano Whitticker Levinsky, Rechtsanwälte.* Wie praktisch.

«Zachary?», fragte seine Mutter.

«Ich kenne kein Mädchen, das Elaine heißt», begann Zach.

«Warte, Zach», bellte Tom Cusano und hielt eine Hand hoch, um seinen Sohn vom Sprechen abzuhalten. «Was ist hier los? Was ist mit dem Mädchen passiert?»

«Ich habe nicht gesagt, dass etwas mit ihr passiert ist, Mr. Cusano», antwortete Bobby.

«Ich nehme an, es ist etwas passiert, sonst würden Sie wohl kaum bei mir im Wohnzimmer stehen.»

«Sie ist am Freitagnachmittag nach der Schule nicht nach Hause gekommen.»

«Zachary?», wiederholte seine Mutter, diesmal eine Oktave höher.

«Ich kenne keine Elaine!», protestierte Zachary.

«Vielleicht kennst du sie als Lainey», erklärte Bobby. «Oder als LainBrain.»

Wieder schoss Dads Hand nach oben. «Zach, warte. Beantworte das nicht.»

«Zachary?» Mrs. Cusano wischte sich nervös ihre Hände an der Schürze ab.

«Ich habe keine Ahnung, wovon der Mann redet, Dad. Ich kenne keine Lainey!»

«Hast du eine MySpace-Seite?», fragte Bobby.

«Ja», antwortete Zachary langsam.

«Könnten wir vielleicht einen Blick darauf werfen?»

«Zachary?» Inzwischen war ihre Stimme so schrill, dass das Glas zu springen drohte.

«Mom! Hör auf! Ich kenne sie nicht!»

«So geht das nicht.» Tom Cusano schüttelte den Kopf. «Mir gefällt nicht, was hier abläuft. Kein Computer. Auf gar keinen Fall. Wenn Sie irgendeinen Beweis haben, dass mein Sohn das Mädchen kennt, lassen Sie es uns wissen. Wenn nicht, dann sind wir hier fertig, glaube ich.»

Anwälte machten immer alles kaputt. «Hören Sie, Mr. Cusano», antwortete Bobby höflich, aber bestimmt. «Sie haben recht. So kommen wir nicht weiter. Aber wir sind noch nicht fertig. Entweder wir tun es hier, in Ihrem Wohnzimmer, oder wir fahren anderthalb Stunden nach Miami und sehen es uns auf dem Computer in meinem Büro an. Sie haben die Wahl. Und bedenken Sie bitte, dass ich hier bin, weil ich Zacharys MySpace-Seite bereits gesehen habe.»

Zachary wartete die Antwort seines Vaters nicht ab. Er lief in sein Zimmer, holte seinen Laptop und brachte ihn ins Esszimmer. Mit zitternden Fingern klickte er auf MySpace. ZACHS SEITE erschien in grünen Blockbuchstaben vor einem Hintergrund aus tanzenden Surfbrettern. Ein laufender Blog nahm über sechs Seiten ein, und es gab ebenso viele Fotos von Teenagern beim Partymachen. Auf seiner Freundschaftenseite waren 285 Namen aufgeführt; über 65 davon in der Topliste.

«Wer sind all die Leute?», fragte Violet Cusano verwirrt.

«Keine Ahnung, Mom», antwortete Zach achselzuckend. «Leute aus der Schule, Leute, die ich aus dem Netz kenne. Freunde, du weißt schon.»

Bobby überflog die Webseite. Keine LainBrain. Kein Bezug

zu Elaine oder Molly oder Liza oder sonst einem Namen, den er auf Laineys MySpace-Seite gesehen hatte. Keine Fotos von Lainey oder ihren Freundinnen. «Ist das hier auch deine?», fragte er stirnrunzelnd, während er das Rolling-Stones-Profil des anderen Zach aus Jupiter aufrief, der Football, Basketball, Baseball und Bassgitarre spielte.

«Nein», sagte der Junge und schüttelte den Kopf. «Das ist nicht meine, und ich kenne den Typen gar nicht. Genauso wenig wie diese Lainey, von der Sie reden.»

«Wo warst du am Freitagabend?», fragte Bobby.

«Zach», warnte sein Vater.

Zach sah zwischen seinen Eltern hin und her. «Ich ... ich ... ich weiß nicht mehr. Ich war ... Wartet mal! Ich war bei dem Ausflug, wisst ihr noch? Ihr habt mich erst um elf vom Bus abgeholt. Wir – Ms. Grainger und mein Physikkurs –, wir waren in Cape Canaveral, um uns die Raumstation anzusehen. Die NASA, wissen Sie?»

«Stimmt!», rief seine Mutter glücklich. «Du warst auf dem Ausflug!»

«Er war nicht einmal zu Hause», erklärte sein Vater nüchtern. Doch Bobby hörte seiner arroganten Anwaltsstimme an, dass auch er erleichtert war. «Er war es nicht», setzte er dann mit einem Lächeln nach.

Als wäre Bobby nicht selbst zu dem Schluss gekommen.

22

Als er wieder am Steuer saß und auf die I-95 in Richtung Süden fuhr, spülte Bobby zwei Magentabletten mit einem Schluck heißem Kaffee hinunter. Er hatte mörderisches Sodbrennen und klopfte sich mit der Faust auf die Brust, während er sich auf die linke Spur fädelte. Das Gefühl war ihm allzu vertraut. Irgendetwas lag ihm auf dem Magen. Etwas Schlimmes ...

Die düsteren Tatortfotos waren auf dem Schreibtisch ausgebreitet, neben drei mit rotem Klebeband versiegelten Beweismitteltüten, die er heute Morgen aus der Asservatenkammer genommen und quittiert hatte. Er strich über den Verschluss der Tüte mit der zerknüllten, blutbefleckten Kondomverpackung, das Handy zwischen Ohr und Schulter geklemmt. «Ganz ruhig, Belle», sagte er ins Telefon.

«Verdammt, Bobby, es ist zehn Uhr abends mitten in der Woche, und sie ist immer noch nicht zu Hause! Ich ... ich kann nicht mehr. Ich kann wirklich nicht mehr!», antwortete LuAnn mit rauer Stimme. Er wusste, dass sie im Zimmer auf und ab lief und mit schmalen Fingern ihr langes blondes Haar zwirbelte, immer wieder. Es war LuAnns Tick, wenn sie nervös war.

«Was hat sie gesagt, wo sie nach der Schule hinwollte?», fragte Bobby. Er rieb sich die Augen und legte die Beweismitteltüte in einen Pappkarton mit der Aufschrift: Florida vs. Marcus Stahl.

«In die Bibliothek, wegen irgendeinem Projekt. Sozialkunde. Es ging um ein Projekt in Sozialkunde. Ich habe sie gehen lassen, obwohl sie Hausarrest hat. Aber sie müsste schon seit Stunden zu Hause sein.»

«Hast du dort nachgefragt?»
«Die Bibliothek ist seit zwei Stunden zu.»
«Vielleicht ist sie danach zu Lilly gegangen. Vielleicht hat Lillys Mutter sie abgeholt.» Am Schreibtisch gegenüber blickte Zo von seinem Burger auf und sah ihn fragend an. Bobby schüttelte den Kopf.
«Ich habe angerufen, Bobby. Lilly war mit Dahlia in der Bibliothek. Aber ohne Katy. Katy war gar nicht da.»
Er begann die Berichte und die Tatortfotos in einen Fächerordner zu schieben. «Vielleicht ist sie bei ...»
«Nein! Sprich es bloß nicht aus!»
«Ich **muss** ihn anrufen, LuAnn.»
«Ich bringe sie um. Wenn sie bei ihm ist ...» LuAnn begann zu weinen.
«Schon gut, Belle. Keine Angst. Versuch es nochmal auf ihrem Handy», sagte er, während er sich den Fächerordner unter den Arm klemmte, nach der Aktentasche griff und eilig an Zo und dem Rest der Sonderkommission vorbei aus dem Raum ging. Auf der Treppe nahm er zwei Stufen auf einmal. In seinem Magen rumorte es, als hätte ihm jemand Säure eingeflößt. Irgendetwas stimmte nicht. Etwas Schlimmes war passiert. Er spürte es. Er stieß die Tür zur Lobby des Miami Regional Operations Center auf. «Ich komme nach Hause. Ich komme zu dir, Liebling ...»

Neben ihm in der Mittelspur hupte ein Sattelschlepper. Bobby merkte, dass die Autos rechts an ihm vorbeirauschten. Er war wieder mal mit den Gedanken woanders gewesen. Jetzt gab er Gas und versuchte, sich wieder auf die Gegenwart zu konzentrieren. «Lassen Sie ihr Zeit, Robert», hatte LuAnns Therapeut gesagt, als Bobby das erste und letzte Mal dort gewesen war, mit einem gönnerhaften Lächeln in seinem dünnen bleichen Gesicht, während ihn der tiefe teure Ledersessel fast verschluckte. «Die Zeit heilt wirklich alle Wunden.» Bobby hätte ihn am liebsten verprügelt. Als wäre es so einfach. *Lassen Sie ihr Zeit, und alles wird gut.* Die Nächte wurden immer länger; jeder Tag war eine emotionale Schlacht, die nur schwer zu schlagen war. Die Ungewissheit war die reine Hölle. Er hatte zu lange für Crimes Against Children gearbeitet, und er wusste zu gut, wie das schlimmstmögliche Szenario aussah. Die Realität konnte viel schlimmer und albtraumhafter sein, als Dr. Lassen-Sie-ihr-Zeit sich je vorstellen konnte.

Er trank einen Schluck Kaffee und lenkte seine Gedanken zurück zu Elaine Emerson. Er würde sich Zach Cusanos Teilnahme an dem Ausflug der Jupiter Highschool bestätigen lassen, doch er wusste jetzt schon, dass Zachary Cusano nicht log. Der Junge hatte nie von Lainey gehört, geschweige denn sie je getroffen. Also hatte er entweder den falschen siebzehnjährigen Zach aus Jupiter, der in der Schulmannschaft Baseball und Basketball spielte und Captain der Football-Mannschaft war und nebenbei Bassgitarre spielte, oder …

Die Person existierte nicht.

Was jede Menge weitere Probleme aufwarf. Und selbst wenn es so war – falls sich ElCapitan als Internet-Phantom herausstellte –, hatte Bobby immer noch keinen Beweis dafür, dass Lainey sich mit dem Typen getroffen hatte. Oder dass ihre sexy Fotos für ihn bestimmt waren. Kids chatteten im Internet mit Hunderten, manchmal Tausenden von Leuten auf der ganzen Welt. Leute, deren Wege sich außerhalb des Netzes niemals kreuzten.

Es war fast elf, als er nach Hause kam. An der Haustür begrüßte ihn Nilla, Katys Australian-Shepherd-Mischling, mit einem Gähnen. Dann streckte sie sich und beschnupperte ihn schwanzwedelnd. Nilla kam aus dem Tierheim – Katy hatte sie vor dem Versuchslabor gerettet, als sie noch ein Welpe war. Aus einem Dutzend trauriger, flehentlicher Augen hatte sich Katy damals zum Geburtstag einen Hund aussuchen dürfen; sie hatte Nilla gewählt, und die Hündin hatte es ihr nie vergessen. Seit der

Sekunde, da sie nach Hause kamen, folgte Nilla Katy auf Schritt und Tritt. Sie spielten zusammen, schwammen zusammen, schliefen zusammen. Und selbst als Katy zum Teenager heranwuchs und Freundinnen und Jungs und Partys spannender fand, als mit ihrem Hund um den Pool zu tollen, blieb Nilla ihr treu ergeben und wartete – wie heute Abend – geduldig an der Tür, bis Katy endlich wieder nach Hause fand.

LuAnn musste morgens um sieben Uhr zur Arbeit, und Bobby ging davon aus, dass sie ein Xanax geschluckt und sich längst hingelegt hatte. «Komm, Mädchen, wir holen uns ein Stück Salami», flüsterte er Nilla zu, die ihm auf den Fersen in die Küche folgte. Er war gerade dabei, die Zutaten für ein Sandwich aus dem Kühlschrank zu holen, als das Nextel klingelte. «Dees.»

Es war Zo. «Du musst den Fernseher anmachen.»

Im gleichen Moment betrat LuAnn im Pyjama die Küche. «Hallo, Belle», sagte Bobby sanft. «Ich dachte, du schläfst.»

«Du musst das sehen», antwortete sie und schaltete den Fernseher in der Küche an.

Debbie LaManna, Elaines Mutter, wischte sich die Tränen von den Wangen. «... ich hab gesagt, sie sollen das FBI einschalten, verstehen Sie?» Bobby erkannte die rosa Tagesdecke wieder, auf der sie saß, und im Hintergrund die Filmposter an den Wänden. «Bei der Polizei hat man mir gesagt, wenn ich sie je wiedersehen will, soll ich einen Privatdetektiv anheuern. Können Sie das glauben? Einen Privatdetektiv? Fragen Sie mich nicht, was die Polizei macht. Nichts machen die. Überhaupt nichts!»

«Debra LaManna will nur ihr kleines Mädchen zurück», erklärte der attraktive Reporter mit dem schwarzen Haar und den stechenden blauen Augen. Seine gezupften Brauen waren besorgt zusammengezogen. «Ein kleines Mädchen, das seine Freundinnen, seinen Teddybär und seine Familie liebhat ...» Mit einem trockenen Lächeln zeigte er auf das *Twilight*-Poster an der Wand.

«… und sich für Vampire und Liebesgeschichten interessiert. Doch niemand will ihrer Mutter helfen. Denn sie ist nur eine von Hunderten anderer Ausreißer in Florida, die Channel Six auf der Webseite des Florida Department of Law Enforcement aufgelistet gefunden hat.»

Dann kam ein Schnitt, und die Lobby des Miami Regional Operations Center wurde eingeblendet. «Hier in der Zentrale des FDLE in Miami ermittelt eine ganze Abteilung von Special Agents in Fällen, die unter die Kategorie Crimes Against Children fallen. Dazu zählen ausdrücklich vermisste und missbrauchte Kinder.» Der Reporter stellte sich vor einen Glaskasten. Neben den Fahndungspostern des FBI und des FDLE hing unter der Rubrik «Vermisst / Ausreißer» eine Collage von aktuellen Flugblättern. «Hier in der Lobby hängen Fotos von einigen der Vermissten.» Die Kamera glitt über die Gesichter, während der Reporter die Namen vorlas. «Eva Wackett, Shania Davis, Valerie Gomez, Adrianna Sweet, Gale Sampson, Nikole Krupa. Und es gibt noch viel mehr, die nicht hier aushängen, aber auf der Liste der Vermissten im Internet stehen. Dutzende über Dutzende verschwundener Kinder, hier, mitten in Florida. In unserer direkten Nachbarschaft. Manche werden seit Monaten vermisst, andere seit Jahren. Und keiner sucht nach ihnen. Jetzt gibt es wieder einen neuen Namen auf der Liste. Doch diesmal hatte eine Mutter die Nase voll von der Untätigkeit der Polizei und ist an die Öffentlichkeit getreten.»

Er hielt das zwei Jahre alte Foto von Lainey mit Brille in der fünften Klasse in die Kamera. «Die dreizehnjährige Elaine Emerson. Debra LaManna kann nur warten und hoffen. Hoffen, dass Lainey, wie sie von ihren Freundinnen und der Familie genannt wird, wichtiger ist als die vielen anderen Kinder, die die Polizei längst abgeschrieben hat. Channel Six hat für Sie berichtet, ich bin Mark Felding.»

«Dieser verdammte ...», begann Bobby.

«Ich mache Kaffee», sagte LuAnn leise und griff nach der Dunkin'-Donuts-Tüte.

«Was sagst du dazu?», sagte Zo mit einem lauten Seufzer am Telefon, bevor Bobby seinen Satz beenden konnte. «Sag LuAnn, sie soll einen großen Pott Kaffee machen. Ich komme vorbei. Ich habe das ungute Gefühl, Shep, dass morgen früh die Kacke am Dampfen ist.»

23

Er beugte sich vor und starrte in den Fernseher. Er war in den Nachrichten! Und nicht in irgendwelchen Nachrichten, sondern in den Elf-Uhr-Nachrichten! Zur Hauptsendezeit! Er warf einen Blick auf die Uhr und rieb sich über die Bartstoppeln. 23:07 Uhr. Vielleicht nicht *die* Top-Story, aber *eine* Top-Story. Er hatte es geschafft!

Er trank einen Schluck warme Milch und rieb sich über den Bauch. Wie viele Menschen sahen die Nachrichten – Hunderttausende? Bestimmt. Wahrscheinlich noch viel mehr. Kein Grund für Bescheidenheit. Millionen! Millionen von Leuten saßen in diesem Moment in ihrem Bett und sahen dieser jämmerlichen Kreatur einer Mutter dabei zu, wie sie einer Tochter nachheulte, die ihr letzte Woche noch vollkommen am Arsch vorbeigegangen war. Was war aus ihr geworden? Wo war sie hin? Warum war sie ausgerissen? War sie etwa tot? Dabei heulte die Rabenmutter nur, um an ihre fünfzehn Minuten Ruhm zu kommen, und wahrscheinlich nahm sie die Sendung auf Band auf, um sich später mit ihren Freundinnen zu bewundern.

Dann sah man den Eingang des FDLE und die süßen Gesichter der anderen Mädchen.

Er sank in den Fernsehsessel zurück. Die Namen – sie spielten keine Rolle. Aber diese ... Gesichter. An ein hübsches Gesicht erinnerte er sich immer. An jedes Detail, jede Kurve, jede Linie, jedes Grübchen, jede freche kleine Sommersprosse.

Er spürte die Erregung, als er daran dachte, was er getan hatte, und schloss die Augen. Schweiß sammelte sich auf seiner Stirn und im Nacken, und er leckte sich über die trockenen Lippen, während seine Hand in seinen Schritt glitt. Mit der freien Hand krallte er die feuchten zitternden Finger in das Tweedpolster der Armlehne.

Nein, nein, nein. Nicht so. Jetzt war nicht die Zeit. Er öffnete die Augen wieder. Er hatte zu tun. Bevor das perfekte Bild in seinem Kopf für immer verdorben war. Er richtete sich auf und griff nach dem Leinenbeutel auf dem Beistelltisch, in dem er seine Pinsel aufbewahrte.

Im Fernsehen flackerte das Foto seiner hübschen kleinen Prinzessin über den Bildschirm. Nur dass sie es nicht war. Er machte ein finsteres Gesicht, als er die Pinseltasche in die hintere Tasche seiner Jeans steckte. Seine Lainey war viel, viel hübscher. Sie hatte sich für ihn hübsch gemacht. Sie wollte etwas Besonderes sein. Anders als die anderen.

Der Bericht war zu Ende, und die Channel-Six-Musik wurde eingespielt, bevor die Werbepause begann. Er stand auf und brachte den Kecksteller und das leere Milchglas zur Spüle. Als er beides spülte und zum Trocknen ins Gestell stellte, summte er die eingängige Melodie vor sich hin. Dann schaltete er den Fernseher aus und nahm die Kiste mit den Utensilien und die zusammengeklappte Staffelei, die neben der Kellertür standen.

Und dann hörte er sie. Laut und näselnd zerriss ihr Geheul die angenehme Ruhe.

«*Neeeinnnn ... halloo ... bitte ...*»

Er hielt sich die Ohren zu. Er würde runtergehen müssen und dafür sorgen, dass es aufhörte. Dieser Krach, dieser Krach, dieser *Krach*! Ziemlich enttäuschend, keine Frage. Der verdammte Verfallsprozess hatte bereits begonnen. Wie bei einem perfekten runden roten Apfel, der nicht einfach auf dem Tisch liegen und für immer vollkommen sein konnte, sondern langsam verfaulen musste, von innen nach außen, bis die Schale sich verfärbte und schwarz wurde und das Innere sich zu einem mehligen geschmacklosen Brei zersetzte. Verärgert klemmte er sich die Staffelei unter den Arm und griff nach dem Knauf der Kellertür. Von außen war seine kleine Prinzessin immer noch perfekt und rot und süß, doch im Innern begann sie bereits zu stöhnen, zu winseln, zu meckern.

Faulte vor sich hin.

Verdammte Schande. Die Hübschen hielten nie lange.

24

«Warum wurde kein AMBER-Alarm ausgegeben, Agent Dees?»

Der Schulungsraum des Miami Regional Operations Center war nur etwa halbvoll mit Journalisten, doch alle hatten die Augen gespannt auf Special Agent Supervisor Bobby Dees gerichtet, der so weit wie möglich entfernt stand von Trenton Foxx, dem Regional Director, seiner Entourage von Speichelleckern und der Hälfte der Cops des Coral Springs Police Department. Der ganze Morgen war mit überstürzten Meetings zur Schadensbegrenzung draufgegangen, geleitet von Leuten, die keine Ahnung von der Verfahrensweise bei vermissten Kindern hatten, und der Gipfel war die kurzfristig angesetzte Pressekonferenz, die Bobby nicht befürwortete und an der er nicht teilhaben wollte. Er hatte gehofft, die Fragen würden nur an Foxx gerichtet, den alten Medienfuchs, der das Podium sofort an sich riss, doch wieder hatte Bobby kein Glück.

«Wie ich bereits erklärt habe, Agent Dees und Detective Dagher befanden das nicht für nötig», begann Foxx, dessen Ärger auf seinen sonst so freundlichen Südstaatenakzent abzufärben begann. Das gezwungen wohlwollende Lächeln schmolz dahin. Auch wenn der Regional Director sich gerne im Scheinwerferlicht sonnte, er konnte die unverschämte Journaille aus Miami nicht leiden. So ein Mist wie dieser investigative Bericht von gestern Abend wäre in Okaloosa nie passiert. Doch Foxx war neu in der Gegend, und er war kein Dummkopf – mit Honig fing man mehr Fliegen als mit Essig. Seinen Fünfjahresvertrag hatte er erst vor wenigen Wochen unterschrieben, und er wusste, wenn er nicht wollte, dass jeder Sender und jede Zeitung in dieser Stadt versuchte, ihn als Idioten hinzustellen, dann musste er lächeln, solange er ihre Fragen beantwortete, und durfte erst schimpfen, wenn die Türen zu waren. «Sie müssen es so sehen ...»

«Nein, ich hätte gern, dass Agent Dee antwortet», unterbrach ihn der Reporter. Es war der Typ, der das Interview mit der heulenden Debbie LaManna gestern Abend geführt hatte. In Wirklichkeit wirkte sein Haar noch kraftstrotzender und glänzender. «Mark Felding, Channel Six. Ich möchte es von ihm selbst hören, wenn das geht. Er leitet doch die Ermittlung, oder?»

Foxx zuckte die Achseln und trat vom Stehpult zurück. Sein Lächeln war verschwunden.

«In Elaine Emersons Fall lagen die strengen Kriterien nicht vor, die für einen AMBER-Alarm gegeben sein müssen, und sie tun es immer noch nicht. AMBER-Alarm ist ausschließlich auf Entführungsfälle beschränkt», antwortete Bobby, indem er sich seitlich zum Mikrophon hinüberlehnte.

«Aber Sie haben einen Missing Child Alert ausgelöst, was heißt, Sie hatten Grund zu der Annahme, dass das Kind in irgendeiner Form gefährdet ist», beharrte Felding. «Wie kamen Sie darauf, Agent Dees? Haben Sie irgendwelche zusätzlichen Informationen?»

Der Missing Child Alert war der Dominostein, der die örtlichen Medien von Elaine Emersons Verschwinden in Kenntnis gesetzt hatte, woraufhin Felding von Channel Six die jammernde Mutter ausfindig machte. Was zu den Tränen in den Elf-Uhr-Nachrichten führte, gefolgt von einem Sperrfeuer der Anrufe von panischen Eltern und aalglatten Reportern, die gierig auf ein saftiges Nachspiel des Makala-Jarvis-Debakels spekulierten, was schließlich dazu führte, dass, wie Zo vorhergesagt hatte, die Kacke am Dampfen war. Stunden verschwendet und nichts erreicht. «Das tat ich aus einem Übermaß an Vorsicht», antwortete Bobby.

«Aber bedeutet ein Missing Child Alert nicht, dass ein Jugendlicher in unmittelbarer Gefahr ist?», wiederholte Felding. «Was an Elaines Verschwinden brachte Sie zu der Annahme, sie sei möglicherweise in akuter Gefahr?»

Es gab einen Grund, warum man Bobby die Pressekonferenzen nicht leiten ließ – weder konnte er gut lächeln noch gut schönreden. «Ich weiß, dass Sie hier eine Story suchen, Mr. Felding», antwortete er gereizt. «Und zwar egal, welche. Entweder die Polizei hat übertrieben, oder sie hat zu wenig getan. Doch in diesem Fall gibt es nichts zu berichten. Die Untersuchung läuft, wir ermitteln in verschiedene Richtungen, die ich hier nicht kommentiere, und hoffentlich wird Elaine sich jetzt, da Sie so viel Aufmerksamkeit auf den Fall gelenkt haben, im Fernsehen sehen und zu Hause anrufen.»

«Channel Six hat einen mehrteiligen Bericht über jugendliche Ausreißer in Florida gedreht», entgegnete Felding. «Der erste Teil lief gestern Abend. Ich habe auf der Website des FDLE buchstäblich Hunderte vermisster Kinder in unserem Staat entdeckt, nach denen keiner sucht, Agent Dees. Hunderte. Das sind Tausende über die Jahre. Meine Frage an Sie als Leiter von Crimes Against Children und als landesweit anerkannter Experte für Kindesentführungen lautet: Warum verdienen manche verschwundene Kinder eine volle Untersuchung, mit AMBER-Alarm, organisierten Geländedurchsuchungen und allem Drum und Dran, während andere vermisste Jugendliche – wie Adrianna Sweet, Eva Wackett oder Nikole Krupa – nicht der Rede wert zu sein scheinen?»

«Jeder Fall ist anders, Mr. Felding. Es gibt viele Faktoren – das Alter des Kindes, die Umstände des Verschwindens ...»

«Eva Wackett ging zur Dolphin Mall, um sich mit Freunden zu treffen, und kam nie zurück. Kein Hahn hat nach ihr gekräht. Adrianna Sweet kehrte von einer Freundin in Miami nicht zurück. Auch das hat niemanden gekümmert. Eva lebte im Heim, und Adrianna war wegen Drogenbesitzes vorbestraft und kam aus einer Familie, der sie völlig egal war. Vielleicht waren das die Faktoren, die eine Rolle spielten. Könnte das sein?»

«Ich habe diese Fälle nicht betreut, Mr. Felding.» Bobby wusste genau, wo dieses Arschloch hinsteuerte, und sein Blut fing an zu kochen.

«Genau darauf wollte ich hinaus. Wann ist ein Fall ernst genug – oder besser gesagt, wann ist ein Kind wichtig genug –, um bei der Crimes Against Children Squad des FDLE zu landen?»

«Der sozialökonomische Status eines Kindes ist weder für einen AMBER-Alarm noch für die Aufnahme von Ermittlungen ein Kriterium, und das wissen Sie ganz genau. Genauso wenig wie die Herkunft oder die Hautfarbe. Sie versuchen, sich eine knackige Story für den zweiten Teil Ihres Enthüllungsreports zu basteln, Mr. Felding. Aber in diesem Land laufen jährlich mehr als eine Million Kinder von zu Hause fort. Eine Million. Wir haben einfach nicht genug Einsatzkräfte, um nach jedem Teenager zu suchen, der nicht gefunden werden will.»

«Aber warum gelten für manche Ausreißer andere Regeln? Ihre eigene Tochter zum Beispiel, Agent Dees – warum wurde für sie auf Kosten der Steuerzahler eine umfassende Untersuchung eingeleitet, während für andere, Elaine Emerson zum Beispiel, nur ein paar Pro-forma-Anrufe bei den Krankenhäusern und der Leichenhalle gemacht werden?»

Ein Raunen ging durch die Menge.

Bobby hielt sich mit beiden Händen am Stehpult fest. Seine Knöchel waren weiß. Der Raum begann sich zu drehen. «Für wen zum Teufel halten Sie sich?»

«Das reicht jetzt! Die Pressekonferenz ist beendet», mischte sich Zo ein und stellte sich zwischen Bobby und das Mikrophon. Er legte Bobby eine kräftige Hand auf die Schulter und winkte die Pressesprecherin heran. «Vielen Dank für die Aufmerksamkeit, Leute. Weitere Fragen richten Sie bitte an unsere Pressesprecherin Leslie Mavrides.»

Zögernd näherte sich Leslie dem Podium.

«Ich wusste, dass so was kommen würde», murmelte Foxx Matt Donofrio zu, dem Polizeichef von Coral Springs, als die beiden hastig vom Podium stiegen und durch die Hintertür auf den Flur traten. «Herrgott nochmal ... was für eine Scheiße ... das hat mir gerade noch gefehlt»

«Ich wollte nur wissen, warum manche Kinder ignoriert werden!», rief Felding, während er den Beamten entgegensah, die von hinten auf ihn zukamen. «Was, wenn etwas viel Schlimmeres dahintersteckt? Was, wenn sie nicht freiwillig abgehauen sind? Aber das werden wir nie erfahren, weil nämlich niemand nach ihnen sucht!»

«Wer ist das Arschloch?», wollte Bobby wissen, als Veso und Zo mit ihm das Podium verließen. «Für wen zum Teufel hält der sich?»

«Ich habe hier eine Liste!», rief Felding und winkte mit einem Zettel, als die Beamten ihn umstellten. Plötzlich richteten sich die Kameras auf ihn. «Neunzehn Mädchen – alle mit etwa derselben Beschreibung, alle unter den gleichen seltsamen Umständen verschwunden! Neunzehn, und ich habe gerade erst mit der Recherche angefangen! Alle werden auf Ihrer Website als Ausreißer klassifiziert! Ich finde, diese Mädchen haben eine Untersuchung verdient, Agent Dees! Sie haben verdient, dass jemand nach ihnen sucht», sagte er, während er sich von den Beamten losriss, die ihn zur Tür begleiteten. «Genau wie Ihre Tochter Katherine. Finden Sie nicht?»

25

«Ich habe erst heute Morgen in der Schule davon gehört. Melissa hat es mir erzählt, aber, ich meine, alle haben es gewusst. Und alle haben mich gefragt, na ja, was mit ihr passiert ist. Dann hat mein Vater bei der Schule angerufen und gesagt, dass Sie mit mir sprechen wollen.» Molly Brosnan saß vorn auf der Stuhlkante im Zimmer des stellvertretenden Rektors der Ramblewood Middle School und zwirbelte ihre langen roten Locken zwischen eisblauen Fingernägeln. Sie kaute auf ihrer aufgesprungenen Lippe.

Bobby saß ihr gegenüber, die Ellbogen auf den Knien. Es war etwas mehr als eine Stunde her, seit er den Zirkus in Downtown Miami hinter sich hatte. Kurz nachdem Bobby zu einem tobenden Foxx gesagt hatte, er könne ihn am Arsch lecken, rief Mark Brosnan an, um zu melden, dass Molly zurück war, und Bobby war ins Auto gesprungen und auf direktem Weg nach Coral Springs gefahren. Er hatte keine Zeit anzuhalten, keine Zeit, über den Mist nachzudenken, der sich am Morgen abgespielt hatte, und es gab auch keinen Grund zu warten, bis man ihm sagte, in welche Außenstelle man ihn strafversetzen würde – vorausgesetzt, er hatte nach Foxx' Anruf beim Polizeipräsidenten überhaupt noch einen Job. Was für ein rasanter Abstieg. Genau vor einem Jahr führte er noch eine gute Ehe, hatte eine bildhübsche Tochter und war der «landesweit anerkannte Experte für Kindesentführungen», den vom FBI bis zur State Police in Georgia alle um Rat fragten, wenn es um verschwundene Kinder ging. Als er 2007 sowohl zum «Officer of the Year for Missing and Exploited Children» als auch zum «Florida Law Enforcement Officer of the Year» gekürt wurde, erschien ein Artikel über ihn im *Time Magazine*. Die Zeitschrift *People* erklärte ihn sogar zu einem der «Helden unter uns».

Mensch, Daddy, du bist auf der gleichen Seite wie Beyoncé!, hatte Katy beeindruckt festgestellt, als das Boulevardblatt mit der Post kam. *Du bist berühmt! Du bist ein Held!*

Ich will nur dein Held sein, Kitkat.

Das bist du, Daddy. Immer.

Inzwischen war seine Tochter fort, mit seiner Ehe ging es den Bach runter, und er konnte sich wahrscheinlich einen neuen Job suchen. «Molly, wann hast du Lainey zuletzt gesehen?»

«Gesehen? Also, dieses Wochenende nicht, wegen meiner Großmutter. Das Wochenende davor haben wir uns getroffen. Ich war am Samstag bei ihr.»

«Und wann habt ihr das letzte Mal telefoniert?»

«Am Tag, bevor ich mein Handy verloren habe.»

Mark Brosnan, Mollys Vater, stand mit verschränkten Armen neben dem stellvertretenden Direktor. Er machte ein finsteres Gesicht und sah sie streng an.

«Na ja, ich habe es nicht wirklich verloren. Meine Lehrerin hat es am Freitag einkassiert», erklärte sie verlegen. «Morgen kriege ich es zurück.»

«Was hat Lainey gesagt? Hatte sie am Wochenende was vor?», fragte Bobby.

«Wir wollten ins Einkaufszentrum, aber dann ist meine Oma gestorben, und wir sind nach New Orleans gefahren.»

«Was ist mit Jungs? Hatte sie einen Freund?»

«Nein. Lainey hatte keinen Freund. Da war ein Typ, auf den sie stand, aber, na ja, sie hat ihn noch nicht mal in echt kennengelernt.»

«Wer?»

«Weiß nicht. Eben so ein Typ, mit dem sie im Internet gechattet hat. Ich weiß nur, dass er Zach heißt und Football spielt. Er ist echt süß.»

«Ist das der Junge, für den Lainey die Fotos gemacht hat?»

Molly wurde dunkelrot im Gesicht und blickte auf ihre Schuhe.

«Ich habe die Fotos gesehen. Habt ihr sie für ihn gemacht?», hakte er nach.

Molly nickte.

«Welche Fotos?», fragte ihr Vater verblüfft.

Molly schüttelte den Kopf. «Nur ein paar Fotos, auf denen Lainey hübsch aussieht.»

«Wie haben Lainey und Zach denn kommuniziert?», fragte Bobby. «Ich habe ihr E-Mail-Konto bei AOL gecheckt, habe aber weder Nachrichten von einem Zach noch von ElCapitan gefunden.»

«Sie haben sich Instant Messages geschickt.»

«Auf dem Handy?»

«Nein, das hat ihre Mutter manchmal kontrolliert, und Lainey wollte nicht, dass sie ihre Nachrichten liest. Sie haben auf dem Computer gechattet, wie wir auch. Über Yahoo.»

«Dieser Junge, Zach.» Bobby tippte auf den Schnellhefter auf seinem Schoß. «Du hast gesagt, er ist süß, aber du bist ihm nie begegnet.»

«Er hat Lainey ein Foto geschickt. Er ist blond und sieht aus wie ein Surfer.»

Bobby schlug den Hefter auf und suchte das Foto von Zachary Cusano im T-Shirt aus dem Baseball-Artikel heraus, den er aus dem Internet heruntergeladen hatte. «Ist er das?»

Molly nickte. «Das ist genau das Foto.»

Bobby spürte, wie sein Herz schneller schlug. Er hatte bestätigt bekommen, dass der echte Zachary Cusano an dem Nachmittag, als Lainey verschwand, wirklich zweihundert Kilometer nördlich von Miami Spaceshuttles besichtigt hatte. «Wollte sie sich mit ihm treffen?»

«Nein, nein. Er wohnt ganz woanders. Lainey musste ihren ganzen Mut zusammennehmen, um dem Typen auch nur einen zusammenhängenden Satz zu schreiben. Verabredet hat sie sich bestimmt nicht mit ihm.»

«Wie hat sie sich mit ihrer Mutter verstanden?»

Molly zuckte die Achseln. «Ganz okay, glaube ich.»

«Und mit dem Stiefvater?»

Molly und ihr Vater verzogen das Gesicht.

«Lainey und Mr. LaManna ... also, sie kann ihn nicht besonders gut leiden. Darf ich das so sagen?», fragte Molly mit einem Blick zu ihrem Vater, der nickte. «Er ist, also, er ist so streng mit ihr, und er kann ziemlich seltsam sein. Lainey geht ihm aus dem Weg. Am Donnerstag gab es Riesenstunk. Sie hat nicht mehr mit ihm geredet.»

«Wirklich?», fragte Bobby. «Weißt du, worum es ging?»

«Er ist eben seltsam. Er ist total ausgerastet, weil sie sich in ihrem Zimmer eingeschlossen hatte.»

«Würde sie von zu Hause weglaufen?»

Sie schüttelte den Kopf. «Wo sollte sie denn hin?»

«Molly», sagte Bobby leise. «Ich habe die Anruferliste von Laineys Handy überprüft, und dort steht, dass der letzte Anruf, den sie am Freitagabend gemacht hat, an dich ging. Das war das letzte Mal, dass es irgendeinen Kontakt mit ihr gab.»

«Ich habe nicht mit ihr gesprochen», gab Molly mit zitternder Stimme zurück. «Ich hatte mein Handy ja gar nicht. Aber sie hat mir eine Nachricht hinterlassen. Ich habe von meiner Oma aus die Mailbox abgehört. Irgendwie war es komisch ...» Sie brach ab.

«Hast du die Nachricht gespeichert?», fragte ihr Vater.

«Nein, aber ich erinnere mich. Sie hat gesagt, ich würde nie erraten, wo sie war. Sie klang richtig aufgeregt. Dann rief jemand ihren Namen, und sie hat geflüstert, dass sie losmuss und dass ich sie nicht zurückrufen soll, sie würde mich später anrufen.» Molly sah ihren Vater an, und Tränen rannen ihr über die Wangen. «Aber sie hat nicht mehr angerufen, Daddy. Sie hat sich überhaupt nicht mehr gemeldet.»

26

«Die E-Mail-Adresse, über die das MySpace-Konto eröffnet wurde, ist: elcapitan17@msn.com. Der Name ist Zachary Cusano, Postadresse: 69, Lollipop Lane, Jupiter, Florida», sagte Clint am Telefon, bevor er einen langen Zug von seiner Zigarette nahm. Es war Donnerstagmorgen, fast eine Woche her, dass Lainey nicht nach Hause gekommen war.

«Was ist das denn für eine Adresse?»

«MySpace hat über fünf Millionen Nutzer, Bobby. Die überprüfen die Namen, Adressen und Altersangaben nicht.»

«Lass mich raten», sagte Bobby und brachte den Wagen vor dem weißen Bungalow zum Stehen. «Die Adresse ist erfunden.»

«Natürlich.»

«Provider?»

«Auch nichts.»

«Was ist mit dem Verbindungsverlauf?»

«Laut MSN hat er sich immer über öffentliche Hotspots eingeloggt – Cafés, Flughafen, Bibliotheken. Er lässt sich nicht zurückverfolgen, Bobby. Der Typ ist ein Phantom.»

«Mist.» Bobby schlug auf das Lenkrad. «Na gut, Clint, ich stehe gerade vor dem Elternhaus. Ich habe Zo und einen Techniker dabei und einen Gerichtsbeschluss in der Tasche.»

«Nette Art, einen guten Morgen zu wünschen.» Clint lachte.

«Hoffen wir, dass die kleine Elaine nicht wirklich versucht hat, sich mit dem Typen zu treffen. Das wäre gar nicht gut.»

Er ging auf die marode Haustür zu und klopfte. Debbie öffnete und lehnte sich im Bademantel gegen den Türrahmen, damit der bellende Golden Retriever nicht hinauslief. Oder damit Bobby nicht hereinkam. In der Küche saß Laineys Bruder Brad im Schlafanzug über einer Schüssel Cornflakes und sah mit großen Augen herüber. Debbies Augenringe waren so dunkel, dass sie aussah, als hätte sie jemand geschlagen. Mit Blick auf die Vorgeschichte hätte es Bobby nicht einmal überrascht.

Bobby gab ihr eine Kopie des Gerichtsbeschlusses. «Wir sind wegen des Computers hier.»

«Ihr unternehmt also endlich was? Ich schätze, das hat euch aufgerüttelt neulich Abend», schnaubte sie mit rauer, leicht schleppender Stimme, die von zu wenig Schlaf oder zu viel Alkohol zeugte.

«Ich wiederhole, es wäre leichter gewesen, wenn Sie uns gleich die Erlaubnis gegeben hätten.»

«Der verdammte Computer ... was wollen Sie damit? Reine Zeitverschwendung. Sie sollten draußen sein und nach dem Schwein suchen, das sie entführt hat!», rief sie, als Bobby, Zo und der Techniker an ihr vorbei in den Flur traten.

Das Bett war gemacht, das Zimmer aufgeräumt. Wahrscheinlich für die Kameras, die vor zwei Tagen da gewesen waren. Bobby schaltete den Computer ein und kopierte den Inhalt der Festplatte auf einen externen Speicher, den er in eine Beweismitteltüte schob und versiegelte.

Doch er wollte nicht warten, bis das Labor in Orlando aufbereitete, was er sich in wenigen Sekunden selbst ansehen konnte. Er hatte immer noch keinen konkreten Hinweis darauf, dass Lainey zu einer Verabredung mit diesem ElCapitan gegangen war, und Bobby ging davon aus, ihre letzten IM-Nachrichten würden ihm Aufschluss darüber geben. Leider wurden bei den meisten Suchmaschinen die IMs gelöscht, sobald das Programm geschlossen oder der Computer heruntergefahren wurde. Nur bei einigen Yahoo-IM-Konten speicherte das Default-System die Nachrichten der letzten zehn Tage.

Über Yahoo Messenger kam er zu Laineys My-Yahoo-Account. Dort loggte er sich in ihre IM-Settings ein und überprüfte das Datum der archivierten Nachrichten. Zehn Tage. Allerdings zählte das System, wie die Mailbox auf dem Handy, in Echtzeit – es ging genau zehn Tage vom aktuellen Datum zurück. Heute war Donnerstag, der 29. Oktober. Was hieß, dass er nur die empfangenen und gesendeten IM-Nachrichten seit dem 20. Oktober finden würde.

Er öffnete Laineys Konto. Auf dem Bildschirm erschienen mehrere Nachrichten. Der Name ElCapitan war überall. Hastig überflog er das Geplänkel, bis er am Dienstag, dem 20. Oktober, auf den Dialog stieß, mit dem er gerechnet hatte.

ElCapitan: `muss dich treffen.`

ElCapitan: `freitagabend?`

ElCapitan: `wir holen uns was zu essen & gehen ins kino. lust auf zombieland?`

ElCapitan: `ich hol dich von der schule ab. haben schon mal gegen die CS High gespielt. warte auf mich, 17:30 parkplatz hinten beim baseballplatz. schwarzer bmw.`

«Ach du Scheiße», sagte Zo, der Bobby über die Schulter sah. «Der letzte Anruf an ihre Freundin war – wann genau am Freitagabend?»

«Um 17:31 Uhr.»

«Das ist nicht gut. Aber vielleicht hat sie es nicht durchgezogen. Vielleicht ist sie einfach nicht hingegangen. Was steht in der letzten Nachricht? Ist die auch von dem Drecksack?»

Bobby scrollte bis zum Ende. «Die letzte IM-Nachricht kam am Donnerstag, 22. Oktober um 21:47 Uhr von ...» Er sprach nicht weiter.

Auf dem Bildschirm leuchtete die Nachricht auf, die Lainey erhalten hatte, kurz bevor sie verschwand.

ElCapitan: cu tomorrow ☺

Wir sehen uns morgen.

27

Er hatte Lainey. Daran bestand kein Zweifel. Die Frage war nur, wer war er? Und die noch wichtigere Frage, wo war er, dieser gesichtslose Freak, der vor Millionen von Zeugen am helllichten Tag im Internet marodierte? Ein Cyber-Phantom, das nicht nur schlau genug war, seine Spuren zu verwischen, sondern gar nicht erst welche hinterließ?

Bobby beobachtete die Kids beim Training auf dem Football-Feld der Coral Springs Highschool. Wo er hinsah, wimmelte es von Leben. Jugendliche auf der Tartanbahn, Schüler mit Büchern auf der Wiese, Zwölftklässler an ihren Autos. Ein vollkommen anderes Bild an einem sonnigen Donnerstagnachmittag als vergangenen Freitagabend nach Einbruch der Dämmerung, als niemand hier gewesen war, der irgendetwas hätte sehen können. Bobby hatte sich in Läden auf der Sample Road umgehört und in den Wohnhäusern gegenüber auf der Rock Island Road. Er hatte den Sicherheitsdienst der Schule angewiesen, die Videos der Überwachungskameras zu überprüfen, und er hatte sogar die Polizei von Coral Springs auf die Verkehrsüberwachungskameras angesetzt, doch das ergab nichts. Überhaupt nichts.

Bobby hatte es nicht zum ersten Mal mit einer Internet-Entführung zu tun – und sie gingen nie gut aus. Das Erste, was ein Detective, der frisch von der Polizeiakademie kam, lernte, war die Statistik: In mehr als siebzig Prozent der Gewaltverbrechen – Sexualstraftaten und Entführungen inbegriffen – waren Täter und

Opfer einander bekannt, sei es gut oder flüchtig. Vom Opfer selbst führte die Spur gewöhnlich bald zum Täter. *Wo hat sie ihre Freizeit verbracht? Welche Hobbys hatte sie? Mit wem war sie befreundet? Wer waren ihre Feinde?* Doch Internet-Stalking lief nicht nach den gängigen Regeln. Meistens begann es als willkürliche Jagd in irgendwelchen unsichtbaren Chatrooms oder auf Networking-Seiten, wo niemand der war, der er zu sein vorgab, wo Zeugen nicht existierten und ganze Identitäten einfach per Mausklick verschwinden konnten. Die Spuren waren elektronisch, nicht physisch, und wenn der Bösewicht geschickt genug war, *keine Spuren* zu hinterlassen, gab es keine Möglichkeit, ihn aufzuspüren. Es war, als würde sich ein maskierter Fremder mitten in der Nacht in ein willkürlich ausgewähltes fremdes Haus schleichen, ohne Fingerabdrücke oder sonstige Spuren zu hinterlassen, geschweige denn DNA. Sofern kein Vögelchen zwitscherte, war der Fall so gut wie unmöglich zu lösen.

Bobby sah hinaus über die weiten Sportanlagen, Heimarena der Coral Springs Colts. An den Seitenlinien kicherten und lachten Cheerleader in blaugrünen Miniröcken beim Training, ohne den Mann mit der Marke und dem Sportsakko zu beachten, der ihnen von der anderen Seite des Zauns zusah. Bevor sie Ray kennenlernte, war auch Katy Cheerleader gewesen. Bei der Schulauswahl der St. Thomas Aquinas Highschool. Sobald sie laufen konnte, hatte sie mit Turnen angefangen, und irgendwann vor ihrem achten oder neunten Geburtstag war sie der Cheerleader-Mannschaft beigetreten. Der Wettkampfkalender war aufreibend, denn die Spiele dauerten zum Teil ganze Wochenenden lang und fanden in allen Ecken von Florida statt. Bobby und LuAnn standen Hand in Hand auf der Tribüne und sahen mit angehaltenem Atem zu, wie ihr einziges Kind an der Spitze der menschlichen Pyramide durch die Luft geschleudert wurde. Bei einem dieser Footballspiele, als er ihr beim Salto in zehn Metern Höhe zusah, war Bobby zum ersten Mal die schreckliche Realität des Elternseins klargeworden: Er hatte keine Kontrolle.

«Jeder, der im Besitz einer Marke ist, hält nach ihr Ausschau, Bobby. Von Key West bis Boynton. Doch es gibt keine Spur von ihr.»
«Sie kann doch nicht einfach vom Erdboden verschwinden, Zo. Sie ist sechzehn. Sie kann nirgends hin, und sie hat – wie viel? – vielleicht ein paar hundert Dollar von ihrem Job bei Dairy Queen in der Tasche.»
Dairy Queen. Das Fast-Food-Restaurant, wo Katy diesen Mistkerl kennengelernt hatte. Ray. Reinaldo Coon. Schon als Bobby ihn zum ersten Mal gesehen hatte – wie eine Klette hatte er an seiner Tochter geklebt und jede ihrer Bewegungen aufgesaugt, als sie die Eismaschine reinigte –, wusste er, dass der Junge nichts taugte. Mit knapp achtzehn stolzierte er herum wie ein Rockstar oder ein Gangmitglied, mit dem selbstgefälligen Grinsen eines Menschen, der keinen Respekt vor anderen hatte. Doch Bobby wusste schon da, dass es zu spät war; Katy war längst in seinem Bann und würde tief fallen. Mit ihren hellblauen Augen folgte sie dem knallharten Ray und seinem Schrubber durch den Laden wie ein gehorsames Hündchen. Vielleicht fand sie seine Tätowierungen sexy, sein rebellisches Gehabe aufregend, sein Selbstbewusstsein attraktiv. Hätte Bobby die Zeit zurückdrehen und eine einzige Sache in seinem Leben revidieren können, dann hätte er Katy verboten, in dem verdammten Dairy Queen zu arbeiten.
Zo wählte seine nächsten Worte sorgsam aus. «Vielleicht haben die beiden es geplant, Bobby. Auch von dem Jungen fehlt jede Spur. Seine Mutter behauptet steif und fest, sie hätte seit Wochen nichts von ihm gehört. Sagt, er sei im November ausgezogen, und sie will ihn auch nicht wiederhaben.»
«Blödsinn.» Bobby fuhr sich mit den Händen durchs Haar. «Sie lügt. Ich fahre bei ihr vorbei und rede nochmal mit ihr ...»
«Nein. Nein, das tust du nicht. Sie hat jetzt schon vor, dich zu verklagen, weil du letzte Woche bei ihr randaliert hast. Du kannst denen nicht drohen, Shep. Egal wie gut es tun würde, ihr die Hände um den Hals zu legen oder

die Windschutzscheibe einzuschlagen, du kannst das nicht machen. Leute wie sie warten nur darauf, dir das Leben zur Hölle zu machen.»

Eine lange, schreckliche Pause entstand. «Das hat sie schon geschafft, Zo», sagte Bobby leise, als er durch die Tür seines Büros auf die lächelnden Gesichter am Schwarzen Brett starrte. Jetzt waren es nicht mehr die Kinder anderer Familien. «Das ist die Hölle.»

Im Westen ging die Sonne unter. Die Footballspieler waren vom Feld getrottet, die Cheerleader hatten die Pompons eingepackt. Auf der anderen Straßenseite gingen die Lichter an. Ein paar Häuser waren bereits mit Kürbisköpfen geschmückt, und riesige aufblasbare Hexen und Geister tanzten in grünen, laubbedeckten Vorgärten. Bis Halloween waren es nur noch ein paar Tage. Fast hätte er ihn vergessen, oder vielleicht verdrängte er den lustigen, familienfreundlichen Feiertag, auf den sie sich früher immer gefreut hatten. Es war noch nicht so lange her, dass Katy sich in einem glitzernden Kostüm als Dornröschen verkleidet hatte und mit ihrer Zahnlücke und einem Körbchen in der Hand von Tür zu Tür gegangen war, um Süßigkeiten zu erbetteln. Er trat gegen den Zaun, dann drehte er sich um, zum leeren Parkplatz, wo sein Wagen stand. Er war der Lösung keinen Schritt näher gekommen als gestern. In keinem der beiden Fälle.

Warum gelten für manche Ausreißer andere Regeln? Ihre eigene Tochter zum Beispiel, Agent Dees – warum wurde für sie auf Kosten der Steuerzahler eine umfassende Untersuchung eingeleitet, während für andere, Elaine Emerson zum Beispiel, nur ein paar Pro-forma-Anrufe bei den Krankenhäusern und der Leichenhalle gemacht werden?

Die Worte dieses Reportermistkerls am Dienstag gingen ihm immer noch durch den Kopf, den ganzen Tag schon. Für wen hielt sich dieser Kerl? Vielleicht sollte er ihn einfach ignorieren. Katys Verschwinden hatte den Missing Child Alert ausgelöst und war sogar im Lokalteil des *Herald* gelandet. Jeder Reporter im

Süden Floridas wusste, dass sie fortgelaufen war. Selbst in *People* kam in der Nachrichten-Rubrik ein kurzer Bericht. In gewisser Weise hatte der Typ recht, auch wenn es wehtat. Warum landeten jugendliche Ausreißer auf der Wichtigkeitsskala der Polizei ungefähr auf gleicher Höhe wie Hundegebell-Beschwerden? Warum sahen die Statistiken so finster aus, was die Auflösung der Fälle anging? Warum wurden so viele verschwundene Teenager noch nicht einmal als vermisst gemeldet? Und warum wurden all diese Fakten einfach so akzeptiert?

Neunzehn Mädchen – alle mit etwa derselben Beschreibung.

Als er in den Wagen stieg, piepte sein Nextel. «Dees.»

Es war Zo. «Hey, Bobby, hör zu. Ich sitze hier an meinem Schreibtisch in der Zentrale und will gerade nach Hause, als mir ein Anruf von jemandem durchgestellt wird, der nach dir sucht. Du wirst es nicht glauben.»

«Was? Wer?»

«Dieser Arschlochreporter von neulich. Felding. Der Typ klingt total fertig. Ich frag ihn, was er will, und ... Also, du glaubst nicht, was für schräge Sachen er mir da erzählt ...»

28

Mark Felding saß auf der Stuhlkante vor Zos Schreibtisch. In den zitternden Händen hielt er einen großen braunen Briefumschlag; sein kantiges, fotogenes Gesicht war kreidebleich.

«Das kam heute mit der Post», sagte er. Er wirkte nervös. «Ich saß an meinem Spezialreport, und dann musste ich an mein Postfach. Ich weiß nicht, wann es reingekommen ist. Ehrlich gesagt wusste ich erst nicht, wen ich anrufen sollte, aber dann habe ich den Zettel mit Agent Dees' Namen gesehen ...» Er unterbrach sich, als wollte er nicht weiterreden. «Ich habe ihn wieder reingesteckt. In den Umschlag.»

«Woher wissen Sie, dass es mit der Sache zu tun hat, an der Sie gerade arbeiten?», fragte Zo und sah Bobby vielsagend an, der in der Ecke an der Wand lehnte und Abstand hielt. Er war da, aber so wenig wie möglich präsent. Der Super-Reporter von Channel Six mochte mit dem, was er am Dienstagvormittag von sich gegeben hatte, vielleicht nicht ganz falschgelegen haben, doch das hieß noch lange nicht, dass Bobby sich freiwillig mit ihm in einem Raum befand.

«Auf einem Zettel, der an dem Bild hing, stand: ‹Gute Story, Mark.› Das Feature über Ausreißer ist das Einzige, woran ich zurzeit arbeite. Außerdem», sagte er, als er den Umschlag über Zos Schreibtisch schob, «ist da ein, also, ein junges Mädchen drin.»

Der Umschlag war aufgerissen. Zo hielt ihn hoch und zog mit Latexfingern ein zusammengeklapptes Stück von etwas heraus, das wie steifer Stoff oder eine Leinwand aussah. Ein Stück Zeitungspapier flatterte lautlos auf den Schreibtisch. Er hob es auf. «Ausgeschnitten», stellte er fest und reichte es Bobby. «Dein Name.»

Bobby zog sich einen Handschuh über und hielt den dünnen Streifen hoch.

FDLE SPECIAL AGENT SUPERVISOR ROBERT DEES.

Vorsichtig schlug Zo die Leinwand auf. Dicke, grelle Farbe bedeckte eine Seite. Er trat einen Schritt zurück. «Was zum Teufel!», schnaubte er angewidert.

«Ich habe Ihnen gesagt, dass es krank ist!», japste Felding und zeigte auf das Bild. «Ich habe es Ihnen gesagt! Wie krank ist das?»

Ein Smiley-T-Shirt war mit dicken Pinselstrichen gelb ausgemalt, die hautenge Jeans des Modells – oder wer immer es sein sollte – war indigoblau. Sie schien auf einer Art Metallhocker zu sitzen. Von den Handgelenken baumelten dicke Seile über die ausgestreckten Hände. Die Handflächen waren mit roter Farbe verschmiert. Sie hatte braunes Haar, das ihr in üppigen Locken über die Schultern fiel, nur am Scheitel war eine breite platinblonde Strähne, die an Lily von *The Munsters* erinnerte.

Doch es war ihr Gesicht beziehungsweise das Fehlen dessen, das Bobby das Blut in den Adern gefrieren ließ.

Der Mund war aufgerissen und verzerrt, wie in Edvard Munchs verstörendem Gemälde *Der Schrei*. Wo ihre Augen hätten sein sollen, klafften zwei schwarze Löcher, rotes Blut strömte ihr über die Wangen.

Bobby erkannte, was er vor sich hatte.

Es war ein Porträt.

29

«Es ist Ölfarbe. So viel weiß ich», bemerkte Zo.

«Warst du auf der Kunstschule?», fragte Bobby überrascht.

«Nein. Aber ich male ein bisschen. Hab vor, mich später mit meinen Pinseln in einer Fischerhütte auf den Keys zur Ruhe zu setzen und ein exzentrisches Leben zu führen. Außerdem riecht man Ölfarbe meilenweit, bevor sie ganz getrocknet ist.»

«Man lernt nie aus über einen Menschen», bemerkte Bobby. «Damit bist du der Experte von uns beiden. Ich habe nicht mal einen Pinsel. Was hältst du davon?»

«Also – er ist kein Picasso, aber auch kein Malen-nach-Zahlen-Amateur. Schätze, er hat irgendwann mal einen Malkurs besucht. An der Uni, oder er hat Stunden genommen.»

«Wir schicken es ins Labor, mal sehen, ob wir rauskriegen, von welcher Firma die Farbe stammt. Vielleicht finden wir noch andere Spuren. Das Gleiche gilt für den Zeitungsschnipsel und den Zettel.»

Felding machte ein verängstigtes Gesicht. «Hat der Kerl was getan? Ich meine, ist das Mädchen echt? Existiert sie?»

Bobby starrte das Gemälde an. «Ich weiß es nicht, Mr. Felding. Ich hoffe, nicht.»

«Erkennen Sie sie wieder? Wird sie vermisst?»

«Woher sollen wir das wissen?», entgegnete Zo finster. «Ihr fehlt das verdammte Gesicht. Aber wahrscheinlich ist das nur irgendein Halloween-Freak, der zu Ihnen in die Nachrichten kommen will. Um die Jahreszeit spielen sie alle verrückt.»

«Das kann er vergessen. So was bringe ich nicht in die Nachrichten», antwortete Mark leise.

Bobby sah ihn an. «Ein Reporter mit Rückgrat und Moral? Das wäre neu.»

«Wir haben jede Menge Irre, die ins Fernsehen wollen, Agent Dees. Sie wären überrascht, wie viel Mist wir *nicht* senden.» Mark zeigte auf den Schreibtisch. «Selbst wenn es aktuell ist.»

«Mir ist nicht ganz wohl dabei, hier rumzusitzen und zu hoffen, dass nichts dahintersteckt», sagte Bobby nach einer Weile und lenkte das Thema zurück auf das Gemälde. «Ich will's genau wissen. Sieh dir das an, Zo, hinter ihr. Das ist ein Fenster, oder? Draußen sieht man die drei oberen Teile vom CenTrust Tower. Da ist das blaue Wasser der Bucht, und die weiße Kurve hier, was ist das, ein Gebäude? Vielleicht die American Airlines Arena? Wenn das hier ein Porträt ist und wenn der Künstler gemalt hat, was er sieht, mitsamt Ausblick aus dem Fenster, wo zum Teufel befindet er sich dann?»

«Irgendwo in der Innenstadt von Miami», murmelte Zo. «In der Nähe der Arena. Dem Blickwinkel und der Höhe nach sieht es aus, als wäre er in einem oberen Stockwerk, nordöstlich des CenTrust.»

Bobby dachte einen Moment nach. «Das Zimmer ist völlig kahl. Braune Wände. Keine Bilder an der Wand. Was ist das Weiße auf dem Boden hinter ihr?»

«Sieht aus wie eine Matratze», antwortete Zo.

«Eine Matratze? Dann muss es entweder eine Wohnung sein oder ...»

«Ein Hotel», schloss Zo. «Hey, steht da nicht ein Days Inn oder Best Western oder so was auf dem Biscayne Boulevard, das abgerissen werden soll? In der Nähe der Arena?»

Bobby nickte und griff nach seiner Jacke. «Das alte Regal Hotel. Steht seit einem halben Jahr leer, wegen irgendeinem Rechtsstreit. Es hat vielleicht vierzehn Stockwerke oder so, ist vollkommen verlassen und steht in einer Scheißgegend. Mit anderen Worten, Volltreffer.»

30

Das Regal All-Suites Hotel stand an einer merkwürdigen Ecke in einem merkwürdigen Teil der Innenstadt von Miami, eingekeilt zwischen der mächtigen American Airlines Arena und dem verwahrlosten Bicentennial Park, was wahrscheinlich erklärte, warum es abgerissen werden sollte. Geplant war ein Umbau zu Luxusapartments, wenn und falls die Immobilienkrise endlich vorüberzog, doch zurzeit war das dreizehn Stockwerke hohe Gebäude von einem provisorischen Maschendrahtzaun umgeben, an dem alle paar Meter ein Schild mit der Aufschrift «BETRETEN VERBOTEN – ABRISSZONE» hing. Der Niedergang des Immobilienmarkts hatte vielen Bauvorhaben ein Ende gesetzt, und die Bauherren warteten ab, bevor sie Genehmigungen einholten und neue Projekte anfingen, vor allem in einer Stadt, in der es bereits ein Überangebot an brandneuen, überteuerten Luxuswohnungen gab.

Es dauerte ein paar Stunden, bis Bobby jemanden mit Schlüssel und Verantwortung aufgetrieben hatte. Das Eigentum war längst von Regal Hotels an das Bauunternehmen übergegangen, New Bright Construction, und da New Bright den ganzen Komplex abreißen wollte, kümmerte es niemanden, ob die Türen des Gebäudes je wieder geöffnet wurden. Doch Vorschrift blieb Vorschrift, und abgesehen von einer vagen Vermutung, die auf das unheimliche Gemälde eines unbekannten Künstlers zurückging, gab es keine zwingenden Umstände, die ein Betreten des

Gebäudes ohne Erlaubnis oder Gerichtsbeschluss rechtfertigten – und für einen Gerichtsbeschluss reichte das nicht. Was die Erlaubnis anging, so wäre es mit Sicherheit leichter gewesen, bis zum Morgen zu warten, wenn Susie oder Barbara oder sonst eine Sekretärin bei New Bright wieder ans Telefon ging, aber so lange wollte Bobby nicht warten. Vielleicht reichte es nicht für einen Gerichtsbeschluss, doch er hatte eindeutig ein Bauchgefühl. Und sein Bauchgefühl würde ohnehin die ganze Nacht in ihm arbeiten, also konnte er die Sache genauso gut gleich heute Abend durchziehen und inständig hoffen, dass er falschlag. Wenn es falscher Alarm war, gönnte ihm sein Gehirn anschließend vielleicht eine Auszeit und ließ ihn ein paar Stunden schlafen.

Es war fast zehn, als sie einen der Eigentümer und einen Hausmeister aufgetrieben hatten und das Gebäude endlich betraten. Sie – das waren Zo, Bobby und vier Beamte, die sie sich für die Suche vom City of Miami Police Department ausgeliehen hatten. Mit dem Bau des Zauns war der Strom abgeschaltet worden, und die Fenster im Erdgeschoss waren verbarrikadiert, damit keine Obdachlosen und Fixer hereinkamen. Als sie die Türen zur pechschwarzen Lobby öffneten, schlug ihnen der Gestank von Schimmel und Moder entgegen. Die Lichtkegel von einem halben Dutzend Taschenlampen glitten durch das zweistöckige Foyer. Jeder von ihnen suchte den Raum nach Lebenszeichen ab, doch bis auf die Kakerlaken und ein paar dreiste Ratten, die sekundenlang im Licht verharrten, bevor sie sich verdrückten, brachten die Taschenlampen nichts zum Vorschein.

Das Mobiliar war weg, selbst die Einbaumöbel waren aus den Wänden gerissen worden. Wo einst die Rezeption gewesen war, stand ein Container, voll mit kaputten Waschbecken. Von der alten Hoteleinrichtung war nur noch der purpurrote Teppich übrig, der von der gläsernen Eingangstür bis zu den Fahrstühlen am hinteren Ende der Lobby lief. Dort entdeckte Bobby einen

Haufen schmutziger Decken, leerer Imbisstüten, alter Spritzen, Kondompackungen und ein paar angekokelte Coladosen auf dem Boden. «Jenna ist HIER!», war an die Wand gesprayt. Eine Crack-Höhle. So viel zu dem Versuch, die Fixer draußen zu halten, dachte er mit Unbehagen, als er mit der Taschenlampe in einen leeren Fahrstuhl leuchtete, dessen Tür mit einem Waschbecken aufgestemmt worden war. Es gab dreizehn Stockwerke und über zweihundert Zimmer. Auch wenn sich nicht sagen ließ, ob das Crack-Lager verlassen oder frisch war, wusste Bobby, genau wie bei Ratten und Kakerlaken, wo einer war, waren gewöhnlich noch mehr ...

Einer der Polizisten leuchtete auf eine geschlossene Tür, die ins Treppenhaus führte. Sie begannen hinaufzusteigen. Auch wenn es auf dem Gemälde so wirkte, als wäre es in einem höheren Stockwerk gemalt worden, sie mussten alle Zimmer kontrollieren. Glücklicherweise wussten sie vom Hausmeister, dass mit dem Abschalten des Stroms auch die elektronischen Türschlösser ausfielen. Selbst geschlossene Türen sollten sich aufdrücken lassen.

In Zweierteams arbeiteten sie sich durch die Stockwerke und verließen jedes Zimmer, das sie überprüften, mit einem lauten «Klar!», gefolgt von der Zimmernummer. Die meisten Suiten waren bis auf die Tapeten geplündert. Kein Teppich, keine Einbauten, keine Waschbecken, keine Toilettenschüsseln. In anderen lagen Bruchstücke von Möbeln oder alte Matratzen herum. Irgendwie war es verstörend, sich durch die dunklen Gänge eines verlassenen verbarrikadierten Hotels zu arbeiten und nachzusehen, ob sich hinter den geschlossenen Türen unwillkommene Hausbesetzer breitgemacht hatten. Oder schlimmer – ob irgendwelche toten Mädchen herumlagen, die gefesselten Arme ausgestreckt, die leeren Augenhöhlen um Hilfe flehend. Dieser Teil der Stadt war nachts vollkommen verlassen, wenn im benachbarten Stadion nicht gerade Miami Heat spielte oder im Bicentennial Park ein Konzert stattfand – was in dieser Nacht beides nicht der Fall war. Bobby musste an den Horrorfilm *The Shining* denken. Als er mit Zo von Zimmer zu Zimmer ging und Wandschränke und Badezimmer überprüfte – in einer Hand die Taschenlampe, in der anderen die Glock –, rechnete er fast damit, dass sich im nächsten Moment ein Irrer durch die Schlafzimmertür hackte und sie mit einer Axt und einem derangierten Grinsen begrüßte.

Im zwölften Stock verteilten sie sich wie gehabt – ein Team ging nach links um die Ecke bis zum Ende des Flurs, ein Team ging nach rechts und arbeitete sich von dort zum Treppenhaus und zu den Fahrstühlen zurück. Bobby und Zo nahmen sich die Zimmer auf der anderen Seite des Flurs vor. Die Zimmer, die nach Südwesten gingen, zur Innenstadt. Auf dem fensterlosen Flur war ohne Taschenlampe die Hand vor Augen nicht zu sehen. Bobby hoffte, dass ihnen nicht ausgerechnet hier oben die Batterien ausgingen.

«Klar! 1510!», rief das Team vom nördlichen Ende des Flurs. Lopez und Carr.

Bobby stieß gegen die Tür von 1522. Sie gab nicht nach.

«Klar! 1540!», rief das andere Team. Weiceman und Quinnones.

Bobby probierte den Türknauf. «Abgeschlossen», sagte er leise.

Zo hob die Pistole und nickte, während sie schweigend auf dem Flur in Position gingen, rechts und links von der Tür. Später dachte Bobby, wahrscheinlich war ihnen da schon klar, was sie im Innern vorfinden würden. Doch wenn einer von ihnen auch nur eine Sekunde zu lange nachgedacht hätte, hätten sie die Tür womöglich gar nicht geöffnet. Sie waren lange genug Cops, um zu wissen, dass sich bestimmte Anblicke nie wieder aus dem Bewusstsein löschen ließen, egal wie viel Zeit verging oder wie sehr man versuchte, sie zu vergessen.

Bobby nickte zurück. Er hörte, wie das Team aus dem nördlichen Flur zurückkam, mit rasselnden Pistolengürteln, die Schritte dumpf auf dem dünnen Teppich. Wahrscheinlich fragten sie sich, warum Bobby und Zo noch kein Zimmer geklärt hatten. Mit jedem Stockwerk, das sie hinter sich ließen, war die Spannung gewachsen. «Agent Dias?», rief Carr. «Dees? Ist alles in Ordnung bei euch? Habt ihr was gefunden?» Die Kegel ihrer Taschenlampen tanzten über die Wände.

Bobby holte Luft. «Polizei!», rief er.

Dann trat er gegen die Tür, und der Horror begann.

31

«Leiche einer nicht identifizierten, dunkelhaarigen weißen Frau, 162 cm groß, geschätztes Gewicht plus/minus fünfzig Kilo, geschätztes Alter zwischen zwölf und einundzwanzig.» Gunther Trauss, Leiter der Gerichtsmedizin von Miami-Dade, sprach leise in ein digitales Olympus-Diktaphon, während er um die Leiche einer jungen Frau herumging, die wie da Vincis vitruvianischer Mensch ausgebreitet auf einer schmutzigen weißen Matratze in der Mitte des kahlen Zimmers lag. Der schwarze Griff eines Tranchiermessers ragte aus der Mitte ihres gelben Smiley-T-Shirts. Dunkles Blut und andere Flüssigkeiten sammelten sich unter ihrem Rücken, sickerten in die Matratze und breiteten sich um die Konturen ihres Körpers aus. Wässrige rosa Flüssigkeit rann aus ihrer Nase und ihrem Mund. Die Suite war mit tragbaren 48-Watt-Lichtmasten ausgeleuchtet, wie ein Hollywood-Filmset. Weitere Lichtmasten säumten den Flur im zwölften Stock und das gesamte Treppenhaus, in dem Beamte der Spurensicherung, Gerichtsmediziner und dunkelblau uniformierte Polizisten in ständiger Bewegung zwölf Treppen herauf- und hinunterstiegen. Am anderen Ende des Flurs, in sicherem Abstand, konnte Bobby Phil Carr hören, den Polizisten vom Dezernat City of Miami, der bei der Durchsuchung geholfen hatte. Er kotzte immer noch.

«Augenfarbe ...» Dr. Trauss machte ein finsteres Gesicht und unterbrach sich. «Unbekannt. Die Augäpfel wurden aus den Höhlen entfernt; Verbleib unbekannt. Die Verletzung scheint post mortem erfolgt zu sein. Totenstarre hat sich gelöst. Datum und Uhrzeit des Todes unbekannt. Verwesung hat eingesetzt, rechter unterer Abdominalquadrant zeigt grünliche Marmorierung, Haut verrutscht. Die Leiche befindet sich in Stadium zwei der Verwesung. An Fuß- und Armgelenken sind Quetschungen zu sehen sowie Abschürfungen, die von Fesseln herrühren können.» Er sah sich nach seinem Assistenten um, der an der Einwegmaske herumfummelte, die er über Mund und Nase trug. «Sil, bitte mach ein Foto aus diesem Winkel. Und du und Joe passt bitte auf, wenn ihr sie einpackt, weil die Haut rutscht, und ich will nachher im Labor Abdrücke von den Abschürfungen haben. Und mach ein Foto von dem tätowierten Schmetterling an ihrem linken Knöchel. Den will ich auch nicht verlieren.»

Bobby hockte neben dem Pathologen am Boden und hielt sich einen Lappen vor die Nase. Verwesende Leichen in Florida waren die schlimmsten; es stank fürchterlich. «Okay, Gunther, was haben wir?»

«Ein totes Mädchen.»

Auf Partys verstanden Pathologen selten Spaß, doch sobald man ihnen eine Leiche vorlegte, hielten sie sich plötzlich für Stand-up-Comedians. «Was Sie nicht sagen», gab Bobby zurück. «Haben Sie auch eine Ahnung, wie lang sie schon so ist?»

Gunther lächelte, was an sich schon verstörend war. Pathologen waren anders als andere Menschen. Man fragte sich immer, was in ihrer Kindheit passiert sein mochte. «Ich weiß es nicht», sagte er. «Eine Weile. Mindestens einen Tag. Vielleicht länger. Morgen früh, nach der Obduktion, weiß ich mehr. Aber sehen Sie nicht auf den Sekundenzeiger.»

«Todesursache?»

Gunther sah Bobby an, als hätte er drei Köpfe. Dann zwinkerte er ausgiebig und nickte in Richtung der Leiche hinter ihm. «Genaues weiß ich erst, wenn ich die Obduktion durchgeführt habe, aber ich wage die Vermutung, dass es wahrscheinlich mit dem relativ großen Messer zu tun hat, das in der Mitte ihres Herzens steckt. Wie gesagt, nur eine Vermutung.»

Bobby seufzte. «Sie sind witzig. Ich meinte, ob Ihnen sonst noch was aufgefallen ist. Drogen? Stumpfe Gewalteinwirkung?»

«Noch nicht, aber Ihr Übeltäter ist ziemlich theatralisch, die Inszenierung hier und dann das Bild, das Sie mir gezeigt haben. Würde mich nicht überraschen, wenn er der armen Unbekannten noch andere hässliche Dinge zugefügt hat. Ich schätze, er hatte sie einige Zeit in seiner Gewalt.»

«Wie kommen Sie darauf?»

«Die blauen Flecken an ihren Hand- und Fußgelenken. Manche verblassen bereits, das heißt, sie haben nichts mit ihrem Tod zu tun. Sie war eine ganze Weile gefesselt, bevor er sie umgebracht hat.»

In diesem Moment kam Zo zurück, in der einen Hand eine Dose Wick Vaporub, in der anderen eine versiegelte Beweismitteltüte. An seinen Nasenlöchern klebte glänzende weiße Paste. «Die von der Spurensicherung haben das Zeug immer dabei. Wollt ihr?»

Bobby schmierte sich einen Klumpen unter die Nase.

«Nein danke. Mich stört der Geruch nicht», antwortete Gunther lächelnd.

«Sie machen auch eine Genitaluntersuchung, oder?», fragte Zo.

«Natürlich. So wie die Leiche sexuell provozierend daliegt, würde es mich nicht wundern, wenn sie auch vergewaltigt wurde. Haben Sie eine Ahnung, wer sie ist?»

Bobby schüttelte den Kopf. «Noch nicht. Bis jetzt gibt es keine außergewöhnlichen Kennzeichen, die zu ihrer Beschreibung passen.»

«Vielleicht war sie Touristin. Willkommen in Miami», sagte

Gunther. «Das sorgt für gute Presse. Ich habe gesehen, dass draußen jetzt schon jede Menge Publikum wartet.»

«Ich muss Ihnen nicht sagen, dass noch nichts an die Öffentlichkeit darf.»

«Nein, müssen Sie nicht. Also gut, wir sind hier fertig, Sil. Pack die Hände und die Füße ein.»

«Vor allem nicht die Sache mit den Augen. Ich will nicht, dass jeder Übergeschnappte in Südflorida behauptet, er wäre das gewesen», sagte Bobby. «Oder noch schlimmer wären Trittbrettfahrer. Außerdem will ich keine Panik.»

«Ich bin seit zwanzig Jahren beim Morddezernat», schaltete sich Zo ein. «Ich habe alles gesehen, von der kolumbianischen Krawatte bis zum Möchtegern-Kannibalen, aber das hier ist schon ziemlich kaputt. Was soll der Scheiß mit den fehlenden Guckern?»

«Wie ich Agent Dees bereits gesagt habe, ich glaube, die Verletzung wurde gnädigerweise post mortem zugefügt – das heißt, nachdem sie tot war.»

Zo schüttelte den Kopf. «Okay. Sie ist tot, und er nimmt ihr die Augen raus. Dann war es offensichtlich nicht aus Angst, dass sie ihn wiedererkennt.»

«Bevor ich mich für die Pathologie entschieden habe, wollte ich Psychiater werden, also gebe ich Ihnen mal meine Einschätzung. Machen Sie damit, was Sie wollen», antwortete Gunther. «Die Verstümmelung ist symbolisch. Auf dem Porträt, das Sie mir gezeigt haben, hat er sie ohne Augen gemalt, als sie noch am Leben war. Er hat keine Angst, dass sie ihn wiedererkennt, sondern er will nicht, dass sie ihn sieht. Niemand, der das Bild sieht, soll ihn sehen können. Indem er die Augen der einzigen Zeugin entfernt, die mit ihm im Raum war, zeigt er dem Betrachter, was dort passiert ist, erklärt aber gleichzeitig, dass es außer ihm niemand sehen kann beziehungsweise nur durch *seine* Augen, so wie *er* will, dass der Betrachter es sieht. Die Inszenierung zeugt von höchster Kontrolle. Wahrscheinlich hasst er es, wie die Leute ihn sehen. Wahrscheinlich hasst er sich selbst, falls das irgendetwas heißt. Vielleicht ist er missgebildet. Für alles Weitere müssen Sie sich an einen guten Profiler wenden.»

Sil öffnete den Leichensack. «Was soll ich mit dem Messer machen, Dr. Trauss? Sie ist an die Matratze gepinnt.»

«Entschuldigen Sie mich», sagte Gunther und wandte sich der Leiche zu.

«Kann sein, dass wir einen echten Psycho an der Backe haben», sagte Zo und pfiff leise durch die Zähne, als er durchs Fenster nach Südwesten sah, zu den Wolkenkratzern in der Innenstadt von Miami. Die drei oberen Segmente des CenTrust alias Bank of America Tower waren dem makaberen Feiertag zu Ehren violett erleuchtet. «Sie lag genau an der Stelle, die du vorhergesagt hast.»

Gunther zog das Tranchiermesser vorsichtig aus der Brust des Opfers und packte es in eine Tüte.

«Und unser Mann wusste, dass du derjenige sein würdest, der sie findet.» Zo hielt die Beweismitteltüte hoch, die er in der Hand hatte. Darin lag das zusammengefaltete weiße DIN-A4-Blatt, das sie am Fuß der Matratze gefunden hatten, als sie die Suite betraten, wie eine Tischkarte bei einem Bankett, für alle sichtbar aufgestellt zwischen den gespreizten Beinen der unbekannten Toten. Er reichte Bobby die Tüte. «Sieht aus, als hättest du einen Bewunderer, Shep.»

Bobby nahm den Zettel, der eine persönliche Einladung darzustellen schien, in Augenschein. Auf der Vorderseite klebten dünne Zeitungsschnipsel, die wieder nur einen Namen buchstabierten.

FDLE SPECIAL AGENT SUPERVISOR ROBERT DEES.

32

Seit er klein war, wollte Mark Felding Fernsehjournalist werden. Kein aalglatter Nachrichtenansager wie Tom Brokaw oder Katie Couric, sondern ein richtiger Reporter mit Trenchcoat, Filzhut und Notizbuch, wie Edward R. Murrow es seinerzeit für das Radio gewesen war. Reporter waren immer mittendrin, wenn etwas passierte – bei Kriegen, Bränden, Schießereien, Terroranschlägen, Tornados, Präsidentenwahlen, Staatsstreichen. Reporter waren die Ersten, die wussten, wie der Hase lief, und die Ersten, die der ganzen Welt davon berichteten, während die entsetzten Zuschauer fingernägelknabbernd in ihren Wohnzimmern saßen und sich fragten, was das alles zu bedeuten hatte. Heute Nacht hatte er es geschafft. Mark Felding, der rasende Reporter von Channel Six. Der Mann mit der Story, die morgen früh in aller Munde sein würde. Und, Junge, er war mittendrin! Es war *seine* Story, und wie. Als er vor dem abbruchreifen Regal Hotel auf dem Bürgersteig stand und sich mit dem Rest seiner Zunft austauschte, war er so aufgeregt, dass ihm fast übel war. Wie ein Kind, das ein saftiges, schlimmes Geheimnis hüten musste. Es war eine ganz andere Reaktion als die, die er an diesem kritischen Punkt seiner Karriere erwartet hätte, denn ausnahmsweise wusste er mehr als seine Kollegen – große Namen von Konkurrenzsendern, die darauf warteten, dass Fakten nach draußen sickerten oder irgendwer ihnen einen Knochen an Information zuwarf, von dem sie «Die unglaubliche Geschichte, die sich hier in Downtown Miami abspielt» abnagen konnten. Ausnahmsweise war es der rasende Reporter Mark Felding, der die Antworten kannte, nach denen alle suchten.

«Meine Quelle sagt, es hätte eine Schießerei zwischen Gangs gegeben. Sie halten den Deckel drauf, weil das Miami PD ihn da oben eingekesselt hat. Sie wollen nicht, dass heute Nacht ein Krieg ausbricht», sagte jemand in der Menge.

«Sie sind fast ganz oben. Vielleicht ein Selbstmordkandidat.»

«Es ist zum Kotzen, wenn sie nichts rausgeben. Reine Zeitverschwendung, sich hier draußen die Füße in den Bauch zu stehen, nur weil einer springen will. Wen kümmert so was?»

«Ich glaube, es geht um einen Teenager. Jemand hat gesagt, das FDLE ist drin, Bobby Dees von Crimes Against Children. Er war gerade erst in den Nachrichten. Vielleicht ein toter Teenager! Hat Channel Six nicht neulich über so einen Fall berichtet? Hey, Mark!», rief jemand. «Felding! Weißt du, was da los ist?»

Obwohl er der Mann war, der alles wusste, sagte Mark kein Wort. Nicht eins. Selbst als der Wagen der Gerichtsmedizin von Miami-Dade den Zaun passierte und in der Tiefgarage verschwand, widerstand er dem unglaublichen Drang, mit allem, was er wusste, auf Sendung zu gehen. Kurz darauf klingelte sein Handy.

«Mr. Felding, hier spricht Bobby Dees.»

Unwillkürlich sah Mark hinauf zu den grellen Lichtern, die einen Teil des zwölften Stockwerks erleuchteten. «Ich stehe hier vor dem Gebäude. Witzig, der Produzent hat angerufen und mich gefragt, was zum Teufel im Regal Hotel los ist und ob ich mich drum kümmere», antwortete er mit einem nervösen Lachen.

«Sie haben doch den Mund gehalten, oder?»

«Ja, nein, natürlich. Ich meine, ich habe gesagt, dass ich hier bin, aber ich habe nichts gesagt. Ich ... eben kam der Wagen der Gerichtsmedizin», platzte er heraus.

Bobby schwieg.

«Ist es die Kleine?»

«Wir müssen uns treffen, Mr. Felding. Ich muss mit Ihnen über ein paar Dinge sprechen.»

«Ja, ja, klar.» Mark fuhr sich durch sein dichtes Haar. «Aber ich brauche was zu trinken. Dringend. Können wir in einer Bar reden? Ist das okay? Oder muss es unbedingt, äh, bei Ihnen im Büro sein?»

«Von mir aus in einer Bar. Keine Kameras, kein Mikro, nur wir beide. Das ist keine Pressekonferenz. Da ist eine Kneipe Ecke First und Flagler. Das Back Room. Ich muss hier noch abschließen. Wir treffen uns in ungefähr einer Stunde.»

«Was soll ich denen hier unten sagen?», fragte Mark mit Blick auf seine ratlosen Kollegen.

«Haben Sie irgendwas von mir erfahren?»

«Nein ...»

«Dann, schätze ich, gibt es auch nichts zu berichten.» Nach einer Sekunde setzte Bobby nach: «In etwa drei Minuten kommt Ihr Fototermin aus der Südgarage.»

Es war nach eins, als Bobby endlich zum Back Room kam. Bis auf den Barmann und einen einsamen Trinker, der auf einem Barhocker in der Ecke seinen Jack Daniel's herunterkippte, war im Laden tote Hose. Hinten in einer Nische fand er einen müde wirkenden Mark Felding mit einem Glas Scotch, der qualmend auf der mit Brandkratern übersäten Tischplatte mit einer übergroßen Streichholzschachtel spielte.

«Ich dachte, schlechte Nachrichten wären gut für Ihr Geschäft», bemerkte Bobby, als er sich setzte. «Aber Sie sehen noch schlimmer aus als ich.»

Mark blickte von seinem Glas auf und drückte die Zigarette aus. Er brachte ein angespanntes Lächeln zustande. «War ein langer Tag.»

«Ach ja? Meiner auch.» Bobby griff nach der Streichholzschachtel. «Das nervt.» Dem Barkeeper rief er zu: «Ich nehme ein Budweiser, Chef.»

«Ich bin kein Anfänger, Agent Dees», sagte Mark leise, «aber sagen wir es so – ich war noch nie in einen Fall verstrickt. Verzeihen Sie mir. Es ist fast zwei Uhr früh, und ich warte, dass der Sorgenbrecher hier endlich in meinem Hirn ankommt. Aber ich bin schon bei Nummer zwei, und leider passiert nichts. Ich werde das Gesicht des Mädchens auf dem Bild nicht los. Oder besser, ihr fehlendes Gesicht.»

«Es braucht mehr als zwei Drinks, um so was loszuwerden. Ich hoffe, Sie sind nicht mit dem Auto da. Danke», murmelte Bobby, als ihm der Barkeeper das Bier hinstellte.

«War sie es? Das Mädchen auf dem Bild?»

«Es war ein Mädchen. Wer sie ist, wissen wir noch nicht. Jedenfalls trug sie das gleiche T-Shirt mit dem Smiley.»

«Ist es Elaine Emerson?»

«Nein.»

«Sah sie aus wie auf dem Bild? Ich meine ... wie ist sie gestorben?»

«Die Ermittlungen laufen. Sagen wir, es war schlimm. So schlimm, dass ich jetzt mit einem miesen Reporter in einer Kneipe sitze, dem ich neulich noch die Kehle umdrehen wollte, und ihn um Hilfe bitte.»

Mark starrte ihn an. «Sie meinen mich?»

«Sehen Sie hier sonst noch miese Reporter?»

«Hören Sie», sagte Mark und nickte langsam. «Es war falsch, dass ich Ihre Tochter ins Spiel gebracht habe. Hätte ich lassen sollen. Aber ich kapiere immer noch nicht, warum manche Kinder Schlagzeilen kriegen und andere nicht mal ein Wimpernzucken. Ich habe nur nach einer Erklärung gesucht.»

«Sieht aus, als hätten Sie jetzt Ihre Schlagzeile.»

«Es tut mir leid. Nochmal. Wegen Ihrer Tochter. Ich hoffe, wir können ... Freunde sein.»

Bobby trank einen Schluck Bier. «Sie haben keine Ahnung, wie es sich anfühlt, ihren Namen zu hören.»

«Gibt es was Neues? Ich habe darüber berichtet, als sie ...» Mark unterbrach sich. «Als es passiert ist. Wir – alle – wir haben alle gehofft, dass es nur ein Teenagerstreich war, Sie wissen schon, ein paar Tage, und dann kriegt sie Heimweh.»

Bobby schüttelte den Kopf. «Damit fangen wir heute nicht an. Ausgeschlossen.»

Mark griff nach der nächsten Marlboro. Bobby schob ihm die Streichholzschachtel hin. Darauf war ein altes Haus abgebildet mit dem Slogan: «Sich wie zu Hause fühlen ... und essen wie bei Großmutter!» Auf der Rückseite stand: THE HOME SWEET HOME INN. Bobby musste an die kleine Pension in Vermont denken, in der er und LuAnn die Flitterwochen verbracht hatten. Es hatte so stark geschneit, dass sie zwei Tage lang im Bett geblieben waren, weil man einfach nicht vor die Tür konnte.

«Kinder sind nicht einfach. Keine Frage. Sie brechen einem das Herz», sagte Mark nachdenklich.

«Haben Sie welche?»

«Ein Mädchen. Sie ist acht. Lebt bei ihrer Mutter in L.A. Aber wie Sie sagten – fangen wir heute Nacht nicht damit an.»

Bobby tippte auf die Streichholzschachtel, mit der Mark wieder zu spielen angefangen hatte. «Aus irgendeinem Grund hat der Kerl das Bild zu Ihnen geschickt, Mr. Felding. Ich weiß nicht, warum. Und er hat meinen Namen genannt. Die einzige Verbindung, die auf der Hand liegt, ist die Geschichte, die Sie neulich abends gebracht haben.»

«Bitte, nennen Sie mich Mark. Hören Sie, Agent Dees, ich habe keine Lust, in diese Sache verstrickt zu sein. Ich dachte immer, genau das wollte ich, mittendrin sein in einer Riesengeschichte, aber so will ich nicht Karriere machen. Es fühlt sich falsch an. Unmoralisch.»

Bobby schwieg eine ganze Weile. «Ich weiß das zu schätzen. Wirklich. Aber jetzt ist es zu spät. Und ... ich glaube, es steckt noch mehr dahinter. Ich glaube, es gibt mehr als nur das eine Mädchen.»

Mark stürzte den Rest seines Whiskeys herunter, als der Barkeeper die letzte Runde ankündigte.

«Ich brauche Ihre Hilfe, Mark», sagte Bobby leise. «Ich brauche Ihre Liste.»

33

Der erste Schritt bei der Ermittlung in einem Mordfall war die Identifizierung der Leiche. Sobald die Identität des Opfers feststand, ging man von dort aus rückwärts vor, recherchierte, mit wem es zuletzt gesprochen hatte, wo es zuletzt gewesen war, wo es wohnte, mit wem es zusammen war, wo es arbeitete, wer seine Freunde und wer seine Feinde waren und so weiter. In praktisch jedem Ermittlungsverfahren führte einen das Opfer früher oder später zu einem Verdächtigen. Wenn es sich um eine nicht identifizierte Leiche handelte, nach der niemand aktiv wie jetzt Bobby suchte, bestand die normale Verfahrensweise darin, eine Liste vermisster Personen hinzuzuziehen und von da aus zu ermitteln. Die Probleme fingen an, wenn a) die Person nie als vermisst gemeldet worden war oder b) in einem anderen Zuständigkeitsbereich als vermisst gemeldet worden war. Es war ein großes Land mit vielen, vielen vermissten Personen. Allein in den drei Countys von Südflorida gab es mehr als zwanzig verschiedene Polizeidezernate.

Das Missing Endangered Persons Information Clearinghouse des FDLE (MEPIC) sollte als zentraler Informationspool aller in Florida vermissten Kinder und Jugendlichen dienen. Auf der MEPIC-Website, die sowohl den Behörden als auch der Öffentlichkeit zugänglich war, wurden die Vermissten in verschiedene Kategorien unterteilt: Vermisst, Gefährdet, Jugendliche/Kinder mit Behinderung, Elterliche Kindesentziehung, Katastrophenopfer und Ausreißer. Die meisten waren Teenager. Einige wurden seit Stunden vermisst. Andere seit Jahren.

Bobby wusste, dass die MEPIC-Website nur so gut war wie die Informationen, mit denen sie gefüttert wurde. Hunderte, vielleicht Tausende vermisste Kinder schafften es gar nicht erst auf die Seite, weil sich niemand einen Dreck darum kümmerte, ob sie nach Hause kamen oder nicht. Das galt vor allem für Teenager in Pflegeeinrichtungen. Laut Schätzungen belief sich die Zahl der sogenannten Wegwerfkinder im ganzen Land auf bis zu zwei Millionen. Dann gab es Ausreißer, die zwar bei der Polizei als vermisst gemeldet worden waren, nicht aber beim Clearinghouse. Denn es bedurfte einer eigenverantwortlichen Maßnahme des zuständigen Polizeibeamten, das Kind nicht nur beim NCIC als vermissten Minderjährigen einzutragen, sondern zum Hörer zu greifen und MEPIC anzurufen. Für viele Cops in vielen Dezernaten schien sich die Mühe einfach nicht zu lohnen bei einem Kind, das a) niemanden hatte, der sich Sorgen machte, und b) bei nächster Gelegenheit wahrscheinlich wieder ausriss. Schließlich war ein Streifenpolizist kaum in der Lage, die Probleme zu lösen, deretwegen der oder die Kleine abgehauen war. Manchmal, so die herrschende Meinung, war ein Jugendlicher allein besser dran.

Was bedeutete, dass die Liste auf der MEPIC-Website alles andere als vollständig war.

Steckbriefe und Polizeiberichte waren auf dem Esstisch ausgebreitet. Auf den ersten Blick passte die Leiche zu keiner der MEPIC-Ausreißerinnen. Andererseits fehlte dem Mädchen das halbe Gesicht, die Verwesung hatte eingesetzt, und die Beschreibungen auf MEPIC waren, gelinde gesagt, dürftig. Da er wusste, dass die MEPIC-Liste nicht vollständig war, hatte Bobby Dawn Denaro, die Analystin seiner Truppe, angewiesen, alle aktuellen MEPIC-Steckbriefe aus den Countys Broward und Miami-Dade herunterzuladen, auszudrucken und zusammenzuheften. Es waren 127 Namen – 79 davon weiblich. Zu den meisten gab es Fotos. Zu manchen nicht. Später am Nachmittag hatte Dawn mit der mühsamen Arbeit begonnen, auf jedem Revier in Broward und Miami-Dade Hunderte von Vermisstenmeldungen einzusammeln, die bis zu einem Jahr zurückgingen. Jede Meldung wurde sowohl mit den NCIC-Einträgen vermisster Minderjähriger als auch mit der MEPIC-Website gegengecheckt, um zu überprüfen, ob jeder Teenager, der bei der Polizei als vermisst gemeldet war, inzwischen entweder gefunden wurde und wieder bei seiner Familie war oder noch auf der MEPIC-Liste stand. Es war eine Sisyphosarbeit, und trotzdem hätten sie am Ende keine vollständige Liste aller verschwundenen Kinder, weil es über Wegwerfkinder einfach keine Akten gab. Aber es war wenigstens ein Anfang. Denn als Bobby das Chaos auf dem Esstisch betrachtete, war das Einzige, was er sicher wusste, dass es ohne akkurate Liste potenzieller Opfer unmöglich wäre, die Unbekannte zu identifizieren. Und ohne Geständnis, biologisches Spurenmaterial oder ein Wunder wäre es unmöglich, ihren Mörder zu finden.

Neben seinem längst kalten Kaffee lag Mark Feldings Liste. Die «Enthüllungsliste», die der Reporter bei seinen Recherchen für Channel Six zusammengestellt hatte. Mit dem Vorbehalt, dass es sich um ein Work in Progress handelte, hatte Mark die 127 Namen der Ausreißer aus Broward und Dade von der MEPIC-Website genommen und Antrag auf Akteneinsicht gestellt, woraufhin er die Polizeiberichte von etwa siebzig der Fälle erhalten hatte. Die Berichte enthielten weitaus mehr Details als die MEPIC-Einträge. Mark hatte die Informationen zu den Opfern nach Hautfarbe, Religion, Alter, Vorstrafen, Familienhintergrund, besonderen Kennzeichen, Beschreibung der Kleidung, Ort des Verschwindens und Umständen des Verschwindens sortiert. Offensichtlich hatte er vorgehabt, den Behörden bei bestimmten Opfertypen Diskriminierungsmuster nachzuweisen – ein Vorwurf, der in der Presse viel Lärm gemacht hätte.

Bobby verbrachte den großen Teil des Wochenendes am Esstisch damit, jeden Polizeireport und MEPIC-Steckbrief sorgfältig auf Details oder eine Beschreibung zu durchkämmen, die auf das tote Mädchen aus dem Regal Hotel passten. Die Tote hatte er bis jetzt nicht finden können, doch dafür war ihm etwas anderes Merkwürdiges aufgefallen. Allegra Villenueva, eine Sechzehnjährige aus Hialeah, die seit August vermisst wurde, trug zur Zeit ihres Verschwindens «ein gelbes Smiley-T-Shirt und Blue Jeans». Mit 1,50 Meter und 65 Kilo schied Allegra eindeutig als die Tote aus – selbst wenn sie in den drei Monaten seit ihrem Verschwinden viel Gewicht verloren hätte, wäre sie bestimmt nicht zehn Zentimeter gewachsen. Außerdem waren keine Tätowierungen an ihr erwähnt. War es reiner Zufall, dass die Tote das gleiche ungewöhnliche T-Shirt trug? Dann war da Gale Sampson. Siebzehn Jahre alt, verschwunden in Hallandale. Sie hatte eine Schmetterlingstätowierung an ihrem rechten Knöchel und passte mit 1,60 Meter und 52 Kilo zu den Maßen der Unbekannten, doch auf dem Foto war sie blond. Das Foto einer weiteren Vermissten, Nikole Krupa aus Riviera Beach, zeigte ein Mädchen mit einer blonden Strähne am Scheitel ihres schwarzen Haars, doch sie hatte insgesamt vier Tätowierungen.

Er lehnte sich zurück und rieb sich die müden Augen. Es war nicht nur einer der hässlichsten Morde, an denen er je gearbeitet hatte, die unbekannte Tote bedeutete für Bobby jetzt schon sehr viel mehr als nur ein weiteres Opfer. Der Fall ging ihm nahe, und die brutalen Einzelheiten gruben sich tief in sein Hirn und warfen Fragen über Fragen auf, wie Metastasen eines Krebsgeschwürs. Der Täter, wer immer das Schwein war, wollte Bobbys Aufmerksamkeit. Und er bekam sie. Die Frage war, warum Bobby? Es brauchte kein Diplom in Psychologie, um die offenkundige Botschaft der Widmung zu verstehen: Der Mörder lud ihn zur Ermittlung ein. Bobby hatte in seiner Laufbahn gegen mehrere Serienmörder ermittelt, und er hatte außerhalb des FDLE bei über einem halben Dutzend Fälle als Berater fungiert. Auf den Großteil dieser von der Gesellschaft am meisten gefürchteten Mörder trafen ein paar generelle Regeln zu: Sie wollten Publikum. Sie wollten, dass die Leute über sie sprachen. Und nur zu oft wollten sie beweisen, dass sie schlauer waren als die Polizei. Für einen psychopathischen Serienmörder oder Amokläufer war der Tod ein Spiel, und wie jedes gute Spiel machte es mehr Spaß, wenn man gegen einen würdigen Gegner spielte. Auch wenn es noch keine Beweise gab, dass der Mörder der Unbekannten ein Serientäter war, Bobby hatte genug Tatorte gesehen, um zu wissen, dass die Inszenierung im Regal Hotel nicht aus der Hand eines Anfängers stammte. Und auch wenn Bobby noch nicht wusste, ob der Täter mit Elaine Emersons Verschwinden zu tun hatte, es war zweifellos eine beängstigende Möglichkeit.

Er musste versuchen, etwas Schlaf zu bekommen. Während der Laptop herunterfuhr, schob er die Tatortfotos aus dem Regal Hotel zusammen. Dieser Anblick war das Letzte, was er LuAnn zumuten wollte, wenn sie zum Frühstück herunterkam. Genauso wie die Fotos der verschwundenen Teenager. LuAnn war jetzt schon am Rand des Nervenzusammenbruchs; vielleicht wäre das der Tropfen, der das Fass zum Überlaufen brachte. Er packte die Tatortfotos in seinen Aktenkoffer, und plötzlich fiel sein Blick auf Katys Steckbrief, hier, mitten auf seinem Esstisch. An jeder Wand im ganzen Haus hingen Fotos von ihr, doch dieses zwang ihn zurück auf den Stuhl, mit einer Welle von Übelkeit, die ihn beinahe kollabieren ließ.

Er erinnerte sich genau an den Tag, als LuAnn herausfand, dass sie schwanger war. Mit gerötetem Gesicht war sie in ihrer winzigen Einzimmerwohnung in Whitestone aus dem Bad gekommen und hatte ihn mit einem Ausdruck völliger Überraschung angesehen. Selbst aus drei Meter Entfernung hatte Bobby die breite rosa Linie auf dem Stäbchen erkannt, das sie in den zitternden Fingern hielt.

Sie waren sehr jung gewesen. Er wollte noch kein Kind. Er war erst dreiundzwanzig. LuAnn erst zweiundzwanzig. Sie waren erst ein paar Monate verheiratet. Sie hatten Studienkredite zurückzuzahlen und wollten Partys feiern, und die meisten ihrer Freunde waren noch nicht mal verheiratet. Und dann erfuhr LuAnn bei ihrem ersten Arzttermin, dass sie eine große Geschwulst in der Gebärmutter hatte; die Schwangerschaft war ein großes Risiko. Von da an hatte sich alles verändert. Alle Prioritäten verschoben sich. Plötzlich war nur noch das Baby wichtig. Sie nannten sie nach Bobbys Mutter Katherine, dieses zarte, kleine, perfekte Wesen mit der rosa Haut und den dichten blonden Haaren. Zwei Stunden nach der Geburt wurde LuAnn überstürzt in den OP gebracht. Das Myom war geplatzt, und sie drohte zu verbluten. Bobby erinnerte sich, wie er in dem totenstillen Krankenhauszimmer saß und das neugeborene Leben in seinen Armen wiegte, und schon zu diesem Zeitpunkt war vergessen, dass er es jemals *nicht* mit Leib und Seele gewollt hatte, und er hatte zu Gott gebetet, bitte, bitte, rette meine Frau. Er hatte gebetet, dass er das kleine Mädchen nicht allein großziehen müsste, denn er würde alles falsch machen. Niemals würde er es ohne LuAnn schaffen. Sechs Stunden später kam endlich die Nachricht, dass seine Gebete erhört worden waren. LuAnn würde leben. Doch sie konnte keine Kinder mehr bekommen.

Er versprach Gott, dass er sich mehr Mühe geben würde als je ein Vater zuvor. Dass er Ihn nicht enttäuschen würde. Doch genau das hatte er getan. Irgendwann waren ihm die Dinge entglitten. Das Märchen bekam plötzlich ein anderes Ende.

«Katy, du bist high», sagte Bobby, als sie an ihm vorbei zur Treppe ging.

«Nein. Nein, bin ich nicht, Daddy.»

«Lüg mich nicht an, Katherine Anne. Ich bin Polizist; ich weiß, wie man dann aussieht. Was zum Teufel hast du genommen? Was hat er dir gegeben?»

«Nichts!» Plötzlich flackerte Wut in ihren geröteten Augen auf. «Er hat nichts damit zu tun. Immer hackst du auf ihm herum!»

«Das bist nicht du!»

«Jetzt schon. So bin ich. Gewöhn dich dran.»

«Sieh dich nur mal an», mischte sich LuAnn leise ein. «Deine Noten gehen den Bach runter, du bist dauernd bis in die Puppen unterwegs und hast bei den Cheerleadern aufgehört. Du suchst ständig Streit. Du lügst uns an. Du lügst dich an. Das bist nicht du.»

«Ich gehe ins Bett. Ich bin müde.» Katy ging an LuAnn vorbei.

«Lass deine Mutter nicht so stehen!» Bobby packte sie am Arm und schob den Ärmel des Hollister-Sweatshirts hoch, das sie neuerdings jeden Tag trug, selbst bei fünfundzwanzig Grad im Schatten. Katy wand sich und versuchte den Arm wegzuziehen, doch er hielt sie fest. Direkt über der Armbeuge waren winzige Einstiche zu sehen.

«Mein Gott!», schrie LuAnn. «O mein Gott!»

Bobby fühlte sich, als hätte jemand ihm den Boden unter den Füßen weggezogen. Er war so schrecklich wütend, dass er Angst hatte, sie an die Wand zu stoßen, wenn er nicht losließ. «Es ist vorbei», sagte er leise. Er ließ sie los und sank zurück gegen das Geländer.

Katys Augen füllten sich mit Tränen. «Ich hasse euch», zischte sie, als sie die Treppe hinaufging.

«Das kannst du tun», antwortete er mit geschlossenen Augen, «aber es ist vorbei, Katherine. Diesmal ist es endgültig vorbei. Du siehst den Jungen nie wieder.»

Die Tür ihres Zimmers schlug zu, und das gelbe «Betreten verboten»-Schild fiel zu Boden, dann rollte es scheppernd die Treppe herunter und blieb vor seinen Füßen liegen.

Bobby wischte sich die Tränen aus den Augen. Plötzlich spürte er zwei warme Hände im Nacken. Sie rieben seine Schultern. Er berührte sie. LuAnn stand hinter ihm und starrte den Steckbrief von Elaine Emerson an, der dort neben dem ihrer eigenen Tochter lag.

«Du wirst sie finden», sagte sie leise, als sie ihn auf den Scheitel küsste. «Ich weiß, diesmal wirst du sie finden.»

34

Er beobachtete sie.

Auch wenn Lainey ihn nicht sehen konnte, sie spürte seine Anwesenheit. Er war irgendwo ganz in der Nähe, doch weit genug entfernt, um zu denken, sie würde seine Gegenwart nicht bemerken. Er stand auf solche Spielchen. Er kam rein, um ihr was zu essen zu bringen und die Handschellen zu öffnen, mit denen sie an der Wand festgekettet war. Dann setzte er sich hin und sah wortlos zu, wie sie wer weiß was aß, und wischte ihr, wenn sie fertig war, mit einem kratzigen Lappen, der nach Oma-Parfum roch, den Mund ab. Am Ende kettete er sie wieder an und räumte die Schüssel weg. Er sagte gute Nacht oder tschüs oder sonst irgendwas und schloss geräuschvoll die Tür, damit sie dachte, dass er weg wäre. Aber in Wirklichkeit blieb er und beobachtete sie, manchmal stundenlang, so kam es ihr vor. Warum, wusste sie nicht. Vielleicht wartete er darauf, dass sie was anstellte – sich die Klebestreifen von den Augen riss oder eine knarrende Diele entfernte, unter der sich der Fluchttunnel verbarg, den sie grub, wie er vielleicht glaubte. Oder vielleicht wollte er zusehen, wie sie auf dem Metalltopf, der in der Ecke stand, aufs Klo ging. Egal worauf er es abgesehen hatte, Lainey wusste jedenfalls, dass er da war. Der Widerling hatte sie noch kein Mal täuschen können. Glaubte sie zumindest. Sie roch den schwachen Gestank seines widerlichen Aftershaves, die Erde an seinen Schuhen, seinen muffigen Körpergeruch, vermischt mit … Regen vielleicht?

Der Geruch erinnerte sie daran, wie sie und Bradley auf dem Heimweg von Mrs. Ross ins Gewitter geraten und den ganzen Weg nach Hause gerannt waren. Selbst nach dem Umziehen war der Regengeruch noch in ihren Haaren und auf ihrer Haut gewesen. Doch sie schob die Erinnerung beiseite. An gute Zeiten zu denken tat zu sehr weh.

Sie wagte nicht, etwas zu sagen. Er mochte es nicht, wenn sie flehte oder weinte oder versuchte, mit ihm zu sprechen. Dann wurde er sehr wütend – wahrscheinlich weil er sich durchschaut fühlte bei seinem Spannerspiel. Wie der Junge, der durchs Schlüsselloch ins Mädchenklo guckt und sich nicht für das, was er tut, schämt, sondern nur dafür, dass er dabei erwischt wird. Angriff war die beste Verteidigung, sagte ihre Mutter. Und Lainey bekäme dann weder zu essen noch zu trinken, und zwar ziemlich lange.

Also schwieg sie und tat nichts, während er sie im Dunkeln beobachtete wie ein Irrer in einem Horrorfilm – sie mit seinen unheimlichen Augen abtastete und widerliche Gedanken dabei dachte. Doch dass sie ihn in der pechschwarzen Welt, in der sie jetzt lebte, nicht sehen konnte, bedeutete nicht, dass sie ihn nicht bemerkte. Sie hatte ja noch andere Sinne. Sinne, die sich schärften wie bei einer Superheldin, seit sie in diesem stinkenden, feuchten, kalten Kerker saß. Jedes Knarren, jedes Flüstern, jeden Windhauch und jedes Rascheln hörte sie. Laute, die sie bis dahin nie beachtet hatte. Und auch ihr Geruchssinn war übernatürlich gut. Jetzt zum Beispiel. Nie hätte sie gedacht, dass sie die Erde an jemandes Schuhen riechen könnte, und doch wusste sie das ganz genau. Anscheinend war er durch Matsch gelaufen, und der satte Erdgeruch, vermischt vielleicht mit ein bisschen Hundescheiße, war so stark und vertraut wie Benzingeruch an der Tankstelle oder Popcorn im Kino. Und das Geräusch seines Atems, langsam und kontrolliert durch den Mund, war so laut und deutlich, als würde er es direkt in ihr Ohr flüstern. Sie konnte ihn hören, und manchmal atmete er schwerer …

Lainey gefiel die Vorstellung, dass sie sich langsam in eine Superheldin verwandelte. Dass sie stärker wurde – jeden Tag, jede Stunde, jede Minute, die sie hier eingeschlossen war, gegen ihren Willen angekettet. Dass ihre Kräfte wuchsen – Kräfte, von denen sie nicht mal wusste, dass sie sie besaß, bis zu diesem wahr gewordenen Horrorfilm. Jedes Mal, wenn sie einen Geruch vom anderen Ende des Raums oder einen Luftzug unter der Tür wahrnahm, stellte sie sich vor, sie mutierte zu einer Superheldin – wie Claire, das ganz normale Schulmädchen aus dem Cheerleaderteam in ihrer Lieblingsserie *Heroes*, die alles andere als normal war. Und so wie bei Claire wären ihre Kräfte eines Tages voll entwickelt, und dann würde sie sich von den Ketten befreien, mit denen sie an die Wand gefesselt war. Sie würde aufstehen, und sie würde wieder sehen können, und mit ihren übermenschlichen Kräften würde sie ihn finden, in der Ecke, in der er hockte und sie beobachtete, ein rotgesichtiger Rotzjunge, und seine unheimlichen schnaubenden Geräusche machte, während er schlimme Gedanken hatte. Zuerst wäre er überrascht. Richtig überrascht. Weil sie ihn durchschaut hatte. Aber dann bekäme er es mit der Angst zu tun. Er würde mehr Angst haben als je zuvor in seinem ganzen widerlichen Leben. Weil ihre Kräfte dann vollständig entwickelt wären. Sie würde mit einem Sprung auf ihm sein und ihn schlagen, bis er aufhörte, diese Geräusche zu machen. Bis *er* nichts mehr sehen konnte …

«Weißt du, dass ich hier bin?», flüsterte es plötzlich aus der Dunkelheit.

Ihr blieb fast das Herz stehen. Es war die Stimme des Teufels, und er hatte ihre Gedanken gelesen. Sie fing zu zittern an. «Ich will nach Hause, Mister. Bitte. Ich will zu meiner Mutter.»

Er seufzte genervt.

«Bitte! Ich verrate niemandem was. Bitte, lassen Sie mich gehen!»

Sie hörte, wie er aufstand, vom Stuhl oder von dem Boden, wo immer er gesessen hatte. Seine Gelenke knackten. Langsam kam er auf sie zu, sein Gestank füllte ihre Nase, und sie musste würgen. Sie versuchte wegzukriechen, aber sie konnte nirgendwohin. Es gab kein Versteck.

Vor ihr bückte er sich und streckte die Hand aus, um ihr das Haar hinters Ohr zu streichen. Dann beugte er sich näher heran. «Die Zeit ist um», flüsterte er ihr ins Ohr, während er ihre Hand- und Fußschellen aufschloss. Sein warmer Atem roch nach altem Kaffee. Er zog sie auf die Füße.

Zeit zu sterben. Sie hoffte nur, es würde nicht wehtun. «Bitte, Mister», flehte sie, als er sie stieß, und streckte die ausgebreiteten Arme ins Nichts. Sie hatte keine Ahnung, wo es hinging, was vor ihr war. Ob sie vor einer Treppe oder einem offenen Fenster stand. «Bitte! Ich werde brav sein. Ich verrate niemandem was!»

Quietschend öffnete sich eine Tür. Sie spürte seine Hand auf ihrem Hinterkopf. Er drückte ihren Kopf hinunter und gab ihr einen Stoß. Sie stolperte gegen eine Wand, dann fiel sie auf harten Lehmboden.

«Ich weiß», war alles, was er sagte.

Dann ging die Tür hinter ihr zu, gefolgt von einem Geräusch – ein Riegel oder ein Schlüssel, der im Schloss gedreht wurde. Sie hörte Schritte auf den Holzdielen auf der anderen Seite, wo sie vorher gewesen war. Dann hörte sie noch eine Tür zuschlagen und leise Schritte auf einer knarrenden Holztreppe. Sie hörte ihn irgendwo oben herumlaufen. Das schwere Klacken seiner Absätze auf knarrenden Dielen. Das Rasseln von Schlüsseln. Dann war es still.

Der Raum oder Verschlag, in dem sie sich befand, war sehr, sehr klein. Sie saß mit dem Rücken an der Wand und berührte mit den Füßen die andere Seite. Die Decke war niedrig. Sie konnte sich nicht aufrichten. Es roch moderig und nach Erde, wie in dem Kriechkeller unter der Veranda ihres alten Hauses, das sie bewohnt hatten, als sie fünf Jahre alt war, vor dem Umzug nach Coral Springs. Wenn sie und Liza dort Verstecken spielten, konnte Liza sie nie finden, weil sie nie unter der Veranda nachsah. Liza sagte, da unten, außerhalb des Sonnenlichts, lebten böse Wesen.

Lainey hatte Angst. Sie zog die Knie an die Brust und begann sich hin und her zu wiegen. Sie brauchte ihre Superkräfte jetzt gleich. Sie hatte keine Zeit mehr. «Mommy, Mommy, Mommy ...», flüsterte sie in die Dunkelheit.

Dann hörte sie ein Geräusch, das ihr das Herz stocken und das Blut in den Adern gefrieren ließ. Ein schwaches Kratzen irgendwo. Gleich in der Nähe. Vielleicht nur ein paar Zentimeter von ihr entfernt. Und es kam näher.

Es kam aus der Wand.

Liza hatte recht. Da waren Wesen, die in den Mauern lebten, weit weg vom Licht und von den Lebenden. Schreckliche Wesen. Ratten oder Schlangen oder Ungeziefer. Oder noch Schlimmeres.

Zombies.

Lainey hatte nie an Zombies und Geister und all die Monster aus den Horrorfilmen geglaubt, bis sie selbst in einem Horrorfilm gelandet war. Jetzt wusste sie, dass es sie wirklich gab und dass das Schlimmste möglich war. Zombies, die sich mit langen gelben Nägeln durch die Wände kratzten, mit toten Händen nach ihr griffen und sie in die Hölle schleppten ...

«Neiiiiin!», schrie sie und hielt sich mit beiden Händen die Ohren zu. «Neiiiin!»

Das Kratzen hörte auf. Lainey hielt die Luft an, jede Faser ihres Körpers war zum Zerreißen gespannt. Sie versuchte zu lauschen, zu hören, ob der Zombie wirklich weg war oder ob er bereits vor ihr stand, weil er während ihres Schreis durch die Wand gekommen war und gleich über sie herfallen würde, mit fauligem Atem, um sie bei lebendigem Leib zu fressen ...

Die Zeit stand still. Wie lange, wusste sie nicht. Vielleicht waren es Stunden, die sie reglos dasaß, mit angehaltenem Atem, und betete, dass sie allein im Dunkeln wäre.

Dann begannen die Wände zu flüstern.

35

«Es ist Gale Sampson. Vor zwanzig Minuten wurde sie identifiziert», sagte Gunther Trauss Montagmorgen am Telefon, während er an seinem Frühstücksbrot kaute. «Die DNA-Probe, die Ihnen die Mutter am Samstag gegeben hat, kam eben aus dem Labor zurück. Sie ist es eindeutig.»

«Verdammt. Ich hatte es im Gefühl.» Bobby winkte einem Beamten der Highway Patrol zu, der ihm in der Einfahrt des Miami Regional Operations Center entgegenkam. «Aber sie war blond.»

«Sie wissen doch, wie Teenager sind», gab Gunther zurück. «Sie wechseln die Haarfarbe wie ihre Unterwäsche. Haare sind ein Accessoire. Ich habe eine siebzehnjährige Tochter. Sie hat alle Farben des Regenbogens durch. Meine Frau behauptet, das wäre normal; ich nicke nur und hoffe.»

«Ich fahre heute Vormittag bei der Mutter vorbei. Später muss ich zu einer Vorverhandlung bei der Staatsanwaltschaft, die wahrscheinlich den ganzen Nachmittag dauert. Haben Sie sonst noch was für mich?»

«Die Verfärbungen an den Knöcheln stammen von Hand- und Fußschellen. Sieht aus, als wären Wonderwomans Armreife zu eng gewesen, aber so, wie sie gefunden wurde, würde ich eher darauf tippen, dass sie längere Zeit angekettet war. Wenn Sie die Handschellen finden, kann ich sie wahrscheinlich abgleichen. Außerdem hat sie an beiden Handgelenken Seilabschürfungen.

Auch hier kann ich einen Abgleich machen, wenn Sie mir etwas geben.»

«Sie wurde also eine Weile gefangen gehalten?»

«Sieht so aus. Wann ist sie verschwunden?»

«Am zwölften Juni.»

«Das sind fast fünf Monate. Lange Zeit, wenn man von einem Irren gefangen gehalten wird. Armes Kind», sagte Gunther. Irgendwo im Hintergrund war eine elektrische Säge zu hören.

«Könnten Sie nicht einen Moment aus dem Labor kommen, Gunther?»

«Das war ich nicht. Das war Motte.»

«Egal», gab Bobby zurück, als das Geräusch aufhörte. «Wie alt sind die blauen Flecken?»

«Kann ich Ihnen nicht genau sagen, aber in jedem Fall eine ganze Zeit. Mindestens ein oder zwei Wochen. Die Abschürfungen brauchen länger, um zu verheilen. Kann sein, dass die viel älter sind.»

«Mist.»

«Und es gibt noch mehr.»

«Erzählen Sie.»

«Die Augen wurden, wie ich getippt habe, post mortem entfernt. Aber sie hatte Klebeband an den Schläfen, und auf einem Stück des linken Augenlids, das übrig war, habe ich Cyanoacrylat gefunden.»

«Wie bitte? Was ist das?»

«Ein Acrylharz, besser bekannt als Sekundenkleber.»

Sofort musste Bobby an den berüchtigten Serienmörder Cupido denken, der vor ein paar Jahren in Miami sein Unwesen getrieben hatte. Er hatte seinen Opfern die Augen aufgerissen und festgeklebt, bevor er ihnen bei lebendigem Leib das Herz herausschnitt, sodass sie ihrem eigenen Tod zusehen mussten. «Was zum Teufel? Warum würde er ihnen mit Sekundenkleber die Lider festkleben? Will er Cupido kopieren? Ein Trittbrettfahrer?»

«Na ja, ihr Herz hatte sie noch, auch wenn ein tiefes Loch drin war. Ich habe keine Ahnung, was er mit dem Sekundenkleber wollte, und ich kann Ihnen auch nicht sagen, ob er ihr das Zeug in die Augen geschmiert hat, weil er die behalten hat. Ich wollte Sie nur informieren. Wie gesagt, ich gehe davon aus, dass wir es mit einem richtig bösen Buben zu tun haben. Nach zwanzig Jahren Leichenfleddern kriegt man ein Gefühl dafür, mit wem man es zu tun hat.»

«Wurde sie vergewaltigt?»

«Was habe ich am Mittwoch gesagt? Ich wiederhole, man kriegt ein Gefühl dafür, mit wem man es zu tun hat ...»

«Verdammt ...»

«Die gute Nachricht ist, sieht so aus, als hätte er auch das getan, nachdem sie tot war. Aber wenn er sie eine Weile festgehalten hat – es lässt sich nicht feststellen, ob er die ganze Zeit, als sie in Ketten lag, auch so anständig war.»

«Verdammt ... irgendwelche Spuren?»

«Nein. Der Kerl ist zu gut, um seine Schwimmer zurückzulassen. Ach, ein Letztes noch. Im Magen der Toten haben wir etwas gefunden, das wie Hundefutter aussieht. Trockenfutter. Ich rufe Sie an, wenn die restlichen Ergebnisse aus der Toxikologie zurückkommen. Ich lasse auch das Hundefutter untersuchen. Vielleicht ist es eine seltene Marke. Wer weiß?»

Bobby legte auf, blieb im Wagen sitzen und starrte auf das dreistöckige Gebäude vor ihm. LuAnn nannte es sein zweites Zuhause. Es gab eine Menge Gründe, warum er jetzt nicht dorthin wollte. Zunächst war da sein Gefühl, dass Gunthers Weckruf heute Morgen der Anfang eines Tages voller schlechter Nachrichten und übler Überraschungen war. Und dann war da noch Trenton Foxx. Der Regional Director wurde heute von einem einwöchigen Ausflug nach Tallahassee zurückerwartet, wo er sich mit seinem Lieblingsfreund, dem FDLE Commissioner, verbrüdert hatte. Bobby hatte ihn nicht mehr gesehen, seit er ihm letzten Dienstag gesagt hatte, er solle ihn am Arsch lecken.

Plötzlich klopfte es laut an sein Fenster. Es war Zo, todschick in Anzug und Krawatte. Entweder musste er vor Gericht oder zu einer Konferenz. Anscheinend hatte der Zirkus begonnen.

«Bleibst du hier sitzen, oder gehst du was arbeiten?», rief Zo durch die Scheibe.

Bobby ließ das Fenster herunter. «Habe ich meinen Job noch?»

«Keine Ahnung. Aber wenigstens haben sie deine Nummer noch nicht im Funk durchgegeben. Das ist gut. Normalerweise wissen die Damen aus der Zentrale, dass du deine Marke los bist, bevor du es selbst erfährst.»

Bobby griff nach seinem Laptop und stieg aus. «Ich habe mit Gunther gesprochen.»

«Ich habe mit Lou Albott vom Labor in Orlando gesprochen. Du zuerst», sagte Zo, als sie gemeinsam den Parkplatz überquerten.

«Wir haben sie identifiziert. Gale Sampson, siebzehn, aus Hallandale. Der Rest kann warten, bis ich mein Frühstück verdaut und jede Menge Kaffee getrunken habe. Fang du an.»

«Der Picasso ist bei der Serologie. Albott glaubt, er hat die Marke der Ölfarbe: Winsor & Newton Professional Artist. Die schlechte Nachricht ist, sieht aus, als kriegte man das Zeug in jedem Künstlerbedarf im ganzen Land.» Er hielt die Glastür auf und wartete, bis Bobby dem Sicherheitsbeamten zugewinkt hatte und im Fahrstuhl stand, bevor er die nächste Bombe fallen ließ. «Und jetzt das richtig Unangenehme. Du erinnerst dich an die rote Farbe an den Händen und die roten Streifen im Gesicht, auf dem Bild?»

«Ja», antwortete Bobby langsam, als er den Fahrstuhlknopf drückte. Darcy Mae, eine ältere Sekretärin, die schon mehr zur Einrichtung als zur Belegschaft gehörte, bedachte sie mit einem tadelnden Blick.

Zo bemerkte sie entweder nicht, oder es war ihm egal. Er hatte Darcy nie leiden können. «Das ist keine Farbe. Es ist Blut.»

Darcy schnappte nach Luft.

«Fällt dir auf, dass ich nach meinem Gespräch mit Gunther nicht im Geringsten überrascht bin?», gab Bobby zurück.

«Jetzt, wo wir wissen, wer die Tote ist, können wir vielleicht einen der Kleckse ihr zuordnen.»

«Einen?», fragte Bobby.

«Das ist der Witz, Shep. Die DNA-Analyse ist da. Das Blut auf den Wangen stammt von jemand anders als das Blut an den Händen. Wir haben Blut von zwei verschiedenen Personen.»

«Vielleicht stammt das eine von unserem Täter. Das wäre schön. Und noch schöner, wenn seine DNA in Tallahassee gespeichert wäre.»

«Leider kein Treffer», erwiderte Zo, als die Tür sich öffnete. Er lächelte Darcy an, die den Fahrstuhl mit einem entsetzten Blick verließ. «Das Blut stammt von zwei Frauen. Das heißt, es gibt mindestens noch ein Opfer da draußen.»

36

«Bobby, hast du eine Minute Zeit?» Chris Turan, der hauseigene Computerfreak des FDLE, kam auf seinem Drehstuhl aus seinem Büro auf den Flur gerollt, als Bobby und Zo vorbeigingen. «Ich habe eine Info zu deinem Fall.»

Der Tag wurde immer besser, und es war noch nicht mal neun.

«Geht es um Emerson?», fragte Bobby.

«Genau die. Die Ausreißerin.»

«Komm mit in mein Büro», sagte Zo mit einem Nicken. «In einer halben Stunde muss ich zum Chef, aber ich will es auch hören.»

«Es ist genauso, wie du gesagt hast, Bobby», erklärte Chris, als sie zu dritt den Flur hinuntergingen. «Jemand hat versucht, Daten von der Festplatte zu löschen. Aber wir haben Glück, denn es war jemand, der keine Ahnung hat.»

«Erzähl.» Bobby winkte Zos Sekretärin zu, die gerade auf Russisch den Kopierer verfluchte, als die drei Männer Zos Büro betraten.

Chris schloss die Tür. «Also. Um eine Datei vollständig zu löschen, reicht es nicht, einfach auf Löschen zu drücken. Ich habe ein Wiederherstellungsprogramm laufen lassen. Das geht alle alten Dateien durch, die mal existiert haben. Man muss sich das Ganze vorstellen wie die leere Seite eines Notizblocks. Es ist nichts zu sehen, aber wenn man die Seite schraffiert, kann man lesen, was auf der abgerissenen Seite gestanden hat.

Der Abdruck der Worte ist noch da. Richtig wird man den Text nur los, indem man entweder den ganzen Block zerstört oder die Seite so oft überschreibt, bis der Abdruck nicht mehr lesbar ist.»

«Ich liebe meinen Job», sagte Zo lächelnd.

«Als der Typ also am Fünfundzwanzigsten versucht hat, seine Dateien verschwinden zu lassen, hat ihm der Computer zwar gemeldet, dass sie gelöscht sind, aber das waren sie nicht», fuhr Chris fort. «Der Abdruck war noch da. Und er wurde nicht oft genug überschrieben, um unlesbar zu sein. Deshalb konnte ich alles wiederherstellen, was er zu löschen versucht hat.»

«Der Fünfundzwanzigste? Wann war das? Sonntag? Das ist interessant», stellte Bobby fest. Der Sonntag, an dem er mit Todd LaManna im Autohandel gesprochen hatte. «Du redest immer von *ihm*. Weißt du, wer er ist?»

«Na ja, ich bin mir ziemlich sicher, dass es ein Mann ist. Und ich würde auf den Vater setzen. Ich habe jede Menge Porno-JPGs gefunden. Und er hat vergessen, seine Cookies zu löschen. Der Typ war auf allen möglichen bösen Seiten. Younghotties.com, kleineschlampen.com, real-voyeur.com, whosyadaddy.com, um nur ein paar zu nennen.»

«*Wer ist dein Daddy?* Was ist das denn für eine Scheiße?», knurrte Zo.

«So kam ich auf den Vater», erklärte Chris.

«Gibt es noch mehr Hinweise auf ihn?», fragte Bobby. «Es reicht nicht, dass jemand solche Seiten besucht, ich muss wissen, wer. Der Computer stand in Laineys Zimmer. Wahrscheinlich wird er behaupten, seine Stieftochter wäre nur neugierig und hätte die falschen Tasten gedrückt. Oder ihr neugieriger kleiner Bruder. Um den Drecksack von Stiefvater festzunageln, brauche ich mehr als whosyadaddy.com.»

«Schauen wir mal. Der Zutritt wurde im Voraus bezahlt, aber

eingeloggt hat er sich über einen E-Mail-Account mit dem Namen cockTAL@operamail.com.»

Die Doppeldeutigkeit war nicht sonderlich subtil. Und man musste auch kein Meisterdetektiv sein, um zu erraten, dass die Initialen für Todd Anthony LaManna standen. Das änderte alles.

«Dieses Schwein», murmelte Bobby. «Ich wusste, dass der Typ was auf dem Kerbholz hat.»

«Er ist Gebrauchtwagenhändler, oder?», fragte Zo.

«Mit einer Anzeige wegen Erregung öffentlichen Ärgernisses im Lebenslauf.»

«Wie nett», bemerkte Zo.

«Sind es Kinderpornos?»

«Ihr müsst einen Experten ranlassen, der euch eine offizielle Bewertung gibt. Die Mädels sehen aus wie Teenager, aber es ist schwer zu sagen. Manchmal stecken sie Zwanzigjährige in eine katholische Schuluniform und flechten ihnen Zöpfe. Die Mädchen aufzuspüren ist unmöglich. Aber, nein, kleinere Kinder sind nicht dabei.»

«Es reicht doch, um ihn zu einem Plausch aufs Revier zu laden», sagte Zo. «Mal sehen, wie er sich diesmal rausreden will.»

«Außerdem hat er vergessen, den Streit zu erwähnen, den er und seine vermisste Stieftochter am Abend vor ihrem Verschwinden hatten. Oder dass er der Letzte war, der sie am Freitagnachmittag auf dem Handy angerufen hat.»

«Alzheimer?», fragte Zo mit hochgezogenen Brauen.

«Selektive Demenz», antwortete Bobby.

«Haben sie sich unterhalten?», fragte Zo.

«Keine Ahnung. Der Anruf hat zwei Minuten gedauert, aber auf ihrem Handy waren keine Nachrichten. Vielleicht hat sie mit ihm geredet, vielleicht hat sie seine Nachricht gelöscht. Sie kann es uns leider nicht sagen.»

«Was meint er?»

«Er war damit beschäftigt, mir aus dem Weg zu gehen. Und ich war mit unserer Unbekannten beschäftigt – Gale Sampson. Ich habe irgendwie den Verdacht, dass es zwischen den beiden eine Verbindung gibt. Vielleicht aber auch nicht.»

«Oder vielleicht doch. Vielleicht hat er beschlossen, seinen kranken Fetisch außerhalb der Familie auszutragen», warf Zo ein. «Die verstümmelte Leiche einer anderen würde vom Verschwinden seiner Stieftochter ablenken.»

Bobby nickte. «Ich lasse ihn herkommen. Aber zuerst muss ich mit der Mutter von Gale Sampson sprechen. Ich will ihre Geschichte hören. Vielleicht gibt es eine Verbindung zu Todd LaManna.»

«Noch was, Bobby», sagte Chris langsam. «Etwas, das du interessant finden könntest. Ich habe einen Trojaner gefunden.»

«Einen was?», fragte Zo.

«Ein Trojaner ist ein Virus, der gewöhnlich in einem anderen Programm oder einer E-Mail versteckt ist», erklärte Chris. «Nennt sich Trojaner, weil er wie ein Geschenk verpackt ist, als Moorhuhn etwa oder als unschuldige E-Mail von einem Absender, den der Empfänger für vertrauenswürdig hält, aber tatsächlich ist es ein trojanisches Pferd. Sobald das Programm oder die Mail geöffnet wurde, versteckt sich der Trojaner in den Anwendungen. Es gibt kein Icon oder sonst einen Hinweis darauf, dass er arbeitet. Der sitzt einfach da und lauert, bis der Computer …»

«Sich mit dem Internet verbindet», schloss Bobby und nickte langsam. «Der Absender des Virus kann damit den Computer des Empfängers über das Internet kontrollieren. Er weiß also genau, wann sie ins Netz geht.»

«Kontrollieren? Wie das?», fragte Zo.

«Er sieht, was über die Tastatur eingegeben wird, kann die Maus bewegen, Dateien einsehen, das CD-ROM-Laufwerk öffnen und schließen. Wenn der Computer an ist, hat der, der das trojanische Pferd reitet, quasi die Kontrolle über den ganzen Computer, und der Empfänger merkt es nicht einmal», erklärte Bobby.

«Richtig. Doch dieser Trojaner hat ein Spezialprogramm», ergänzte Chris. «Wer auch immer ihn an euren verschwundenen Teenager geschickt hat, ist eindeutig ein Spanner.»

Bobby und Zo starrten ihn an.

«Er konnte die Webcam bedienen.»

37

Bobby saß Todd LaManna im Verhörraum gegenüber und trommelte mit den Fingern auf den geschlossenen Aktendeckel, der vor ihm auf dem kleinen Tisch lag. Er ließ einen Bruchteil des Ekels, den er spürte, in seine Worte sickern. «Wir wissen, dass Sie ein Spanner sind, Todd.»

«Das stimmt nicht», protestierte Todd und rutschte auf seinem Stuhl hin und her. Winzige Schweißperlen sprossen zwischen den dünnen ihm verbliebenen Haarsträhnen und glänzten im Neonlicht. Er sah sich nach einem freundlichen Gesicht um, doch vergeblich. Zo starrte ihn mit verschränkten Armen an, als hätte er gerade auf den Teppich gepinkelt.

Bobby hielt einen Computerausdruck hoch. «Ich habe hier eine Anzeige wegen Erregung öffentlichen Ärgernisses. In der Nähe von einem Spielplatz, Todd. Einem Spielplatz voller Kinder.»

«Das war ein Irrtum! Ich habe Ihnen schon gesagt, dass ich nur gegen die Mauer gepinkelt habe!»

«Wir haben Laineys Computer, Todd. Sagen Sie mir, bevor wir über die Schmuddelbilder reden, die wir gefunden haben, ob die vielleicht auch ein Irrtum sind? Und der Anruf auf Laineys Handy am Tag ihres Verschwindens, den Sie uns verschwiegen haben, oder der Streit, den Sie zwei Tage vorher mit ihr hatten?»

Aus Todds Gesicht wich die Farbe.

«Wir haben die Unterlagen der Telefongesellschaft. Worüber

haben Sie mit Lainey am Tag ihres Verschwindens gesprochen, Todd?»

«Über gar nichts. Ich habe nicht mit ihr gesprochen», stotterte er. «Sie, also ... sie ist nicht rangegangen. Ich habe ganz vergessen, dass ich sie überhaupt angerufen habe.»

«Zwei Minuten sind verdammt lange, wenn jemand einfach nicht rangeht. Versuchen Sie es nochmal.»

«Ich weiß nicht – ich habe nicht mit ihr geredet. Vielleicht war sie in einem Funkloch oder so was.»

«Warum wollten Sie mit ihr sprechen, Todd?»

«Weiß ich nicht mehr.»

«Vielleicht wollten Sie sich entschuldigen, dass Sie am Abend vorher versucht haben, in ihr Zimmer zu kommen?»

Todd schüttelte den Kopf.

«Ja, wir wissen von dem Streit. Und wir wissen, dass Sie versucht haben, die Webseiten zu löschen, die Sie sich angesehen haben. Und dass Sie versucht haben, die Schmuddelbilder zu löschen, die Sie auf der Festplatte hatten. Bevor Sie mir gleich sagen, dass das alles ein Irrtum ist, dass es alles nicht stimmt – wir wissen Bescheid, Todd. Wir wissen es.» Eine lange Pause entstand. Bobby öffnete den Aktendeckel und schob die Fotos über den Tisch. «Die sehen ziemlich jung aus. Ich wette, die sind nicht älter als fünfzehn.»

Todd sah ihn mit weit aufgerissenen Augen an. Seine Hände zitterten. «Die sind doch bloß verkleidet ...», murmelte er.

«Aber Sie stehen drauf, wenn sie jung aussehen, oder?»

«Sie verdrehen da was.»

«Whosyadaddy.com? Real-voyeurs.com? Ich glaube nicht, dass ich da was verdrehe. Wir haben auch den Trojaner gefunden, den Sie auf Ihrem alten Computer installiert haben, bevor Sie ihn Lainey gegeben haben. Den Trojaner, mit dem Sie die Webcam bedienen. Wozu? Wenn Lainey Sie nicht in ihr Zimmer ließ, haben Sie sie vom Computer unten im Flur aus beobachtet? Oder von der Arbeit? Oder von Ihrem iPhone aus vielleicht? Haben Sie zugesehen, wie Lainey sich morgens anzieht, damit Sie sich über Ihrer Cornflakesschüssel einen runterholen konnten?»

Todd sah aus, als würden ihm die Augen aus den Höhlen treten. Er sprang auf und hämmerte mit den Fäusten auf den Tisch. «Ich habe ihr nie was getan, Mann! Ich habe gar nichts auf den Computer installiert!», schrie er. «Das schwöre ich! Ich schwöre bei Gott! O Gott, o Gott, o Gott ... Na gut, ich habe ein paar Bilder runtergeladen. Großes Drama! Da ist doch nichts dabei. Meine Frau, Debbie, sie sieht eben nicht mehr so aus», sagte er und schob die Fotos zurück zu Bobby. «Seien wir ehrlich, Mann, Madonna sieht für einundfünfzig vielleicht ganz gut aus, aber sie ist trotzdem *alt*. Sie ist nicht mehr knackig, egal wie oft sie sich operieren lässt. Man wird sich doch noch von ein paar Bildern die Phantasie anregen lassen dürfen. Playboy – Sie wissen schon, dieser Hefner – der hat ein ganzes Imperium darauf aufgebaut. Es ist nichts dabei, sich junge hübsche Mädchen anzusehen. Sie können mich mal. Ich kenne meine Rechte.»

«Doch, wenn sie minderjährig sind, Todd. Dann ist es eine Straftat. Jedes einzelne Bild.» Bobby wartete lange, ohne den forschenden Blick abzuwenden. «Wo ist Lainey?», fragte er dann.

«Verdammte Scheiße!», rief Todd und fuhr sich durch den Rest seines braunen Haars. «Sie denken, ich hätte meine Stieftochter entführt? Dass ich Lainey was angetan habe? Das ist doch krank ... O Gott, o Gott ...»

«Es reicht jetzt mit Ihrem ‹o Gott›! Wo waren Sie am Dreiundzwanzigsten abends?», fragte Zo.

«Wir wissen, dass Sie um fünf Feierabend gemacht haben», erklärte Bobby. «Laineys Verabredung war um halb sechs. Zufall?»

«Ihr Arschlöcher ... Ich war mit einer Frau zusammen, okay?»

«Was für eine Frau?»

«Lori. Ich weiß nicht, wie sie mit Nachnamen heißt. Ich habe sie nach der Arbeit in einer Bar getroffen. Mit den Jungs, verstehen Sie? Und dann, Sie wissen schon, haben wir Billard gespielt, getrunken und im Auto rumgemacht. Und dann bin ich nach Hause gefahren. Ich schwöre es. Ich weiß, das hätte ich Ihnen schon letzte Woche erzählen sollen, aber ich habe es eben nicht getan. Ich dachte, Lainey kommt wieder, wie ihre Schwester immer.»

«Sie schwören ziemlich viel, Todd», sagte Bobby kopfschüttelnd. «Und wenn ich Sie beim Lügen erwische, schwören Sie einfach etwas anderes. Lori ohne Nachnamen bringt Sie nicht weiter. Da müssen Sie sich schon mehr anstrengen.»

Todd sah sich wieder um. «Ich will einen Anwalt», sagte er und zog seine Zigaretten aus der Jackentasche. «Ich brauche einen Anwalt.»

«Rauchen verboten», gab Bobby zurück und riss ihm die Marlboros aus der Hand. Er steckte sie ein und ging hinaus.

Stephanie Gravano, die stellvertretende Staatsanwältin von Miami-Dade, saß im Überwachungsraum auf der anderen Seite des Gangs und verfolgte die Show über den Monitor. Als Bobby hereinkam, schüttelte sie den Kopf. «Das reicht nicht. Was habt ihr im Haus gefunden?»

Bobby seufzte und schlug mit der Faust gegen die Wand. «Was für ein blöder Mist ...» Wie aufs Stichwort meldete sich sein Nextel. «Ich schätze, das erfahren wir jetzt», sagte er, als er dranging. «Was haben wir, Ciro?»

Ciro Avecedo war in Bobbys Crimes-Against-Children-Truppe. Er war einer der Besten. «Wir sind noch hier, Bobby. Chris hat die Festplatte des anderen Computers kopiert. Er hat sich umgesehen, aber kein Programm gefunden, das mit dem Trojaner auf dem Computer vom Stiefvater in Verbindung steht. Dafür mehr Bilder. Der Mann steht auf Hardcore, scheint es. Aber ich kann nicht sagen, wie alt die Mädchen sind, falls das deine nächste Frage ist. Wir müssen uns eine Meinung von McBride holen.»

Verdammt. Es brauchte weder Chris noch Ciro oder Stephanie, um Bobby zu erklären, was er längst wusste. Ohne Opfer, das aussagte, dass es zum Zeitpunkt der Fotoaufnahme minderjährig war, mussten die Kinder auf den Bildern praktisch im Windelalter sein, um den Besitz von Kinderpornographie vor Gericht zu bringen. Wenn sie nur ein paar Jahre älter waren, war ein Experte nötig, um ihre körperliche Entwicklung auf unter sechzehn zu schätzen. Allerdings waren exakte Schätzungen unmöglich, und wenn auf den Fotos einigermaßen normal entwickelte Teenager zu sehen waren, kam man nicht weiter. Sah ein Mädchen wie vierzehn oder fünfzehn aus, war das vorhersehbare Argument der Verteidigung, dass sie sehr gut siebzehn sein konnte, und damit war der Besitz eines Sexfotos von ihr keine Straftat. Im Hintergrund hörte Bobby, wie jemand herumschrie. «Wer ist das denn?»

«Die Stimme, die du hörst, gehört der Hexe, der lieben Ehefrau. Sie geht auf Chris los. Und sie ist gar nicht glücklich darüber, dass du mit ihrem nichtsnutzigen Ehemann auf dem Revier plauderst. Sie hat mir sicher schon zehnmal angekündigt, dass sie mir die Marke abnimmt, bevor der Tag vorüber ist. Vielleicht übergebe ich sie ihr freiwillig, wenn wir gehen, mit der Inventarliste und der Kopie vom Gerichtsbeschluss.» Ciro lachte. «Kein Wunder, dass dein Autoverkäufer sich anderswo umgesehen hat.»

«Hat sie dir seine Arbeitskleidung ausgehändigt?» Der Freitag, an dem Lainey verschwand, war ein Werktag. Falls es Todd war, der Lainey abgeholt hatte, hatte er sich wahrscheinlich nach der Arbeit nicht umgezogen. Waren die Dinge aus dem Ruder gelaufen – war Lainey verletzt oder sogar getötet worden –, gäbe es vielleicht Spuren. Es war schon vorgekommen, dass Bobby DNA-Spuren an den Manschetten einer Jacke gefunden hatte oder Blutspritzer zwischen den Gliedern eines Uhrarmbands. Manchmal musste man einfach über den Tellerrand schauen. Doch weil sich der neue Gerichtsbeschluss auf die Pornobilder von Laineys Computer stützte, mussten sich die Beamten darauf beschränken, wonach sie suchen durften – nämlich nach weiteren Pornos. Oder Ausrüstung, mit der sich Pornos herstellen, drehen oder vertreiben ließen. Seine Arbeitskleidung zu untersuchen war nur mit Erlaubnis der Dame des Hauses möglich, die sich bisher nicht sehr kooperativ gezeigt hatte.

«Schon passiert. Und die Schuhe. Frag mich nicht, warum sie eingewilligt hat, aber sie hat. Soweit ich sehe, ist nichts dran. Chris nimmt den Computer gerade mit raus zum Transporter. Will ihn in der Zentrale in alle Einzelteile zerlegen. Als ich mich in des Gatten Wandschrank umgesehen habe, habe ich allerdings noch was gefunden. Es steht nicht im Gerichtsbeschluss, aber ich dachte, du findest es hochinteressant, wo du doch auch an dieser Picasso-Geschichte dran bist, oder?»

Bobby drehte sich um und betrachtete den pummeligen Autoverkäufer auf dem Monitor. Unbehagen stieg in ihm auf. *Rechne immer mit dem Unerwarteten*, hatte ihn ein alter Mordermittler beim NYPD vor vielen Jahren gelehrt. *Ein tollwütiger Hund sieht nicht immer gefährlich aus, und ein Irrer sieht nicht immer irre aus.* «Ja. Was hast du?»

«Hinter dem Wandschrank habe ich eine Kammer entdeckt, eine Art Durchgang, der mal zur Garage gehört haben muss, bevor ihn jemand umgebaut hat. Ich habe ihn aufgemacht und einen Blick reingeworfen. Das Ding ist ein verdammtes Atelier. Jede Menge Bilder – Bäume, Blumen, Straßenszenen, alles Mögliche. Habe das brave Frauchen gefragt, wer denn der Künstler im Hause ist. Sie meinte, sie kriegt nicht mal Strichmännchen hin. Und da hat sich der Kleine gemeldet und gerufen, dass es sein Papa ist. Sagt, er malt am Wochenende. Sagt, das ist sein Hobby.»

38

«Die Leiche der jungen Frau, die am späten Donnerstagabend im stillgelegten Regal All-Suites Hotel in der Innenstadt von Miami gefunden wurde, konnte endlich identifiziert werden. Unser Kollege Mark Felding, der in die Entwicklung der bizarren Ereignisse persönlich verwickelt wurde, berichtet», kündigte die kecke Blondine mit dem engen blauen Pullover und den großen Brüsten an.

«Danke, Andrea. Die Identität der jungen Frau, die letzten Donnerstag von Beamten des FDLE und des City of Miami Police Department in dem abbruchreifen Gebäude gefunden wurde, war bis heute Morgen ein Rätsel. Nun konnte sie durch einen DNA-Vergleich als die siebzehnjährige Gale Sampson aus Hallandale identifiziert werden, ein Teenager, der immer wieder in Schwierigkeiten geraten war. Warum hat es bis zur Feststellung ihrer Identität so lange gedauert? Während weder das FDLE noch das MPD zu einer Erklärung bereit waren, haben unsere Quellen vor Ort bestätigt, dass das Opfer bis zur Unkenntlichkeit verstümmelt war. Es stimmt, Andrea. Dieser Fall gehört in die Riege der bizarren Verbrechen. Zwar habe ich mich verpflichtet, mit der Polizei zu kooperieren und die laufenden Ermittlungen in keiner Weise zu beeinträchtigen, doch die Verstümmelung, von der man mir berichtet hat, scheint übereinzustimmen mit den Verletzungen auf dem erschreckenden Gemälde, das man mir letzte Woche zum Sender geschickt hat. Anscheinend stammt das

Bild aus der Hand von Gale Sampsons Mörder. Gale Sampson, die von Mitarbeitern der Behörden als wiederholte Ausreißerin beschrieben wird, wohnte bei Pflegeeltern, Guy und Tootie Rodriguez, als sie im letzten Juni verschwand. Allerdings wurde sie beim Jugendamt nie als vermisst gemeldet. Erst fast drei Monate später, am sechzehnten September, forschte ein Mitarbeiter der Schule bei der Familie nach, warum sie nicht zum Unterricht erschien. Wir haben den Rodriguez einen Besuch abgestattet, doch es hat niemand die Tür geöffnet. Wie du weißt, Andrea, stellen die Beamten des FDLE auch im Verschwinden eines weiteren Teenagers in Südflorida Nachforschungen an, im Fall der dreizehnjährigen Elaine Emerson, die am dreiundzwanzigsten Oktober nicht von der Schule nach Hause kam. Bisher wurde Elaine auf der Webseite des FDLE als Ausreißerin geführt, doch inzwischen prüfen die Behörden, ob es möglicherweise eine Verbindung zwischen den beiden verschwundenen jungen Frauen gibt. Hoffen wir, dass dies nicht der Fall ist. Ich bin Mark Felding. Im Zuge meiner aktuellen Recherche zum Verbleib vermisster Teenager in Südflorida ...»

Der Mann starrte in seinen J&B und ließ ihn in dem billigen Glas kreisen. Unwillkürlich lächelte er, während er den Nachrichten lauschte, die auf dem Flachbildschirm über der Bar flimmerten, doch es wäre sehr, sehr unangenehm, wenn ihn irgendwer dabei ertappen würde. *Unangemessen* war noch untertrieben. Also biss er sich auf die Innenseite der Wangen, bis er Blut schmeckte. Es tat nicht sehr weh, aber er wusste, dass er sich das Lächeln jetzt erst recht verkneifen musste. Ein blutiges Vampirgrinsen würde bestimmt für Blicke und hochgezogene Brauen sorgen.

Endlich bekam er Beachtung. Endlich stand er im Rampenlicht. Und es fühlte sich gut an, obwohl damit die Gefahr stieg, entdeckt zu werden, obwohl er nun offiziell aus der Gesellschaft ausgegrenzt war. Doch er war zu lange allein mit seinen seltsamen Gedanken gewesen, hatte Dinge getan, die ihm selbst manchmal ... nicht richtig vorkamen. Der Entschluss, der Welt zu zeigen, wer er war und wozu er in der Lage war, war seltsam befreiend. Und die Gefahr, die damit einherging – selbst hier, in dieser Bar mit all den Fremden, mit ihnen dem Bericht zu lauschen, dabei zu sein, wenn sie erfuhren, zu welchen Grausamkeiten er imstande war ... es war, na ja, es war berauschend. Er war nicht schwul, aber er konnte sich vorstellen, dass sich das Outing gegebenenfalls ähnlich anfühlte. Zumindest der *Entschluss* dazu. Vor allem als, zum Beispiel, berühmter Baseballspieler oder Rockstar, der so eng in sein hübsches, maskulines, kommerzielles Korsett verpackt war, dass es ihm die Luft abschnürte – allein der Entschluss, dazu zu stehen, wer man wirklich war, ohne Rücksicht auf die Konsequenzen, musste sich anfühlen ... wie eine Katharsis. Selbst wenn man am Ende doch nicht aus dem Schrank kam und hinaustrat in die neue tuntige rosa Welt – allein mit dem *Entschluss* warf man eine schwere Bürde ab.

Der Barkeeper stellte ihm wortlos mehr Erdnüsse hin. Er liebte das Dave & Busters. Das Essen war gut, aber es war vor allem das Konzept, das ihm gefiel. Ein bunt gemischtes, familienfreundliches Großraumlokal mit angeschlossener Spielhalle, in der es Billardtische, Basketballkörbe, Baseballkäfige, Karaokegeräte und Sportsimulatoren gab. Egal welcher Spielautomat – von PacMan zu Ghost Squad –, hier fand man ihn. Und es gab nicht nur Kinderunterhaltung. In der Mitte befand sich eine bestens ausgestattete Bar mit allen möglichen lustigen Getränken wie dem Melontini und dem Snow Cone. Er ließ den Blick über die halbleere Bar schweifen. Die Mädchen, die blaue Cocktails mit Schirmchen und Ananasstücken schlürften. Sie wurden von ihren Dates mit Blue Curaçao und Bacardi Limón abgefüllt, bevor sie sich auf dem Rücksitz im Auto vernaschen ließen, ohne zu merken, wie stark das süße blaue Zeug war, bis sie am nächsten

Morgen ohne Höschen und mit dem T-Shirt linksrum aufwachten.

Er entdeckte sie am anderen Ende der Skeeball-Bahnen, genau wie sie sich in ihrem Blog angekündigt hatte. Lange neonrosa Locken umrahmten ihr blasses Gesicht, ansonsten war ihr Haar glatt und rabenschwarz. Groß und, wie seine Mutter höflich sagen würde, mit schweren Knochen – was ein Euphemismus für mollig war. Eine Amazone. Nicht seine übliche Zielgruppe, doch manchmal variierte er, damit die Sache interessant blieb. Er hatte eindeutig eine Schwäche für Blondinen, deshalb war jetzt wieder eine Brünette dran. Und auch wenn Shelley keine Wespentaille hatte, bot sie andere Vorzüge. Er würde sich eine ganze Reihe neuer Spielchen einfallen lassen, nur für sie. Mit Lainey konnte sie es natürlich nicht aufnehmen, das stand fest. Aber Lainey war auch etwas Besonderes. Sie war anders, also musste er erst gar keine Vergleiche anstellen. Shelleys Ohrmuschel war vom Läppchen aufwärts von vielen kleinen Ringen durchbohrt; ihre Unterlippe war gepierct. Das Steißgeweih war quer durch den halben Raum zu sehen, ein leuchtend bunter Schmetterling über dem Hintern, der unter dem T-Shirt und in der zu engen Jeans verschwand. Alles an Shelley schrie: «Beachte mich!», und genau das tat er. Seine Hand zitterte, und er verschüttete Whiskey auf seinen Daumen. Mit einem Blick auf die Uhr leckte er ihn ab. Ein bisschen verspätet, aber immerhin war sie gekommen. Genau wie sie es angekündigt hatte.

Sie sah genauso aus wie auf ihrem Profilfoto. Was nicht sonderlich überraschend war – mit sechzehn oder siebzehn hatte man noch nicht viel zu verbergen, keine raue Vergangenheit, die verzweifelt vertuscht werden musste. Deswegen stand er so auf dieses Alter: Es war so überaus ehrlich. Wenn sie älter war, würde Shelley Longo vermutlich vor ihren Piercings und Tätowierungen und ihrem Ruf, den sie sich wahrscheinlich zu Recht erwerben würde, davonlaufen wollen. Sie würde mit Reue auf ihre wilde Jugendzeit zurückblicken und wie so viele andere ihren Lebenslauf kreativ umschreiben. Doch jetzt war sie hier, nach Mitternacht an einem Montagabend, und die junge Shelley soff und feierte, trank aus den Gläsern ihrer halbseidenen Freunde, high auf irgendeiner Droge, und präsentierte ihre Tattoos, ohne dass es ihre Eltern mitbekamen. Er kannte die Sorte Mädchen, fand sie mit einem Blick in einem Chatroom, im Einkaufszentrum, in der Spielhalle. Es war fast, als könnte er sie riechen. Verletzliche Einzelgänger, sich selbst überlassen, die nach Freundschaft suchten und sie von jedem annahmen, der sie ihnen anbot. Selbst von Monstern wie ihm.

Er beobachtete sie, wie sie sich bückte, den Ball aufhob, lachend und mit fliegender Mähne, dann legte sie verführerisch die Lippen an das Bier, das ihr der notgeile Barkeeper mit einem Lächeln rübergeschickt hatte. Er spürte, wie er steif wurde, und fragte sich, ob sie ihn aus ihrem kleinen Chat gestern Abend im World-of-Warcraft-Chatroom wiedererkennen würde. Er stellte sich vor, wie sie sich in seiner kleinen Sammlung machte. Ob sie hineinpasste? Und er stellte sich vor, wie er ihr volles Gesicht malte, wie er das Zittern ihres hässlichen Piercingrings auf die Leinwand bannte, wenn sie schrie.

Heute Abend durfte er jedoch keinen Fehler machen oder aus einem Impuls heraus handeln. Er war hier, um sich umzusehen, das war alles. Selbst das war ein Risiko. Um die Häuser zu ziehen war gefährlich geworden, jetzt, da er im Licht der Öffentlichkeit stand. Die Erektion verschwand. Genauso gingen die Besten ins Netz – durch Dummheit. Wahrscheinlich war er paranoid. Oder narzisstisch. Die bescheuerte Ansagerin war bereits bei der schrecklichen Tragödie Numero quattro. Er trank einen Schluck und sah sich unauffällig um, in der Welt, die sich vor seiner Schranktür auftat. Niemand würdigte ihn eines Blickes. Niemand starrte ihn an, als würde er ihn kennen. Oder erkennen. Niemand musterte ihn, als wäre er berühmt oder berüchtigt. Niemand kam im Entferntesten auf den Gedanken, dass der Mann auf dem Barhocker neben ihnen, der ihnen zuprostete, vielleicht ... nicht ganz richtig tickte. Dass er vielleicht ein psychopathischer Serienmörder war mit einer Schwäche für, nun, für hübsche junge Dinger. Niemand fragte sich, ob die Hand, die sie auf dem Weg zu den Erdnüssen zufällig berührten, die gleiche Hand war, die heute Abend für so «äußerst verstörende» Nachrichten gesorgt hatte.

Er griff nach seiner Jacke und legte ein großzügiges Trinkgeld auf die Theke. Dann sah er sich ein letztes Mal um und stürzte seinen Drink mit einem Mund voll warmem, metallischem Blut herunter. Nein. Niemand sah ihn an. Niemand sah auch nur zum Fernseher.

Er achtete darauf, nicht zu grinsen, als er sich durch die nachmitternächtliche Menge und an den Skeeball-Bahnen vorbeidrängte. Seine Fingerspitzen strichen zärtlich über die warmen Flügel ihres leuchtenden Schmetterlings, als er sich an den jungen Körpern vorbei den Weg zum Ausgang bahnte. Er spürte, wie ihm der Strom durch den Arm schoss, als hätte er in eine Steckdose gefasst. Leise murmelte er eine Entschuldigung, aber sie hatte die Berührung nicht einmal bemerkt. Sie lachte immer noch.

Niemand achtete auf ihn. Überhaupt niemand.

Noch nicht.

39

Lainey lag zusammengerollt auf dem Lehmboden und hielt sich die Ohren zu. Im Kopf spielte immer wieder ihr Lieblingslied. *The Sweet Escape* von Gwen Stefani.
If I could escape.
And recreate a place that's my own world.
And I could be your favorite girl …
Sie wusste nicht, wie lange sie schon so dalag und dasselbe Lied sang, rauf und runter. Zeit hatte keine Bedeutung mehr. Minuten konnten Stunden sein. Oder Tage. Wochen vielleicht. Vielleicht war sie irgendwann eingeschlafen und träumte nur noch, dass sie sang.

Langsam setzte sie sich auf und lauschte. Stille. Keine Schritte. Keine knarrenden Dielen. Das schreckliche Scharren hatte endlich aufgehört. Und die Stimmen … waren sie echt? Sie schüttelte den Kopf und tastete vorsichtig in der Dunkelheit herum. Um sicherzugehen, dass sie allein war. Sie hatte solchen Hunger. Und Durst. In einer Ecke stieß sie auf etwas. Etwas Glattes, Großes und Bauchiges. Es fühlte sich an wie eine volle Tüte. Sie fingerte daran herum, bis sie die Öffnung fand. Dann steckte sie die Hand hinein. Es waren kleine harte … Steine?

«Bist du noch da?», raunte eine Stimme. Sie kam aus der Wand.

Sofort rollte sich Lainey wieder zusammen und begann zu weinen. «Nein, nein, nein …»

«Warte! Hör zu! Fang nicht wieder zu singen an», flüsterte die Stimme in der Wand. «Rede lieber mit mir.»

Lainey unterdrückte ein Schluchzen.

«Rede mit mir. Alles in Ordnung. Alles wird gut.» Es war die Stimme eines Mädchens. «Nicht weinen. Du bist nicht allein.»

«Was?», flüsterte Lainey zurück.

«Rede einfach mit mir. Ich muss mit jemandem reden. Ich werde noch verrückt. Und dann hast du gesungen ...»

«Wo bist du?», fragte Lainey und berührte die kalte Wand.

«Ich weiß es nicht. In einem Keller, schätze ich. Einem Verschlag, wie du. Oder?»

«Ja», sagte Lainey leise. Sie drückte das Gesicht gegen die Wand.

«Wer bist du? Wie heißt du?», fragte das Mädchen.

«Lainey. Ich bin Lainey. Ich heiße Lainey. Er hat mich entführt.» Plötzlich war sie von ihren Gefühlen überwältigt, und sie fing wieder zu weinen an.

«Er hat uns alle entführt. Er ist böse. Er ist ein echt böser Mann.»

«Uns?»

«Ja. Es gibt noch mehr von uns. Irgendwo hier unten. Ich kann sie durch die Wände hören.»

«Ich sehe nichts», heulte Lainey. «Er hat irgendwas mit meinen Augen gemacht. Ich glaube, ich bin blind!»

«Das sind nur Pflaster. Pflaster und Klebeband. Du kannst sie abziehen, aber du siehst sowieso nichts. Hier unten gibt es kein Licht. Du reißt dir nur die Wimpern aus. Und wenn er dich erwischt, klebt er dir die Augen mit Klebstoff zu.»

Es lief ihr eiskalt über den Rücken. Immer, wenn sie dachte, es konnte nicht schlimmer kommen, wurde es noch schlimmer.

«Aber das ist mir egal», sagte das andere Mädchen trotzig. «Ich habe das Pflaster abgerissen. Deshalb weiß ich, dass man sowieso nichts sieht.»

«Aber du hast gesagt, dann würde er dir wehtun ...»

«Ist mir egal. Soll er's versuchen. Wenigstens kann ich ihn sehen, wenn er kommt. Und sitze nicht einfach nur da, bis er ...» Doch sie sprach nicht weiter.

«Wie viele von euch sind hier unten?», fragte Lainey.

«Ich weiß es nicht. Ich kenne nur die Mädchen, die ich durch die Wand gehört habe, wie dich. Ich habe mit drei anderen gesprochen. Eva, Jackie, Adrianna.»

«Wo sind sie?»

Eine lange Pause entstand. Es hörte sich an, als bekäme das Mädchen keine Luft oder kämpfte gegen die Tränen. «Ich weiß es nicht. Ich habe seit einer Weile nichts von ihnen gehört. Was für ein Sternzeichen bist du?»

«Was?»

«Wann hast du Geburtstag?»

«Ach so, im August. Am siebenundzwanzigsten August. Warum?»

«Du bist Jungfrau. Ich hab's gewusst.»

Lainey sagte nichts.

«Diesmal ist er lange weg», fuhr das Mädchen fort. «Wenn er mich hier einsperrt, ist er immer eine Weile fort, aber diesmal dauert es wirklich lange.»

«Ich habe Hunger», sagte Lainey.

«In der Ecke muss eine Tüte mit Essen stehen. Hast du sie gefunden? Und Wasserflaschen. Du musst herumtasten.»

«Was ist das? Es fühlt sich an wie das Zeug, das meine Mutter für Rosey kauft. Meinen Hund. Fühlt sich wie Hundefutter an.»

«Es ist Hundefutter. Hast du die Flaschen gefunden?»

Sie würde auf keinen Fall Hundefutter essen. Niemals. Sie tastete in der Dunkelheit herum. «Ja, hier sind sie. Ein ganzer

Packen. Wie lange bist du schon hier?», fragte Lainey, während sie den Deckel einer Flasche abschraubte und daran roch. Es roch nach nichts.

«Ich weiß nicht. Länger als die meisten, glaube ich.»

Lainey trank einen großen Schluck. Es schmeckte so gut. Sie trank fast die ganze Flasche in einem Zug aus. Dann wurde ihr bewusst, wie hungrig sie war. Sie nahm ein Stück Trockenfutter und hielt es sich an die Nase. Eigentlich roch es gar nicht so schlecht. «Wer bist du?», fragte sie schließlich, als sie das Hundefutter mit der Zungenspitze berührte. «Ich meine, wie heißt du?»

Eine lange Pause entstand. «Katy», antwortete das Mädchen leise. «Ich heiße Katy.»

40

Jeder aus der Fernsehbranche behauptete, es gebe nichts Schlimmeres als die Fernsehbranche. So auch Mark Felding. Die Politik. Die Intrigen. Die Überstunden. Die willkürlichen und zu rar gesäten Erfolgsstorys, die meistens nichts mit Talent zu tun hatten. Bei den Nachrichten war es nicht anders; längst ging es beim Fernsehjournalismus vor allem ums Showbiz, um Promis und natürlich um Quoten. Korrupte Lokalpolitiker bloßzustellen war auch nicht mehr ehrenhafter, als beim Disney Channel zu moderieren. Vielleicht fand der Wandel schon seit langem statt, doch jetzt, da es mit der Wirtschaft offiziell bergab ging, wurden im renommierten Journalismus Karrieren abgewürgt, und es bedurfte großer Brüste und eines blendend weißen Lächelns, damit sich nach der Fernsehschule für eine neue Schicht billiger Arbeitskräfte die Tore öffneten. Im reifen Alter von zweiundvierzig waren die Aussichten für einen «Oldtimer» wie Mark eher düster, und nach zwölf Jahren in der Branche, deren Niedergang er bei sechs verschiedenen Kanälen mitansehen konnte, wusste er, dass er den letzten Zug erwischen musste, sonst konnte er einpacken.

Mark sah die Zeichen schon seit einer Weile: das dramatische Schrumpfen der Sendezeit für seine Geschichten; die Beschneidung des Recherchepersonals; das Anheuern selbständiger Journalisten ohne Erfahrung. Die YouTube-isierung der Nachrichten im Allgemeinen: Erfahrene Profis und Nachrichtenagenturen wurden mehr und mehr durch Hinterwäldler mit Camcordern und Handykameras ersetzt. Mark musste immer härter arbeiten, um intelligente Storys zusammenzukriegen, und dann zusehen, wie ihm von grünen Mittzwanzigern drei Minuten kostbare Sendezeit geklaut wurden, in denen sie hirnlosen Schwachsinn über die Gefahren von Flusen im Wäschetrockner verbreiteten. Es war eine zutiefst deprimierende Situation, doch er hatte sich geschworen, nicht zu verbittern. Er würde rechtzeitig den Absprung schaffen, das hatte er fest vor. Das war sein Masterplan. Er würde den Absprung schaffen, bevor ihn jemand auf die Straße setzte.

Doch es war wirklich komisch, wie sich das Schicksalsrad zuweilen drehte. Noch letzte Woche hatte er mit dem Gedanken gespielt, sich in die Ozarks zurückzuziehen und auf der Terrasse eines Blockhauses Krimireportagen zu schreiben, doch jetzt hatte sich sein Glück gewendet. Und jetzt stand er hier wie John Travolta – er war wieder im Spiel, und diesmal hatte er die Chance, ganz nach oben zu kommen ...

Am Abend, nachdem Gale Sampsons Leiche im Regal Hotel gefunden worden war, schossen die Quoten der WTVJ-Nachrichten nach oben und schlugen sogar die Elf-Uhr-Sendungen von CBS4 und WSVN7. Eine große Sache in einer Branche, wo Quoten den Erfolg bestimmten. Und nach Meinung des Produzenten direkt der Tatsache geschuldet, dass sein jetziger Starreporter Mark Felding eine Insiderverbindung zu dem «Picasso-Mörder» pflegte, wie er genannt wurde. Am Anfang hatte er sich Sorgen gemacht, dass es ein wenig opportunistisch wirken könnte, aus einer derartigen Tragödie persönlichen Gewinn zu schlagen, doch Mark setzte sich darüber hinweg. Schließlich war auch Bryan Norcross nur wegen Hurrikan Andrew vom unbekannten Wetteransager zum landesweit gefeierten Meteorologen aufgestiegen, während die meisten seiner damaligen Zuschauer in Miami immer noch unter blauen Zeltplanen ohne Strom oder fließend Wasser hausten – und das kreidete ihm auch keiner an.

Marks Belohnung dafür, dass er dem Sender zur Quotenkrone verholfen hatte, war eine regelmäßige Spezialsendung, montags und mittwochs drei Minuten mit dem Titel *Fragen Sie Mark*, ein Selbsthilfeprogramm zur Verbrechensprävention, das sein Produzent ursprünglich an einem dieser grünen Mittzwanziger hatte ausprobieren wollen. Es ging darum, wie man Sexualtäter erkannte, sich gegen Vergewaltiger verteidigte, Identitätsdiebstahl vorbeugte und so weiter. Keine große Moderation, aber ein regelmäßiger Auftritt. Die Chance, sich einen Namen zu machen. Und das war mehr, als Mark bisher je zuteilgeworden war.

Er war gerade auf dem Weg in die Maske, als ihn jemand zurückrief.

«Felding! Hey, Mark!»

Mark erkannte die Stimme hinter ihm, als er an der Nachrichtenredaktion vorbei über den Flur hetzte. Es war Terry Walsh von der Poststelle. Er ging ein paar Schritte rückwärts und rief zurück: «Hey, Terry! Ich hab's ein bisschen eilig …»

«Hier ist ein Päckchen für dich, das passt nicht in dein Postfach», sagte Terry, der als Doppelgänger von Jerry Garcia durchgehen konnte. Er schob einen grauen Postwagen und winkte mit einem übergroßen gelben Umschlag. «Soll ich's auf deinen Schreibtisch legen?»

Mark blieb stehen. Er erwartete ein paar Videokassetten mit alten Ratgebersendungen aus dem Archiv. «Was ist es denn, Terry?»

Terry hielt den Umschlag wieder hoch. «Ich weiß nicht, Mann. Kam heute rein. Muss jemand persönlich vorbeigebracht haben. Steht dein Name drauf, aber es passt nicht in dein Postfach. Und so richtig lässt es sich nicht falten.» Er drückte den Umschlag zusammen, um zu zeigen, was er meinte.

«Nein! Nein!», rief Mark und lief mit ausgestreckten Armen den Flur zurück, als hätte Terry eine Bombe in der Hand und spielte mit den roten und blauen Drähten. «Nicht! Nicht anfassen!»

Terry wich zurück. «Schon gut, Mann», antwortete er achselzuckend und händigte ihm die Sendung aus.

Mark drehte den Umschlag um. Kein Absender. Nur ein simples Computeretikett auf der Vorderseite, auf dem stand: «WTVJ 6 Mark Felding». Sachte drückte er auf den Umschlag. Er war steif und voluminös. Stellenweise hubbelig. Und er roch nach Farbe.

Mark warf einen Blick auf die Uhr und griff nach dem Telefon. Mit zitternder Stimme rief er den Produzenten an, als er zurück in sein Büro ging. «Paul, hier ist Mark», sagte er, als sich der Anrufbeantworter einschaltete. Er versuchte, die Aufregung in seiner Stimme zu bezwingen, wahrscheinlich ohne Erfolg. «Ich fürchte, ich schaffe es heute nicht zur Aufnahme. Mir ist was dazwischengekommen. Etwas Großes, glaube ich.»

41

Die beiden Mädchen saßen einander gegenüber auf dem Boden, in einer seltsamen Umklammerung, ihre Handgelenke aneinandergekettet, die verunstalteten Gesichter dem Künstler zugewandt. Schwarze Höhlen anstelle der Augen. Über ihre Wangen rannen rote Tränen zu den verzerrten, aufgerissenen Mündern, mit breiten Pinselstrichen für immer zum markerschütternden Schrei erstarrt.

Das makabre Gemälde der zwei schreienden blonden Mädchen war abfotografiert und vergrößert worden und hing nun an einer neuen Pinnwand, die den Raum der Crimes-Against-Children-Mannschaft dominierte. Daneben hing das Foto des Gale-Sampson-Gemäldes, das vergangene Woche gekommen war. Darunter waren die Tatortfotos aus dem Regal Hotel zu sehen. Zwei MEPIC-Steckbriefe waren mit Reißnägeln unter die schreienden Mädchen geheftet, doch Tatortfotos gab es keine. Noch nicht. Es war zehn Uhr am Freitagmorgen, und alles, was sie hatten, war ein weiteres brutales Porträt.

«Das Bild ist im Labor», sagte Bobby zu den Männern am Konferenztisch, der in dem Großraumbüro aufgebaut worden war: Zo, Frank Veso und die CAC-Agenten Ciro Acevedo und Larry Vastine. Für den Fall, dass das jüngste grausige Kunstwerk sich ebenfalls als Darstellung eines Tatorts erwies, musste Bobby als Erstes eine Sonderkommission zusammenstellen. Doch auch ohne Leichen wusste er, dass er genau das vor sich sah: einen

Tatort. Und so hatte er beschlossen, schon jetzt die besten Köpfe für die Ermittlung zu versammeln. Zu diesem Zweck hatte er Vastine und Acevedo einberufen und bei der Staatsanwaltschaft von Miami-Dade juristische Unterstützung angefordert. Die stellvertretende Staatsanwältin Stephanie Gravano unterstützte diese baldigst einzurichtende Sonderkommission nun offiziell mit einem gewissen Stundenkontingent und war für Gerichtsbeschlüsse, Vorladungen und Ähnliches verantwortlich. Falls weitere Leichen außerhalb des Bezirks City of Miami auftauchten, in dem Gale Sampson gefunden wurde, würden auch Mitglieder der betreffenden Departments hinzugerufen werden sowie Beamte aus den Bezirken, wo die Opfer verschwunden waren.

«Hoffentlich brauchen wir keine größere Pinnwand», bemerkte Zo. «Ich sehe, du hast eine Vermutung, wer die Opfer sind», sagte er dann mit einem Blick auf die Steckbriefe unter den schreienden Mädchen.

«Wir warten noch auf die DNA des leiblichen Vaters in Dayton, Ohio, aber es sieht aus, als handelte es sich um Roseanne und Rosalie Boganes, achtzehn und siebzehn, aus Florida City. Zwei Schwestern, die letzten April aus dem Haus ihrer Tante verschwunden sind, nachdem ihre Mutter an einer Überdosis Heroin gestorben war. Der Vater gibt gerade eine Speichelprobe ab. Wenn beziehungsweise falls wir eine Leiche – oder zwei – finden, haben wir schon mal ein Muster für den genetischen Vergleich.»

Zo schüttelte den Kopf. «Schwestern? Ich habe nicht mal gehört, dass ein Geschwisterpaar vermisst wird. Wieso landen verschwundene Schwestern nicht in den Nachrichten?»

«Es passiert nicht selten, dass Geschwister gemeinsam ausreißen. Missbrauch zu Hause betrifft meistens mehr als nur ein Kind. Oder die Eltern haben Drogen- oder Alkoholprobleme, und die Kids suchen nach einem Ausweg und haben Angst, im Pflegeheim getrennt zu werden», erwiderte Bobby.

«Kinder glauben, zu mehreren sind sie sicher – nach dem Motto ‹Wenn du springst, springe ich auch›. Oder vielleicht will die eine die andere nicht alleinlassen. Ich nenne es das ‹Schwester-Mama-Syndrom›», erklärte Larry.

Bobby nickte. «Die Tante, die nie scharf auf das Sorgerecht war, sagte, die Boganes-Mädchen sind öfters ausgerissen. Ich habe heute mit ihr gesprochen. Sie glaubt immer noch, Rosalie und Roseanne sind auf einen Güterzug gesprungen und nach Las Vegas gefahren, so wie sie es immer angekündigt haben.»

«Kann die Tante sie identifizieren, wenn wir eine Leiche haben? Beziehungsweise zwei?» Zo sah sich die Fotos von Gale Sampson an und rieb sich nachdenklich über die Bartstoppeln. Offensichtlich dachte er an die grausige Szene, die sich ihnen geboten hatte, als sie letzte Woche das Hotel durchsuchten.

«Wahrscheinlich nicht. Und wie kommst du darauf, dass sie es sind? Die Schwestern?»

«Seit letzten Donnerstag bin ich die Fotos vom Clearinghouse durchgegangen, und Dawn hat mir eine Liste von Teenagern in Südflorida gemacht, die nicht bei MEPIC auftauchen. Ich versuche, eine vollständige Liste von vermissten Jugendlichen zu erstellen, mit der wir arbeiten können. Mark Felding hat auch eine Liste, in der er Ähnlichkeiten zwischen den Opfern und ihrem Verschwinden hervorhebt. Es gibt mehrere verschwundene Geschwisterpaare, doch nur zwei blonde Schwestern. Aber der entscheidende Punkt ist, dass Rosalie Boganes laut Bericht der Polizei von Florida City der halbe Daumen fehlt. Der Daddy hat ihn ihr abgeschnitten, als sie drei war. Deswegen hat er das Sorgerecht verloren. Schau dir das an», sagte Bobby und zeigte auf die angekettete Hand eines der Mädchen. «Ein halber Daumen.»

«Verdammt.» Zo blies geräuschvoll die Luft aus. «Noch so ein

Irrer, der versucht, unserer Stadt zu dem Ruf zu verhelfen, den sie verdient. Aber dieser Felding. Klär mich auf. Was zum Henker ist los mit dem Typen? Ich muss erst Nachrichten gucken, um zu erfahren, dass noch so ein verdammtes Bild aufgetaucht ist? Was soll die Scheiße?»

«Felding ist ein Arschloch», antwortete Bobby. «Er behauptet, er hätte uns sofort angerufen, als der Umschlag kam, aber dann sei sein Produzent reingekommen, hätte das Bild gesehen und sei sofort live damit auf Sendung gegangen. Sagt, das Einzige, was er erzählt habe, war, dass es eine neue, bahnbrechende Entwicklung bei den Picasso-Morden gibt.»

«Ja, und ich wäre fast an meinem Hotdog erstickt, als er erklärt hat, dass die neue, bahnbrechende Entwicklung ein neues Ölgemälde ist, das er geschickt bekommen hat.»

«Der Typ ist ein Geier», sagte Ciro. «Das sind sie alle, die ganze Journaille. Ihr könnt jeden Promi fragen.»

«Können wir ihn mit ‹Behinderung der Ermittlungen› drankriegen?», fragte Zo.

«Schön wär's, aber leider nein», antwortete Bobby. «Das Bild wurde an ihn geschickt. Ich glaube nicht, dass wir etwas dagegen tun können. Aus irgendeinem Grund hat dieser Picasso-Psycho sich diesen abgehalfterten Channel-Six-Reporter als Sprachrohr ausgesucht, und der Typ macht genau, was von ihm verlangt wird. Er ist kein Blödmann – ich bin mir sicher, dass er seine Karrierechance wittert. Jedenfalls hat er uns schließlich angerufen und das Gemälde abgegeben. Aber ich frage Stephanie, ob sie ihm einen richterlichen Maulkorb verpassen kann. Solche Mätzchen sind mit einer laufenden Ermittlung nicht vereinbar.»

«Richte Stephanie aus, wenn die Richter nicht wollen, dann verpasse ich ihm einen Knebel», sagte Zo. «Irgendwas zu dem Umschlag?»

«Nein. Nichtssagendes Klebeetikett. Gängiger Postumschlag.

Überall Fingerabdrücke, von der Poststelle bis zum Produzenten, darauf wette ich. Wir schicken ihn zur Spurensicherung und zur Serologie. Mal sehen, was dabei rauskommt, aber ich habe keine großen Hoffnungen, es sei denn, sie finden DNA auf dem Etikett.»

«Lass mich raten – irgendwo in dem Umschlag ist dein Name aufgetaucht?», fragte Zo.

«Das Gleiche wie vorher. Ein paar Zeitungsschnipsel zusammengeklebt», erklärte Bobby.

«Es steht also fest, dass das Schwein deine Aufmerksamkeit will, Shep. Natürlich *nachdem* er groß in den Nachrichten war», bemerkte Larry.

«Glücklicherweise hat Felding das Bild nicht in die Kamera gehalten», sagte Bobby. «Dann können wir wenigstens die Irren aussieben.» Aus irgendeinem Grund, für den es keine vernünftige Erklärung gab, lösten sehr auffallende Verbrechen immer eine Unzahl falscher Geständnisse aus. Die irren aus den echten Hinweisen auszusieben, konnte ziemlich viel Zeit in Anspruch nehmen.

«Wenn es hier so läuft wie bei Gale Sampson, dann sind die beiden schon tot», sagte Larry. «Die Obduktion hat ergeben, dass Gale vor ihrem Tod längere Zeit gefangen gehalten wurde. Falls er sie von Anfang an hatte, wären das fünf Monate seit ihrem Verschwinden. Diese Schwestern, seit wann, sagtest du, sind sie weg?»

«Seit August», antwortete Bobby.

«Das sind drei Monate. Verdammt lange Zeit, um lebendige Mädchen unterzubringen, falls er das tut. Gab es irgendeine Spur an Gale Sampsons Leiche, die uns einen Hinweis darauf liefert, wo er sie gefangen hält?»

«Alles, was wir an ihr gefunden haben, geht zur Serologie und Toxikologie. Du weißt, dass es Wochen, manchmal Monate dauert, wenn sie nicht wissen, wonach sie suchen», antwortete Bobby seufzend.

«Warum zum Teufel kommt der Mistkerl gerade jetzt damit raus?», fragte Ciro. «Ich meine, wenn er Mädchen gefangen gehalten und ermordet hat, ohne dass ihn jemand dabei störte, warum geht er überhaupt an die Öffentlichkeit? Was will er?»

«Er will genau das, was er jetzt bekommt – Aufmerksamkeit. Ins Fernsehen. Berühmt sein.»

«Und wo sind sie, die Schwestern?», fragte Veso leise.

«Das ist die Eine-Million-Dollar-Frage», erklärte Bobby seufzend und vergaß einen Moment, dass Veso an seinem Stuhl sägte. Er stellte sich vor das Foto des Gemäldes. «Hier, durch das runde Fenster im Hintergrund, sieht man eindeutig blaues Wasser. Und da sind zwei Schiffe. Ich habe den Ausschnitt vergrößern lassen. Hier.» Er nahm ein Foto im DIN-A4-Format aus einem Hefter und pinnte es an die Wand. «Es sieht aus, als hätte er den Anfang eines Schiffsnamens dahin gepinselt. *The Emp-*, mehr ist nicht zu sehen. Und das hier? Eine Häuserfassade vielleicht? Sieht ziemlich schick aus. Vielleicht Star Island oder Sunny Isles. Könnte jede bessere Küstengegend sein.»

«Vielleicht sind sie auf einem Boot? Du weißt schon, das Bullauge», schlug Ciro vor. «Larry, du bist doch Hobbymatrose. Wonach sieht es für dich aus?»

«Könnte ein Boot sein. Wenn er malt, was er sieht, wie Bobby sagt, sieht er hier zwei vertäute Boote und wahrscheinlich ein Haus oder Restaurant. Aber ich erkenne leider nichts davon wieder.»

«Geh bitte alle registrierten Boote von Palm Beach bis zu den Keys durch, vielleicht finden wir irgendwas Passendes, Larry», sagte Bobby. «Und erkundige dich, wie man was über durchreisende Boote erfahren kann. Du weißt schon, solche, die anderswo registriert sind, aber während der Saison in Südflorida anlegen.»

«Wird gemacht», sagte Larry mit einem Nicken.

Eine Weile war es still. Die Blicke klebten an der Pinnwand. Es war Bobby, der das düstere Schweigen brach. «Ich glaube, er hat noch mehr Hinweise eingebaut, um uns auf die Fährte zu locken, Leute. Gut versteckte Hinweise. Und deshalb glaube ich, es ist Zeit, dass mehr als ein Paar Augen auf die Suche gehen.»

Bobby holte einen weiteren vergrößerten Ausschnitt heraus und zeigte auf die Kette, die eins der blonden Mädchen um den Hals trug. Ein leuchtendes neonrosa Herz mit einem Herzen darin. Dann zog er einen MEPIC-Steckbrief heraus. «Diese Kette ist auf einem der Fotos aus dem Clearinghouse zu sehen. Hier – Nikole Krupa, eine fünfzehnjährige Brünette aus Riviera Beach. Eine ziemlich ungewöhnliche Kette, findet ihr nicht? Und das Led-Zeppelin-T-Shirt, das die andere Schwester trägt, passt auf die Beschreibung einer weiteren Vermissten, Kathleen Grimes. Außerdem haben wir das Smiley-T-Shirt, das Gale Sampson trug und das auf die Beschreibung der Kleidung von Allegra Villenueva passt, als sie zum letzten Mal gesehen wurde. Und das hier», sagte er und wies auf eine dunkle Ecke auf dem Bild. Er zeigte eine weitere Vergrößerung. Aus einer kakifarbenen und rosa Büchertasche stand ein Mathebuch heraus.

«Was steht da? Edward?», fragte Larry.

«Sieht so aus», antwortete Bobby. «Damit ist Edward Cullen gemeint, der Vampir aus den *Twilight*-Filmen.»

«Hat diese durchgeknallte Mutter nicht gesagt, ihre Tochter hätte eine *Twilight*-Büchertasche?», fragte Zo.

Bobby nickte. «Genau.»

«Er hat die kleine Emerson ...»

«Ja. Er hat Lainey», sagte Bobby. «Und ich glaube, er hat noch mehr. Ich glaube, er baut in seine Gemälde versteckte Hinweise ein. Bilderrätsel. Die T-Shirts, die Kette, Gale Sampsons Frisur. Die beiden verschiedenen Blutgruppen auf dem Sampson-Bild.

Verdammt, manche der Hinweise sehen wir vielleicht nicht mal, weil wir nicht nach den Opfern suchen. Vielleicht wissen wir nicht mal, dass sie verschwunden sind.»

«Ach, du Scheiße ...», murmelte Zo und rieb sich erneut das Kinn.

«Der macht sich nicht einfach über uns lustig, Leute», sagte Bobby leise, ohne den Blick von dem Gemälde abzuwenden. «Das ist ein Mädchenfänger. Er zeigt uns seine Sammlung.»

42

«Was ist mit dem Stiefvater?», fragte Ciro, während die Anwesenden schweigend auf die Fotos starrten. «Ich meine, wenn es bisher noch nicht interessant war, dass er ein kleines Geheimatelier zum Malen hat, liegt er damit jetzt ganz vorne. Jetzt, wo wir wissen, dass dieser Mädchenfänger mit Laineys Verschwinden zu tun hat.»

«Stimmt. Nur ist es ein bisschen *zu* auffällig, finde ich», antwortete Bobby. «Wenn LaManna der Mädchenfänger ist, warum würde er uns dann ein Bild mit einem Hinweis auf das Verschwinden seiner Stieftochter schicken? Er weiß bereits, dass wir ihn deswegen im Auge haben.»

«Vielleicht denkt er, es ist so auffällig, dass es den Verdacht wieder von ihm ablenkt», überlegte Ciro. «Vielleicht denkt er, wenn wir glauben, dass dieser Picasso-Psycho seine Tochter hat, lassen wir ihn in Ruhe. Ermitteln in andere Richtungen, nehmen andere aufs Korn. Ihr wisst schon, umgekehrte Psychologie? Als ob er sich ein Schild mit einem Pfeil um den Hals hängt, auf dem TÄTER steht.»

«Ich habe mit dem Kerl geredet, und so schlau kommt er mir nicht vor», erwiderte Bobby. «Aber so blöd ist er vielleicht. Und ich bin auch dafür, dass wir ihn unter die Lupe nehmen. Das heißt Überwachung rund um die Uhr.»

«Habt ihr mit der anderen Tochter gesprochen? Mit der älteren Schwester? Vielleicht weiß sie was», fragte Zo.

«Debra LaManna zufolge ist sie ständig, ich zitiere, ‹nicht verfügbar›. Keine Ahnung, ob ihre Mutter dafür sorgt – seit der liebe Ehemann im Mittelpunkt des Interesses steht, wird die Familienverteidigung hochgefahren. Andererseits ist die Schwester selbst ein paarmal ausgerissen, kann sein, dass sie wieder weg ist, und die Mutter hat es nicht gemeldet, damit wir uns nicht noch mehr in ihr Leben einmischen.»

«Die Kinderfotos auf LaMannas Computer haben wohl nicht gereicht, um ihn dranzukriegen, was?», fragte Larry. «Nicht mal, um ihn von der Straße zu kriegen, solange wir nach weiteren Beweisen suchen?»

«Er bestreitet, dass es sich um Kinder handelt, und die Mädchen sind nicht präpubertär», erklärte Bobby. «Einen Experten zu finden, der vor Gericht aussagt, dass sie unter sechzehn sind, wird schwierig, und dann kommt unausweichlich ein Gegengutachter, der das Gegenteil behauptet. Das ist begründeter Zweifel. Stephanie denkt nicht dran, deswegen einen Haftbefehl auszustellen. Und was die Webcam angeht, es spricht nichts dafür, dass LaManna den Trojaner geschickt hat. Chris Turan kann den Virus nicht zurückverfolgen. Das Geheimatelier verschafft uns einen weiteren Durchsuchungsbefehl und einen näheren Blick auf das Haus. Ich will Kleider, Farbe, Leinwand, Pinselhaare, Fasern – alles, was ihn irgendwie mit den Bildern in Zusammenhang bringen könnte. Außerdem will ich seinen Wagen. Er muss die Mädchen von dem Ort, wo er sich mit ihnen getroffen hat, zu dem Versteck und schließlich zu der Stelle, wo er sie abgelegt hat, transportiert haben.»

«Und dahin, wo er sie vielleicht immer noch gefangen hält», ergänzte Zo. «Falls es stimmt, was du denkst, Bobby, falls die rosa Kette und die T-Shirts und DNA-Spuren bedeuten, dass er einen hübschen Hinweisgarten sät und noch mehr Opfer hat – falls dieser Irre sie eine Weile ankettet, bevor er sie umbringt, wie

Gunther spekuliert –, dann heißt das auch, dass er einen *Ort* hat, wo er sie gefangen hält. Lass uns alles zusammentragen, was wir über Grundstücke rausfinden können, zu denen LaManna Zugang hat. Verwandtschaft eingeschlossen. Außerdem müssen wir einkalkulieren, dass der Typ vielleicht nicht allein arbeitet.»

Bobby nickte. «Noch ein Grund, warum ich nicht will, dass LaManna sofort hinter Gitter kommt. Falls er in der Sache drinsteckt, falls er Picasso ist, kann er uns zu den anderen Mädchen führen, die möglicherweise noch am Leben sind. Gale Sampson wurde erst, ein oder zwei Tage bevor wir sie gefunden haben, ermordet. Ich habe zwar nicht viel Hoffnung für die Boganes-Schwestern, aber für die anderen, wenn es sie gibt. Ob LaManna der Mädchenfänger ist oder jemand anders – die Frage, die wir am Ende beantworten müssen, ist, wo die Opfer sind. Bisher deutet alles darauf hin, dass der Täter Ausreißer und Wegwerfkinder im Visier hat – Kids, die keiner will. Wie? Wie lernt er sie kennen? Und was für eine Musik spielt er auf seiner Flöte, dass sie mitten in der Nacht das Haus verlassen und ihm folgen wie dem Rattenfänger von Hameln? Wenn wir rausfinden, wie er jagt, finden wir ihn vielleicht.» In diesem Moment piepte Bobbys Telefon. Als er die Nummer auf dem Display sah, ging er ran.

«Agent Dees, hier spricht Officer Karin Koehle vom FDLE in Tallahassee. Ich rufe an, um Ihnen mitzuteilen, dass die Jugendliche, die Sie über das System suchen, heute Morgen nach einem Einbruchalarm von der Polizei in Coral Springs aufgegriffen wurde. Liza Ashley Emerson, geboren am 10. Mai 1993, wird in diesem Moment ins Coral Springs Police Department gebracht, Verhör und Benachrichtigung der Eltern stehen noch an. Möchten Sie, dass ich die Einsatzbeamten kontaktiere, oder soll ich Ihnen die Kontaktinformation geben, damit Sie sich direkt an sie wenden können?»

43

«Wir haben nach Ihnen gesucht, Liza», sagte Bobby lächelnd, als er und Detective Bill Dagher die Tür öffneten und das Büro des Detective beim Coral Springs PD betraten.

Das dünne, verwahrlost wirkende Mädchen mit dem langen, verfilzten braunen Haar schrie auf und ließ das Handy fallen, in das sie offensichtlich gerade hineingejammert hatte. Es fiel mit einem dumpfen Schlag auf den dünnen Teppichboden und zersprang in drei Teile. «Ich ... Sie ... ich habe Sie nicht reinkommen hören. Ich dachte, es ist mein Vater», brachte sie heraus, während sie sich bückte, um die Einzelteile aufzuheben. Sie räusperte sich. «Mein Stiefvater.»

Bobby hob den Akku auf und reichte ihn ihr. «Stiefvater? Nein. Aber über genau den will ich mit Ihnen sprechen, Liza. Ich bin Special Agent Bobby Dees. Ich arbeite für das Florida Department of Law Enforcement. Ich untersuche das Verschwinden Ihrer kleinen Schwester Elaine.»

«Oh.» Lizas Blick schoss durch den Raum. Sie saß ganz vorn auf der Stuhlkante, als wollte sie jeden Moment losrennen.

«Ich versuche seit zwei Wochen, mit Ihnen zu sprechen, aber Sie sind nicht zu Hause, und Sie gehen nicht in die Schule. Sie arbeiten auch nicht mehr auf der Bowlingbahn.» Er lehnte sich lässig an den Metalltisch, der vor ihr stand. Dagher stand an der Tür Wache. «Was ist los? Stecken Sie in Schwierigkeiten, Liza?»

Sie sah in ihren Schoß, wo sie ein Papiertaschentuch zerpflückte. «Nein. Keine Schwierigkeiten. Ich habe nur zurzeit keine Lust, nach Hause zu gehen, das ist alles.»

«Warum?», fragte Dagher.

Sie zuckte die Achseln.

«Wann haben Sie Lainey das letzte Mal gesehen?», fragte Bobby.

Wieder zuckte sie die Schultern. «Weiß nicht. Am Tag, bevor sie nicht nach Hause kam, glaube ich. Beim Frühstück.»

«Was halten Sie vom Verschwinden Ihrer Schwester? Gibt es einen Grund, warum sie nicht nach Hause wollte?»

Liza sagte lange nichts. Sie zupfte weiter an dem Taschentuch, bis nur noch weiße Flusen übrig waren. «Ich habe bei einer Freundin die Nachrichten gesehen. Ich habe gesehen, dass da so ein Freak rumläuft, der Teenager umbringt, wissen Sie? Komische Bilder malt, wenn sie tot sind und so. Und dass Lainey ...» Ihre Stimme hakte. «O Gott, dass Lainey vielleicht bei ihm ist? Und dann hat Mom gesagt, dass die Polizei bei uns zu Hause ist, den Computer mitnimmt und so und dass Todd verhört wurde.»

Bobby nickte. «Ich kann zwar hier nicht über Einzelheiten sprechen, aber es stimmt, die Ermittlungen laufen. Und Ihr Stiefvater wurde zu ein paar Dingen befragt – Dinge, über die ich auch mit Ihnen sprechen will.»

Sie wurde rot und starrte wieder in ihren Schoß. «Ich wollte auf keinen Fall wieder zurück, verstehen Sie? Solange er da ist.»

«Todd?»

Sie nickte.

«Sagen Sie uns, warum.»

Sie schüttelte den Kopf und schniefte. Als sie endlich redete, war ihre Stimme kaum mehr als ein Flüstern. «Lainey ist ein guter Mensch. Eine liebe kleine Schwester. Ich habe ihr das nie gesagt. Ich dachte, sie verdrückt sich ein paar Tage, um weg von ihm zu sein, verstehen Sie? Weil er ständig versucht hat, in ihr

Zimmer zu kommen. Wie bei mir – nur, ich habe mir den Scheiß nicht gefallen lassen, verstehen Sie? Dieser miese Perversling. Aber dann kam sie überhaupt nicht mehr, und er ist wieder zu Hause. Und ich gehe auf keinen Fall zurück.» Endlich begann sie zu weinen. Als hätten sich alle Schleusen geöffnet. Bobby reichte ihr noch ein Taschentuch aus der Kleenexschachtel auf Daghers Schreibtisch. Er wartete, bis sie wieder Luft bekam.

«Ich und meine Freunde, wir haben nur in dem Haus gepennt, weil wir dachten, dass es leer steht. Sie wissen schon, wenn die Leute nicht mehr zahlen können? Ich habe vergessen, wie das heißt. Wir wollten nichts klauen. Ich wollte einfach nicht nach Hause. Er ist widerlich und ein verdammtes Arschloch und ein Perverser, und ... o Gott, ich glaube, vielleicht hat er Lainey was angetan ...»

44

«Sie meinen also, er könnte es sein, was?», fragte Richter Reuben Sullivan mit hochgezogener Braue, als er den Gerichtsbeschluss unterschrieb, der ihnen erlauben würde, Todd LaMannas Haus noch einmal zu durchsuchen – diesmal nach Spuren im Mordfall Gale Sampson und im Fall des Verschwindens der Boganes-Schwestern. Der Richter hatte bereits den Durchsuchungsbefehl für Todds schwarzen 2001er Infiniti Q45 unterschrieben. «Picasso, was? So nennen sie den Mädchenfänger in der Presse?»

«Der Name scheint hängengeblieben zu sein», antwortete Bobby, während sein Blick über Dutzende von Promi-Karikaturen glitt, die die Wand des Richterzimmers schmückten. Mit seinem großen, lockigen Koboldkopf, der Karl-Malden-Nase und dem schmächtigen Körper sah Richter Sullivan selbst wie eine Karikatur aus.

«Na wunderbar. Noch ein Serienmörder mit griffigem Spitznamen hat uns gerade noch gefehlt. Erinnern Sie sich, wie Cupido in Miami den Tourismus angekurbelt hat? Auf dem MacArthur Causeway machen sie heute noch Fotos», bemerkte der Richter kopfschüttelnd. «Halten den Verkehr auf, um fünf Jahre alte Blutflecken zu knipsen, von denen nichts mehr zu sehen ist.»

«Vergessen Sie die toten Promis nicht, Richter», sagte Stephanie. «Vor Versaces Villa am Ocean Drive halten immer noch die Busse. Und das schon seit einem Jahrzehnt. Wurde nicht auch Anna Nicole Smith in diesem Gericht verhandelt?»

Der Richter verzog das Gesicht, als hätte er in eine Zitrone gebissen. «Erinnern Sie mich nicht daran. Einen ganzen Monat lang musste man die Third Avenue weiträumig umfahren. Ich hoffe nur, dass der Zirkus nicht nach Norden schwappt. Sollen die blutrünstigen Touristen mit ihren Kameras bloß in Miami bleiben.» Er schob das Dokument über den Konferenztisch zu Bobby. «Ich hoffe, diesmal findet ihr Jungs, was ihr sucht.» Dann schlüpfte er wieder in seine schwarze Robe und ging zur Tür, die zurück in den Gerichtssaal führte.

Mit der richterlichen Verfügung in der Tasche traten Bobby und Stephanie hinaus auf die chaotischen Flure des Gerichts von Broward County. Vor den Verhandlungssälen im dritten Stock schoben Teenager, die viel zu jung aussahen, um Mütter zu sein, weinende Babys in Buggys mit Schirmchen auf und ab, begleitet von müde aussehenden Frauen Mitte dreißig, die viel zu jung aussahen, um Großmütter zu sein. Hilfskräfte des Broward Sheriff's Office eskortierten Angeklagte in Handschellen zu ihrer Verhandlung. Zeugen und Bewährungshäftlinge, zum Teil in tiefsitzenden Shorts und gerippten Unterhemden, hingen vor den Saaltüren herum und warteten, bis sie hineingerufen wurden, oder debattierten, ob sie sich vorher aus dem Staub machen sollten. Als Bobbys Vater, Gott hab ihn selig, noch Richter in New York war, hätte er jeden, der in Shorts vor Gericht erschien, wegen Missachtung belangt. Und Missachtung hieß in dem Fall Gefängnis, sei es für den Zeugen oder den Angeklagten.

«Wir haben beide Unterschriften. Ich fahre raus zum Haus», sagte Bobby in sein Nextel, als sie dem billigen schwarzen Klebeband am Fußboden folgten, das Besuchern den Weg vom neuen Gebäudeteil in den alten und zu den Fahrstühlen wies. Er hasste das Gericht von Broward. Es war ein Rattennest.

«War das Zo?», fragte Stephanie.

Bobby nickte. «Die Jungs warten vor dem Haus. Der Wagen

ist bei CarMax in Pompano, zusammen mit seinem Besitzer. Zo und Veso beschlagnahmen ihn dort. Wir haben die Unterstützung des Sheriffs und können das Labor dort benutzen.» Da die Zuständigkeit der Police Departments an der jeweiligen Stadtgrenze endete, nahm innerhalb der Countys das Sheriff's Office die polizeilichen Aufgaben wahr. «Danke, dass du so schnell für uns da warst, Steph. Und danke, dass du mit zum Richter gekommen bist. Du hättest nicht extra reinfahren müssen.»

Vor den Fahrstühlen hatte sich eine Schlange gebildet, und Bobby führte Stephanie am Ellbogen zum Treppenhaus.

«Damit konnte ich mir einen Termin mit Richter Spencer sparen, also habe *ich* zu danken», sagte sie, als sie zu Fuß die Treppe hinuntergingen. Das Klicken ihrer Absätze hallte laut im leeren Treppenschacht. «Aber ich muss dich warnen, Bobby. Es kann sein, dass wir noch richtig Ärger bekommen wegen der Farben, die Ciro aus LaMannas Atelier hat mitgehen lassen. Sieht aus, als würde die Marke zu den Farben der Picasso-Bilder passen, und das ist gut, aber Ciro hätte sie ohne Gerichtsbeschluss nicht mitnehmen dürfen. Er hätte den Raum nie betreten dürfen.»

«Aber nur weil Ciro dort war und gesehen hat, was er gesehen hat, haben wir die zweite Unterschrift bekommen. Vergiss nicht, die Ehefrau war einverstanden, dass wir uns umsehen und etwas mitnehmen.»

«Mit der Durchsuchung kommen wir vielleicht noch durch, aber was die Mitnahme angeht – es war das Zimmer des Ehemanns und nur seins. Debbie LaManna sagt aus, sie habe nicht mal gewusst, dass es existiert. Falls dieser Kerl unser Mädchenfänger ist, würde jeder geschickte Verteidiger früher oder später argumentieren, dass seine Frau gar nicht das Recht hatte, ihr Einverständnis zur Mitnahme von Dingen ihres Mannes zu geben, auf die sie offensichtlich keinen Zugriff hatte. Ich will nicht kleinkariert sein oder dir in die Parade fahren, aber …»

Als Anklägerin mit über einem Jahrzehnt Prozesserfahrung – darunter ein paar Jahre auf der dunklen Seite der Strafverteidigung – kannte sich Stephanie bestens aus im Gerichtssaal, und sie war verdammt gut darin zu erraten, was hinter jeder Ecke lauerte. Außerdem versuchte sie nie, die Dinge schönzureden. Manche Cops – viele Cops – mochten es nicht, wenn eine hübsche Frau schlauer war als sie. Und erst recht nicht, wenn die hübsche, schlaue Frau sie wissen ließ, wie schlau sie war, ohne ihnen vorher auch nur ein bisschen den Bauch zu pinseln. Aber genau das war es, was Bobby an Stephanie schätzte – bei ihr wusste er, woran er war. Und er war schlau genug, auf sie zu hören.

«Jetzt ist es zu spät», sagte Bobby achselzuckend. «LaManna wird rund um die Uhr bewacht. Wenn er unser Mann ist, führt er uns zu den Boganes-Schwestern und jeder anderen, die er in seiner Gewalt hat.»

«Du meinst zu Lainey», sagte sie, als sie das Erdgeschoss erreichten.

«Und vielleicht noch zu weiteren vermissten Mädchen, die er in seiner Gewalt haben könnte», sagte Bobby leise, als er ihr die Tür zur Lobby aufhielt.

Stephanie hielt inne und starrte ihn an. Dann schloss sie die Tür, sodass sie wieder allein im Treppenhaus standen. «Bobby», sagte sie leise. «Ich kenne dich schon lange. Du bist einer meiner liebsten Kollegen. Ich bin sehr froh, dass du an diesem Fall arbeitest, weil ich weiß, dass du der Beste bist. Aber ...» Sie holte tief Luft. «Ich muss dich das fragen – schaffst du das? Ich meine, du bist ziemlich nahe dran.»

Stephanie und er hatten lange genug und bei verschiedenen Fällen eng genug miteinander gearbeitet, dass sich zwischen ihnen nicht nur ein gutes Arbeitsverhältnis, sondern auch so etwas wie eine Freundschaft entwickelt hatte. Stephanie wusste alles von Katy. Sie war eine der Ersten gewesen, die in den schrecklichen Tagen nach Katys Verschwinden ihre Hilfe angeboten hatte.

«Du drängst mich in ein dunkles kaltes Treppenhaus, um mir zu sagen, dass ich dein Lieblingscop bin? Ich glaube, ich werde rot», sagte Bobby mit einem ironischen Lächeln.

«Ha, ha», gab sie zurück. «Du machst es einem nicht leicht, oder?» Sie schüttelte den Kopf. «Cops, weißt du – ihr seid so groß und stark, dass nichts und niemand euch was anhaben kann. Ich meine nur ... pass auf. Ich will nicht so tun, als wüsste ich, was du durchmachst, aber ich weiß, dass es die Hölle sein muss, Bobby.»

«Eine Party, Schätzchen.»

«Wir haben im letzten Jahr nicht viel gesprochen.»

«Gibt nicht viel zu besprechen.»

«Wie geht's zu Hause? Darf ich wenigstens das fragen?»

Bobby zuckte die Achseln. «Fragen kannst du.»

Sie sah verletzt aus. «Tut mir leid. Ich wollte meine Nase nicht in Dinge stecken, die mich offensichtlich nichts angehen. Mein Fehler.» Sie drehte sich um und öffnete die Tür.

Sanft legte er ihr die Hand auf den Arm und zog sie zurück. Sein Lächeln war verschwunden. Er fuhr sich durchs Haar, angestrengt bemüht, seine Gedanken zusammenzukriegen. «Es läuft ... nicht gut, Steph. Ich will nicht lügen. Hör zu, ich weiß deine Nachfrage zu schätzen, und dieses Jahr war die Hölle, genau wie du gesagt hast. Die reine Hölle. Meine Frau hat sich nicht davon erholt. Ich mich auch nicht. Ich glaube, wir werden uns nie erholen. Nein, ich *weiß*, dass wir uns nie erholen werden.»

Sie nickte, ohne etwas zu sagen, und wartete, dass er weitersprach.

Er holte tief Luft. «Alles hat sich verändert. Wir haben uns verändert. Manchmal habe ich das Gefühl, LuAnn und ich sind wie zwei Fremde in einem kleinen Boot, die ganz allein auf dem

Meer treiben, in der Hoffnung, irgendwann den Weg nach Hause zu finden, aber in der Zwischenzeit versuchen wir nur verzweifelt, irgendwo an Land zu kommen. Irgendwo an ein Fleckchen Land, wo wir aufhören können, zu paddeln und zu suchen, und einfach ... sein können. Und jeden Tag, an dem wir nicht zurückfinden, an dem wir nicht mal auf diesen kleinen Flecken Land stoßen, vergessen wir mehr und mehr, wonach wir suchen. Ich meine, wir erinnern uns, dass zu Hause das Paradies war, verstehst du? Aber in der Zwischenzeit verpassen wir all die kleinen Chancen ... zu leben. Zusammen zu sein.» Er schüttelte den Kopf. «Ich bin ein Arschloch. Ich sollte so was nicht sagen. Aus mir spricht viel zu viel Red Bull und viel zu wenig Schlaf. Aber du hast gefragt, Frau Doktor.»

«Ja, ich habe gefragt», antwortete sie leise. «Meinst du wirklich, du bist der einzige Mensch auf der Welt, der Beziehungsprobleme hat? Erst recht nach einer solchen – in Ermangelung eines besseren Worts – Tragödie? So ein Typ bist du doch nicht.»

Er lächelte. «Du scheinst eine Gabe zu besitzen, die Leute zum Reden zu bringen, Frau Doktor. Deswegen trauen sich die Angeklagten bei dir nicht in den Zeugenstand. Sie haben Angst vor dem, was du aus ihnen herauslockst.»

Sie wurde rot. Stephanie war hübsch, keine Frage, mit ihrem langen, dicken rotbraunen Haar und den intensiven blauen Augen, die funkelten, wenn sie wütend war oder eine Idee hatte. Bobby hatte mehr als einen Kollegen phantasieren hören, wie sie wohl unter ihren maßgeschneiderten Kostümen aussah. Er fragte sich manchmal, warum sie nie geheiratet hatte.

«Danke für das Kompliment», sagte sie. «Was willst du jetzt machen? Ich meine, wegen deiner Tochter?»

«Ich suche weiter. Ich war ein paarmal in Kalifornien, wo sie angeblich gesehen wurde. San Fran und Venice Beach. Ich war bei den bekannten Ausreißer-Treffpunkten in Jersey, New York,

Vegas und Detroit. Nichts. Dann hat mir das Jugendamt vor einem Monat das Foto eines Mädchens in New Orleans geschickt, aber es war so verschwommen, dass man nicht genau erkennen konnte, ob sie es ist. Als ich dort war, war sie längst weg.»

Ein paar Gerichtsangestellte kamen die Treppe herunter und gingen an ihnen vorbei durch die Tür. Weder Bobby noch Stephanie sagten etwas. «Glaubst du, es besteht die Möglichkeit, dass er sie entführt hat?», fragte Stephanie dann leise, als sich die Tür wieder geschlossen hatte. «Dass der Mädchenfänger Katy hat? Ist es das, was ich spüre?»

Bobby seufzte und schlug mit der flachen Hand gegen die Wand. «Ich darf nicht mal daran denken. Aber es war der erste Gedanke, der mir gekommen ist, als mir klarwurde, dass es vielleicht noch mehr Opfer gibt. Trotzdem, ich darf nicht darüber nachdenken. Da draußen gibt es Tausende von Ausreißern. Viele kommen einfach nicht zurück, weil sie nicht wollen. Weil sie noch nicht so weit sind, das ist alles. Andernfalls ...» Er schloss die Augen. «Ich darf es mir einfach nicht vorstellen, Stephanie.»

Sie nahm seine Hand und schloss ihre warmen Finger um seine. Er erwiderte den Druck. Es fühlte sich gut an. Doch es war ein seltsames Gefühl – sofort hatte er ein schlechtes Gewissen. Neulich Abend, als die Steckbriefe vor ihm auf dem Esstisch lagen, war das erste Mal seit Monaten gewesen, dass LuAnn ihn von sich aus berührt hatte. Wie er Stephanie eben aus unerfindlichen Gründen anvertraut hatte, hatten sie sich seit Katys Verschwinden immer mehr voneinander entfremdet. Er bildete sich ein, dass LuAnn ihn für Katys Verschwinden verantwortlich machte. Dass sie einen Groll gegen ihn hegte, weil es *seine* letzten Worte waren – das strikte Verbot, Ray zu sehen –, die Katy endgültig vertrieben hatten. Weil es *sein* anfänglicher Fehler gewesen war, Katy überhaupt mit ihm losziehen zu lassen, obwohl er von vorneherein wusste, dass Ray ein schlechter Umgang war. Weil *er* versäumt hatte zu erkennen, dass Katy Drogen nahm, bevor Einstiche an ihren dünnen Armen erkennbar waren. In den vergangenen elf Monaten hatte er zusehen müssen, wie LuAnn sich weiter und weiter in ihre eigene Welt zurückzog – sie arbeitete immer mehr, und in ihrer Freizeit ging sie mit Freundinnen aus. Genau genommen tat er wahrscheinlich dasselbe – doch für Bobby war die Arbeit keine Flucht. Keine Ablenkung. Nach den Kindern anderer Leute zu suchen und dabei auf die Pinnwand mit dem lächelnden Foto seiner Tochter zu starren, das führte ihm Tag für Tag sein Versagen vor Augen, sowohl als Vater als auch als Cop. Und dieses Gefühl jetzt – Stephanies Hand in seiner, der Duft ihres Parfums, die Nähe ihres Körpers – machte ihm auch noch bewusst, dass er als Ehemann versagte. Er entzog ihr die Hand und öffnete die Tür.

«Du weißt, dass ich da bin, wenn du mich brauchst», sagte Stephanie leise, als sie ihm folgte. «Mehr sage ich nicht. Ich bin da, wenn du jemanden zum Zuhören brauchst. Viel Glück heute.»

Er nickte langsam. Dann sah er ihr nach, als sie hinaus in die betriebsame Lobby trat und in der Menge verschwand.

45

Walter «Wally» Jackson hatte die Nase voll davon, zusammengeschlagen zu werden. Er lebte seit so vielen Jahren auf der Straße, dass er nicht mehr mitzählte, und kannte die Gefahren, die lauerten, wenn man sich bei Sonnenuntergang zum Schlafen unter eine Brücke legte. Früher waren es die Bullen gewesen, die du zu fürchten hattest – die dich von einem Ort zum anderen jagten, sobald die Nachbarn sich beschwerten, und die dein Lager filzten, wenn du tagsüber unterwegs warst, um ein paar Kröten zu machen. Wurdest du eine Weile eingebuchtet, hattest du zwar vorübergehend ein trockenes Plätzchen und was zu essen, doch danach war alles, was du besessen hattest, garantiert in alle Winde verstreut. Natürlich musste man aufpassen, dass man nicht mit dem Falschen trank, dass man nicht gefleddert wurde, wenn man high war, nicht auf eines anderen Lager pisste oder die Lady eines anderen vögelte – jeder Dummkopf wusste, dass man sich damit Ärger einhandelte. Obdachlos oder nicht – nur weil man kein Dach über dem Kopf und keinen festen Job hatte, durfte man seinen gesunden Menschenverstand nicht ablegen. Aber in letzter Zeit bot das Leben auf der Straße ganz neue miese Gefahren. Die Regeln für Fairplay und Überleben hatten sich anscheinend geändert, und im letzten halben Jahr hatte Wally zweimal – *zweimal* – die Hucke voll gekriegt von Rabauken, Typen mit zu viel Zeit und kaum Flaum an den Eiern. Macho-Teenager-Schwuchteln, die nur zum Spaß mit Baseballschlägern auf Typen wie ihn losgingen. «Pennerklopfen» nannten sie den abgefuckten Sport, der überall im Trend zu liegen schien, wie ihm jemand im Krankenhaus steckte, als sie ihm das erste Mal das Hirn in den Schädel zurückstopften. Hätte noch schlimmer kommen können, hatte derselbe Jemand gesagt. In Miami hätten sie einen Typen mit seinem eigenen Wodka im Schlaf angezündet, und er hatte gebrannt wie eine Geburtstagskerze. Doch Wally hatte auf die düstere Warnung nicht gehört und war zu seinem Lager im Birch State Park zurückgekehrt. Als er allerdings diesmal mit weiteren sechzig Klammern auf der anderen Seite seiner verbeulten Birne aufwachte, beschloss er, die Warnung ernst zu nehmen.

Mit einer braunen Papiertüte unter einem Arm, die seine Habseligkeiten enthielt, und einem Sechserpack Bier unter dem anderen kam er am Montagnachmittag aus dem Krankenhaus, stieg in den Bus und überlegte, wo er hingehen sollte. Sein schmerzender Kopf war noch verbunden, und bei der Entlassung hatte die Schwester ihm ein Obdachlosenheim empfohlen. Doch Wally wusste aus Erfahrung, dass er dort erst recht Gefahr lief, mit einem aknegesichtigen Arschloch und seinem Schlägerfreund in eine Prügelei verwickelt zu werden. Außerdem brauchte Wally ein bisschen Raum. Er wollte in Ruhe gelassen werden und niemanden, der ihm sagte, wie er zu leben hatte, nur weil sie ihm ein Kissen und eine warme Mahlzeit hinstellten.

Und da erinnerte er sich an seinen alten Freund Bart, mit dem er eine Weile herumgezogen war, bis Bart letzten Sommer tot umfiel. Bart hatte immer tolle Ideen gehabt, wo man pennen konnte, wenn der Boden zu heiß wurde oder wenn man dringend ausnüchtern musste. In Fort Lauderdale Beach zum Beispiel gab es jede Menge Ferienhäuser, deren Besitzer erst, wenn es im Norden richtig kalt wurde, runter nach Florida kamen, im Januar und Februar. Tolle Schlafplätze. Natürlich setzte es eine härtere Strafe, wenn man dabei erwischt wurde, wie man in jemandes Bett schlief statt nachts im Park – Bart hatte ihm die Narbe an seiner Brust gezeigt, wo ihn ein schießwütiger Bulle erwischt hatte, als er durchs Fenster stieg. Außerdem landete man vielleicht länger im Knast. Aber, dachte Wally, als er am Las Olas Boulevard, Ecke Hendricks Isle, aus dem Bus stieg, das waren Dinge, die nur eine Rolle spielten, *wenn* man erwischt wurde.

Wie viele der älteren Häuser auf den eleganten kleinen Inseln vor Fort Lauderdale, die vom Las Olas Boulevard abgingen, befand sich fast jedes Haus auf dem Hendricks Drive in einem Zustand der Renovierung oder des Verfalls. Alte Häuser wurden abgerissen, neue Villen gebaut, und auf beiden Seiten wuchsen turmhohe Apartmenthäuser direkt am Wasser in die Höhe. Weiter am Ende der Insel standen zwischen den Baustellen noch ein paar Altbauten, wie Bunker verbarrikadiert – zumindest bis der Winter im Januar offiziell begann. Häuser, die zu alt waren, um mit Alarmanlagen gesichert zu sein.

Die Sonne war fast untergegangen, und die Baustellen waren verlassen. Trotzdem wusste Wally, dass er mit seinem verbundenen Kopf und den Nähten im Gesicht besser nicht wie ein Zombie über die offene Straße humpeln sollte, denn er würde jedem Passanten, der joggen ging oder den Hund ausführte, sofort auffallen. Also versteckte er sich erst mal im Betonskelett einer halb errichteten Neubauvilla, knipste eine Dose Bier auf und wartete den Einbruch der Dunkelheit ab. Erst als in den Häusern und den dazugehörigen Yachten auf den Kanälen die Lichter angingen, schlich er hinaus über den Baustellenfriedhof, an verrosteten Stahlteilen vorbei zum verwitternden Uferdamm, dem er folgte bis zu dem Haus, das Bart ihm beschrieben hatte: ein flamingorosa Bungalow mit Sturmrollläden vor der Terrassentür und einem Ersatzschlüssel, der in einer magnetischen Kiste hinter einem vertrockneten Blumentopf steckte. In wenigen Minuten würde er drin und außer Sichtweite sein und vielleicht sogar den

Luxus einer Klimaanlage genießen, falls sich das verdammte Ding anwerfen ließ.

Nur war die Magnetkiste nicht mehr da.

Verdammt. Die Fenster waren mit Metallläden gesichert. Wally sah sich um. Er hatte schreckliche Kopfschmerzen. Vielleicht sollte er sein Lager einfach hier im Garten aufschlagen und sich morgen nach was anderem umsehen. Dann entdeckte er die alte Zehn-Meter-Yacht, die am Steg hinter dem Haus festgemacht war. Wie es aussah, reisten die Besitzer frühestens nächsten Monat an, und bis dahin würden sie auch das Boot nicht brauchen, das Wallys Einschätzung nach ohnehin lange kein offenes Wasser gesehen hatte. *Crown Jewel* stand in verblassten goldenen Lettern am Rumpf. Ohne abschreckende Sturmrollläden wirkte die *Crown Jewel* sehr viel einladender als die alte windschiefe Hütte. Wally hinkte hinunter zum Anleger und kletterte an Bord. Wahrscheinlich konnte er nicht auch noch auf ein paar Lebensmittel in der Kombüse hoffen, aber man wusste ja nie. Vielleicht gab es Konserven und Wasserflaschen. Oder was Richtiges zu trinken. Dann könnte er es sich ein paar Tage gemütlich machen, bevor er wieder raus auf die Straße musste, um ein paar Mücken zu machen.

Es ging beinahe zu einfach. Ein kleiner Ruck mit dem Taschenmesser, das er im Strumpf hatte, und er war drin. Die Holztür führte nach unten in die Kajüte. Als er über die schmale Leiter in die pechschwarze Finsternis hinabstieg, hoffte er nur, dass Bart die Adresse nicht noch an ein paar Dutzend andere weitergegeben hatte. Wally konnte darauf verzichten, nochmal die Hucke voll zu kriegen.

Es war der Geruch, der ihn in der Ahnung bestärkte, es könnte sich noch jemand auf der *Crown Jewel* eingenistet haben. Ranzig wie Mundgeruch oder alter, verrottender Abfall, aber nicht allzu schlimm. Eher so, als hätte es mal richtig gestunken, doch der Gestank verflog bereits. Außerdem roch es nach Schimmel. Wahrscheinlich hatten die Besitzer den verdammten Kühlschrank offen gelassen, mit Lebensmitteln drin. Ohne Strom war das Essen verdorben. Er hoffte nur, dass keine Insekten da waren. Wenn er eins hasste, dann die großen, fliegenden Kakerlaken. Wally steckte sich eine Zigarette in den Mund und griff nach dem Feuerzeug. Er musste sein neues Heim bei Licht betrachten.

Er zündete sich die Kippe an, und dann hielt er die Flamme vor sich, um zu sehen, wo er hintrat. Er befand sich in der Mitte eines Wohnzimmers mit Sesseln, einem Couchtisch und auch einem Esstisch. Dahinter war die Kombüse. So weit, so gut – keine Riesenschaben. Wenn er ein paar Bullaugen öffnete, war der Gestank wahrscheinlich schnell verflogen. Was für ein Leben. So viel Geld zu haben, dass man sich nicht nur ein Haus leisten konnte, das man nicht bewohnte, sondern auch noch eine Zehn-Meter-Yacht, mit der man nicht rausfuhr. Wally tat ein paar Schritte, zwei Stufen hinunter, und öffnete die nächste Tür. Die Tür, die wahrscheinlich zu den Kojen führte. Die Flamme erlosch, und er schüttelte das Feuerzeug und schnippte es wieder an. Dann blinzelte er in die Dunkelheit, um zu sehen, was er vor sich hatte.

Als er die zwei Gestalten sah, die aufrecht in der Mitte des runden Kapitänsbetts saßen, in enger Umarmung, dachte er zuerst, dass seine Ahnung richtig gewesen war – jemand anders vor ihm hatte die gleiche Idee gehabt, und er erwischte zwei Leute beim Bumsen. Er murmelte «Verzeihung» und trat zurück, doch er stolperte, und im Fallen hielt er sich an der Bettdecke fest. Die Gestalten auf dem Bett fielen um. Die Flamme ging aus. Und keiner sagte ein Wort.

Erst da wurde Wally klar, dass der üble Geruch hier besonders stark war und dass die beiden Gestalten, die er in der pechschwarzen Finsternis überrascht hatte, sehr, sehr tot waren.

46

«Larry, was hast du für mich?», fragte Bobby, als er am Dienstagmorgen in den Raum der CAC-Mannschaft kam. «Irgendwas über Lori ohne Nachnamen?»

«Kein Glück mit der Lady», sagte Larry und blickte von seinem Laptop auf. Er griff nach ein paar Heftern und folgte Bobby in sein Büro. «Aber ich hab die zwei Dumpfbacken gefunden, mit denen Todd LaManna am Abend des Sechsundzwanzigsten im Side Pocket Pub war. Jules Black und Alex Juarez. Sie arbeiten bei CarMax im Service. Beide sagen aus, dass sie Todd gegen acht Uhr getroffen haben und dass er um elf mit einer Dame verschwunden ist, die sie nicht kennen. Irgendeine Brünette. Laut Beschreibung hatte sie einen Mordsvorbau und wirkte mehr als volljährig. Den Namen wussten sie nicht. Anscheinend haben die beiden an der Theke gequatscht, und ein paar Minuten später haben sie zusammen die Bar verlassen. Die Sekretärin war es nicht, die hat nämlich rote Haare, und wir haben schon mit ihr geredet, auch wenn er mit der auch mal was hatte.»

«Weiß irgendjemand, wo er von fünf bis acht war?»

«Nein.»

«Das ist nicht gut für unseren Knaben.»

«Was ist mit dem Labor?», fragte Ciro, der mit einem Becher Kaffee hereinkam. «Irgendwas Neues?»

«Der Wagen war sauber», erklärte Bobby. «Kein Blut, aber sie haben drei Haarsträhnen von Lainey im Kofferraum gefunden.»

Er wedelte mit einem Blatt Papier durch die Luft. «Hier ist der Laborbericht – frisch vom Fax.»

«Im Kofferraum?», fragte Ciro.

«Sie haben sie mit Haaren von der Bürste aus Laineys Zimmer verglichen. Ist der frisch?» Bobby zeigte auf Ciros Kaffee.

«Kiki hat gerade welchen gemacht. Bisschen stark, aber sie ist halt Kubanerin. Also sieht's wirklich nicht gut für unseren Knaben aus.» Ciro schüttelte den Kopf. «Das Schwein. Wie, glaubst du, sind die Haare im Kofferraum gelandet?»

Bobby zuckte die Achseln. «Vielleicht hat er Lainey in den Kofferraum geworfen. Oder sie stammen von der Strandtasche, die *sie* im Sommer in den Kofferraum geworfen hat. Aber es gibt noch mehr Neuigkeiten: Die Herstellerfirma der Farben aus dem Atelier passt. Winsor & Newton. Allerdings können wir die genauen Farben nicht identifizieren, weil er die Farben bei dem Sampson- und dem Boganes-Porträt gemischt hat. Das Labor kann die Farbpigmente nicht mehr differenzieren, wenn sie gemischt sind. Weiße Leinwand, keine besonderen Kennzeichen. Lässt sich nicht zurückverfolgen.» Bobby nahm seinen leeren Micky-Maus-Becher und berührte das übergroße Ohr. Katy hatte ihn ihm vor vielen Jahren zum Geburtstag geschenkt. «Mal sehen, ob Kiki mir auch eine Tasse abgibt.»

«Wir haben eine Schwester, die aussagt, dass der Stiefvater ein Grabscher ist und dass die jüngere, die Verschwundene, ihn sich vom Leib halten musste. Er hat für die Zeit, in der sie verschwunden ist, kein Alibi, und ihre Haare sind im Kofferraum? Ach ja, und dann passt auch noch die Ölfarbe.» Larry kratzte sich am Kopf. «Wann sollen wir ihn kassieren, Bobby? Ich meine, wir können ihn jederzeit wegen unzüchtigen Verhaltens gegenüber der älteren Stieftochter festnageln – dann haben wir ihn wenigstens von der Straße.»

«Ich will ihn nicht von der Straße haben, Larry. Es gibt noch mindestens ein vermisstes Mädchen da draußen – seine Stieftochter. Wenn er allein arbeitet und wir ihn festnageln, wer soll sich dann um sie kümmern?»

Vor ein paar Jahren hatte Bobby die Ermittler in einem verwickelten Fall in Kentucky als Ratgeber unterstützt. Chad Fogerty war der Verdächtige bei einer Reihe von verschwundenen Mädchen um die zwanzig. Die Polizei von Kentucky ging davon aus, dass Fogertys Opfer längst tot waren, und so wurde Anzeige wegen irgendeines kleineren Delikts erstattet, während die Ermittlungen noch im Gange waren, um ihn schon mal von der Straße zu holen und damit möglicherweise weitere Familien vor einer furchtbaren Tragödie zu bewahren. Doch als man ihn nach drei Monaten wieder auf freien Fuß setzen musste, folgte ihm ein beharrlicher Ermittler bis zu einem abgelegenen Farmhaus im Hinterland von Bowling Green. Einem Farmhaus, von dem nicht einmal bekannt war, dass es ihm gehörte. In einem Tornadoschutzkeller unter dem Gebäude fanden die entsetzten Detectives schließlich Käfige mit den Leichen aller zehn vermissten Mädchen – sie waren qualvoll verhungert, während Fogerty im Bezirksgefängnis friedlich auf seiner Pritsche schlief. So weit wollte es Bobby niemals kommen lassen. Er würde sich nie verzeihen. Selbst wenn er immer noch nicht ganz überzeugt war, dass LaManna der Mädchenfänger war, er würde niemals das Leben eines Kindes aufs Spiel setzen.

«Falls sie noch lebt, Bobby», sagte Larry.

Bobby schüttelte den Kopf. «Ich will wissen, wo er sich herumtreibt. Zo hat sich umgehört. Es gibt Verwandte in Tennessee und LaMannas Mutter in Port St. Lucie.» Port St. Lucie war ein kleiner, besonders ruhiger Ort an der Ostküste Zentralfloridas, ungefähr eineinhalb Stunden südlich von Orlando. Ein Rentnerparadies. «Morgen fahre ich hoch und statte der Mutter einen Besuch ab. Die Polizei von Chattanooga überprüft die anderen

Verwandten. Was ist mit den Booten, Larry? Irgendwas gefunden?»

«In den Countys Miami und Broward sind neunundachtzig Boote gemeldet, deren Name mit *The Emp* anfängt. Boote aus anderen Bundesstaaten, die unsere blauen Wasser besegeln, überwacht die Küstenwache nicht – nur die aus anderen Ländern.»

«Mist», sagte Bobby. «Na gut. Neunundachtzig sind machbar. Fangen wir damit an. Wir teilen die Countys auf, und jeder nimmt sich zwanzig vor ...»

Frank Veso streckte den Kopf herein. «Hey, Bobby», rief er merklich außer Atem. «Du musst den Fernseher anschalten. Sieht aus, als ob über deinen Fall – unseren Fall – berichtet wird! Kanal sechs.»

Bobby spürte einen Druck auf der Brust. Er schaltete den tragbaren Fernseher ein, der hinter ihm stand, gerade rechtzeitig, um Mark Felding von WTVJ vor einem rosa Haus stehen zu sehen, hinter dem der Mast einer großen Segelyacht über dem Dach aufragte. Blaue und rote Lichter von mehr als einem Streifenwagen flackerten über die Mattscheibe, selbst in der grellen Sonne. Auf dem Rasen, der mit gelbem Absperrband abgeriegelt war, wimmelte es von Uniformierten. Unter Felding waren in Blockbuchstaben die Schlagzeilen zu lesen: ZWEI LEICHEN AUF YACHT IN FORT LAUDERDALE ENTDECKT – WAHRSCHEINLICH VERMISSTE SCHWESTERN AUS MIAMI.

«... mehr weiß anscheinend niemand, oder zumindest verraten sie es uns nicht, Andrea», sagte Felding gerade, dem es offensichtlich schwerfiel, seine wachsende Aufregung zu verbergen. «Aber nach dem, was wir von Walter Jackson erfahren konnten, würde ich sagen, dies könnte das Werk des gefährlichen Mörders sein, der der Polizei und mir leider so unrühmlich als ‹Picasso› bekannt ist. Und wenn, ich wiederhole, *wenn* hier die verschwundenen Boganes-Schwestern gefunden wurden, was noch bestätigt werden muss – nun, Andrea, ich kann nur sagen, bisher waren die Mädchen von den Behörden als Ausreißer eingestuft worden, genau wie die vermisste dreizehnjährige Elaine Emerson, und das kann sehr wohl bedeuten, dass hier, mitten in Südflorida, ein Serienmörder am Werk ist. Hier bei uns, Andrea. In unserer unmittelbaren Nachbarschaft ...»

47

Ein selbstgefälliger Mark Felding stand am Sendewagen von Channel Six, rauchte eine Zigarette und quatschte mit seinem dicklichen Kameramann und zwei Beamten des Fort Lauderdale PD. «Verarschen Sie mich? Wollen Sie in den Knast?», rief Bobby, sobald er ihn entdeckte.

Ein überraschter Mark Felding hob erschrocken die Hände, als Bobby auf ihn zustürmte, um sich gegen den Fausthieb zu verteidigen, den er kommen sah. «Sie haben mir einen Maulkorb verpasst, Agent Dees!», begann er. «Ich soll nicht drüber reden, was ich auf den Bildern gesehen habe, die er *mir* geschickt hat, oder auf irgendwelchen Bildern, die er mir in Zukunft vielleicht schickt. Ich hab's kapiert. Aber nirgendwo steht, dass ich keine Nachrichten mehr machen kann, wenn ich bitten darf. Das ist mein Job. Ich bin Reporter. Davon lebe ich. Tut mir leid, wenn Ihnen mein Bericht nicht geschmeckt hat.»

Der Kameramann und die Polizisten zogen sich zurück. «Sie sind hier draußen und bauen Mist, bevor ich überhaupt informiert wurde? Warum zum Teufel haben Sie der Polizei von Fort Lauderdale nicht gesagt, dass das mein Fall ist?»

Feldings Augen verdunkelten sich. «Das ist nicht meine Aufgabe, oder? Den Leuten zu sagen, was *Ihre* Aufgabe ist? Nicht mein Problem, wenn die rechte Hand nicht weiß, was die linke tut. Ich bin hier, um die Bevölkerung auf dem Laufenden zu halten. Das ist mein Job. Das ist *meine* Aufgabe.»

«Bobby!», rief Zo.

Bobby wandte sich ab und ging weg, bevor er dem Kerl eine reinschlug.

«Was ist mit dem Wagen in der Garage?», rief Felding ihm nach. «Laut Meldestelle ist er bei CarMax gekauft worden. Stimmt es, dass es vielleicht eine Verbindung zu Lainey Emersons Stiefvater Todd LaManna gibt? Werden Sie ihn bald verhaften?»

Bobby drehte sich um und hastete zurück. Die Polizisten verdrückten sich. Er legte die Hand auf die Kameralinse, damit der Kameramann erst gar nicht auf die Idee kam, es wäre ein guter Zeitpunkt zum Filmen. «Hören Sie zu, Sherlock», knurrte er den inzwischen kreidebleichen Felding an. «Ich weiß, dass Sie am liebsten ein Cop wären. Das merke ich Ihnen an. Aber aus irgendeinem Grund haben Sie es nicht auf die Polizeiakademie geschafft, vielleicht haben Sie Leichen im Keller oder was weiß ich. Jedenfalls kenne ich Ihre Type. Sie denken, Sie hätten hier die einmalige Chance, sich einen Namen zu machen und allen, die Sie für einen Versager gehalten haben, zu beweisen, was für ein toller Cop Sie geworden wären. Aber ich sage Ihnen was – Sie haben keinen blassen Schimmer. Sie sind ein billiger, drittklassiger Pressefuzzi, der aus irgendeinem kranken Grund von einem Verrückten als Mittelsmann auserkoren wurde. Sie sind kein richtiger Reporter. Und Sie sind auch kein toller Ermittler. Sie sind nichts als eine Marionette in diesem Spiel, und was hier los ist, geht weit hinaus über Ihr Fassungsvermögen. Also tun Sie, was der nette Richter gesagt hat, und halten Sie Ihre verdammte Klappe, Mark, denn wenn nicht, kümmere ich mich um Sie, wie ich es schon vor Wochen hätte tun sollen – mit eiserner Faust und ohne Gnade.»

Dann machte er auf dem Absatz kehrt, ging an Zo vorbei und unter dem gelben Absperrband durch, mit dem die Auffahrt abgeriegelt war, und marschierte auf das Haus zu. Als er die beiden geschwätzigen uniformierten Beamten passierte, die sich verdrückt hatten, rief er: «Wenn einer von euch dem Mistkerl auch nur die Uhrzeit verrät, habt ihr bis zur Rente Mitternachtsschicht, kapiert?»

Im Garten hinter dem Haus herrschte Chaos. Es wimmelte von Technikern der Spurensicherung und weiteren uniformierten Polizisten, die wie Ameisen über das Boot kletterten und den Rasen bevölkerten. Das Ausladen eines einzelnen schwarzen Leichensacks von Bord des Segelboots wurde von einem hünenhaften Detective in Kakihosen und schweißnassem weißem Hemd mit gelben Achselflecken überwacht, der an einem Glimmstängel saugte.

«Detective Lafferty? Ich bin Agent Dees vom FDLE. Wir haben telefoniert.»

«Sie waren schnell hier», antwortete Lafferty und blies Bobby eine Rauchwolke ins Gesicht.

«Gerade noch rechtzeitig. Hatte ich Ihnen nicht gesagt, Sie sollen mit dem Abtransport der Leichen warten, bis ich vor Ort bin?»

«Haben Sie. Aber die Jungs hier haben nicht den ganzen Tag Zeit.»

«Es hat zwanzig Minuten gedauert. Darf ich?» Er trat vor und öffnete den Leichensack, bevor der Detective etwas einwenden konnte. Unter dem Reißverschluss starrte das malträtierte Gesicht von etwas, das einmal ein Mensch gewesen war, hinauf in den heiteren blauen Himmel. Es war fast völlig skelettiert, nur ein paar Fasern verwestes schwarzes Fleisch hingen noch an Schädel und Hals, wie ein abgenagter Hühnerflügel, der zu lange neben einer Mülltonne im Park in der Sonne gelegen hatten. Lange blonde Haarsträhnen klebten unter dem Schädel, von dem die Kopfhaut abgerutscht war. An einer Kette um den Hals hing ein leuchtendes neonrosa Herz im Herz, das auf dem Ausschnitt eines schwarzen *Got-Milk?*-T-Shirts ruhte. Bobby sah nach unten. Knochige Finger lagen seitlich am Körper. Am Daumen der rechten Hand fehlte das oberste Glied. Er zog den Reißverschluss wieder zu. Über sich konnte er das Dröhnen eines nahenden Helikopters hören. Die Presse. Bobby wusste, dass sie mit einem Teleobjektiv sogar die Haare in seiner Nase groß aufs Bild holen konnten, wenn sie wollten. «Lassen Sie die andere Leiche liegen», sagte er zu Lafferty.

«Fangen Sie nicht an, mir Befehle zu erteilen, junger Mann», begann Lafferty gereizt, während er Bobbys Blick folgte und unbehaglich nach oben blickte.

«Das ist jetzt eine Ermittlung des FDLE. Ich muss Ihnen keine Befehle erteilen, denn alles, was Sie hier noch zu tun haben, ist, den Bericht darüber zu schreiben, wie Sie meinen Tatort verpfuscht haben.» Bobby wandte sich an die Techniker, die betreten herumstanden. «Legt sie in den Wagen. Aber fahrt nicht los, bevor ich es sage. Und die andere bleibt, wo sie ist.»

Zo kam, als Lafferty gerade unter eine Dattelpalme davonstürmte und übers Telefon eine Schimpftirade an seine Befehlskette losließ. «Nett, wie du dir Freunde machst und deine Mitarbeiter lenkst», sagte er. «Bin ich froh, dass ich hier der Boss bin.»

«Wo ist die undichte Stelle?», fragte Bobby.

«Keine Ahnung. Kam alles über Funk. Es gehört nicht viel dazu, den Polizeifunk anzuzapfen. Der Fairness halber, es ist niemand auf die Idee gekommen, dass es sich um Picasso handeln könnte, bis dein Freund mit dem Kamerateam hier aufgekreuzt ist.»

«Hast du angerufen?»

«Ja. Miami-Dade ist dabei, und das Broward Sheriff's Office ebenfalls. Je zwei Leute. Fort Lauderdale kannst du vergessen, glaube ich, aber dafür stiftet die City einen Mann. Du hast jetzt ganz offiziell eine Spezialeinheit, Shep.»

48

Jahre bevor auf NBC mit *Emergency Room* und dem schönen George Clooney die Notaufnahme zum romantischen Schauplatz geworden war, gingen Denzel Washington und Howie Mandel im *St. Elsewhere* auf Visite. Zu der Zeit beschloss LuAnn Briggs, eine junge, beeinflussbare Highschool-Schülerin auf der Suche nach einer aufregenden Berufsausbildung, Krankenschwester zu werden. Und zwar nicht irgendeine Arzthelferin in weißer Tracht, die sich die Zunge rausstrecken ließ und Fieber maß, sondern eine Schwester, die jeden Tag etwas Großes leistete – Leben rettete, Zugänge legte, Patienten in den OP schob und Herzen wieder zum Schlagen brachte. Sie wusste, dass ihr Vater – der auf derselben Couch in Shreveport, Louisiana, dieselbe Ärzteserie mit ihr sah – sie niemals Medizin studieren lassen würde, selbst wenn er es sich hätte leisten können. Ihre Noten waren ausgezeichnet, aber der Arztberuf war nichts für eine Frau. Krankenschwester dagegen war ein ehrbarer Beruf, das Beste, was sie sich wünschen konnte. Aber LuAnn wollte mehr als ehrbar sein. Sie wollte Aufregung, Hochspannung. Es sollte um Leben oder Tod gehen. Sie wollte wie eine der Schwestern im *St. Elsewhere* sein und Ärzten wie Howie und Denzel zur Seite stehen, wenn sie lässig und tapfer die hoffnungslosen Fälle zusammenflickten. Also entschied sie sich für die Notfallmedizin und beschloss, ihre Ausbildung in New York zu machen. Sie war noch nie dort gewesen. Zehn Tage nachdem sie in

Louisiana ihren College-Abschluss machte, landete sie mitten in der Hölle.

Im Jamaica Hospital waren Schussverletzungen an der Tagesordnung, Stichwunden waren Routine. Es wurden keine spannungslösenden Witze gemacht, wenn sich die Lage in der Notaufnahme von schlimm zu katastrophal verschlechterte. An den Kaffeemaschinen standen keine hübschen, jungen, sorglosen Ärzte herum. Die Patienten waren undankbar, die Krankenhausverwaltung erbarmungslos. Hätte LuAnn sich nicht für zwei Jahre verpflichtet und den Bonus für die Einschreibung kassiert, hätte sie es nicht länger als eine Woche ausgehalten.

Doch dann hätte sie Detective Bobby Dees nicht kennengelernt.

Achtzehn Jahre waren seit der furchtbaren Nacht vergangen, als Bobby mit schwächer werdendem Puls auf einer blutgetränkten Trage in die Notaufnahme gerollt wurde, begleitet von zwei Dutzend schockierten NYPD-Beamten. Es war Schicksal, dass LuAnn eine Doppelschicht hatte, es war Schicksal, dass heftiger Sturm und Regen über die Stadt zogen, sodass sie nicht zum Rauchen hinausgehen konnte, und es war Schicksal, dass ihr zukünftiger Ehemann zu ihr in den Schockraum geschickt wurde. LuAnn hatte nicht damit gerechnet, ihrer ersten großen Liebe auf einer Trage zu begegnen, voller Blut, die Oberarmarterie von der Kugel eines Drogendealers zerfetzt. Sie hatte nicht damit gerechnet, dass *sie ihm* das Leben retten müsste. Aber vielleicht lag es genau daran – dass etwas so Mächtiges und Wundervolles geschehen war, weil sie an einem stürmischen Tag eine Doppelschicht in der Hölle hatte –, dass LuAnn seitdem all die Möglichkeiten ziehen ließ, sich auf eine andere, weniger anstrengende Station versetzen zu lassen.

Heute war sie dankbarer als je zuvor, in der Notaufnahme zu arbeiten. Der extreme Stress in dem chaotischen Traumazentrum, dreißig Minuten von der Innenstadt von Miami entfernt, bedeutete eine willkommene Ablenkung vom Rest ihres Lebens. Und so egoistisch es klingen mochte, wenn sie es aussprechen würde – zurzeit hatte sie das dringende Bedürfnis, unter Menschen zu sein, deren Leben noch fürchterlicher war als ihr eigenes.

Also arbeitete sie, so viel sie konnte, meldete sich freiwillig für Doppelschichten und Feiertage – und ertränkte ihren Kummer in emotional anstrengender Arbeit, wie ein Alkoholiker seine Sorgen im Schnaps ertränkte. Und am nächsten Morgen hatte sie, genau wie ein Trinker, ein schlechtes Gewissen. Als hätte sie wieder alle hängenlassen. Ihre Tochter war aus dem Zuhause davongelaufen, das sie ihr geschaffen hatte, und sie suchte nicht in jeder Sekunde ihres Lebens nach ihr, wie ihr Mann es tat. Stattdessen arbeitete sie, wieder einmal Doppelschicht. Die Wahrheit war, LuAnn konnte es einfach nicht – das tun, was Bobby tat. Im Gegenteil, sie versuchte alles, um sich von den Gedanken an Katy abzulenken, auch wenn sie es vor Bobby nie zugeben würde. Denn schon der Gedanke an ihr einziges Kind, ihre kleine Tochter, die bei den Cheerleadern war und Tierärztin werden wollte, die Frage, unter welcher Brücke sie diesmal schlief, welchen Mist sie sich in den Arm schoss, welche furchtbaren Dinge sie für Geld tat – all das war einfach zu schmerzhaft. Und so verdrängte sie den Gedanken. Und lud sich mit dem schlechten Gewissen eines Säufers auf dem Weg zur nächsten Bar weitere Sonderschichten auf, um sich um die Dramen fremder Leute zu kümmern.

Sie warf die Latexhandschuhe und den blutverschmierten Kittel in die Tonne für Sonderabfall, trank ihren kalten Kaffee aus und trat hinaus in den überfüllten Warteraum. «Elbe Sanchez?», rief sie. Im hinteren Teil des Raums stand eine gebrechlich wirkende ältere Frau auf und machte sich mit einer Gehhilfe auf den

Weg zu ihr. Auf dem Fernseher unter der Decke, der gewöhnlich Gerichts- oder Arztserien oder Talkshows zeigte, liefen die Nachrichten. LuAnn hätte nie zweimal hingesehen, doch diesmal erkannte sie den Reporter von neulich, über den Bobby sich so aufgeregt hatte. Felding hieß er. Mark Felding. Er hatte über das vermisste Mädchen aus Coral Springs berichtet.

«Es gibt noch keine offizielle Bestätigung, aber wie ich bereits gesagt hatte, Sue, befinden wir uns mitten in einer laufenden Ermittlung. Das FDLE ist vor Ort. Schon den ganzen Tag. Sie geben zwar keine neuen Einzelheiten heraus, doch es sieht ganz danach aus, dass es sich um die beiden vermissten Schwestern aus Florida City handelt. Die schlimmste Befürchtung ist: Haben wir es mit einem Serienmörder zu tun? Natürlich will die Polizei jede Panik vermeiden – ganz Miami erinnert sich mit Schrecken an die Cupido-Morde vor ein paar Jahren. Keiner will wieder solche Publicity für die Stadt, doch die grausamen Porträts, drei Leichen und zahlreiche vermisste Teenager – keiner kann ignorieren, wonach die Sache auszusehen beginnt.»

«Ich bin Elbe Sanchez», sagte die kleine Frau.

«Läuft hier ein Serienmörder frei herum ...», fuhr Felding fort, indem er eine Handvoll Steckbriefe vermisster Teenager hochhielt.

Der Raum begann sich zu drehen. Langsam zuerst, dann schneller.

«... der es auf Teenager abgesehen hat, besser gesagt, auf Teenager, die von zu Hause ausgerissen sind?»

Immer schneller.

«Und wenn ja, wie viele Opfer hält dieser Picasso gefangen?»

«Schwester? Kann ich meinen Sohn jetzt sehen? Wird er wieder gesund?»

Und noch schneller.

«Schwester? Was ist denn mit Ihnen?», fragte Elbe wieder.

Bis sich alles drehte.

«Oh, Hilfe!», rief jemand im Wartezimmer.

«Lieber Himmel! Roger! Roger! Eine Trage! LuAnn ist umgekippt!»

Dann wurden die Stimmen leiser, und alles war eingehüllt von gnädiger Dunkelheit.

49

«In Miami, der Stadt, die Liebe zum Synonym von Grausamkeit gemacht hat, ist anscheinend ein neuer Serienmörder mit einem griffigen Spitznamen unterwegs.»

Er starrte den Bildschirm an und rieb sich nachdenklich über die Bartstoppeln. Kein Witz. Das war MSNBC. Er holte tief Luft. *MSNBC.* Der populärste Nachrichtensender der USA. Er sah sich den laufenden Schriftzug unter dem Bild an.
POLIZEI VON MIAMI HAT DIE LEICHEN VON ZWEI SCHWESTERN ENTDECKT, DIE WAHRSCHEINLICH OPFER DES MUTMASSLICHEN SERIENMÖRDERS PICASSO WURDEN.

Er hatte es in den Ticker der MSNBC-Nachrichten geschafft ...

Er hatte es in den Ticker geschafft, der auf dem Times Square lief, Herrgott nochmal!

Die fesche Sprecherin Chris Jansing plauderte über *ihn* und versuchte dabei, ihren hübschen kleinen Schmollmund angemessen ernst wirken zu lassen, obwohl sie ein Lächeln kaum verbergen konnte. Doch die Story lief nicht nur auf MSNBC, auch wenn das der größte Sender war. In jedem Lokalsender beherrschten seine Geschichten die Sechs-Uhr-Nachrichten. Im ganzen Land – vom verschlafenen Indiana bis zum pulsierenden L. A. – war *er* das Thema, wenn sich die Leute an der Kaffeemaschine versammelten. Am Broadway sahen sie zum Neonspruchband hinauf und lasen über *ihn.* Das Ausmaß der Situation war ein bisschen überwältigend, doch ... ein Grinsen stahl sich auf seine Lippen und breitete sich in seinem ganzen Gesicht aus. Jetzt verstand er den verführerischen Reiz des Ruhms, der süchtig machen konnte. Warum die Starlets, die sich am lautesten über die Aufdringlichkeit der Paparazzi beklagten, am unglücklichsten waren, wenn die Fotografen nicht mehr vor ihrer Haustür kampierten und ihre hübschen Gesichter nicht mehr wöchentlich auf den Titelseiten prangten.

Picasso. Kein schlechter Vergleich. Puh, den ließ er sich allemal gefallen. Auch wenn jeder mit einer Ahnung von Kunst sofort sah, dass ihre beiden Malstile nicht unterschiedlicher hätten sein können. Picasso war Surrealist und Kubist – er malte kabbelige abstrakte Kunst, die nur Wahnsinnige und Kunstprofessoren verstanden. Wohingegen er sich mehr dem Expressionismus verbunden sah – der emotionalen Übersteigerung der Realität. Es spielte keine Rolle – auf jeden Fall war Pablo Picasso berühmter als Munch oder Kandinsky. Und was Spitznamen anging, ehrlich gesagt hatte er sich überhaupt keine Gedanken darüber gemacht, wie ihn die Presse oder die Polizei eines Tages nennen würde oder wie sein neuer Künstlername neben anderen berüchtigten Mördern klang: Jack the Ripper. Zodiac. Der Green-River-Killer. Der Würger von Boston. Der Sonntagmorgen-Schlitzer. Son of Sam. Der Nachtschleicher. Cupido.

Und nun: Picasso.

Manche Menschen gingen in die Geschichte ein. Manche Namen wurden niemals vergessen. Zu denen wollte er gehören.

Andererseits bekam er schon jetzt die Nebeneffekte des Ruhmes zu spüren. Natürlich hatte er sich das selbst eingebrockt. Er hatte in einem Hornissennest herumgestochert, und jetzt schwärmten sie aus und suchten nach ihm. Selbst wenn sie ihn an den falschen Orten suchten, es waren Tausende von Schnüfflern unterwegs, und er musste auf der Hut sein. Er hatte seine Sammlung noch nie so lange allein gelassen und hoffte, nun ja, dass keine von ihnen schlappgemacht hatte. Das wäre wirklich schade. Doch wenn sie brav waren und nicht die ganze Verpflegung, die er ihnen dagelassen hatte, auf einmal runtergeschlungen hatten, müsste eigentlich alles in Ordnung sein. Die Aufzucht seiner zerbrechlichen bunten Sammlung schien ihm viel von der Hege eines Gartens zu haben – manche Pflanzen brauchten mehr liebevolle Zuwendung, während andere ganz gut allein zurechtkamen. Manche trieben früher Blüten; andere verwelkten wie Orchideen, wenn man sie einmal falsch anfasste. Und nach all der Hege und Pflege, dem Füttern und Gießen – nach der verdammten Mühe, die man sich tagein, tagaus mit ihnen machte – blieb manchmal nicht mehr als ein Haufen hübscher Blätter unter einem hässlichen vertrockneten Stängel übrig. Und darauf hatte er wirklich keine Lust, wenn er zurückkam. Vor allem, weil er niemandem anders die Schuld geben konnte als sich selbst, wenn seine kostbaren Petunien verreckten; Vernachlässigung war einzig und allein seine Schuld. Bis zum Wochenende musste er unbedingt zurück. Egal was passierte, er musste einen Weg durch den wachsenden Schwarm der Schnüffler finden ...

Wahrscheinlich grübelte er zu viel. Aus lauter Sorge, den Gegner bloß nicht zu unterschätzen, überschätzte er ihn; mit den besten Spürnasen von Miami war am Ende nicht viel los. Wenn erst ein obdachloser Säufer sie darauf stoßen musste, was sie mit etwas mehr Sorgfalt selbst hätten finden können, hieß das wahrscheinlich, dass sie die anderen Hinweise auch nicht kapiert hatten. Ein wenig enttäuschend war das schon. Wo doch FDLE Special Agent Supervisor Robert Dees angeblich die Crème de la Crème in seinem Geschäft war. Der Hirte, zu dem alle rannten, wenn ein Lämmchen aus der Herde verloren ging – so hatte es letztes Jahr in *People* gestanden, wo er zum «Helden unter uns» gekürt worden war. Bobby Dees sollte der Mann sein, der die Schnitzeljagd ein wenig spannender machte, ein wenig aufregender, wo er doch sooo gut sein sollte. Bisher hatte er ihn nicht beeindruckt. Überhaupt nicht. Es war, als spielte man gegen den neuesten NASA-Computer Schach und gewönne ständig. Entweder war man wirklich ein Genie, oder der mythische, magische, alles könnende Computer war viel dümmer, als man je gedacht hatte.

Er tauchte einen Oreo-Keks in warme Milch und wandte sich wieder dem Computer zu. Er fühlte sich einsam, wie bestellt und nicht abgeholt, und draußen vor der Tür schwärmten die Hornissen aus. Er wollte mal sehen, zu welchen Streichen die schöne Shelley mit dem hübschen rosa Schmetterling aufgelegt war. Mit ein paar Mausklicks hatte er die Schleusen geöffnet und schwamm unbemerkt hinaus ins Internet, vorbei an elterlichen Kontrollen und schützenden Firewalls. Überall um ihn herum tummelten sich leckere kleine Fischchen, verschickten Botschaften, Bilder und LOLs. Er konnte ihr piepsendes Geplapper buchstäblich hören. Millionen aufgeregter junger Stimmen, die kreischten und japsten und kicherten – und im großen bösen Internet ihre jungen Flügel ausprobierten. Um Mama und Papa und Omi und sich selbst zu beweisen, dass es im World Wide Web nichts zu befürchten gab. Keine Perversen in ihrer Freundesliste; Betrüger erkannten sie eine Meile gegen den Wind. Sie wollten doch nur spielen und neue Freunde finden.

Nach wenigen Sekunden fand er, was er gesucht hatte. Mit unsichtbaren Händen öffnete er den Reißverschluss ihres Kleids, hakte ihren BH auf und schlüpfte unbemerkt in ihren Computer. Mit geübten Fingern tastete er sich durch ihre Anwendungen, bis er den richtigen Schalter gefunden hatte. Dann lehnte er sich in seinem Sessel zurück und aß den Rest seines Oreo, während die süße Shelley in ihrem rosa gepunkteten Schlafanzug über seinen Bildschirm lief, einen Handtuchturban auf dem Kopf, und nichtsahnend ins Telefon schnatterte. Ihr Bett war nicht gemacht, und in ihrem chaotischen fliederfarbenen Zimmer lagen überall Kleider herum. Er wischte sich die Krümel aus den Haaren am Bauch und beugte sich über die Tastatur.

ElCapitan: hi, shelley, bist du online?

Wenige Sekunden später hatte er ihre ungeteilte Aufmerksamkeit.

Er lächelte. Es gab doch nichts Schöneres als Heimkino.

50

«Wie lange, glaubst du, bleibt er noch weg? Ich meine ... glaubst du, er kommt wieder?», fragte Lainey, die Wange an die kühle, nach Schimmel riechende Mauer gedrückt. Langsam verlor sie ihre Stimme.

«Weiß nicht. Vielleicht hatte er einen Unfall», antwortete Katy. «Hoffentlich tut es weh.» Katy hatte auch schon darüber nachgedacht, dass der Irre vielleicht überhaupt nicht zurückkam. Dass er sie einfach in ihrem grauenhaften Kerker sitzen ließ – wo immer sie waren –, zu Tod und Fäulnis verdammt. Zuerst war sie sogar ganz zufrieden gewesen, denn es schien besser als das, was sie erwartete, wenn er zurückkam. Besser als die Schreie aus dem Flur. Oder der widerliche Gestank nach Ölfarbe. Oder seine klebrigen Finger auf ihrer Haut. Jetzt war da nur Stille; und der Gestank ihrer eigenen Ausscheidungen in der Ecke. Doch dann begann sie darüber nachzudenken, was passierte, falls er tatsächlich nicht wiederkam. Sie stellte sich vor, wie es sich wohl anfühlte, langsam in der Dunkelheit zu verhungern. Und auch wenn der Tod angenehmer schien als ein Leben in einem finsteren Kerker – wenn er nicht wiederkam und sie wirklich hier starb, wurde ihre Leiche möglicherweise nie gefunden. Würde ihre arme Mutter je erfahren, was aus ihr geworden war? Oder würden ihre Eltern noch jahrelang glauben, dass sie sich in Las Vegas, L.A. oder New York herumtrieb? Würde sie hier unten wie eine Mumie vertrocknen, bis irgendein Dinosaurierjäger sie in ein oder zwei Jahrhunderten ausbuddelte und sich fragte, warum zum Teufel sie hier beerdigt war?

«Wie kommst du mit deinem Tunnel voran?», fragte Lainey.

«Bin auf Stein gestoßen.»

«Oh. Hast du aufgegeben?»

«Nein, niemals.» Katy ballte die Fäuste. Sie spürte ihre wunden Fingerspitzen auf den Handflächen, die abgebrochenen Nägel, blutige Stümpfe. Es fühlte sich an, als hätten sie tagelang geblutet. «Ich grabe einfach außen herum. Wenn er nicht wiederkommt, ist das vielleicht unser einziger Weg. Wie läuft es bei dir?»

«Ich habe aufgegeben. Meine Finger tun zu sehr weh.»

«Lainey ...»

«Ich will nach Hause, Katy. Ich will keinen Tunnel graben, durch den ich eh nicht durchpasse.»

«Du musst positiv denken.»

«Willst du nicht nach Hause, Katy?»

Katy schloss die Augen. Sie redete nicht gerne von zu Hause. Es schmerzte zu sehr. «Doch. Deswegen grabe ich ja weiter. Sich nach Hause zu sehnen, ins eigene Bett, das holt uns nicht hier raus, Lainey. Hier kommt keine gute Fee vorbei, bei der du einen Wunsch frei hast, und die Hacken zusammenschlagen hilft auch nicht viel.» Sie seufzte und lehnte sich an die Wand. «Erzähl mir noch was von deinem Bruder. Wie ist es, einen Bruder zu haben? Und warum nennst du ihn Bradley das Balg?»

«Ich weiß es nicht mehr. Ich erinnere mich nicht, warum ich ihn das Balg genannt habe», flüsterte Lainey. «Oder wie er mir auf die Nerven gegangen ist. Jetzt fehlt er mir einfach nur. Ich hätte nie gedacht, dass ich das mal sage. Brad fehlt mir. Ich vermisse sogar, dass er in mein Zimmer kommt und meine Comics klaut, weil er Angst vor dem Gewitter hat und sie unter der Decke lesen will. Ich vermisse seine blöde, schnorchelnde Lache, wenn er was richtig lustig findet. Ich dachte immer, er lacht künstlich, aber ich weiß jetzt, dass er wirklich so lacht.»

«Und deine Mutter? Erzähl mir von deiner Mutter.»

«Sie ist wahrscheinlich völlig verzweifelt, aber sie sagt es keinem, verstehst du? Sie behält ihre Gefühle immer für sich. Immer. Wir haben uns nicht besonders gut verstanden, bevor das hier passiert ist, das hab ich dir ja erzählt. Und Liza – meine Schwester, du weißt schon –, sie ist manchmal abgehauen, und Mom war stinksauer. Wenn sie es nochmal tut, hat sie gesagt, braucht sie überhaupt nicht mehr wieder aufzutauchen. Und Liza, na ja, wahrscheinlich hat sie nicht mal gemerkt, dass ich weg bin. Sie ist immer unterwegs. Hat jede Menge Typen und so ...» Lainey brach ab und rieb sich über die Augenbinde. «Wahrscheinlich ist sie sauer, weil ich mir ihre Jeans und ihr Make-up ausgeliehen habe.»

«Ich wünschte, ich könnte die Uhr zurückdrehen», sagte Katy leise. «Alles anders machen, weißt du? Ich fand zu Hause alles schrecklich. Ist das nicht komisch? Manchmal muss es einem erst richtig schlecht gehen, damit man kapiert, wie gut man's hatte. Ich habe alles falsch gemacht. Es war meine Schuld. Aber jetzt ist es zu spät, ich kann es nicht mehr wiedergutmachen.»

«Sag das nicht!», schrie Lainey, so laut sie konnte.

Ein langes Schweigen trat ein.

«Glaubst du, irgendwer sucht nach uns, Katy? Glaubst du, irgendwen kümmert es überhaupt?»

Mit blutigen Fingern wischte sich Katy die Tränen von den Wangen. Darauf würde sie auf keinen Fall antworten, weder laut noch im Stillen. Sie tastete nach der Grube, die sie vor langer Zeit begonnen hatte. Ihre Finger blieben an rauem Kalkstein hängen, und sie tastete sich an dem Stein entlang bis zu der Stelle, die einfach aus Erde zu bestehen schien. Hier ging sie wieder ans Werk und begann, weiter fieberhaft an ihrem Tunnel zu graben, während sie den Schmerz in den Fingern, im Rücken, im Magen und die Angst in ihrer Brust ignorierte. «Deswegen müssen wir hier raus, Lainey», flüsterte sie. «Und zwar so schnell wie möglich.»

51

«Wo ist sie?», fragte Bobby, als er die Haustür aufgeschlossen hatte. Charlotte Knox, LuAnns engste Freundin aus dem Krankenhaus, saß im schwach erleuchteten Wohnzimmer auf einem Sessel, ein *People*-Heft auf dem Schoß, und erwartete ihn. Nilla kam ihm winselnd und schwanzwedelnd an der Tür entgegen.

«Sie schläft drüben auf der Couch», flüsterte Charlotte und legte sich den Finger an die Lippen. Dann stand sie auf und griff nach ihrer Handtasche. «Es geht ihr nicht gut.»

«Was zum Teufel ist passiert, Charlotte? Im Krankenhaus wollte mir niemand was sagen. Als du angerufen hast, bin ich sofort losgefahren ...»

«Sie ist bald wieder auf dem Damm, Bobby. Es wurden ein Dutzend Tests gemacht, und anscheinend ist sie einfach nur in Ohnmacht gefallen. Aber sie hat sich beim Sturz an einem Stuhl verletzt. Wenn sie aufwacht, wird sie ein Veilchen und ziemliche Kopfschmerzen haben. Vielleicht hat sie sogar eine Gehirnerschütterung, deswegen darf sie sich ein paar Tage nicht anstrengen und sollte zum Arzt gehen, bevor sie wieder arbeitet.»

«In Ohnmacht gefallen? Um Gottes willen ... was ist denn ...?»

«Ich weiß es nicht. Eben hat sie noch einem Motorradunfallopfer Asphalt aus dem Rücken gepflückt, im nächsten Moment liegt sie im Wartezimmer auf dem Boden. Aber sie war nur ein paar Minuten weg. Sie wollte nicht, dass du dir Sorgen machst, während die Tests gemacht wurden.» Charlotte senkte die Stimme. «Ich habe gehört, dass du an dem großen Fall dran bist. Es lief heute den ganzen Tag in den Nachrichten.»

«War das ihre Idee, mich nicht sofort anzurufen?»

«Sie wollte dir keine Angst machen, das ist alles.»

Bobby, hier ist Deidre. Von der Vermittlung kam gerade ein Anruf aus dem Broward General. Ich ... ich weiß nicht, wie ich es sagen soll. Deiner Frau ist irgendwas passiert, Bobby.

Er schüttelte den Kopf und sah an Charlotte vorbei ins Nebenzimmer. Seine Hände zitterten immer noch. «Zu spät, Charlotte.»

«Sie bringt mich um, wenn sie rausfindet, dass ich dich angerufen habe. Aber ich wollte nicht, dass sie morgen zum Dienst erscheint, als sei nichts gewesen. Sie arbeitet viel zu viel. Ich glaube, das Mädchen ist einfach total ausgebrannt.»

«Du hast das Richtige getan, Charlotte», sagte Bobby und brachte sie zur Tür. «Sie steht ziemlich unter Stress.»

«Natürlich», sagte Charlotte auf dem Weg zu ihrem Wagen. «Pass auf unser Mädchen auf. Gute Nacht, Bobby.»

Das Zimmer lag im Dunkeln. In der offenen Küche brannte nur das Licht über dem Herd. Von draußen schien der Mond durch die Palmen, und er konnte auf dem riesigen dunkelblauen Chenillesofa ihre schmale Silhouette ausmachen. Sie lag zusammengerollt da, wie ein Baby. In ihrer Armbeuge klebte ein Wattebausch. Auch auf ihrem Handrücken klebte ein Pflaster, wahrscheinlich hatten sie dort den Zugang gelegt, um die verschiedenen Tests zu machen. Am Handgelenk trug sie noch das Armbändchen mit ihrem Namen und der Patientennummer.

«Hallo», sagte er leise, als er sich vor das Sofa kniete und sie mit der alten Wolldecke zudeckte, die ihr von den Schultern gerutscht war. Er strich ihr eine lange blonde Strähne aus dem Gesicht und sah die schwarze Naht über ihrem linken Auge, das geschwollen und jetzt schon verfärbt war. Über ihre Wange lief ein roter Kratzer. Sie musste ziemlich schlimm gestürzt sein.

LuAnn schlug die Augen auf und sah ihn an. «Sie hat dich angerufen», murmelte sie.

«Das hättest du gleich tun sollen, Belle. Was ist passiert?»

LuAnns Augen wurden feucht, und plötzlich fing sie an zu weinen.

«Aber, Liebes. Was ist denn, Lu?» Er nahm sie in die Arme und drückte ihren Kopf an seine Brust. «Ist es etwas Schlimmes? Haben die Ärzte etwas gefunden?»

Sie schüttelte den Kopf.

«Was ist es dann, Liebling?»

Wieder schüttelte sie den Kopf.

«Bald bist du wieder auf den Beinen, Belle. Alles wird gut.» Er strich ihr das Haar aus dem Gesicht und versuchte, ihr in die Augen zu sehen. «Warum hast du mich nicht angerufen?»

«Ich habe die Nachrichten gesehen. Ich weiß es, Bobby», brachte sie mit erstickter Stimme heraus.

«Was hast du gesehen?»

«Dieser Reporter, der über deinen Vermisstenfall berichtet. Ich habe ihn gesehen.»

«LuAnn ...»

«Ich will die Wahrheit wissen. Ich will es von dir hören. Hat er sie? Dieser Mörder, Picasso?»

«Was? LuAnn ...»

«Hat er sie?», rief sie. Dann begrub sie das Gesicht an seiner Schulter. «Hält er mein Kind gefangen?»

LuAnn hatte sich normalerweise immer unter Kontrolle. So sehr, dass sie kalt wirken konnte, vor allem seit Katy fort war. Bobby wusste, dass es ihr wehtat, über ihre Tochter zu sprechen – darüber, was so schrecklich schiefgelaufen war zwischen Fläschchenalter und Pubertät –, und so sprachen sie nie über

Katy. Doch zu sehen, wie LuAnn zusammenbrach, machte ihn verlegen. Nicht weil er ein Problem damit hatte, sie zu trösten, im Arm zu halten und ihr zuzuhören oder ihr zu sagen, dass er genau die gleichen Ängste hatte wie sie. Es machte ihn verlegen, weil Bobby wusste, dass LuAnn nicht wollte, dass er sie so sah. Er wusste, morgen früh würde sie diese Indiskretion wahrscheinlich bereuen, und die Kälte würde zu Eis gefrieren.

«Nein, Belle. Er hält sie nicht gefangen. Sie ist durchgebrannt, das ist alles. Sie ist irgendwo mit Ray, aber ich weiß, dass es ihr gut geht. Das weiß ich. Sie ist schon viel zu lange fort, um diesem Kerl in die Hände gefallen zu sein. Außerdem ist sie zu schlau für ihn. Ich weiß nicht, wie der Reporter darauf kommt, dass ein Serienmörder unterwegs ist, der es auf Ausreißerinnen abgesehen hat. Er will doch nur Schlagzeilen machen. Er versucht, mit der Geschichte groß rauszukommen.»

«Bobby, er *darf* sie einfach nicht erwischt haben.»

«Sie ist mit Ray davongelaufen. Sie ist bei Ray.»

«Sag mir, dass ich keine schlechte Mutter bin. Um Himmels willen, sag mir, dass es nicht meine Schuld ist. Lüg, wenn du musst. Aber du musst es mir sagen …»

«Lieber Himmel, Lu, natürlich war es nicht deine Schuld. Wie kommst du denn auf so was?»

«Aber sie ist vor *mir* davongelaufen, Bobby. Vor mir. Ich war zu streng mit ihr. Ich habe sie zu den Cheerleadern gedrängt, obwohl es ihr keinen Spaß mehr gemacht hat. Ich habe sie zum Lernen getriezt und ihr manchmal freitagabends Hausarrest gegeben. Ich habe ihr gesagt, dass ich diesen Jungen nicht ausstehen kann. Ich habe ihr gesagt, dass er nicht gut für sie ist, dass er ein Versager ist, ein Loser aus der Wohnwagensiedlung, ein Junkie, und da ist sie abgehauen. Sie ist *meinetwegen* abgehauen …»

Er hob ihr Kinn an, damit sie ihm in die Augen sah. «Sag nicht solche verrückten Sachen», erklärte er mit fester Stimme. «Sie ist gegangen, weil sie den Entschluss gefasst hat. Sie wollte mit Ray zusammen sein, und sie hat Drogen genommen. Sie hat eine Entscheidung getroffen. Du hast damit nichts zu tun. Du bist die beste Mutter auf der Welt. Die allerbeste. Und ich muss nicht lügen, um das zu sagen. Jedes Mal, wenn ich dich mit ihr gesehen habe, ob du sie im Kinderwagen geschoben hast oder auf der Tribüne saßt, du warst einfach perfekt. Und bis dieser Dreckskerl in Katys Leben aufgetaucht ist, war alles gut. Sie war gerne bei den Cheerleadern. Sie hat mir gesagt, dass sie sich damit um ein College-Stipendium bewerben wollte. Ich habe sie gefragt, ob sie aufhören will, weil ihr so wenig Zeit zum Lernen bleibt, und sie hat nein gesagt. Sie hat gesagt, es macht ihr Spaß. Es ist nicht deine Schuld.»

Ein langes Schweigen trat ein. Er schloss die Augen und wiegte LuAnn in seinen Armen, ihr Kopf an seiner Brust, während er immer noch vor dem Sofa kniete. «*Ich* hätte merken müssen, dass sie mit Drogen experimentiert», flüsterte er ihr leise ins Haar. «Ich sollte die Anzeichen kennen. Ich hätte früher ihre Arme kontrollieren sollen, ihren Rucksack und Schreibtisch durchsuchen. Ich hätte sie testen müssen. Ich bin der Polizist, LuAnn, ich hätte das alles merken müssen, nicht du. Aber ich wollte nicht mal denken, dass sie so was tun könnte. Ich wollte mir nicht vorstellen, dass *mein Kind* all die Dinge tut, vor denen ich sie immer gewarnt habe. Sachen, die nur missratene Kinder tun. Ray ... verdammt, ich wusste, dass er ein schlechter Umgang ist. Ich wusste, dass er zu meiner Gang gehörte ... Ich hätte nie erlauben dürfen, dass sie beim verdammten Dairy Queen jobbt. Ich hätte ihr sagen sollen, dass sie keinen Job braucht. Ich hätte ihr einfach mehr Taschengeld geben müssen. Ich bin schuld, LuAnn, nicht du. Ich bin derjenige, der weinen müsste und dich um Vergebung bitten, weil ich versagt habe.»

Sie zog sein Gesicht zu sich, wischte die Tränen weg, bevor sie ihm über die Wangen liefen. Dann küsste sie ihn auf den Mund, und ihre warme Zunge fand seine. Es war lange her, dass sie sich geküsst hatten. Und noch länger, dass sie sich leidenschaftlich küssten. LuAnn hatte einen wunderschönen Mund mit warmen, vollen Lippen, die leicht bebten, wenn er sie berührte.

Er zog sie näher an sich, vergrub die Hände in ihrem langen Haar und drückte sie fest. Er wollte sie spüren, ganz und gar – ihre warme Haut, die geschwungene Linie ihrer Wangen, die Kuhle in ihrem Kreuz. Er wollte sie berühren, ihren ganzen Körper, weil er wusste, dass am nächsten Tag alles wieder vorbei war und er jeden Augenblick des Gefühls genießen musste, bevor es sich in Luft auflöste.

Doch sie wich nicht zurück, sondern drückte sich enger an ihn, und auch ihre Hände glitten über seinen Körper. Sie zog ihm das Hemd aus der Hose, berührte seinen nackten Rücken, fuhr mit den Nägeln über seine Haut, streichelte seine Brust, seine Brustwarzen, dann glitten ihre Finger hinunter zu seinem Bauch. Mit beiden Händen zog sie ihm das Hemd über den Kopf.

Er sah sie an, wie sie vor ihm auf dem Sofa lag, und kam sich vor wie ein Teenager, dessen Flamme ihm gerade das Zeichen gegeben hatte, dass heute Nacht *die* Nacht war. Er war aufgeregt, hungrig nach ihren Berührungen, dem Gefühl, in sie einzudringen, aber auch nervös, weil er wollte, dass sie sich ihrer Entscheidung sicher war. Dass sie sich sicher war, den nächsten Schritt tun zu wollen. Als könnte sie Gedanken lesen, richtete sie sich auf und zog sich den Pullover aus. Dann öffnete sie ihren BH. Sie ließ ihn heruntergleiten und entblößte ihre schönen vollen Brüste, ihre aufgerichteten Brustwarzen. Dann griff sie nach seinen Händen und führte sie.

«Schlaf mit mir, Bobby. Bitte.»

Nie hatte er sie mehr gebraucht. Er stand auf, löste den Klettverschluss des Holsters an seinem Gürtel und legte es hinter sich auf den Sofatisch. LuAnn öffnete seine Gürtelschnalle und den Reißverschluss, dann zog sie ihm Hose und Unterhose langsam über die Schenkel nach unten, bis sie auf dem Boden lagen. Jetzt stand er nackt vor ihr, sein Penis hart und aufgerichtet.

Dann kam er zu ihr auf die Couch und schlief mit ihr, wie sie ihn gebeten hatte.

52

Als die Sonne aufging, lag LuAnns Kopf immer noch an seiner Brust, wie während der ganzen Nacht. Die Schmerzmittel, die man ihr im Krankenhaus verabreicht hatte, hatten sie ziemlich ausgeschaltet, doch gegen Bobbys Schlaflosigkeit halfen sie natürlich nicht. Im Gegenteil, LuAnns Gehirnerschütterung war eine weitere Sorge, die ihn wach gehalten hatte. Alle zwei Stunden hatte er geprüft, ob LuAnns Pupillen sich weiteten und ob sie auf Reize reagierte, ob sie lebendig und atmend neben ihm lag …

Jetzt brach der Morgen an, und sie lag immer noch in seinen Armen unter der warmen Decke, die Beine mit seinen verschränkt. Es war lange her, dass sie so dagelegen hatten, er wusste gar nicht mehr, wann zuletzt. Er wusste nur, dass er es früher, als alles noch gut war – bevor Katy verschwand –, wie selbstverständlich hingenommen hatte: LuAnns Atem an seiner Brust, der süße Geruch ihres Haars, seine Hand in ihrem Kreuz. Sie hatten zwar früh geheiratet – früher als die meisten ihrer Freunde und sehr viel früher, als ihren Familien recht war –, doch Bobby hatte fast siebzehn Jahre lang das Gefühl, dass sie eine tolle Ehe führten. Viele glückliche Phasen, einige schwierige, wenn das Geld knapp war, doch nie schienen Probleme unüberwindlich zu sein. Er hatte sich nie nach etwas anderem gesehnt. Neun von zehn seiner Freunde waren geschieden, lebten getrennt oder betrogen ihre Partnerin. Aus unzähligen Psychoblabla-Gründen schienen instabile Ehen und Affären zum Job dazuzugehören. Doch nicht bei ihm und LuAnn. Sie waren einfach ein gutes Team. Und jetzt, da er wieder gespürt hatte, was ihm all die Jahre selbstverständlich gewesen war, wollte er nicht, dass der Morgen kam. Er wollte nicht zum Gestern zurückkehren, auch wenn er wusste, dass er keine Wahl hatte.

Sanft bettete er ihren Kopf aufs Kissen und ließ sie schlafen, während er sich duschen und rasieren ging. Wie zerbrechlich der Zustand seines Privatlebens auch sein mochte, er musste ein Mädchen retten, zwei Leichen identifizieren und einen Psychopathen aufspüren. Es war kaum acht, und auf dem Telefon, das er in der Nacht zum ersten Mal seit langem abgestellt hatte, waren bereits zehn Nachrichten. Die richtigen Leute hätten im schlimmsten Fall gewusst, wo er zu finden war.

Während er sich anzog, betrachtete er sie beim Schlafen. Nilla hatte seinen Platz eingenommen und sich neben LuAnn zusammengerollt, den Kopf auf seinem Kissen. Die Hündin sah ihn mit großen braunen Augen an, während er das Telefon einsteckte, sein Sakko überzog und dann eine lange Weile einfach nur dastand. Er wusste nicht, was er tun sollte. Wenn er LuAnn weckte, um sich zu verabschieden, war der Bann vielleicht gebrochen. Vielleicht sah sie ihn an wie ein verkatertes Mädchen den Fremden, der sie von der anderen Bettseite anlächelte. Im Blick die Frage: Wie bin ich hier gelandet, und was haben wir letzte Nacht getan? Vielleicht war es besser, wenn er einfach ging …

Andererseits war es nicht nett zu gehen, ohne sich zu verabschieden. Dann hätte sie wirklich Grund, unterkühlt zu sein, wenn er abends nach Hause kam. Also beschloss er, das Risiko einzugehen. Er setzte sich auf die Bettkante und strich ihr zärtlich das Haar aus dem Gesicht. «Ich muss gehen. Bleib heute zu Hause», flüsterte er. «Bleib im Bett.»

LuAnn schlug die Augen auf und blinzelte ins Sonnenlicht,

das in Streifen durch die Jalousien fiel. «Okay», sagte sie mit einem Nicken.

«Wie geht es dir?», fragte er.

«Wie sehe ich aus?»

Ihr linkes Auge war schwarzblau verfärbt und zugeschwollen, und die Wunde wirkte noch übler als gestern Abend. Sie sah aus, als hätte sie ein paar Runden mit Mike Tyson hinter sich.

«Wunderschön», sagte er.

«Du Lügner.»

Er lächelte. «Ich rufe dich später an, um zu hören, wie's dir geht. Bleib am besten im Bett. Ärztliche Anweisung.» Er küsste sie auf die Wange und wollte aufstehen.

Sie berührte seinen Arm. «Das war's schon?», fragte sie.

Er schüttelte den Kopf. «Hoffentlich nicht», sagte er. Dann beugte er sich zu ihr und küsste sie auf den Mund. Sie erwiderte den Kuss, berührte mit der Zunge seine Zunge, legte ihm die Hände in den Nacken. Als er sie festhielt, wich sie nicht zurück.

«Halt mir den Platz frei», flüsterte er ihr ins Ohr.

Sie nickte.

«Ich muss einen Schurken fangen gehen. Aber ich komme wieder.»

Sie nickte noch einmal.

«Wie sehe ich aus?», fragte er im Aufstehen und zog sich das Sakko zurecht.

«Wunderschön.»

«Du Lügnerin», antwortete er lächelnd. Dann beugte er sich wieder zu ihr hinunter und küsste sie noch einmal, bevor er ging.

53

«Wie ich euch Cops schon gesagt habe, das letzte Mal, wie ich die beiden gesehen habe, wollten sie eine Freundin besuchen oder so was. Es waren missratene Gören.» Gloria Leto bekreuzigte sich und sah hinauf zum Himmel. «Ich weiß, über Tote soll man nicht schlecht reden. Gott, vergib mir. Aber sie hatten keine Führung, verstehen Sie? Meine Schwester, ihre Mutter – Gott hab sie selig –, sie war ein Junkie. Ein Wrack. Ihr Körper, ihre Seele – das Heroin hat alles weggefressen und nur die Knochen übrig gelassen, als sie starb. Bevor dieser Mistkerl sie süchtig gemacht hat, war sie eine gute Mutter, wissen Sie? Hat Geld verdient, sich um ihre Familie gekümmert, aber ... als sie mal an der Nadel hing, hatte sie keine Zeit mehr für die Mädchen. Da sind sie völlig durchgedreht, verstehen Sie? Jeden Abend andere Männer ...» Gloria seufzte und verschränkte die Arme vor der Brust. «Ich weiß nicht. Mehr habe ich dazu nicht zu sagen. Das wäre nicht richtig. Aber als meine Schwester gestorben ist, letztes Jahr? Ich habe versucht, mich um die Mädchen zu kümmern. Sie richtig aufzuziehen, sie mit in die Kirche zu nehmen, ihnen Benehmen beizubringen. Sie können sich nicht vorstellen, was für Opfer ich gebracht habe. Aber Roseanne hat nie auf mich gehört. Ist nachts nicht heimgekommen. Wenn doch, hat sie heimlich Jungs in mein Haus geschmuggelt. Und dann hat auch Rosalie, die Kleine, mit dem Mist angefangen. Als ich die Drogen gefunden habe – die Tütchen in ihren Handtaschen –, habe ich gesagt: ‹Jetzt reicht's! Ich will keine Cracknutten bei mir zu Hause!› Wie konnten sie nur damit anfangen, nachdem, was die Drogen aus ihrer Mutter gemacht haben? Zwei Tage später, vielleicht eine Woche – ich erinnere mich nicht genau –, waren sie weg. Sind abends aus dem Haus gegangen – wohin, haben sie nicht gesagt – und nie wiedergekommen. Vielleicht einen Monat später habe ich ihre Klamotten zusammengepackt und weggegeben, damit ich das Zimmer wieder vermieten konnte. Habe einfach alles rausgeworfen.»

«Ms. Leto, hatten ihre Nichten Zugang zu einem Computer?», fragte Bobby.

«Sie konnten meinen benutzen. Ich habe ihn ihnen ein paarmal ausgeliehen, für die Schule, wissen Sie. Aber dann habe ich die Drogen gefunden, und da habe ich den Computer versteckt, weil ich Angst hatte, dass sie ihn nehmen und verkaufen, wie Junkies eben.»

«Können wir ihn mal sehen?»

Sie schüttelte den Kopf. «Im Sommer ist bei mir eingebrochen worden, und das blöde Ding wurde geklaut. Mitsamt dem Fernseher und meinem Schmuck. Alles weg. Alles. Selbst die Flasche Whiskey aus dem Küchenschrank.»

«Tut mir leid», sagte Zo.

Sie zuckte die Achseln.

«Jedenfalls vielen Dank für Ihre Zeit, Ms. Leto. Und noch einmal herzliches Beileid», sagte Bobby.

Gloria zuckte wieder die Schultern und bekreuzigte sich. «Für die Beerdigung muss ich nicht zahlen, oder? Ich meine, ich bin nicht dazu verpflichtet, oder doch?»

«Ich weiß es nicht, Ma'am. Über die finanziellen Angelegenheiten müssen Sie mit Ihrem Anwalt sprechen», antwortete Bobby.

«Dieser Reporter hat behauptet, er muss mir kein Geld geben, damit ich mit ihm rede, aber das ist doch nicht fair. Bei Oprah Winfrey werden die Leute auch bezahlt, oder nicht?»

«Haben Sie mit der Presse gesprochen, Ma'am?»

«Ich dachte, er zahlt dafür. Wollte mir ein paar Fragen über die Mädchen stellen, warum sie weggelaufen sind. Klar, habe ich gesagt. Aber ich finde, er soll dafür bezahlen.»

Felding wahrscheinlich. Oder ein anderer der Haie da draußen, mit gezückter Kamera auf der Jagd nach dem großen Knüller. Es war Zeit zurückzubeißen. «Da haben Sie recht, Ms. Leto», sagte Bobby. «Sprechen Sie mit niemandem von der Presse, es sei denn, Sie werden dafür bezahlt. Üblicherweise wird Opfern von Verbrechen gutes Geld dafür bezahlt, dass sie in den Medien sprechen. Wir reden hier von Tausenden von Dollars. Lassen Sie sich nicht über den Tisch ziehen.»

Dann ließen sie Gloria Leto auf der Veranda ihres kleinen Häuschens zurück, wo sie über ihre Finanzen nachdachte, und gingen den rissigen Asphaltweg hinunter. Kinder mit Hula-Hoop-Reifen und Hüpfseilen sahen ihnen misstrauisch hinterher.

«Reizende Lady», sagte Zo kopfschüttelnd.

«War das vorhin Ciro am Telefon?», fragte Bobby.

«Ja. Er war bei CarMax. Bob und Mary Bohner, denen das Haus am Hendricks Drive gehört, haben ihren Buick 2005 bei CarMax Pompano gekauft. Bei einer Karen Alfieri. Larry hat mit ihr geredet – sie weiß von nichts.»

«Aber es ist eine Verbindung zu LaMannas Arbeitsplatz.»

«Ja.» Zo griff nach einer Zigarette.

«Ich dachte, du hättest aufgehört.»

«Nein. Bei zwei Dingen in meinem Leben habe ich offiziell versagt: mit dem Rauchen aufhören und mit dem Trinken aufhören. Aber ich stehe dazu, deshalb lass mich in Ruhe. Mir liegt schon Camilla ständig in den Ohren.»

«Ich habe eh nie geglaubt, dass das mit den Zahnstochern und den Pflastern funktioniert. Übrigens – irgendwie bin ich immer noch nicht überzeugt, dass LaManna intelligent genug ist, um unser Mann zu sein», sagte Bobby achselzuckend. «Aber vielleicht täusche ich mich.»

«Was ist mit den unterschiedlichen Blutproben auf dem ersten Gemälde? Dem Porträt von Gale Sampson?»

«Keine davon gehört zu Lainey, so viel steht fest. Ich hoffe immer noch, dass sie auf die beiden Schwestern passen. Im Labor sollen sie heute die Ergebnisse haben. Wenn nicht ...» Bobby sprach nicht weiter. Beide wussten, was «wenn nicht» bedeutete. Weitere Opfer.

«LaManna wird rund um die Uhr überwacht. Mal sehen, was er so treibt», sagte Zo.

Bobbys Telefon klingelte, als sie gerade in den Wagen stiegen. «Dees.»

«Agent Dees, hier ist Officer Craig Rockenstein vom FDLE in Tallahassee. Ich rufe an, um Sie zu informieren, dass ein Jugendlicher, den Sie über das System suchen – Reinaldo Coon, männlicher Weißer, geboren am 7. Juli 1990 –, gestern Nacht um 23:32 Uhr vom Sheriff's Office Palm Beach County gefunden wurde. Terminal OR1 26749, Detective Greg Cowsert. Soll ich das Sheriff's Office für Sie kontaktieren und weitergeben, dass Sie die Person suchen?»

Mein Gott. Reinaldo Coon. Ray Coon. Sie hatten Ray gefunden ...

Er ließ Zo im Wagen sitzen und stieg aus. «Nein, nein. Ich rufe selbst an», antwortete er leise und versuchte angestrengt, sich im Chaos der Gedanken zurechtzufinden, die auf ihn einstürmten. Sein Herz raste. *War er mit Katy zusammen gewesen?* «Können Sie mir die Nummer geben?»

Seine Hände zitterten so stark, dass er fast nicht wählen konnte. Die Spannung schnürte ihm die Luft ab. Es war wie als Kind an Weihnachten – die adrenalingefüllte Aufregung, wenn er die Treppe hinunterkam, sich inständig wünschend, dass unter dem Baum liegen möge, worum er das ganze Jahr gebettelt hatte. Und gleichzeitig die heftige Befürchtung und Sorge, es könnte nicht so sein.

«Hier Detective-Büro, Richards.»

«Detective Cowsert, bitte.»

»Kann ich Ihnen helfen?», fragte die Frauenstimme.

«Hier spricht Agent Bobby Dees vom FDLE in Miami. Detective Cowsert hat gestern Nacht anscheinend eine Person aufgegriffen, die ich über das System suche.»

«Oh. Einen Moment bitte. Hey, Greg», rief sie offensichtlich in den Raum hinein. «Das FDLE für dich.»

Eine gefühlte Ewigkeit lang hörte Bobby nichts als die Hintergrundgeräusche im Großraumbüro. Gesprächsfetzen, Gelächter. Irgendwann nahm jemand den Hörer. «Cowsert.»

«Detective Cowsert, hier spricht Bobby Dees vom FDLE in Miami. Ich suche nach einem Jungen, den Sie anscheinend gestern gefunden haben. Reinaldo Coon. Ist er in Gewahrsam?»

«So könnte man es ausdrücken», antwortete Cowsert mit einem trockenen Lachen. «Der geht nirgendwo mehr hin.»

Plötzlich sah Bobby Katy in einem Krankenhausbett vor sich, an Schläuche und Infusionen angeschlossen, nicht in der Lage zu sprechen. Oder sie saß schmutzig und verwahrlost in einer Gefängniszelle und schämte sich zu sehr, um ihre Eltern anzurufen. Er fuhr sich durchs Haar und versuchte seine Gedanken in eine Reihenfolge zu bringen. Er schloss die Augen. «Wie meinen Sie das? Gab es einen Unfall? Liegt er im Krankenhaus oder so was?»

«Sieht mir nicht nach einem Unfall aus, Agent Dees. Der Kerl hat zwei Kugeln im Schädel. Ein Pfadfinder, der draußen in Belle Glade zelten war, hat seine Leiche gefunden. Lag da offenbar schon eine ganze Weile. Ich hoffe, Sie haben ihn nicht für irgendwas gebraucht, denn der Junge ist tot.»

54

«Alles klar?», fragte Zo, als Bobby in den Wagen stieg. Er schnippte die Zigarette zum Fenster hinaus.

«Nein», antwortete Bobby und fuhr los.

«Was ist los? Wer war am Telefon?»

«Das Palm Beach Sheriff's Office hat gestern Nacht Ray Coons Leiche gefunden.»

Zo starrte ihn an. «Ray Coon? *Der* Ray?»

«Ja.»

Zo rieb sich das Kinn. «Ach, du Scheiße ... und Katy?»

Bobby schüttelte den Kopf. «Keine Ahnung.»

«Wie?»

«In den Kopf geschossen und in Belle Glade abgeworfen. Lag anscheinend eine Weile da draußen herum.»

«Mist. Verdächtige?»

«Er war ein mieser Typ. Alle wollten ihn tot sehen. Ich hätte ihn selber gern umgelegt. Das Palm Beach Sheriff's Office bearbeitet den Fall.»

«Ich rufe an. Wir kümmern uns drum, Shep. Wir übernehmen die Sache.»

Eine lange Pause entstand. Sie hielten an einer Ampel. Auf der anderen Straßenseite war ein Spielplatz voller Kinder, die in der Nachmittagssonne tobten und schrien, die Rutschbahn und die Schaukeln bevölkerten. Keine Sorge auf der Welt. Bobby starrte hinüber. «Ich habe gedacht, sie ist mit ihm zusammen», sagte er leise. «Die beiden sind in New Orleans oder L.A. oder San Francisco oder so und kommen irgendwie über die Runden. Vielleicht ist sie Kassiererin im Supermarkt oder Kellnerin, weißt du? Vielleicht macht sie die Abendschule. Ich dachte, vielleicht sind die beiden wie Romeo und Julia, und ich bin der Böse, der nicht an sie geglaubt hat. Vielleicht war sie schwanger und hat sich nicht getraut, damit nach Hause zu kommen ...»

«Bobby ...»

«Und jetzt ist er tot. Ausgerechnet der Kerl, der auf sie aufpassen sollte, ist tot, und sie ist immer noch nicht wieder da, und da draußen läuft ein Psychopath herum, der junge Ausreißerinnen umbringt. Wo zum Teufel ist sie, Zo? Wo zum Teufel ist mein Kind?»

55

Angelina Jolie schüttelte ihr wunderschönes dunkles Haar. «Hast du große Knarren an die Bösen verkauft?», fragte sie den Terroristen atemlos. Selbst auf dem kleinen tragbaren DVD-Spieler waren ihre vollen roten Lippen überlebensgroß.

Larry Vastine gähnte und griff nach seinem Kaffee, der so schwarz war, dass der Löffel darin stecken blieb. Für Fälle wie diesen machte seine Frau ihn doppelt so stark. Wenn selbst Angelina Jolie im hautengen schwarzen Lederanzug mit der Peitsche in der Hand ihn nicht davon abhielt wegzunicken, kaum dass er nur blinzelte. Die Zeiten, da Larry in Nachtclubs ging, lagen hinter ihm – heute war er meistens froh, wenn er bis zur *Tonight Show* durchhielt. Es war schon eine Weile her, dass er eine Zielperson die ganze Nacht observieren musste, und damals war er noch beim Drogendezernat gewesen, wo es nach Einbruch der Dunkelheit zur Sache ging, sodass man keine Gelegenheit zum Müdewerden hatte. Um drei Uhr früh draußen in einem Vorort die Augen offen zu halten war so ziemlich das Schlimmste. In Florida schlossen die Bars und Clubs um zwei, es war also zu spät für Nachteulen und zu früh für Pendler, die morgens in die Stadt fuhren. In der letzten Stunde hatte er kaum drei Wagen gesehen, die durch die ruhige, von Bäumen bestandene Wohnstraße krochen. Da half selbst Paulines Kaffee nicht mehr. Er brauchte etwas Härteres. Larry nahm sich einen Monster-Energydrink aus der Kühlbox im Fußraum des Beifahrersitzes. Sein Sohn, der auf die Highschool ging, trank das Zeug wie Wasser, was bedeutete, dass Larry vermutlich bis Weihnachten wach war.

In dem Moment, als er die Dose aufriss, einen Schluck trank und sich wieder zurücksetzte, bemerkte er ein kurzes Aufflackern von Licht etwa dreißig Meter entfernt, genau dort, wo die Zielperson wohnte. Oder die *Spiegelung* des Aufflackerns der Straßenlaterne, dachte er, als die Glastür aufgeschoben wurde. Wenn Larry nicht genau in dem Augenblick hingesehen hätte, hätte er es überhaupt nicht bemerkt. Und hätte auch die stämmige Gestalt in schwarzem Kapuzensweatshirt und dunkler Jeans nicht bemerkt, die sich durch das Gebüsch an der Hauswand in den Garten der Nachbarn schlich und dort verschwand.

Larry fuhr sich über den offenen Mund, um den Schlaf und die Überraschung fortzuwischen, und ließ den Motor an. Ohne Licht ließ er den Wagen um den Häuserblock zur 115th Street rollen. Dort stellte er den Motor ab und beobachtete, wie Todd LaManna aus der Dunkelheit auftauchte und auf dem Parkplatz eines zweistöckigen Apartmenthauses in ein Auto stieg, startete und auf die Straße fuhr. Larry duckte sich, als LaManna vorbeifuhr. Dann schaltete er sein Funkgerät ein.

«Ich hoffe, du brauchst keine Gesellschaft», antwortete Ciro Acevedo knurrend. «Gerade ist die Kleine wieder eingeschlafen.»

«Er zieht los.»

«Was?»

«LaManna. Er ist ganz schwarz angezogen, fährt einen schwarzen Acura und fährt auf der Coral Ridge Road nach Norden in Richtung Sawgrass.»

«Schwarzer Acura? Wo zum Teufel hat er den her?»

«Geliehen oder geklaut. Spielt keine Rolle. Ich will ihn

nicht verlieren. Du kommst doch aus Parkland, also bist du in der Nähe. Beweg deinen Arsch, zieh dich an. Wollen mal sehen, wo der Mistkerl um drei Uhr morgens so dringend hinmuss.»

56

«Wo zum Teufel sind wir? Am Arsch der Welt?», knurrte Ciro, als er auf den Beifahrersitz von Larrys Geländewagen kletterte. «Ist das überhaupt noch Palm Beach County? Ich wusste gar nicht, dass die Lyons Road so weit nach Norden geht.»

«Ich auch nicht», antwortete Larry, während er durch ein Nachtsichtfernglas die Rückseite eines dunkelgrauen zweistöckigen Gebäudes auf der anderen Straßenseite beobachtete. «Vor sieben Minuten ist er rein, durch eine Tür an der Nordseite. Er hatte einen Schlüssel.»

«Was ist das für ein Gebäude?», fragte Ciro und sah sich auf dem verlassenen Parkplatz zwischen massigen, hauptsächlich fensterlosen Bauten um.

«Sieht aus wie ein Lagerhaus.»

«Was du nicht sagst, Sherlock. Aber was für ein Lagerhaus? Siehst du irgendeinen Namen?»

«Am Eingang ist ein kleines Schild, auf dem ‹C.B. Imports› steht», gab Larry zurück. «Ich habe gerade online im Firmenregister von Florida nachgesehen. Inhaber ist ein David Lee, Service Agent ist Sam Rice. Das war's. Auf der Webseite steht nicht mal, was für ein Laden es ist. Durch die Glastür sieht man nichts außer einer Art Warteraum mit ein paar Stühlen und billigen Bildern an der Wand. Morgen früh kann ich Dawn drauf ansetzen.»

«Vergiss es», sagte Ciro. «Ich bin wach. Wir sind hier. Wir gehen heute Nacht noch rein.»

«Genau das habe ich auch gedacht.»

«Bobby hat davon gesprochen», bemerkte Ciro. «Er sagte, wir suchen irgendeinen abgelegenen Ort, der groß genug ist, um mehrere Mädchen dort festzuhalten, ohne dass es jemand mitkriegt.»

«Nach der 441 kommt hier draußen nichts mehr», sagte Larry und ließ das Fernglas sinken. «Nur ein paar Pferdehöfe und ein paar Rentnersiedlungen ein paar Kilometer weiter. Die Hütten nebenan stehen leer. Er könnte wer weiß wie viele Mädchen dadrin eingeschlossen haben. Sie können schreien wie am Spieß, und keiner würde sie hören.»

«Was machen wir jetzt? Warten wir auf einen Durchsuchungsbefehl?»

«Den brauchen wir nicht», antwortete Larry, während er die Glock aus dem Holster nahm, klappte sie auf und prüfte, ob eine Kugel in der Kammer war. «Vielleicht will er die Mädchen dadrin in Stücke hacken, Ciro. Vielleicht hat er Geiseln. Wenn wir hier rumwarten, bis ein Richter seine Unterschrift auf ein verdammtes Stück Papier gesetzt hat, ist es vielleicht zu spät. Gefahr in Verzug, Mann. Und falls wir feststellen, dass er statt der Mädchen eine Cannabisplantage dadrin hat, sichern wir das Gelände und rufen die Anzugträger.»

Ciro nickte und warf einen Blick auf die Straße. Der Acura stand etwa dreißig Meter von der Rückseite des Lagerhauses entfernt neben einem grünen Baustellencontainer. Ziemlich weit entfernt von der Tür, durch die LaManna das Gebäude betreten hatte. «Warum zum Henker hat er dahinten geparkt?», fragte er.

«Überwachungskameras der Glasfirma im nächsten Gebäude, schätze ich. Der Typ will nicht gesehen werden. Er geht rein, verrichtet sein schmutziges Geschäft und löst sich in Luft auf wie ein Geist.»

Ciro hatte ein ungutes Gefühl im Magen. Mitten in der Nacht ein unbekanntes Gebäude zu betreten war ein großes Risiko. Auf der Suche nach einem möglicherweise bewaffneten Verdächtigen in einer Mordserie einen Lagerhauskomplex zu betreten, das grenzte an Wahnsinn. Es klang nach einer hässlichen Samstagsschlagzeile. Er dachte an das Baby, das er gerade in den Schlaf gewiegt hatte. Doch dann dachte er daran, was passieren könnte, wenn Larry und er *nicht* dort hineingingen. Gesetzt den Fall, LaManna hatte die Mädchen. Er dachte an die Bilder, die er gesehen hatte, und an den Tatort und an die Boganes-Schwestern. «Was ist mit Verstärkung? Das SRT?», fragte er leise. Das SRT war das Special Response Team, das Sondereinsatzkommando des FDLE.

«Ich dachte, du bist meine Verstärkung.» Larry grinste. «Hör zu, wenn wir Lake Worth oder Palm Beach rufen, dauert es nochmal zwanzig Minuten, bis jemand hier ist, und dann rührt noch ein Koch im Brei herum, und es gibt Grabenkämpfe. Wenn wir das SRT rufen, dauert es mindestens noch eine Stunde, bis die hier und zum Zugriff bereit sind. Ich glaube einfach nicht, dass wir so viel Zeit haben.»

Ciro nickte langsam. *Manchmal musst du eine Entscheidung treffen*, hatte sein Vater, ein ehemaliger Police Captain in Chicago, ihm mit auf den Weg gegeben. *Das macht den Unterschied zwischen einem Cop und einem Helden aus.* «Also gut. Gehen wir rein», sagte er.

Larry fuhr über die Straße und parkte vor der Tür, durch die er Todd LaManna vor wenigen Minuten hatte verschwinden sehen. Er meldete der Zentrale in Miami ihre Position und forderte Verstärkung vom Lake Worth Police Department an. So waren wenigstens ein paar Uniformen unterwegs, falls drin etwas schieflief. Dann stiegen sie aus und nahmen taktische Positionen neben der Metalltür ein.

Ciro drehte den Türknauf. Abgeschlossen.

Larry nahm eine Brechstange, stemmte sie zwischen Tür und Rahmen und sprengte das Schloss. Ciro schlug mit dem Griff der Glock an die Metalltür. «POLIZEI!», rief er, während Larry die Tür auftrat und sie zu zweit in die pechschwarze Dunkelheit traten.

57

«Lainey! Lainey! Hast du das gehört?»
Lainey träumte wieder, oder? Oder sie hatte Halluzinationen. Brad war bei ihr im Zimmer, er wollte ihr die Decke wegnehmen, aber ihr war so kalt, dass sie zitterte. Sie wollte ihn anschreien, doch sie war zu müde, um einen Ton herauszubringen.
«Lainey? Alles klar bei dir?»
Sie versuchte sich zuzudecken …
«Lainey! Steh auf!»
«Ich bin hier», brachte sie flüsternd hervor. Sie schmeckte Lehm auf den Lippen, weil sie mit dem Gesicht auf dem Boden gelegen hatte, und begriff, dass sie nur geträumt hatte. Und dass der Albtraum die Wirklichkeit war. «Ich bin wach, glaube ich», sagte sie in die Dunkelheit und wischte sich mit dem Handrücken über den Mund. Sie hatte sich auch die Pflaster von den Augen gerissen, doch Katy hatte recht. Es spielte keine Rolle. Sie konnte nichts sehen.
Oder doch? Sie blinzelte und setzte sich auf. Ganz schwach konnte sie eine Kontur ausmachen … ihr Fuß? Irgendwo musste Licht herkommen …
«Ich kann meinen Fuß sehen, Katy», flüsterte sie. «Ich glaube, das ist mein Fuß.»
«Jemand ist hier, Lainey», rief Katy. «Ich habe was gehört!»
Er ist zurück. O Gott, Hilfe, er ist zurück …
Lainey begann zu zittern. Es begann tief in ihr drin und arbei-

tete sich in ihre Glieder vor, bis sie am ganzen Körper unkontrollierbar schlotterte. Seit er fort war, seit sie die letzte Wasserflasche ausgetrunken hatte und nur noch ein paar Brocken Trockenfutter übrig waren, fragte sie sich, wie es war zu verhungern. Ob es lange dauerte. Ob es wehtat. Ob der Hunger irgendwann aufhörte. Die Vorstellung machte ihr schreckliche Angst. Doch jetzt stellte sie fest, dass die Vorstellung, er käme zurück, öffnete die Tür mit schweren Ketten in der Hand, sein Gestank nach Dosenspaghetti und kaltem Kaffee, dass ihr diese Vorstellung noch viel mehr Angst machte. Sie begann zu weinen. Diesmal spürte sie die Tränen, die nass über ihre Wangen liefen. Sie rollte sich zusammen wie ein Embryo und begann sich hin und her zu wiegen.

«Lainey! Nicht! Hör auf! Vielleicht ist es ja jemand anders! Ich habe Geräusche von oben gehört! Geräusche, die ich noch nie gehört habe!»

Lainey weinte noch lauter.

«Nein! Nicht weinen! Vielleicht kommt jemand, um uns zu *retten!* Wenn wir uns nicht bemerkbar machen, geht er wieder, und sie finden uns nie. Schrei! Schrei mit mir, Lainey, damit sie uns hören! Wir sind irgendwo unter der Erde, und sie finden uns nicht, wenn wir nicht schreien! Hilfe!», rief sie.

«Hilfe ...», begann Lainey leise. «Hilfe!», rief sie lauter, als ihr klarwurde, was Katy sagte. Das Einzige, was schlimmer war, als zu verhungern, war zu verhungern, wenn man wusste, man hätte gerettet werden können. «Hallo, helft uns! Hilfe! Hilfe!»

Katy begann mit den Fäusten gegen die Wand zu schlagen, und Lainey machte es ihr nach. Jetzt hörte sie es auch. Ein lautes Geräusch, nicht allzu weit entfernt. Doch es klang nicht nach Kettengerassel, sondern eher wie ein Hämmern. Und es wurde wirklich heller. Vielleicht jemand mit einer Taschenlampe! Vielleicht war es die Polizei, die auf der Suche nach ihnen mit der Taschenlampe unter Türen durch und in Fenster hineinleuchtete. Sie trommelte stärker an die Wand. Es spielte keine Rolle, dass ihr die Hände wehtaten. Sie spürte, dass sie sich die Haut abschürfte und blutete. Wenn nur ihre Superkräfte endlich einsetzen würden. «Hilfe! Bitte, bitte, helft uns!», schrie sie, bis ihre Stimme versagte.

Die Kontur ihres Fußes wurde deutlicher. Lainey hörte auf, gegen die Wand zu trommeln, und starrte ungläubig ihren Fuß an.

«Hallo?», rief eine Stimme von irgendwo. «Wo seid ihr?»

«Wir sind hier! Hallo, wir sind hier!», schrie Katy. «Wir sind hier drin!»

Dann ging die Tür auf, und es wurde hell.

58

Ciro bewegte sich langsam an der Wand aus gestapelten Pappkartons entlang. Als er mit der Taschenlampe um die Ecke leuchtete, starrte ihm ein geifernder Werwolf entgegen, dem das Blut von den gelben Fängen tropfte. Er sprang zurück.

«Hier drin ist es wie in einem Horrorfilm, Mann», flüsterte Larry, der hinter ihm war, und streckte die Hand aus, um das Fell der überlebensgroßen Werwolfmaske zu berühren, die auf einem Styroporkopf auf einer Kiste stand. «Schau dir den Scheiß an. Muss ein Lager für Halloweenartikel oder so was sein», sagte er und sah sich in alle Richtungen um. «Eben hätte ich fast dem Sensenmann eine Kugel verpasst ...»

Der schmale Gang, der nach hinten führte, wurde von gefährlich hohen Kistenstapeln gesäumt, die sich über ihnen, in sechs, sieben Meter Höhe, fast berührten und das Mondlicht, das durch die Dachfenster fiel, verdeckten, sodass man kaum die Hand vor Augen sah. Larry beleuchtete die Kisten rechts und links mit der Taschenlampe wie mit einem Suchscheinwerfer. Auf manchen klebten Abbildungen: Hexen, Vampire, sexy Krankenschwestern, Teufel, Cops, Clowns. Ein Stück weiter vorn machte Ciro einen lebensgroßen Weihnachtsmann aus, der im Schaukelstuhl auf einer Kiste saß, und dahinter einen dürren, silbern schimmernden Weihnachtsbaum. Adventskränze stapelten sich in einem wackeligen Metallregalsystem wie Reifen in einem Goodyear-Laden. Es gab Gartendekorationen für jede Jahreszeit – Rudolph das Rentier mit seiner Bande, rote und blaue Zwerge, rosa Flamingos neben Plastikpflanzen und Plastikpalmen. Alles sah aus, als hätte es das Mindesthaltbarkeitsdatum um ein paar Jahre überschritten.

In der Halle roch es alt und schmutzig, ein wenig nach Schimmel, als hätte es mal einen Wasserschaden gegeben, den keiner repariert hatte. Ciro musste an die uralte Woolworth-Filiale in Chicago denken, wo er als Kind im Lager gejobbt hatte.

Durch den Spalt unter einer Tür ganz am Ende des Gangs fiel ein dünner Streifen trübes gelbes Licht. Sie hielten darauf zu. Als sie die billige Sperrholztür erreichten, blieb Ciro stehen und gab Larry ein Zeichen zu lauschen. Weit entfernt war ein gedämpfter Schrei zu hören.

Larry nickte. Sie gingen vor der Tür in Position. Ciros Hände zitterten leicht, und die Spitze der Glock klopfte gegen seine Brust. Ganz gleich, wie viel Training man hinter sich hatte, auf den Ernstfall war man nie vorbereitet. Sie hätten auf Verstärkung warten sollen, das wäre besser gewesen. Mit einer schnellen Handbewegung drehte er den Knauf, und gemeinsam stürmten sie ein leeres Kabuff, das auf einen weiteren Flur führte. Auf einem Tisch stand ein halbvoller Kaffeebecher neben einem aufgeschlagenen *Hustler*-Heft. Ciro berührte den Becher. Er war warm. Wieder hörten sie das Schreien, diesmal lauter – nein, *näher*. Es klang immer noch gedämpft, doch sie waren eindeutig näher dran.

Sie betraten den nächsten Flur, rechts und links von geschlossenen Türen gesäumt. Büros wahrscheinlich. Ciro zählte auf jeder Seite vier, insgesamt acht Türen. Unter dreien war Licht zu sehen.

Welche? Welche Tür sollten sie aussuchen? Falls LaManna nicht allein war und es mehr als einen Gegner gab, mit mehr als einem Opfer, würde das Aufbrechen einer Tür die anderen warnen. Vielleicht lösten sie eine tödliche Kettenreaktion aus. Sie müssten jede Tür leise und schnell aufstoßen.

Diesmal gab Larry Ciro ein Zeichen, gleich vor der ersten Tür in Position zu gehen. Es klang, als würde das gedämpfte Schreien irgendwo aus diesem Raum kommen.

Jetzt war es zu spät zum Umkehren. Zu spät, die verdammten zehn Minuten, bis die Verstärkung kam, abzuwarten. Ciro schickte ein stilles Gebet zum Himmel und bekreuzigte sich. Sein Herz raste, und er konnte das Blut in seinen Ohren rauschen hören. Er dachte an seine kleine Tochter Esmeralda. Noch vor einer Stunde war er sauer auf sie gewesen, weil sie mit sechs Monaten immer noch jede Nacht aufwachte. Jetzt gäbe er alles darum, zu Hause im Bett zu sitzen, hellwach, und Essie die Flasche zu geben.

Er zitterte, als er zum Türknauf griff. In Zeitlupe drehte sich der Knauf in seiner verschwitzten Hand. Gott, er hoffte, Larry hatte die richtige Tür ausgewählt.

Dann schob er sie auf, trat in den Raum und zielte mit der Glock direkt auf Todd LaMannas Hinterkopf.

59

Es war nicht nur hell, das Licht tat richtig weh. Als hätte ihr jemand ein Messer in den Augapfel gerammt. Lainey kniff die Augen zusammen und verkroch sich in einer dunklen Ecke.

Dann war es fort.

So schnell, wie die Tür aufgegangen war, knallte sie zu, und sie saß wieder im Dunkeln. Winzige weiße Punkte tanzten auf der rauchschwarzen Leinwand. Bevor sie darüber nachdenken konnte, was gerade passiert war, hörte Lainey das Kreischen von Metall auf Metall, das Geräusch eines Schlüssels im Schloss.

«Ich bin hier!», hörte sie Katy schreien. «Ich bin hier! Hilfe! Gott sei Dank!»

Dann das laute Quietschen einer Tür, die geöffnet wurde.

«Es ist so hell ... Ich kann nicht ... ich kann nichts sehen. Er hat mir die Augen zugeklebt ...», sagte Katy.

Eine lange Pause entstand. Eine zu lange Pause.

«Du bist fleißig gewesen», antwortete der Teufel. «Sehr, sehr fleißig, wie ich sehe.»

Er war zurück.

«Nein, nein, bitte nicht ...», wimmerte Katy.

Lainey schloss fest die Augen. Sie kroch auf allen vieren herum und suchte verzweifelt den Lehmboden nach der Augenbinde ab. *Wo waren die verdammten Pflasterstreifen?*

«Hast du gedacht, ich komme nicht zurück?»

«Nein, nein ... o Gott, nein ...»
«Wolltest du etwa ausreißen?»

Endlich fand sie auf dem Boden die dünnen Plastikscheiben mit dem Klebeband. Sie ertastete an ihren Augen die Klebespuren, dort, wo sie die Binde abgerissen hatte. Sie musste daran denken, was Katy ihr von dem Sekundenkleber erzählt hatte.

«Nein ...», wimmerte Katy.

«Sieh dir an, wie viel Dreck du gemacht hast», zischte er.

Lainey legte sich die Binde auf die Augen und versuchte das Klebeband festzudrücken, doch es klebte nicht mehr richtig. Sie spürte, wie es sich von ihrer Haut löste. Er würde es bemerken. Vor lauter Angst machte sie sich in die Hose.

«Du weißt, was mit den bösen Mädchen geschieht, Katy.»

«Leck mich am Arsch, du Scheiß-Missgeburt! Leck mich! Ich hab keine Angst mehr vor dir! Du machst mir keine Angst mehr!»

«Ach nein?»

Dann schrie Katy. Es war ein langer, markerschütternder Schrei, der nie, nie zu enden schien.

Lainey zog die Knie an die Brust und wiegte sich hin und her, die Daumen in den Ohren, während sie sich mit verschwitzten Handflächen die Enden des Klebebands an die Schläfen drückte. Sie flüsterte das Gute-Nacht-Gebet, das sie mit ihrer Mutter aufgesagt hatte, als sie klein war. Immer wieder. Es war das einzige Gebet, das sie kannte.

Müde bin ich, geh zur Ruh,
schließe beide Äuglein zu.
Vater, lass die Augen dein
über meinem Bette sein.

Minuten vergingen, vielleicht Stunden. Zögernd nahm Lainey die Daumen aus den Ohren und lauschte dem durchdringenden Klang der Stille.

Der Schrei hatte endlich aufgehört.

Katy war fort.

60

«Es ist ein ganzer Ring von Perversen», sagte Ciro zu Bobby, als er aus dem Wagen stieg. «Larry nimmt sich gerade einen von ihnen vor. Holländischer Geschäftsmann. Tut plötzlich so, als würde er kein Englisch verstehen. Auf einem Video, das er von sich gedreht hat, haben wir ihn eben noch eine Menge interessanter Fachbegriffe sagen hören», erklärte Ciro und hob die Hand. «Verdammt, ich zittere immer noch.»

Überall waren Beamte des Sheriffs von Palm Beach und des Lake Worth Police Department. Mindestens ein Dutzend Streifenwagen standen auf dem Parkplatz, der im Schein der roten und blauen Lichter flackerte. «Wo habt ihr ihn gefunden?», fragte Bobby, als die beiden das Gebäude betraten und durch den schwindelerregenden Irrgarten der Kisten nach hinten gingen. Selbst bei eingeschalteten Neonröhren waren die Werwölfe, Vampire, Sensenmänner und alten Nikolause, die in jedem der Gänge lauerten, ziemlich unheimlich.

«Dahinten. Wir sind dem Licht gefolgt, das unter der Tür durchschien. Stellt sich raus, dass da ein ganzer Flur mit perversen Spielzimmern ist. Hinter der ersten Tür haben wir LaManna gefunden, splitternackt mit einer Peitsche in der Hand, wie er sich gerade an einer kreischenden Fünfzehnjährigen vergehen wollte. Die Kleine sieht allerdings nicht aus wie fünfzehn. Lorelei Bialis. Hat uns erzählt, sie wäre achtzehn, aber als wir die ersten paar Namen, die sie uns genannt hat, durchhatten, hat sie aufgegeben.

Sie arbeitet für so einen miesen Hostessenservice namens Tender Love.»

Sie passierten das Durchgangsbüro. «Hier sollte eigentlich der Türsteher von Tender Love sitzen», fuhr Ciro fort, «aber der war auf dem Klo, was ganz hinten am anderen Ende ist, als wir kamen. Deswegen hat er uns auch nicht über die Videoüberwachung gesehen.»

«Und die anderen?», fragte Bobby.

«Wir haben vier Mädchen und drei Perverse gefunden, in den drei Zimmern hier», sagte er und zeigte auf die drei offenen Türen im Gang. «Einer der Typen hat ausgepackt. Alle Mädchen sind unter achtzehn. Die Männer sind von Mitte dreißig bis zum Opa, ein Bankmanager in den Sechzigern. Bei zwei der Mädchen haben wir Namen und Alter noch nicht gecheckt – sie machen den Mund nicht auf. Die dritte hat ausgepackt, Theresa Carbona, fünfzehnjährige Ausreißerin aus Dallas. Ist über ihren Freund bei Tender Love gelandet, einen achtunddreißigjährigen Mechaniker aus Waco. Das hier ist ein Ring von minderjährigen Prostituierten, Bobby. Du rufst an, bestellst, was du haben willst, und geliefert wird jeden Freitag und Samstag nach Mitternacht. Die Räume hier hinten sind nach deinen persönlichen kranken Vorlieben ausgestattet: Ketten und Peitschen; Videos und Fernseher; Schultische und Tafeln. Und die Mädchen tun es, soweit wir bisher sehen, freiwillig.»

Bobby blieb stehen und sah ihn an. «Keine Fünfzehnjährige tut so eine Scheiße freiwillig, ganz gleich, wie hartgesotten sie sein mag. Nimm ein anderes Wort.»

«Tut mir leid. Aber es sind Prostituierte, Bobby. Ich meinte nur, dass sie nicht unter Drogen gesetzt oder mit Gewalt hier festgehalten wurden. Sie erscheinen beim Hostessenservice zu ihrer Schicht, und der Firmentransporter bringt sie hierher. Die Kunden parken weiter weg, um einander und den Videokameras aus dem Weg zu gehen. Das Unternehmen läuft schon eine ganze Weile – Monate, vielleicht sogar Jahre. Bevor du reingelassen wirst, nehmen sie dich unter die Lupe. Würde mich nicht überraschen, wenn das FBI schon an der Sache dran ist.»

«Lew Wilson vom Büro in Miami ist unterwegs», bemerkte Bobby, während er einen Blick in einen der Räume am Ende des Flurs warf. «Er sagt, er hat Leute hier oben, die mit dir und Larry zusammenarbeiten sollen. Müssten innerhalb der nächsten Stunde da sein. Vielleicht ist es das Beste, den Fall dem FBI zu überlassen. Wenn er in dessen Zuständigkeit fällt, wandern sie länger in den Knast.»

In einem schwach erleuchteten Zimmer saßen drei Mädchen auf einer verschossenen blauen Couch. Zwei flüsterten hektisch miteinander, nur die dritte saß allein am Ende des Sofas, die Arme um den Leib geschlungen, als wäre ihr schrecklich kalt. Sie war wie eine Cheerleaderin angezogen, mit kurzem Rock, engem T-Shirt und hochhackigen weißen Lacklederstiefeln, das blonde Haar zu zwei Rattenschwänzen gebunden. Schwarze Wimperntusche lief ihr über die bleichen Wangen. Eine schmerzhafte Sekunde lang hatte Bobby das Gefühl, er sehe einen Geist. «Und das Wort *Gewalt*», bemerkte Bobby leise, als er die Jacke auszog, «ist auch Interpretationssache, Ciro.» Er ging durch die Tür und reichte dem blonden Mädchen seine Jacke. «Zieh das an», sagte er, als sie ihn ansah. «Kommt alles in Ordnung.» Dann ging er wieder.

«Den Stempeln in seinem Pass zufolge war der fliegende Holländer letztes Jahr sechsmal in Miami», sagte Ciro, der verlegen wirkte, als Bobby zurück in den Flur kam. Jetzt war es zu spät, ihr seine Jacke anzubieten, also knöpfte er sie zu.

«Und LaManna?»

«Ist wohl auch Stammkunde», erklärte Ciro auf dem Weg zurück. «Behauptet, er sei auch in der Nacht, als Lainey verschwand, hier gewesen. Nachdem er seine Kumpel im Side Pocket Pub sitzenlassen hat, sei er hierhergefahren. Das Mädchen Lorelei – alias Lori – bestätigt seine Aussage. Das war sie gerade, die Blonde. Sie kann sich zwar nicht an das genaue Datum erinnern, aber die beiden waren in der Nacht im Videoraum, also gehe ich davon aus, dass Datum und Uhrzeit gespeichert sind. Das Band befindet sich im Büro von Tender Love in Palm Beach, das in diesem Moment von Beamten des Sheriffs umstellt wird. Es ist wie in Disney World: Den Schnappschuss gibt's umsonst, wenn man den Film will, muss man löhnen. In diesem Fall kostet das Vögeln fünfhundert, das Videoband das Doppelte. Aber Todd hat die Kohle noch nicht lockergemacht.» Ciro blieb vor einer weiteren Tür stehen. Sie war geschlossen. Auf einem roten Plastikschild stand *THE BOSS.*

Bobby legte die Hand auf die Tür, als Ciro sie aufziehen wollte. «Du weißt, dass es dumm war, allein hier reinzugehen, Ciro.»

Ciro schwieg.

«Du zitterst nicht ohne Grund. Lass dir von dem guten Ergebnis nicht das Urteilsvermögen vernebeln. Und hör um Gottes willen nie wieder auf Larry. Das war dein erster Fehler.»

Ciro nickte mit einem Lächeln, dann machte er die Tür zu einem Hinterzimmer auf, wo ein verschwitzter, tränenreicher Todd LaManna mit Handschellen an einen Tisch gefesselt saß. Als Bobby hereinkam, blickte er auf und begann zu heulen.

«Ich habe Ihnen gesagt, dass ich es nicht gewesen bin, Dees! Ich habe Ihnen gesagt, dass ich Lainey nicht entführt habe!» Er sah Ciro an. «Das haben Sie ihm doch gesagt, oder? Sie haben ihm gesagt, dass ich ein Alibi habe?»

«Wir wissen, wo Sie in der Nacht gewesen sind, Todd. Aber wir wissen immer noch nicht, wo Sie zwischen fünf und acht waren.»

«Verdammte Scheiße ... ihr Typen seid ...» Er sprach nicht zu

Ende. «Ich weiß nicht. Ich habe was gegessen, und dann habe ich mich mit Jules in der Bar getroffen, genau wie ich Ihnen gesagt habe. Ich hatte keine Lust, nach Hause zu fahren, weil Debbie mich nie wieder weggelassen hätte. Dabei hatte ich die Hälfte im Voraus bezahlt, verstehen Sie?»

«Hängt Lainey da irgendwie mit drin, Todd?», fragte Bobby und lehnte sich gegen den Schreibtisch.

«Nein, nein, nein ...» Todd schüttelte heftig den Kopf. «Ich schwöre es. Ich mache einen Lügendetektortest, ich trinke Wahrheitsserum, alles, was Sie wollen. Alles. Ich war es nicht!»

Bobby sah auf den Flur hinaus, wo Polizeifotografen Aufnahmen vom «Videoraum» machten. «Sie sind ein Schwein, Todd, wissen Sie das?»

«Es war ein Irrtum! Sie hat mir gesagt, dass sie achtzehn ist! Woher zum Teufel hätte ich wissen sollen ...?»

Bobby schüttelte den Kopf. «Schwören Sie auch das? Sie machen es mir nicht einfach. Wie soll ich Ihnen jetzt noch irgendwas glauben?»

«Es ist auf Video, Mann», rief Todd. «Ich habe ein Alibi auf Video! Sehen Sie sich's an. Tender Love – Ricky, der Inhaber –, der sagt Ihnen, dass ich hier war. Ich habe Lainey nicht entführt, und das wissen Sie ganz genau, verdammt nochmal!»

Auf dem Flur folgte das blonde Mädchen in Bobbys Jacke ihren beiden Freundinnen, in Gewahrsam der Beamten des Sheriffs. Sie hatte den Kopf gesenkt, doch Bobby sah die schwarzen Flecken auf ihren blassen Wangen. Sie blickte nicht auf.

«Sie sind ein Schwein, Todd», wiederholte Bobby und drehte sich um. «Und das Einzige, was mich im Moment darüber hinwegtröstet, dass ich mir Ihr widerliches Video ansehen muss, ist das Wissen, dass es Ihren perversen Arsch ein paar Dutzend Jahre hinter Gitter bringt.»

61

Es war eine verdammte Schande. Eine echte Schande, dachte der Mann. Du hegst sie, du pflegst sie, du begießt sie, du liebst sie, und am Ende bleibt nichts als ein stacheliger Stängel, der nicht einmal mehr hübsch anzusehen ist.

Katy war sein ganzer Stolz, sagte er immer gern. Sie war eine der Allerersten. Es hatte ihn so viel Zeit und Geduld gekostet, sie zu kultivieren. Und als ihre Zeit gekommen war, wie bei den anderen, brachte er es einfach nicht übers Herz, ihr Porträt zu malen. Wahrscheinlich würde er nie so weit sein. Etwas an ihr hatte ihn bezaubert. Sie war nicht so wie die anderen. Am Anfang war sie mehr ... wie seine Lainey.

Doch dann hatte Katy ihn mehr enttäuscht als alle anderen. Nicht dass er nicht damit gerechnet hätte, sie würde irgendwann zu fliehen versuchen, so naiv war er nicht, aber ... also, diese *Undankbarkeit*. Sie wusste genau, dass er sie bevorzugte. Sie wusste, dass er den anderen nicht die Sonderbehandlung angedeihen ließ, die sie genoss. Sie hatte ihm Privilegien aus den Rippen geleiert, zum Beispiel dass sie Gesellschaft hatte, wenn er beruflich wegmusste. Oder dass sie andere Kost bekam. Oder dass sie sich die Predigt mit ihm anhören durfte. Nur wegen ihres hübschen Gesichts und des schönen langen Haars ...

Er spürte, dass er eine Erektion bekam, und wischte sich eine Träne des Zorns aus dem Gesicht.

Bist du rein in Wort und in Tat?

Nein, Vater. Weder in Wort noch in Tat. Ich war sehr, sehr böse.
Er kaute auf dem Ende des Pinsels herum, bis ihm das Plastik in die Zunge schnitt. Jetzt musste er ihr Porträt fertigstellen, auch wenn er nicht glücklich darüber war. Und das brachte ihn so aus der Fassung. Das war die Wurzel seiner Wut, wie ihm jeder Psychiater bestätigen würde. Katy hatte ihn dazu gezwungen. Sie hatte ihn gezwungen, zum Pinsel zu greifen, und es machte ihm keinen Spaß. Sie hatte ihn um das Vergnügen am Malen betrogen und eine traurige, mühevolle Pflicht daraus gemacht.

Er mischte seine Farben auf der Schlagzeile des *Miami Herald*.

KINDERPROSTITUTIONSRING IN PALM BEACH GESPRENGT; VATER VON VERMISSTEM MÄDCHEN AUS CORAL SPRINGS VERHAFTET.

Er mischte einen Spritzer Ebenholz in das Rauchgrau. Von der Pinselspitze fiel ein Tropfen auf das Gesicht von FDLE Special Agent Supervisor Robert Dees. Sah er nicht smart aus? Wieder mal auf der Titelseite – dieses mediengeile Arschloch. Nicht mal der fette Dummkopf von Vater, den sie verhaftet hatten, schaffte es ganz nach vorn – sein Foto war auf Seite drei verbannt.

Er nahm den Pinsel und verschmierte den Farbklecks auf Special Agent Supervisors ruhmsüchtiger Visage. Er würde dem *Herald* und dem *Sun Sentinel* und MSNBC schon zeigen, wer wirklich in die Schlagzeilen gehörte. Dank ihm war der «Held unter uns» überhaupt im Spiel – genauso schnell konnte er ihn wieder rauswerfen. Er konnte ihn mit einem Zug vom Spielfeld fegen. Denn in Wahrheit steckte Bobby Dees viel tiefer drin, als er sich in seinem smarten Special-Agent-Köpfchen vorstellen konnte. Und bald schon würde es die ganze Welt zu sehen bekommen. Einen kurzen Augenblick tat er ihm fast leid – wegen des Kummers, der ihm bevorstand –, doch das Mitgefühl war schnell verflogen. Er lächelte in sich hinein und führte den Pinsel zu der gespannten, weiß grundierten Leinwand. Der stechende Geruch der Ölfarben war berauschend, und das Gewicht des Pinsels in seiner Hand, schwer von Farbe, war erlösend.

«Jetzt halt still», sagte er in einem Singsang zu der hässlichen, stacheligen Enttäuschung, die vor ihm saß. Endlich hatte sie aufgehört, an den Ketten zu zerren, und ihr Kopf fiel im perfekten Winkel nach links. Das Licht war genau richtig.

«Genau so», gurrte er. «Und jetzt sperr deinen bösen Schnabel auf und zeig mir, wie du schreist …»

62

«Männlicher Weißer, zwischen fünfundzwanzig und fünfzig Jahre alt. Wahrscheinlich Angestellter», erklärte Christine Trockner, Profilerin des FDLE, der Gruppe von Ermittlern und Special Agents, die sich um den Konferenztisch des Crimes-Against-Children-Dezernats versammelt hatten. Wie versprochen hatten die Polizei von Miami-Dade und das Büro des Sheriffs von Broward je zwei Beamte zur Verfügung gestellt. Auch die City of Miami hatte einen Mann geschickt. Zusammen mit Larry, Ciro, Veso und Bobby bestand die Sonderkommission Picasso nun offiziell aus neun Köpfen. Zehn, wenn man Zo dazu zählte, der neben Bobby saß. Allerdings hatte Zo mehr oder weniger das MROC zu leiten, während Foxx hauptsächlich gesellschaftliche Termine wahrnahm und nach Tallahassee flog, um sich beim Polizeipräsidenten einzuschmeicheln; deswegen sollte Zo sich aus taktischen Operationen oder Spezialeinheiten heraushalten. Doch auch wenn er mit fliegenden Fahnen zum Assistant Special Agent in Charge befördert worden war, der steife Anzug zwickte ihn. Eigentlich fühlte er sich zur Truppe gehörig.

«Vielleicht arbeitet er in Teilzeit», fuhr Christine fort. «Seinem Umgang mit Ölfarben, dem Gebrauch professioneller Produkte und seiner Fertigkeit nach zu schließen, hat er wahrscheinlich einen Kunstkurs am College belegt oder Malstunden genommen. Trotzdem gehe ich davon aus, dass er Hobbymaler ist, also nicht beruflich malt. Er hat eindeutig eine gestörte Beziehung zu

Frauen, weshalb er es auf jüngere Frauen abgesehen hat, insbesondere Teenager, die noch nicht zu voller Reife herangewachsen sind und ihn zurückweisen könnten. Vielleicht ist er impotent. Vielleicht wurde er als Kind geschlagen oder missbraucht, und wahrscheinlich hat er ein schlechtes Verhältnis zu seiner Mutter, falls sie noch lebt. Er könnte verheiratet sein, und wenn ja, ist er sehr unterwürfig. Ich würde aber eher darauf tippen, dass er Single ist. Wahrscheinlich Einzelgänger. Keine Freunde, auch bei der Arbeit eher isoliert. Ungesellig.»

«Damit ich das richtig verstehe», sagte Larry langsam. «Wir suchen nach einem ungeselligen männlichen Weißen zwischen fünfundzwanzig und fünfzig, der seine Mami nicht mag und sich für jüngere Frauen interessiert? Und das soll die Suche eingrenzen? Wenn du das Hobby weglässt, hast du gerade, na ja, jeden Einzelnen von uns beschrieben.»

Alle lachten.

«Was hast du erwartet, ein Foto und eine Adresse?», antwortete Christine lächelnd. «Täterprofile zu erstellen ist keine Wissenschaft. Es ist eine psychologische, auf Verhaltensforschung gestützte Analyse, die eventuell hilft, den Kreis der Verdächtigen einzuschränken. Habt ihr euch schon die Kunstschulen angesehen? Das ist vielleicht ein guter Anfang.»

«Ja», sagte Bobby. «Und wir hören uns bei Galerien um, vielleicht erkennt jemand den Stil wieder. Wir haben auch einen Kunstexperten beim FBI oben in New York, der sich hochaufgelöste Fotos beider Gemälde ansieht, mal sehen, ob ihm was auffällt. Aber wir sind in der Zwickmühle, Christine. Die Gemälde sind Beweismaterial – drastisches, verstörendes Beweismaterial –, und ich muss sehr vorsichtig sein, wem ich sie zeige; ein paar Details müssen wir zurückhalten, um Verrückte und falsche Bekenner herauszusieben. Und dann sind da die Medien. Die würden die Bilder zu gerne in die Finger kriegen, um sie in jeder Sendung auszustrahlen und ihre Quoten damit zu steigern.»

«Wie heißt nochmal dieser Reporter von Channel Six? Felding? Ich bin mir sicher, dass er ein paar Fotos auf seinem Laptop gebunkert hat», bemerkte Jeff Amandola, der von Miami-Dade kam. «Ich wette, der Mädchenfänger ist das Beste, was seiner Karriere je passiert ist.»

«Das glaube ich auch. Deshalb haben wir ihm einen Maulkorb verpasst», antwortete Bobby. «Was ist mit einer pädophilen Vergangenheit, Christine? Sollen wir danach suchen?»

«Er ist kein Pädophiler», erklärte sie kopfschüttelnd. «Er sucht sich weibliche Teenager aus, die körperlich entwickelt sind. Ich vermute, bei älteren Frauen fürchtet er die emotionale Reife, aber er hat es nicht auf kleine Kinder abgesehen. Auf den Fotos, die Lainey ihm wahrscheinlich über das Internet geschickt hat, sieht sie jedenfalls nicht aus wie dreizehn. Wahrscheinlich hat sie behauptet, sie wäre älter. Ich glaube nicht, dass er als Pädophiler oder auch nur als Sexualtäter gespeichert ist. Der Kerl ist äußerst dreist, dreister als jeder andere Serienmörder, der mir begegnet ist. Er fordert dich persönlich heraus, Bobby, und er schickt euch selbstgemachte Spuren, ohne Angst, dass ihr ihn daraufhin identifizieren könntet. Ich glaube also nicht, dass er aktenkundig ist. Im Gegenteil, ich schätze, er ist schon seit längerer Zeit aktiv. Wie ein Prostituiertenmörder hat er sich, wenn du mit deiner Theorie richtigliegst, Bobby, mit gutem Grund auf ein sehr flüchtiges Segment der Bevölkerung spezialisiert – das bekanntermaßen schwer nachzuverfolgen ist: junge Ausreißerinnen. In Südflorida allein werden Hunderte von Teenagern vermisst; im ganzen Land sind es Hunderttausende. Die Dunkelziffer ist noch viel höher. Er hat also einen ziemlich großen Pool an potenziellen Opfern, um sich Appetit zu holen und zu üben. Vielleicht treibt er schon jahrelang sein Unwesen. Von den alten Hämatomen und Narben an Gale

Sampsons Leiche wissen wir, dass er seine Opfer eine Zeitlang gefangen hält. Und falls er die drei Mädchen seit ihrem Verschwinden hatte, sind das bedeutende Zeiträume, Monate vielleicht. Er hat also die Möglichkeit, die Mädchen festzuhalten, vielleicht mehrere gleichzeitig, und er hat das Selbstvertrauen, ihnen Gewalt anzutun. Außerdem ist mir aufgefallen, dass er beim Foltern ziemlich versiert ist, was bedeutet, dass er auch dies schon längere Zeit tut. Wie wir alle wissen, eskaliert die Brutalität von Serientätern im Allgemeinen mit der Zeit; häufig fangen sie mit Tieren an, dann gehen sie zu Menschen über. Beim Sexualtäter gibt es oft eine Spannerphase, gefolgt von Einbruch und schließlich Vergewaltigung. Von da aus kann es weiter eskalieren zu Entführung, damit er mehr Zeit hat, seine Folterphantasien auszuleben, und am Ende zu Mord.»

Es war still. Bobby atmete durch. «Das bedeutet», sagte er und zeigte auf das Tatortfoto von Gale Sampson in ihrem Smiley-T-Shirt auf der Matratze mit dem Messer in der Brust, «er hat *das hier* nicht zum ersten Mal getan.»

Christine nickte. «Es gibt weitere Opfer. Seht euch ungelöste Mordfälle an, die vielleicht mit Verstümmelungen einhergehen, wobei es sein kann, dass er damit jetzt erst angefangen hat.»

«Das tun wir bereits», sagte Zo. «Aber in den Archiven der letzten fünf Jahre liegen mehr als nur ein paar ungeklärte Morde an nicht identifizierten jungen Frauen. Wir sprechen von mindestens fünfzig, und das sind nur vier Bezirke. Leider ist Picasso nicht der einzige Böse in der Stadt.»

«Vergesst nicht, dass er vielleicht auch nur ein Durchreisender ist. Vielleicht ist er mobil, obwohl Serientäter normalerweise Gebiete bevorzugen, in denen sie sich auskennen», sagte Christine.

«Warum jetzt?», fragte Bobby. «Warum taucht er ausgerechnet jetzt auf? Mit zwei Porträts in zwei Wochen? Eine ganze Weile fliegt er unter dem Radar, wie du sagst, und jetzt ist er explodiert?

Warum? Normalerweise gibt es zwischen den Verbrechen von Serientätern doch eine Karenzzeit.»

«Ich vermute, ihn hat die Tatsache aufgestachelt, dass seine Verbrechen bisher nicht als solche erkannt wurden. Viele Serientäter wollen Aufmerksamkeit. Zuerst phantasieren sie von ihren Taten, dann begehen sie sie, und danach wollen sie das Erlebnis wiederholen, indem sie Berichte darüber lesen oder in den Nachrichten sehen. Oft sind die Täter sogar bei den ersten Gesichtern in der Menge, die sich am Tatort versammelt, weil sie sehen wollen, wie die anderen reagieren. Sie geilen sich daran auf. Aber vielleicht hat den Kerl eine Weile lang niemand bemerkt, seine ‹Leistungen› sind nicht gewürdigt worden, und jetzt reagiert er zum Teil auf die explosive Aufmerksamkeit, die er plötzlich von der Presse und landesweit von den Medien bekommt. Er will nicht, dass der Rummel wieder abflaut. Das würde die kurze Zeitspanne zwischen dem Verschicken beider Porträts erklären. Wie ich erklärt habe, die Karenzzeiten zwischen den Morden können in den Monaten oder sogar Jahren, in denen er nicht bemerkt wurde, geschrumpft sein. Jetzt ist er dreist geworden und befindet sich auf der nächsten Ebene – er fordert Bobby heraus und will ihn zwingen, ihn anzuerkennen.»

«Aber warum Bobby?», fragte Zo. «Das mit dem Reporter kapiere ich, weil er damit direkt an den Medienrummel kommt, wie du gesagt hast. Aber warum Bobby? Warum hat er die Porträts ihm gewidmet? Bobbys Namen an den Tatorten hinterlassen? Sollen wir uns eine Liste von Bobbys persönlichen Feinden vornehmen? Typen, die er in der Vergangenheit eingebuchtet hat? Gibt es dabei spezielle Anhaltspunkte?»

«Gute Frage. Offensichtlich hat er dich mit Bedacht ausgesucht, Bobby», antwortete Christine. «Ich glaube nicht, dass er unbedingt ein Erzfeind ist oder jemand, den du hinter Gitter gebracht hast, auch wenn wir die Möglichkeit nicht ganz außer

Acht lassen dürfen. Aber ich denke, dass es sich eher um eine Art sportlichen Wettkampf handelt.»

«Einen sportlichen Wettkampf?», fragte Ciro.

«Dein Ruhm eilt dir voraus, Bobby. Du hast dir mit Fällen von vermissten Teenagern und Kindesentführungen landesweit Lorbeeren verdient. Du hast alle möglichen Auszeichnungen erhalten; deine Fälle und deine Arbeit waren auf den Titelseiten aller Zeitungen und Zeitschriften, von der *New York Times* bis zum *Enquirer*. Erst kürzlich wurdest du von *People* zum ‹Helden unter uns› gekürt, und es wurde über deinen Spitznamen ‹Shepherd› berichtet, weil du die rätselhaftesten Entführungen aufdeckst und die Schäfchen nach Hause bringst. In Fällen wie dem jetzigen. Picasso fühlt sich wie David, der Goliath zum Duell herausfordert.»

«Irgendeine Ahnung, wann er wieder zuschlägt?», fragte Raul Carrera, der ebenfalls vom Miami-Dade PD kam. «Womit müssen wir rechnen?»

Christine hatte bereits begonnen, ihre Tasche zu packen, doch jetzt hielt sie inne. «Oh, ich gehe davon aus, dass er schon zugeschlagen hat. Solange ihn nichts oder niemand davon abhält, seine kranken Phantasien auszuleben, macht er einfach weiter wie bisher, holt sich das nächste Opfer aus seiner Sammlung, wo immer die sein mag, und malt euch ein Bild seiner jüngsten und tollsten Tat. Rechnet mit etwas, das noch brutaler ist. Noch schockierender. Der Kerl hat den Geschmack des infamen Ruhms gekostet, Gentlemen, und wie bei einem Dschinn ist es unmöglich, ihn wieder in die Flasche zu schicken. Es macht ihm zu viel Spaß, als dass er freiwillig damit aufhören würde.»

63

In der Abteilung für Jugendschutz LEACH – Law Enforcement Against Child Harm – bei der Behörde des Sheriffs von Palm Beach trug der ehemalige Special Investigations Detective Mike Hicks den Spitznamen «der Schwanzmagnet». Und das aus gutem Grund. In neun von zehn Fällen brauchte er sich nur ein paar Minuten lang im Internet einzuloggen und einen Chatroom zu betreten, und schon umschwärmten ihn die Perversen wie Fliegen die Scheiße. Sein Rekord lag bei fünfundvierzig Sekunden für ein ausdrückliches Angebot, womit er schneller war als jeder andere Computer-Lockvogel der LEACH-Spezialeinheit.

Mit seinen knapp eins achtundsiebzig, hundertzehn Kilo und neunundvierzig Jahren sah Mike bestimmt nicht aus wie die Vierzehnjährige, die «TOTAL auf Joe Jonas» stand, die Farbe Pink, M&Ms, Regenbogen, Weimaraner-Welpen (sooo süüüß!) liebte und rund um die Uhr Achterbahn fahren wollte. Oder die ALLES HASSTE, was mit Miley Cyrus/Hannah Montana zu tun hatte (würg!), Geschichte (wen kümmert's, was vor 500 Jahren passiert ist??? reden wir lieber über HEUTE ☺), Schweißgeruch (besorg dir ein Deo; benutz es) und Plastikmenschen, die nicht wussten, WIE man die WAHRHEIT sagte. Und er sah auch kein bisschen so aus wie das freche, brünette, blauäugige Mädchen mit den langen Locken auf seinem MySpace-Profilfoto.

Als die LEACH-Spezialeinheit vor fast zehn Jahren gegründet wurde – als Reaktion auf das damals neue, strafbare Wildern im

Internet durch Sexualtäter –, war das Computerzeitalter längst auf der Höhe, nur Mike war es nicht, wie die meisten orientierungslosen Erwachsenen angesichts des neumodischen Techno-Spielzeugs, das sich alle zwei Wochen ändert, nicht auf der Höhe waren. Und wahrscheinlich hätte Mike in den nächsten paar Jahrzehnten einfach glücklich darüber gestaunt, was Mobiltelefone so alles konnten, hätte er nicht zwei wirklich hübsche Töchter gehabt, die just im Jahr 1990 zu Teenagern heranwuchsen. Und da die beiden zwölf- und dreizehnjährigen Mädchen Sherry und Lisa weder wählen noch trinken noch rauchen oder fluchen durften, kannten sie sich mit dem unheilvollen Metallding im Wohnzimmer auf dem Schreibtisch längst viel besser aus als ihr Vater. Und das wussten sie auch, was ihn besonders wurmte. Sie kannten die geheimen Abkürzungscodes und hatten Instant-Messenger-Konten, bevor Mike begriffen hatte, was zum Teufel Instant Messenger war. Doch weil er ein Cop war und weil er sich lebhaft daran erinnerte, was *er* als Kind angestellt hatte und wovon seine Eltern bis heute nichts ahnten, schwor er sich, als seine Töchter zu Teenagern heranwuchsen, dass er niemals so vorsätzlich ignorant sein würde. Also meldete er sich freiwillig, als LEACH eingerichtet wurde und im Sheriff's Office nach ein paar Techno-Lockvögeln gesucht wurde, ohne auch nur zu ahnen, wofür zum Beispiel LOL stand. Eigentlich hatte es nur ein kleiner Ausflug werden sollen, um Einblick in die Teenagerszene zu bekommen. Zehn Jahre später war er immer noch dabei. Seine Kinder waren längst erwachsen und aus dem Haus, nur er schien mit jedem Jahr jünger zu werden. Heutzutage war elf das neue dreizehn. Damals hätte sich niemand vorstellen können, dass der verschnarchte Mike Hicks eines Tages ein glaubhafterer Teenager als ein mittelalter Cop und Großvater in spe sein würde.

Heute hieß er Janizz, ihre Freundinnen nannten sie Skittles. Sie war fast vierzehn – große Party am sechzehnten Dezember!!! –, wohnte in Riviera Beach und lernte gerne neue Leute kennen. Janizz stieg in den Whirlpool, einen lokalen Chatroom auf Teen-Spot.com. Das Thema der Unterhaltung war schlicht und einfach: «Im Whirlpool Spaß haben und entspannen. Jeder ist willkommen.» Im Moment chatteten einunddreißig Mitglieder.

Janizzbaby: was läuft, alle?

Innerhalb von Sekunden tauchten blitzschnell ein halbes Dutzend Antworten auf dem Bildschirm auf. Mrpimpin16, lowtone, sykosid, drinkpoison, nastyboy, zzzzho. Und nach einer Minute öffnete sich oben ein kleines graues Fenster:

> **TheCaptain möchte allein mit dir chatten:**
> **… was läuft bei dir? long time no c, janizz.**
> **wo warst du?**

Der Captain. Mike kannte den Benutzernamen. Er war ihm, natürlich nicht als Janizz, sondern unter anderen Namen, auch schon in anderen Chatrooms begegnet. Der Typ war ziemlich aggressiv, wenn er sich richtig erinnerte. Er ging sein Protokoll durch. Ja, sicher, auch Janizzbaby hatte schon mit dem Kapitän geplaudert. Er klickte auf das Chat-Feld.

Janizzbaby: hausarrest ☹

TheCaptain: shit. warum?

Janizzbaby: frag mich mal. war um 24 zu hause.

TheCaptain: böses mädchen

Janizzbaby: nee. eigentlich bin ich ganz brav ☺

TheCaptain: oho. braves böses mädchen. 24 uhr. wie alt bist du nochmal?

Janizzbaby: 14. große party im dezember. und du?

TheCaptain: 17. große party letzten monat. du warst böse – 24 uhr – warst du mit jmd unterwegs?

Janizzbaby: schön wär's

TheCaptain: ich hab von dir geträumt

Janizzbaby: wo warst du? hast du im whirlpool auf mich gewartet?

TheCaptain: war draußen spielen.

Janizzbaby: wenigstens bist du ehrlich.

TheCaptain: war nur spaß. hab dich vermisst ☹ … jetzt wo ich weiß, dass du auf der suche bist …

Janizzbaby: hab ich nicht gesagt

TheCaptain: brauchst du nicht. aber du solltest nachts nicht unterwegs sein. jede menge psychos da draußen.

Janizzbaby: oho. seh ich aus, als hätte ich angst? hab mich nur amüsiert.

TheCaptain: hab deine pix gesehen. scharf. psychos sind ganz heiß auf dich.

Janizzbaby: danke. glaub ich.

TheCaptain: du bist scharf, mehr sag ich nicht. du brauchst 1 beschützer.

Janizzbaby: und wer soll das sein?

TheCaptain: ich such grad 1 job ☺

Janizzbaby: hmmmm …

TheCaptain: ich pass auf, dass du keinen ärger kriegst. bring dich pünktlich nach hause und ins bett. deine mom wird auf mich stehen ☺ tun alle mütter.

Janizzbaby: sch* auf sie. gibt's noch andere?

TheCaptain: nicht, wenn ich dich hab. ich kann nur 1 lieben …

Es war ein interessanter, fragiler Tanz der Worte. Um nach dem Computerpornographie- und Kindesmissbrauchs-Gesetz jemanden erfolgreich anklagen zu können, weil er Minderjährige im Internet zu sexuellen Taten angestiftet hatte, mussten bestimmte magische Stichworte fallen, und sie durften nicht von Mike alias

Janizzbaby kommen. Die effektivste Verteidigung gegen eine Anklage nach § 847.0135 war die Behauptung, die Worte in den Mund gelegt bekommen zu haben. Anders gesagt: «Bu-huu! Ich hätte die schlimmen Sachen nie gesagt, wenn der manipulative Zivilbulle mich nicht dazu gedrängt hätte!» Mike war vorsichtig. Und geduldig. Kein Anstiften, Ermutigen, Bitten, Überzeugen. Die Einladung musste vom Täter kommen.

Dreißig Minuten und jede Menge Geplänkel später kam sie.

    TheCaptain: muss dich treffen ☺

    Janizzbaby: ha

    TheCaptain: im ernst

    Janizzbaby: was willst du?

    TheCaptain: dich

    Janizzbaby: mehr nicht?

    TheCaptain: doch. TTA. wieder ehrlich.

TTA war die Abkürzung für «tap that ass», Straßenslang für «Ich will dich vögeln». Was als magisches Stichwort galt.

    Janizzbaby: bin noch jungfrau

    TheCaptain: umso besser

    Janizzbaby: vielleicht nicht. bin ein braves
                mädchen, schon vergessen?

TheCaptain: ich könnte dich umstimmen. unglaublich, was ich mit den händen kann.

Janizzbaby: kannst es ja versuchen ☺

TheCaptain: donnerstag. muss dich treffen.

Janizzbaby: kann nicht. muss babysitten.

Eine zu schnelle Einwilligung könnte ihn misstrauisch machen, und er erriet vielleicht, dass Janizz ein Cop war.

TheCaptain: freitag?

Janizzbaby: hab bis 16 sport.

TheCaptain: danach.

Janizzbaby: vielleicht.

TheCaptain: @PBLHS, oder?

PBLHS stand für Palm Beach Lakes High School. Offensichtlich hatte er in Janizzbabys Profil gestöbert.

Janizzbaby: ja

TheCaptain: mcd australian ecke 45. ist das in der nähe?

MCD stand für McDonald's.

Janizzbaby: kenn ich

TheCaptain: ich fahre einen neuen schwarzen bmw. 16:30

Janizzbaby: o – abendessen muss aber was besseres sein als mcd

TheCaptain: keine sorge. kenne einen besonderen ort, wo wir uns beschnuppern können.

Janizzbaby: wo?

TheCaptain: mit frischer bettwäsche.

Janizzbaby: ich zieh was hübsches an

TheCaptain: nicht zu viel

Janizzbaby: böser junge. muss um 21 zuhause sein. ernsthaft

TheCaptain: zeit genug

Janizzbaby: ich bin jungfrau …

TheCaptain: bin ganz sanft, wie gesagt ☺ ich lass mir zeit

Janizzbaby: muss los. tlk 2u l8r.

Talk to you later. Wir sprechen uns später.

TheCaptain: bleibt's dabei?

Janizzbaby: ja. ok. aber bring bloß keine freunde mit.

TheCaptain: nur ich.

Janizzbaby: und keine kameras.

TheCaptain: ☹ ok.

Janizzbaby: ok. bye

Mike verließ den Chatroom und unterrichtete den Rest der Spezialeinheit von seinem Rendezvous am Freitag bei McDonald's. Dann beantragte er die Genehmigung, die Registrierungsinformation für das TeenSpot.com-Konto von TheCaptain einzusehen, auch wenn er sich nicht allzu viel davon versprach. Meistens benutzten Cybertäter falsche E-Mails mit unauffindbaren IP-Adressen; man erwischte sie nur, indem man sie ans Tageslicht lockte und auf frischer Tat ertappte. So kam man auch der Entschuldigung zuvor: «Ich war's nicht, es war der Computer, der all die bösen Dinge gesagt hat», genauso wie dem Argument, angeblich Worte in den Mund gelegt bekommen zu haben. Bei einer Verabredung mit einer vierzehnjährigen Jungfrau tatsächlich aufzutauchen, bewies unwiderlegbar Eigeninitiative. Als er den Bericht schrieb, fragte sich Mike, was für ein Mensch dieser Captain sein mochte. Wer würde am Freitag in dem neuen BMW sitzen? Er hatte schon alle möglichen Sorten von Menschen in allen möglichen Autos vorfahren sehen – vom Ferrari bis zur letzten Klapperkiste –, und nichts und niemand überraschte ihn noch. Erst vor ein paar Jahren war es der Wetteransager von Miami TV gewesen, Bill Kamal, der strahlend und mit einem Handschuhfach voller Kondome aufgekreuzt war, um sich vor einem Restaurant mit einem vierzehnjährigen Jungen zu treffen, mit dem er, wie er dachte, ins Heu hüpfen wollte. Vor ein paar Monaten hatte ein Bundesstaatsanwalt aus Nordflorida in Michigan am Flughafen gestanden, um sich mit einer Dora-Puppe und einer Dose Vaseline in der Tasche mit einer Fünfjährigen zu treffen. Es konnte am Freitag jeder sein, von seinem eigenen Vorgesetzten bis zum Chef einer Bank.

Mike beendete seinen Bericht und loggte sich aus TeenSpot aus. In einem anderen Chatroom sah er zu, wie sexuell aufgeladene, oft mit Drogen in Verbindung stehende Abkürzungen hin und her flogen. Niemand sagte, wer er wirklich war. Ein Junge, makeitfit12, fragte ständig nach heißen Singles, die gern wild feierten: «Je jünger, je härter.» Es wurde nicht um den heißen Brei geredet. Nicht mal ein kleines freundliches verbales Vorspiel. Selbst das Sexting – das Versenden explizit sexueller Textnachrichten – wurde immer unpersönlicher.

Er sprang noch einmal in den Whirlpool, um zu sehen, ob TheCaptain noch da war. Doch er war fort. Dafür hatte sich ein neuer Name eingeloggt, Babygurldee. Mrpimpin16, drinkpoison und sykosid überschlugen sich mit Begrüßungen.

Wie Fliegen auf der Scheiße ...

Mike war froh, dass seine Mädchen inzwischen erwachsen waren.

64

Noch vor einigen Wochen war Mark Felding ein Niemand gewesen. Jetzt konnte er es ja zugeben. Verzweifelt hatte er versucht, sich an einer Karriere festzuklammern, die er seit Jahren nicht in den Griff bekam – war von Sender zu Sender getingelt und hatte mit ein paar Schmusefeatures um Sendezeit gebettelt, immer fürchtend, am nächsten Freitag liege die Kündigung auf seinem Tisch. Und privat ... Mark hatte leider feststellen müssen, dass Miami genauso oberflächlich war wie L.A. und niemand sich mit einem Mann einlassen wollte, der nur *beinahe* ein Jemand war. Warum die Zeit verschwenden mit einem, der auf dem absteigenden Ast saß? Die Mädchen in Südflorida waren heiß, eng und jung, doch sie schmiegten sich lieber an jemandes Arm, der entweder äußerlich mit ihnen in einer Liga spielte oder für sie kaufen konnte, was immer sie zum Ausgleich brauchten. Mark sah nicht schlecht aus, doch die Haartönung glättete seine Falten nicht, und selbst ein paar wöchentliche Stunden im Fitnessstudio machten aus seinen Rettungsringen keinen Waschbrettbauch. Egal wie sehr er sich anstrengte, der Zahn der Zeit nagte an ihm, und auch wenn das Alter mit Männern gnädiger umging als mit Frauen, das hier war immer noch Südflorida, und alles, was nicht ganz perfekt war, war Ausschussware. Und was die Möglichkeiten des Kompensierens durch Charme und einen dicken Geldbeutel anging, so konnte Mark froh sein, wenn er sich selbst zum Essen einladen konnte. Ein aufstrebendes Supermodel zu Wein und Köstlichkeiten auszuführen lag allerdings jenseits seines Budgets.

Wie hatten drei Wochen alles verändert.

Heute, als er im Walgreens in der Schlange stand, um Zahnpasta zu kaufen, war jemand auf ihn zugekommen und hatte gesagt: «Hey! Sind Sie nicht der von ... na klar! Von den Nachrichten!» Die Leute auf der Straße begannen ihn zu erkennen. Es war ein angenehmes Gefühl. Jetzt dauerte es nicht mehr lange, bis all die heißen, engen, jungen Möchtegern-Supermodels ihre Sugardaddys sitzenließen und ihm eine zweite Chance gaben. Mit der landesweiten Publicity, die er zurzeit bekam, würde er schon bald am Wochenende moderieren.

Natürlich war der Erfolg nicht allein sein Verdienst. Er tippte mit dem Finger auf den gelben Umschlag, der auf dem Esstisch lag. Auf dem Adressetikett klebte in Zeitungsbuchstaben sein Name.

Mark wischte sich mit dem Handrücken den Schweiß von der Oberlippe und trank noch einen Schluck Whisky. Dann griff er zum Telefon. In Anbetracht ihrer holprigen jüngsten Geschichte rechnete er allerdings nicht damit, dass Special Agent Robert Dees ans Telefon ging.

Er hatte recht. «Agent Dees», sagte Mark nach dem Piepton und versuchte, seiner Stimme einen ruhigen Klang zu geben. «Hier spricht Mark Felding von Channel Six. Ich weiß, es ist spät, und ich weiß, dass wir in letzter Zeit, na ja, Probleme hatten, aber wir müssen Frieden schließen, denn ich habe hier wieder einen Umschlag. Ich meine, *hier bei mir zu Hause*. Ich bin eben aus dem Studio gekommen und habe ihn unter der Tür gefunden. Ich rufe bei Ihnen an, weil ... na ja, Sie wissen, warum – Sie machen die Show. Und ich bin ziemlich erschrocken, dass der Kerl weiß, wo ich wohne. Rufen Sie mich an, sobald Sie diese Nachricht bekommen.»

Es war vollkommen still in der dunklen Wohnung. Das einzige Geräusch war die Küchenuhr zwei Türen weiter, die wie in einer Gameshow die Sekunden abzählte. Mark blieb am Esstisch sitzen, trank den Whisky aus und schenkte sich noch einmal nach, während er darauf wartete, dass das Telefon klingelte.

65

Bobby machte kein Licht und warf einen Blick auf das Handy auf dem Nachttisch. Sein rechter Arm war beschützend um die schlafende LuAnn gelegt. Auf dem Display sah er den Namen aufleuchten: **Mark Felding**.

Warum zum Henker rief dieser Blödmann mitten in der Nacht bei ihm an? War der betrunken?

Er dachte zurück an den Abend in der Bar nach dem grausigen Fund von Gale Sampsons Leiche im Regal Hotel. Noch bevor Bobby eintraf, hatte Mark Felding bereits einige Whiskys intus gehabt. Gut möglich, dass er blau war und mitten in der Nacht Bobbys Nummer wählte, um ihn mit weiteren Fragen oder «Theorien» zu dem Fall zu nerven. Die anscheinend willkürliche Entscheidung eines Wahnsinnigen, einen abgehalfterten Reporter als Botenjungen auszuwählen, hatte nicht nur dessen Karriere wiederbelebt, sondern dem Idioten auch noch Flausen in den Kopf gesetzt, er wäre der neue Bob Woodward. Er tat fast so, als würde er bei der Lösung des Falls gegen Bobby antreten. Bobby starrte das Telefon an und wartete, dass etwas passierte.

Warum zum Teufel rief er so spät an?

Vielleicht hatte er ihm etwas Wichtiges mitzuteilen. Vielleicht gab es ein neues Gemälde.

Bobby schloss die Augen. Noch ein Opfer. *Bitte nicht ...*

Es war spät. Die Post im Sender wurde lange vor Mitternacht

ausgeliefert, oder? Also musste es das nächtliche Geschwätz eines Betrunkenen sein, der Lust hatte, Detektiv zu spielen.

Bobby rieb sich die Augen. *Bitte lass den Wahnsinn enden ...*

Das Telefon gab ein Läuten von sich, mit dem es eine neue Nachricht anzeigte.

«Du gehst besser ran», flüsterte LuAnn in die Dunkelheit. Auch sie war hellwach.

Bobby nickte. «Ich höre die Nachricht ab. Vielleicht ist es nichts Wichtiges.»

«Wer ist es?»

«Das willst du nicht wissen.» Sie wussten beide, dass um die Uhrzeit niemals gute Nachrichten kamen, ganz gleich, von wem. Er setzte sich auf die Bettkante und hörte die Mailbox ab.

Hier spricht Mark Felding von Channel Six. Ich weiß, es ist spät, und ich weiß, dass wir in letzter Zeit, na ja, Probleme hatten, aber wir müssen Frieden schließen, denn ich habe hier wieder einen Umschlag. Ich meine, hier bei mir zu Hause. Ich bin eben aus dem Studio gekommen und habe ihn unter der Tür gefunden. Ich rufe bei Ihnen an, weil ... na ja, Sie wissen, warum – Sie machen die Show. Und ich bin ziemlich erschrocken, dass der Kerl weiß, wo ich wohne. Rufen Sie mich an, sobald Sie diese Nachricht bekommen.

Bobby stand auf und ging ans Fenster.

«Ich habe es gehört», flüsterte LuAnn mit zitternder Stimme. «Ich habe gehört, was er gesagt hat.»

«Ich muss los», sagte Bobby und drückte auf Rückruf. «Versuch du zu schlafen.»

«Dafür ist es jetzt zu spät.» Sie setzte sich auf und schlang die Arme um die Knie. Er wusste, was sie dachte. Er wollte sie trösten, doch er konnte nicht. Er hatte ihr immer noch nichts von Ray erzählt. Also schwieg er.

«Hier ist Dees», sagte er, als Felding nach dem ersten Klingeln am Apparat war.

«Ich wollte gerade den Notruf wählen. Er war bei mir zu Hause, Agent Dees.»

«Schon gut. Ich bin unterwegs. Wo wohnen Sie?»

«In Tamarac. University-Apartments, Ecke University und Hiatus. 304, das heißt Apartment 304 in Block C.» Er hielt den Bruchteil einer Sekunde inne, bevor er sagte: «Es ist schlimm. Richtig, richtig schlimm ...»

«Fassen Sie nichts an, Mark! Machen Sie den Umschlag nicht auf.»

«Zu spät. Ich habe es mir angesehen. Ich musste reinsehen.»

«Dann legen Sie es hin und lassen Sie die Finger davon. Lassen Sie es einfach liegen. Ich bin auf dem Weg!»

Er legte auf und zog sich hastig an, während er Zo und den Rest der Sonderkommission anpiepte.

Rechnet mit etwas, das noch brutaler ist. Noch schockierender. Der Kerl hat den Geschmack des infamen Ruhms gekostet, Gentlemen, und ihn zu bremsen ist genauso unmöglich, wie einen Dschinn zurück in die Flasche zu schicken. Es macht ihm zu viel Spaß, als dass er freiwillig damit aufhören würde.

Wie konnte die Entführung, Folterung, Ermordung und Verstümmelung zweier junger Schwestern an Brutalität übertroffen werden? Was konnte dieser Wahnsinnige getan haben, das, wie Christine Trockner erst vor ein paar Tagen gewarnt hatte, noch schockierender war?

Bobby versuchte erst gar nicht, es sich vorzustellen.

66

Nach Tamarac war es von Fort Lauderdale nicht allzu weit – nur etwa zwanzig Kilometer nach Westen. Bobby brauchte fünfzehn Minuten von dem Zeitpunkt, als er in die Hose schlüpfte, sich die Marke umhängte und das Haus verließ. Natürlich nur, weil niemand auf den Straßen war und er hundertzwanzig fuhr.

Was er auf dem Parkplatz der University-Apartments als Erstes sah, war allerdings keine Traube von Streifenwagen mit Sirenen und blinkenden Blaulichtern. Es war der Übertragungswagen von WTVJ Six. Er spürte, wie Wut in ihm aufstieg. Der Transporter musste gerade angekommen sein, denn er sah, wie der Fahrer und der Beifahrer – die ihn ebenfalls musterten – hektisch ausstiegen und ihre Ausrüstung zusammensuchten. Erst als Bobby am Straßenrand parkte und ausstieg, kamen zwei Streifenwagen vom Broward Sheriff's Office mit der Verstärkung an, die Bobby gerufen hatte.

«Sorgen Sie dafür, dass die hier draußen bleiben», wies er einen jungen Beamten in Uniform an, als der Kameramann und sein Assistent über den Parkplatz hasteten, um über die Ziellinie und in den Fahrstuhl zu kommen, bevor sie gestoppt wurden. Sie schafften es gerade bis zum Cola-Automaten. «Keiner geht rauf, der keine Marke hat!», rief Bobby, dann stieg er die Außentreppe hinauf.

Er klopfte an die Tür von Nr. 304. «Felding, hier ist Bobby Dees. Machen Sie auf.» Ein matter, erschöpfter Mark Felding kam an die Tür. Bobby roch den Whisky, noch bevor er den Mund aufmachte und hallo sagte.

«Wo ist der Umschlag?», fragte Bobby beim Hereinkommen. Hinter ihm tauchte Zo auf.

«Alles klar, Mann?», fragte Zo, als er eintrat, und sah sich finster in Marks Wohnung um. Er warf einen Blick in Schlafzimmer und Bad, um sicherzugehen, dass sich dort niemand mit einer Waffe oder mit einer Kamera versteckte. «Ihre Jungs von Channel Six stehen unten, aber sie kommen nicht rauf zu uns. Dass Sie die angerufen haben ... ts, ts. Sie kennen doch die Regeln.»

«Das ist mein Job, Leute. Ich habe nur angerufen, um meinem Produzenten zu sagen, dass ich noch einen Umschlag bekommen habe. Der Form halber, verstehen Sie. Ich weiß nicht, was er mit der Information gemacht hat oder an wen er sie weitergegeben hat.»

«Wen haben Sie diesmal zuerst angerufen?», fragte Bobby sarkastisch.

«Sie», antwortete Mark müde. «Aber die Öffentlichkeit hat ein Recht auf Berichterstattung ...»

«Jaja. Wo ist er?», fragte Bobby wieder. Dann entdeckte er den gelben Umschlag auf dem Küchentisch, neben einem Stapel mit Zeitschriften und Post. In kleinen, aus der Zeitung ausgeschnittenen Blockbuchstaben stand **MARK FELDING** auf dem Etikett. Die Lasche war aufgerissen. Neben dem Umschlag lag eine zusammengefaltete Leinwand mit dem Gesicht nach unten. Auf der Leinwand lag eine kleine weiße Tischkarte, wie man sie bei Hochzeiten benutzt. Selbst aus zwei Meter Entfernung konnte Bobby lesen, was die ausgeschnittenen Buchstaben ergaben:

FDLE SPECIAL AGENT SUPERVISOR ROBERT DEES

Auf dem Flur näherten sich das vertraute Kreischen von Polizeifunkgeräten und der Lärm gehetzter Stimmen. In wenigen Sekunden würde die Wohnung voller Leute sein.

«Bitte sagen Sie mir, dass Sie Handschuhe anhatten, als Sie den Umschlag aufgemacht haben», sagte Bobby.

Wieder zuckte Mark die Achseln und sah zu Boden.

Bobby schüttelte den Kopf. Er konnte den Idioten nicht einmal mehr ansehen. «Zo, sorg dafür, dass keiner die Tür anfasst. Sie sollen den Flur sichern und nach Zeugen Ausschau halten.» Er griff nach der Leinwand.

Mark sah ihn wieder an, mit blutunterlaufenen müden Augen. Er schüttelte den Kopf. «Es ist echt schlimm, Mann ...»

Mit Handschuhen faltete Bobby die Leinwand vorsichtig auseinander. Sein Magen zog sich zusammen, als würde er Achterbahn fahren. Der Schock kam immer dann, wenn man nicht vorbereitet war, wenn man es nicht kommen sah.

Rechnet mit etwas, das noch brutaler ist.

Noch schockierender.

«Wir sind da, Bobby. Die von der Spurensicherung fangen schon an, Fingerabdrücke ...», rief Ciro.

«Das Gelände ist videoüberwacht, nur an diesem Block sind die Kameras kaputt, ausgerechnet. Ich sehe trotzdem nach, und die anderen Blocks ...», bellte eine Stimme.

«Geben wir eine Erklärung raus?», rief eine andere. «Unten fragen sie schon danach ...»

Ein Dutzend Leute sprachen durcheinander, doch Bobby hörte nur das Blut, das in seinem Kopf rauschte. Er starrte das verzerrte Bild an, das er vor sich hatte. Das Mädchen in dem hellblauen T-Shirt und der gestreiften Abercrombie-Strickjacke, die Hände über dem Kopf angekettet, die schmalen Fingerspitzen wunde, blutige Stümpfe. Wie bei den anderen nur leere, schwarze Höhlen anstelle der Augen. Über die Wangen rannen blutige Tränen.

Ihr Mund war von einem schrecklichen Schrei entstellt. Langes, aschblondes Haar fiel ihr über die Schultern, ein paar Strähnen hatten sich in den blitzenden Ketten verfangen, die in mehreren Schlingen um ihren Hals lagen. Darunter, auf der zarten, weißen, sommersprossigen Haut hing ein runder Silberanhänger mit einem verschnörkelten K.

Bobby kannte die Kette. Er kannte das aschblonde Haar, das T-Shirt und den Pullover. Er wusste sogar, wie ihr Atem roch, süß nach Kaugummi, hörte noch ihre melodische Stimme, wenn sie ihm zurief, er solle ihr auf dem Spielplatz zusehen oder im Schwimmbad oder in der Turnhalle, wenn sie auf einer Pyramide von Cheerleadern bis hinauf zur Spitze turnte.

Die Zeit war stehengeblieben, und alles um ihn herum bewegte sich in Zeitlupe. Er sah, wie Mark Felding den Kopf schüttelte, Tränen in den roten Augen.

«Bobby? Was ist los?», fragte Zo leise, als er sich hinter ihn stellte und ihm die Hand auf die Schulter legte. «Shep? Was ist?»

«Verdammt, Zo», antwortete Bobby langsam mit zitternder Stimme. Seine Knie waren weich. Er konnte den Blick nicht von dem makaberen Bild abwenden, das er in Händen hielt. «Es sieht aus wie Katy ...»

67

«Also gut. Es ist ein Zementboden, wie es aussieht, also ist sie entweder in einem Gebäude oder davor. Aber dahinter sind eindeutig Flammen zu erkennen ...»

«Ein Heizkessel vielleicht?», überlegte Jeff Amandola.

Don McCrindle, einer der Ermittler vom Sheriff's Office in Broward, trank einen Schluck Kaffee und kratzte sich am Kopf. «Aber hier scheint die Sonne herein. Heizkessel sind doch im Keller, oder? Und in Florida gibt es keine Keller, richtig?»

«Hat er den Bundesstaat verlassen?», fragte Ciro.

Larry schaltete sich ein. «Das bezweifle ich. Wie zum Teufel sollten wir sie dann finden? Und er will doch, dass wir sie finden, oder? Das hat die Seelenklempnerin gesagt.»

«Sie ist Profilerin», berichtigte ihn Roland Kelly, ein großer, stämmiger Detective des City of Miami Police Department. «Vielleicht hat es was mit Religion zu tun. Feuer und Schwefel», schlug er vor.

«Du musst den verdammten Fernsehprediger abschalten, Kelly», gab Don zurück. «Und hör auf, denen dein Geld hinterherzuwerfen. Der Jüngste Tag kommt nicht so bald.»

«Sehr witzig.»

«Wo sieht man gleichzeitig Flammen und Sonnenschein?», fragte Larry.

«Was ist mit dem Hafen? Gibt's da Verbrennungsöfen?»

«Der Hafen wird streng bewacht, aber du hast recht. Überprüfen wir.» Don nickte. «Ich weiß nicht, ob sie Verbrennungsöfen haben. Wir überprüfen auch Port Everglades. Alles, wo es Rauch oder Feuer gibt.»

Es war drei Uhr früh, und der Versammlungsraum der CAC-Mannschaft war noch voll. Die Mitglieder der Sonderkommission hatten sich über dem schaurigen Porträt, das inzwischen in einer durchsichtigen Plastikhülle steckte, am Konferenztisch versammelt wie Chirurgen über einem Patienten, den sie mit ihren Fragen zu retten versuchten.

«Du musst nicht hier sein», hatte Zo Bobby mehrmals ermahnt. «Geh nach Hause. Wir sagen dir Bescheid, wenn wir weiterkommen.»

Doch Bobby hatte rigoros abgelehnt, zuletzt auf dem Flur der University-Apartments, bevor die Leute der Kommission zurück ins Kommandozentrum übersiedelten. Er würde auf keinen Fall die Verantwortung in diesem Fall abgeben. Falls sich herausstellen sollte – Gott behüte –, dass es wirklich Katy war, würde er dafür sorgen, dass sie nach Hause kam. Er würde für Gerechtigkeit sorgen. Und er wusste aus Erfahrung, dass er das nicht von der Seitenlinie aus tun konnte oder wollte. Also stand er am Kopfende des Konferenztischs, beteiligte sich am Brainstorming und hörte dem ratlosen Geplänkel zu, während er sein Möglichstes tat, nicht auf das gemalte Gesicht in Todesangst zu starren, das vor ihm auf dem Tisch lag.

Gegen vier kam man überein, sich später am Morgen wieder zu treffen, wenn sich alle ein paar Stunden ausgeruht hatten. Doch es bedurfte des Zuspruchs aller neun Männer und eines ernst gemeinten Befehls von Zo, um Bobby dazu zu bewegen, tatsächlich das Gebäude zu verlassen. Er wollte nur eins: den Fall lösen – in seinem Büro, an seinem Computer, den Blick auf die Pinnwand gerichtet, genau wie er es all die Jahre mit Hunderten von Fällen getan hatte. Er wollte keine Pause. Alles, was er wollte, war herausfinden, dass es doch ein anderes Mädchen war, dort auf dem Bild. So schrecklich es für eine andere Familie wäre – es sollte irgendjemand sein, nur nicht Katy. Jede andere, nur nicht sein Kind. Und er wollte nicht nach Hause.

Doch er hatte keine Wahl.

«Weißt du, was heute für ein Tag ist?», fragte er Zo, als sie über den leeren Parkplatz zu ihren Wagen gingen. Von Sonne war noch lange keine Rede, doch über ihnen sangen schon die Vögel in den Palmen. Am Ende des Parkplatzes befanden sich Verwaltungsgebäude und der Sitz der Highway Patrol. Durch die Fensterfront sah Bobby im Eingangsbereich einen Weihnachtsbaum blinken. Bei der Highway Patrol fingen sie jedes Jahr ein bisschen früher mit der Festtagsdekoration an. Es war Ende November, bis Thanksgiving war es noch eine Woche hin. Genau vor einem Jahr hatte er seine Tochter zum letzten Mal gehört oder gesehen.

«Ja, ich weiß», antwortete Zo leise.

«Glaubst du, das ist Zufall?»

«In unserm Geschäft ist gar nichts Zufall, Bobby. Aber der Typ weiß, welche Knöpfe er drücken muss, und ich würde nicht voreilig sein. Welche Kleidung sie bei ihrem Verschwinden trug, steht im Internet, verdammt. Das kann jeder wissen. Kann gut sein, dass er nur mit dir spielt, Shep.»

Bobby nickte.

«Lass mich dich nach Hause fahren ...», bot Zo an.

«Ich bin nicht betrunken. Ich fahre selber», sagte Bobby und stieg in seinen Wagen. «Wir sehen uns in ein paar Stunden.»

Er fuhr vom Parkplatz und nahm die Schnellstraße nach Norden. Die Stille im Wagen war ohrenbetäubend, und so stellte er das Radio an. Doch auch das half nicht.

«Was hatte sie an, LuAnn? Konzentrier dich.»

«Also ... sie hatte das blaue T-Shirt an. Das von Abercrombie & Fitch mit der gestreiften Strickjacke. Die war frisch gewaschen. Wieder was, das ihre Arme bedeckt, habe ich heute Morgen gedacht. Mein Gott, Bobby, das habe ich gedacht: Sie versteckt ihre Arme ...»

«Schon gut. Ich gebe die Beschreibung durch. Sie überprüfen Krankenhäuser, Busbahnhöfe, Bahnhöfe und Flughäfen. Wie viel Geld hat sie, Belle?»

«Ich weiß nicht. Ein paar hundert Dollar, vielleicht, von ihrem Geburtstag und der Konfirmation und ihrem Job? Nein, warte, was sage ich da? Sie hat ja viel gearbeitet. Sie wollte für ein Auto sparen, vielleicht war es mehr. Doch, es war bestimmt mehr. Sie hat sich schon Autos angesehen, also hatte sie mindestens tausend Dollar zusammen. Oder noch mehr. Ich weiß es nicht. Ich weiß es nicht, Bobby!»

«Was ist mit Gepäck? Hast du in ihrem Schrank nachgesehen?»

LuAnn fing an zu schreien und hämmerte mit den Fäusten auf die Arbeitsplatte. «Nein! Sie ist nicht weggelaufen! Niemals! Du musst sie finden! Du musst sie nach Hause bringen, Bobby! Du musst sie mir zurückbringen!» Tränen liefen über ihr angstverzerrtes Gesicht. «Ich will ihr sagen, dass es mir leidtut! Ich will nochmal von vorne anfangen! Ich will eine zweite Chance!»

Er rieb sich die Augen. Wie sollte er sich vor LuAnn normal verhalten? Wie sollte er sich zusammenreißen und nicht einfach vor ihr in die Knie sinken und vollkommen zusammenbrechen? Falls es stimmte, falls das grauenhafte Bild wirklich Katy darstellte, wie um Himmels willen sollte er das seiner Frau je sagen?

In seinem Kopf rasten die Gedanken, während er zwischen der Rolle des Vaters und der des Polizisten schwankte. Er versuchte, sie auszuschalten, doch bittersüße Erinnerungen fluteten sein Gehirn. Das letzte Mal, als er sie gesehen hatte, das letzte Mal, als er ihr einen Kuss gab, die letzten Worte, die sie zu ihm sagte ... So wie man sich auf dem Weg zur Beerdigung an jemanden erinnerte.

Schließlich schüttelte er die Bilder aus seinem Kopf. *Konzentrier dich. Finde sie, egal wo sie ist. Falls es Katy ist, hol sie endlich nach Hause. Denke nicht an das, was er ihr angetan hat. Egal was du tust, nicht daran denken.*

Es war absolut überflüssig, nach Hause gefahren zu sein. Bobby saß am Küchentisch und trank Kaffee, bis irgendwann die Sonne aufging. Wahrscheinlich lag auch LuAnn oben wach und wiegte sich hin und her, die Arme um die Knie geschlungen. Sie wusste, dass etwas passiert war, als er ging. Instinkt oder Vorahnung sagten ihr, dass etwas nicht stimmte. Dass etwas sehr, sehr Schlimmes geschehen sein musste. Und er wollte nicht ins Schlafzimmer gehen und ihr bestätigen, dass sich ihre schlimmsten Ängste bestätigt hatten.

Schließlich duschte er im Gästebad – Katys Bad –, nahm sich ein paar saubere Sachen aus der Waschküche und fuhr gegen halb neun zurück ins Büro.

Natürlich hatte er kein Auge zugemacht.

68

Bobby stand von seinem Schreibtisch auf und starrte durchs Fenster auf den endlosen Strom der Autos, die sich in Richtung Dolphin Expressway im Westen voranschoben. Die Sonne hatte ihren langsamen Abstieg in die Everglades begonnen, und die Straßenbauarbeiter packten ihre Sachen zusammen, was den Verkehr noch mehr zum Stocken brachte. «Irgendwas Neues?», fragte er ins Telefon.

«Wir haben jede Bucht mit der Lupe durchkämmt – nichts», antwortete Larry. Bobby, Zo, Don McCrindle und eine Armee von Beamten des Broward Sheriff's Office und der Zollbehörde hatten den Tag im Containerhafen Port Everglades in Fort Lauderdale verbracht. Larry, Ciro, Veso, Roland und das MDPD nahmen den Hafen von Miami unter die Lupe. Doch beide Mannschaften standen mit leeren Händen da.

«Ich hab den ganzen Tag drüber nachgedacht, wo ich die Szene schon mal gesehen habe», fuhr Larry fort. «Nervt mich gewaltig, weil, irgendwie kommt es mir bekannt vor. Vielleicht hat Kelly sogar recht – vielleicht macht der Typ neuerdings auf tiefgründig, verstehst du? Vielleicht sind die Flammen symbolisch gemeint und sollen keine Ortsangabe, sondern eine Botschaft sein?»

«Ich höre ...», antwortete Bobby leise, den Blick weiter aus dem Fenster gerichtet. Der Verkehr sah genauso aus wie vor fünf Minuten. Wie heute Morgen. Wie gestern. Abgesehen von den Weihnachtsbäumen auf manchen Autodächern sah alles genauso aus wie jeden Tag. Straßenbauarbeiter in T-Shirts und Berbermützen packten ihre Kühltaschen zusammen, rauchten Zigaretten und alberten herum, an demselben Teilstück der Schnellstraße, an dem sie seit mindestens ein paar Jahren arbeiteten. Auf den Fluren des MROC lästerten dieselben Sekretärinnen über dieselben Leute, und dieselben Beamten bearbeiteten an denselben Schreibtischen dieselben Fälle. Alles war genauso wie gestern oder letzten Monat oder letztes Jahr, und doch hatte sich mit dem Auseinanderfalten einer Leinwand – dem Geruch der beißenden Ölfarbe – Bobbys Welt, wie er sie kannte, wieder einmal auf den Kopf gestellt. Er konnte sich nicht mehr mit der Vorstellung trösten, seiner Tochter ginge es gut und sie trotze jeder kalten, harten Statistik. Nein. Jetzt war sein einziges Kind vielleicht tot – Opfer eines sadistischen Serienmörders, der sie möglicherweise entführt, vergewaltigt und gefoltert hatte, all die Tage und Wochen und Monate, während da draußen vor dem Fenster das Leben der anderen normal weiterging. Während er hinaus auf Miami sah und sich fragte, wo zum Teufel Katy war, konnte er den rasenden Zorn, der in ihm aufstieg, nicht mehr unterdrücken. Zorn auf den Mädchenfänger, Zorn auf sich selbst, Zorn auf jeden einzelnen Menschen da draußen vor dem Fenster. Und heimlich wünschte er sich – wie seit 365 Tagen –, er wäre einer dieser hirnlosen, gesichtslosen Fahrer dort unten, die im Verkehr feststeckten und frustriert auf das Lenkrad trommelten, weil sie zu spät zur Aufführung ihres Kindes oder zum Abendessen kamen. Er wünschte, er müsste diesen unglaublichen Schmerz nicht ertragen – diesen sengenden Schmerz in jeder Faser seines Wesens, der an allen Nähten riss, die ihn als Mensch zusammenhielten. Es war ein unbeschreiblicher Schmerz, schien durch nichts auf der Welt zu übertreffen und würde doch schlimmer werden, wenn oder falls seine schrecklichste Angst sich bestätigte – wenn das Telefon klingelte und die furchtbare Nachricht kam: «Sie ist es.» Wie ein

Verurteilter in der Todeszelle, der bereits in der Hölle lebte und schwor, lieber zu sterben, als weiter in seiner zwei mal zwei Meter fünfzig kleinen Zelle dahinzuvegetieren, wartete Bobby, während die Uhr ihre Runden tickte, mit der quälenden Hoffnung, dass man ihm in letzter Sekunde doch noch eine unwahrscheinliche Chance gewährte. Seit Katys Verschwinden hatte er sich eingebildet, dass die Ungewissheit um ihr Schicksal das Schlimmste war, doch jetzt wusste er, dass er falschgelegen hatte. Während er lauschte, ob sich die Schritte des Wärters mit schlechten Nachrichten näherten, wurde ihm klar, dass ein Leben in der Hölle besser war als die Alternative.

«... und dann kam es mir endlich! Ich habe ein Paket Stoff, das ich abgeben muss, von einem Fall, der vor Jahren geschlossen wurde, als ich noch beim Drogendezernat war», sagte Larry aus dem Telefon. «Der Typ hat zwanzig Jahre gekriegt, und die zwei Kilo liegen da rum und warten darauf, entsorgt zu werden, ja? Ich habe den Gerichtsbeschluss und alles, und das Zeug liegt seit Ewigkeiten in der Asservatenkammer, und ich muss mich endlich mal drum kümmern. Na ja, jedenfalls fahr ich über den MacArthur Causeway, und da fällt mir das Dope ein, und ich denke, dass ich das Zeug in Broward abgeben muss, weil das der zuständige Bezirk war, und ich weiß nicht, wann ich überhaupt mal wieder da vorbeikomme. Das letzte Mal, dass ich Stoff abgeben musste, musste ich ihn zur Entsorgungsstelle auf der Müllkippe bringen. Hast du schon mal Drogen abgeliefert, Bobby?»

«Nein.»

Zo kam ins Büro, die Stirn in Falten. «Du siehst scheiße aus. Was machst du?»

«Danke», sagte Bobby und rieb sich die Schläfen. «Ich warte, dass Larry endlich zum Punkt kommt.» Er stellte das Telefon auf Lautsprecher. «Zo ist hier. Du bist auf Sendung.»

«Hey», antwortete Larry. «Also, ich war selber seit Jahren nicht mehr da – auf der Müllkippe –, aber jetzt denke ich drüber nach, Bobby. Den Stoff entsorgen heißt natürlich, ihn zu zerstören, also, ihn verbrennen.»

Bobby erstarrte.

«Und der Verbrennungsofen, der steht draußen. Du kannst im strahlenden Sonnenschein stehen, während irgend so ein Stadtbeamter von deinem überschüssigen Schnee high wird. Ich war seit Jahren nicht da, also rufe ich an, um zu fragen, wann die Verbrennungszeiten sind, weil, früher ging es nur mit Termin und auch nicht an jedem Tag der Woche. Aber sie haben den Laden dichtgemacht! Ich meine, ganz dicht. Inzwischen wird der Stoff bei den Schienenschleifern an der 441 und der Interstate 595 verbrannt. Die Verwaltung sitzt noch draußen in den verdammten Everglades, aber die Müllkippe haben sie vor ein paar Jahren dichtgemacht und die Deponie aufgefüllt. Und dann kam mir der Gedanke – Mensch! Das ist es vielleicht! Der Verbrennungsofen auf der Müllkippe.»

Er fordert dich persönlich heraus, Bobby, und er schickt euch selbstgemachte Spuren. Es ist ein Art sportlicher Wettkampf für ihn.

Es passte zusammen. Wo die Polizei Beweismittel entsorgte und verbrennen ließ, würde Picasso seine abladen. Was sehr symbolisch wäre, wie Roland Kelly gemeint hatte. Bobby sah Zo an. «Larry, sind die Entsorgungsstellen alle wie die in Broward? Ich meine, auch die von Miami und Palm Beach?», fragte er.

«Ich weiß es nicht. Ich musste mein Zeug immer nur in Broward abgeben. Wahrscheinlich gibt es in jeder County eine eigene Prozedur, schließlich braucht man eine gerichtliche Anordnung. Gegenseitige Überwachung, du weißt schon. Damit wir Cops das Zeug nicht mit nach Hause nehmen und selber rauchen.» Er lachte. «Oder es verkaufen. Das nennt man Kapitalismus.»

Zur Symbolik würde passen, das Beweisgut in der County loszuwerden, wo es beschlagnahmt worden war. Bobby wohnte in Broward.

Bobby hielt bereits das Funkgerät in der Hand. Innerhalb von Minuten hatte er Beamte von einem halben Dutzend Abteilungen mobilisiert, die sowohl die aktuellen als auch die ehemaligen Entsorgungsstellen der Drogendezernate in den Countys Miami, Palm Beach, Monroe und Broward sicherten.

«Du bleibst hier», sagte Zo leise, als Bobby nach seinem Sakko griff.

«Einen Teufel tue ich.»

«Du hast letzte Nacht nicht geschlafen.»

«Du auch nicht.»

«Vielleicht. Aber das geht zu weit.» Zo stockte, als hätte er beinahe etwas Falsches gesagt, dann schloss er mit dem Fuß die Tür. «Hör zu, ich würde dir gern sagen, dass ich nicht glaube, dass sie es ist, aber das kann ich nicht. Genauso wenig wie du. Heute vor einem Jahr ist dein Kind verschwunden. Dieser Psychopath widmet dir seine Gemälde, und die Kleider auf dem Bild passen haargenau auf Katys Beschreibung. Wenn Larry recht hat und er sein Opfer auf der Müllkippe entsorgt ...» Seine Stimme verlor sich. Dann sprach er leise weiter. «Es sieht nicht gut aus, Mann. Und ich finde nicht, dass du dahin solltest, um dir das anzusehen.»

«Ebendeshalb muss ich dahin, Zo. Es sieht nicht gut aus. Ich weiß genau, wie es aussieht. Es sieht so aus, dass meine Tochter da draußen liegt. Und wenn es so ist, dann werde *ich* derjenige sein, der sie findet, und *ich* werde sie nach Hause bringen.» Er schluckte die Tränen und die Angst herunter, als er die Tür aufriss und in den Arbeitsraum der Sonderkommission trat. «Und dann finde ich das kranke Schwein, das ihr das angetan hat, und wenn ich fertig mit ihm bin, wird er auf Knien um den Gnadenstoß betteln.»

69

LuAnn wusste, dass etwas passiert war. Sie spürte es mit jeder Faser ihres Körpers. Sie spürte es im Bauch, sie spürte es im Herzen. Es war etwas passiert. Etwas sehr, sehr Schlimmes.

Bobby verheimlichte ihr etwas.

Zuerst dachte sie, es wäre eine andere Frau. Und sie konnte ihn sogar verstehen. Sie hatte sich so lange immer weiter von ihm entfernt – emotional, körperlich –, dass sie oft dachte, er würde irgendwann genug von ihr haben und eine andere finden. Oder eine andere würde ihn finden. Manchmal im vergangenen Jahr hatte sie sogar gewünscht, dass es so wäre – damit sie es hinter sich hätte, damit sie endlich ganz allein auf der Welt sein konnte, damit nichts und niemand mehr eine Rolle spielte. Dann würde sie aufhören können, ihm schweigend Vorwürfe zu machen, und er würde aufhören, ihr schweigend Vorwürfe zu machen – es wäre vorbei. Sie könnten ihr Leben auf verschiedenen Wegen fortsetzen und hätten nicht mal ein Kind, das sie verband und sie bei zukünftigen Abschlussfeiern oder Hochzeiten wieder zusammenführte. Sie würde sich einfach verkriechen können und in Selbstmitleid baden, bis ihr Leben endlich vorbei war. Doch das Warten darauf – bis die Affäre endlich herauskam, sie ihn zur Rede stellte, zusah, wie ihre Ehe endete, wie er auszog und mit einer anderen neu anfing –, nun, das Warten war schlicht zu anstrengend. Sie wünschte, das Unausweichliche würde endlich passieren.

Also war es zweifellos naiv von ihr, zu glauben, ein paar gemeinsame Nächte könnten die riesige emotionale Kluft schließen, die sich zwischen ihnen aufgetan hatte, ganz gleich, wie zärtlich oder wie toll der Sex war oder wie sehr sie sich danach sehnte. Ganz gleich, wie nahe sie einander ein paar Tage lang waren oder wie vertraut es sich angefühlt hatte – wie in der «alten Zeit», als alles noch gut war und die Leute sie glücklich nannten. Sie hatte einen Fehler gemacht, als sie ihn all die Monate auf Distanz hielt, das wusste sie jetzt, und jetzt war sie endlich bereit, nach vorn zu blicken. Sie war bereit, zu ihm zurückzukehren. Aber konnte sie erwarten, dass er noch auf sie wartete? Die Wahrheit war: nein. Ein Jahr war eine lange Zeit.

In gewisser Weise waren die letzten Tage noch schlimmer als die vorausgegangenen elf Monate gewesen: Die Kluft war plötzlich ein Abgrund, nur dass es diesmal Bobby war, der sich zurückzog. Als mitten in der Nacht das Telefon klingelte und er untypischerweise nicht abnahm, hatte sie mit klopfendem Herzen neben ihm gelegen und gedacht: *«Das ist es. So also werde ich drauf gestoßen. Und auch wenn ich dachte, ich will es so, es stimmt nicht. Ich bin nicht bereit zuzusehen, wie alles, was ich hatte, zugrunde geht. Und am Ende mir selbst die Schuld zu geben. Ich bin nicht bereit, ihn gehen zu lassen ...»*

Sie hatte so getan, als schliefe sie, lag einfach nur da und wartete darauf, dass er nach unten schlich, um die geheimnisvolle Anruferin zurückzurufen, während sie sich fragte, was sie dann tun sollte. Einen Privatdetektiv anheuern? Von seinem Handy die Nummer abschreiben und die Frau selbst zurückrufen und zur Rede stellen? Doch auch Bobby rührte sich nicht. Sie hörte, wie sein Herz schneller schlug, spürte seine Anspannung. Erst als er im dunklen Schlafzimmer die Nachricht abhörte, das panische Flüstern des Reporters am anderen Ende, wusste sie, dass es keine andere Frau war, an die sie ihren Mann verloren hatte – es war der Fall. Der Fall, der ihn seit der Sekunde, als er ihn angenommen hatte, auffraß. Er ging ihm zu nah. Ihnen beiden. Er war zu nah an Katy.

Bobby war weggegangen, und sie hatte die ganze Nacht auf ihn gewartet, während sie versuchte, die furchtbaren Gedanken zu vertreiben, die unwidersprochen durch ihren Kopf rasten, doch als er endlich nach Hause kam, kam er nicht zu ihr herauf. Sie wusste, dass es einen Grund dafür gab, aber sie war sich nicht sicher, ob sie ihn erfahren wollte, und so blieb sie oben und wartete weiter. Wartete, dass er kam. Wartete, dass er ging. Wartete, dass der Tag, der gerade erst begann, endlich vorbei sein würde.

Sie hatten nicht darüber gesprochen, welcher Tag heute war – es hing kein Zettel am Kühlschrank, der sie an die Bedeutung des Datums erinnerte. Sie brauchten natürlich keine Erinnerung an den zwanzigsten November, von dem LuAnn nie erwartet hatte, dass er sich jähren würde. Ein Thanksgiving-Fest, Weihnachten oder Muttertag, die sie sich nie hatte vorstellen können. Ein Jubiläum. Bei Paaren und Jobs und Tragödien ein Tag, der feierlich begangen wurde. *Ein Jahr schon? Schau mal an.* Es ging weniger um die 365 Tage, die vergangen waren, als darum, dass ein Ereignis als historische Wende in die Geschichte einging – und zum Gedenktag wurde. Doch LuAnn wollte keinen Gedanken daran verschwenden. Sie hatte sich freiwillig zur Doppelschicht gemeldet, bevor die Gehirnerschütterung sie von der Arbeit abhielt, seit fast einer Woche.

Sie konnte sich kaum vorstellen, wie schwer der Tag für Bobby sein musste. Wie ein Feuerwehrmann, der am elften September zu einem Brand in einem Hochhaus in Manhattan gerufen wurde, musste er sich um einen Notfall kümmern, während die Welt Mahnwachen hielt und in seinem Kopf die Schreie der gefallenen Kameraden dröhnten. Nachdem sich ihr Mann bei Sonnenaufgang leise aus dem Haus gestohlen hatte, stand sie auf und schaltete den Fernseher an, nur um ihn gleich wieder auszuschalten. Bobbys Fall war schon in allen Nachrichten, auf CNN, Fox News, MSNBC. Noch ein grausames Porträt. Noch ein mögliches Opfer, noch ein Teenager. Noch ein Serienmörder, der in Miami sein Unwesen trieb. Eine frenetische Menschenjagd war in vollem Gange.

Also hatte sie das Satellitenradio angestellt und war den ganzen Tag durchs Haus geirrt, hatte geistlose Pflichten erledigt, Blumen gegossen, Bücher abgestaubt und die Böden gewischt. Beinahe kam ihr die Ablenkung gelegen, als es an der Tür klingelte, auch wenn sie fürchtete, es könnte vielleicht eine Nachbarin sein, die sich das Datum gemerkt hatte und mit betroffenem Gesicht, einem Teller Kekse und ein paar aufdringlichen Fragen nachsehen wollte, ob es LuAnn gutging.

Aber als sie die Tür öffnete, sah sie nichts als Blumen. Rote und weiße Rosen und weiße Lilien, ein riesiger Blumenstrauß.

«Ich habe eine Sendung für Mrs. Dees», sagte der Lieferant und hielt ihr ein Klemmbrett hin.

«Von wem?», fragte sie, während sie die Quittung unterschrieb und zusah, wie er die mitgelieferte Vase auf den Tisch im Flur stellte. In dem Strauß steckten mindestens zwei Dutzend Rosen ...

«Keine Ahnung, Ma'am. Aber da ist eine Karte.»

Sie starrte die Blumen an, doch er blieb im Eingang stehen und rührte sich nicht vom Fleck. «Oh», sagte sie nach einem Augenblick und suchte in ihrer Handtasche nach ein paar Dollar. «Hier, das ist für Sie.»

Er lächelte. «Vielen Dank. Einen schönen Tag noch.»

«Danke», sagte sie abwesend, während er über den Gartenweg davonging. Gewöhnlich hasste sie die kurzen Wintertage, doch heute war sie froh zu sehen, dass die Sonne bereits unterging und die Schatten auf der Straße länger wurden. Sie knipste das Licht vor der Tür an und wandte sich um, um hineinzugehen.

Der schwere Lilienduft schlug ihr entgegen, und ihr wurde leicht übel. Heute war kein Tag für Blumen.

Wer würde ihr ausgerechnet heute, an dem Tag des Jahres, den sie am liebsten vergessen würde, Blumen schicken?

«Viel Spaß damit, Ma'am», rief der Lieferant noch, bevor sie die Tür schloss. «Hübscher Strauß. So hübsch wie Sie.»

70

Im Süden Floridas war das Land flach, sodass der sechzig Meter hohe Grashügel, der westlich der Interstate 75 aus den Binsen ragte, so auffällig war wie die Freiheitsstatue im Hudson River. Durch ein unscheinbares, äußerst gut verstecktes Tor fuhr man von der US 27 auf einer vergessenen Pflasterstraße ins Herz des zehn Hektar großen Geländes, das einmal zu South Broward County SWT Landfill & Incinerator Nr. 8 gehört hatte. Alias die Müllkippe. Ein drei Meter hoher Maschendrahtzaun mit einem rostigen, kaputten Schloss schützte das Grundstück. Unbefugte würden strafrechtlich verfolgt, warnte ein Schild.

Man hätte annehmen können, dass eine Müllkippe nicht viele Unbefugte anzog, doch es steckte viel Wahrheit in dem Spruch «Des einen Müll ist des anderen Schatz», wie Flohmarktliebhaber bestätigen konnten. Es gab genug Leute, die im Schutt nach Perlen suchten, selbst wenn das bedeutete, mit einem Metalldetektor durch zwanzig Schichten Abfall zu waten.

Doch jetzt war die Müllkippe vollkommen verlassen. Selbst die Aasvögel, die einst zu Hunderten, wenn nicht zu Tausenden hier getafelt hatten, waren verschwunden. Mehr als einen Kilometer von der Schnellstraße entfernt und noch viel weiter von jeder menschlichen Siedlung, war es schon auf dem Parkplatz unheimlich still. Und ganz gleich, wie alt der Müll war oder welche Chemikalien die Stadt benutzte, und obwohl er mühevoll mit Planen isoliert war, der Gestank von Abfall hing in der Luft.

«Ich gehe mit Larry und McCrindle rein», erklärte Zo, als er um den Kofferraum seines Ford Taurus herumkam. Bobby stand bei Larry, BSO Detective Don McCrindle und drei Uniformierten vor einem rechteckigen Betonblock, der aussah wie ein extrabreiter Wohnwagen aus den 1970ern. Die Fenster waren mit Brettern vernagelt. Er sah Bobby durchdringend an. «Versuch nicht mal, mit mir zu streiten. Blöd genug, dass ich dich mit hier rauskommen lassen habe.»

«Die Verbrennungsgrube war dahinten», sagte Larry. «Man musste dem Beamten den Gerichtsbeschluss vorlegen, dann wurde der Stoff eingetragen, und man hat eine Quittung gekriegt. Dann wurde man zu einem gesicherten Bereich begleitet, wo sie die Drogen vor deinen Augen verbrannten. Wenn man sich nah genug hinstellte, hat man eine Woche keine Schmerzen gespürt.»

Zo sah die Männer in Uniform an und nickte in Bobbys Richtung. «Sorgt dafür, dass er beim Wagen bleibt. Hast du Licht?», fragte er Don.

Don nickte und hielt seine Taschenlampe hoch.

«Na gut. Gehen wir rein.»

Es dauerte nur eine Minute, bis sie drin waren. Lichtkegel schnitten wie Laserschwerter durch die tintenschwarze Finsternis. Bobby stand an der Motorhaube seines Wagens, zählte mit dem Ticken des abkühlenden Motors die Sekunden und betete mit angehaltenem Atem, dass es wieder eine Sackgasse war. Betete, dass der Wärter gute Nachrichten brachte, wenn seine Schritte endlich vor der Zelle stehen blieben ...

Augenblicke später knisterte sein Funkgerät.

«Ich hab sie», sagte Zo.

Die Zeit gefror. Bobby hielt sich mit beiden Händen das Funkgerät vors Gesicht. «Zo?» Er spürte kalte Angst durch seinen Körper jagen, und sein Herz drohte auszusetzen. «Zo?», fragte er wieder. «Dias?»

Zo kam aus der Tür, ein Taschentuch vor die Nase gedrückt. Funkgeräte knatterten los, alle redeten durcheinander. Er hörte, wie Don McCrindle die Spurensicherung und die Gerichtsmedizin verständigte.

«Ist sie es?», rief Bobby und lief mit weichen Knien auf seinen Freund zu.

Zo hielt die Hände hoch, um ihn zum Stehenbleiben zu bewegen. «Geh da nicht rein.»

«Das war nicht der Deal.»

«Ist sie es?» Es war Ciro, der Zo anfunkte. Zo antwortete nicht.

Die Angst erreichte ihr Ziel. Bobby schloss die Augen. Alles drehte sich. Eine seltsame Zeile aus *Der Pate* schoss ihm plötzlich durch den Kopf, aus der Szene im Beerdigungsinstitut, nachdem Vito Corleones Sohn erschossen worden war.

Ich will, dass du nach allen Regeln der Kunst vorgehst. Ich will nicht, dass seine Mutter ihn so sieht. Schau dir an, was sie mit meinem Jungen gemacht haben ...

«Ist sie es?», fragte er wieder.

«Es sieht schlimm aus, Shep, ich will nicht lügen ...»

«Nenn mich nicht Shep, Herrgott nochmal!», schrie Bobby. «Ist sie es?»

«Ich weiß es nicht!», schrie Zo zurück. «Er hat sie zugerichtet, sie ist ... es ist schlimm. Du musst das nicht sehen, verdammter Mist!» Er packte Bobby am Arm. «Ich weiß nicht, was los ist. Er spielt mit deinem Kopf ...»

Bobby stieß ihn zur Seite, lief die Zementstufen hinauf und durch die Tür in die trübe Finsternis, in der es nach Müll stank und nach Tod.

Der Wärter stand vor seiner Tür. Und Bobby sah ihm an, dass er keine guten Nachrichten brachte.

71

LuAnn schloss die Tür und stellte sich vor die Vase. Tief zwischen den Blumen steckte eine weiße Karte in einem Plastikhalter.

War es Jeannie? Würde sie so etwas tun?

Ihre kleine Schwester meinte es gut, doch manchmal fehlte ihr das Feingefühl. Wenn Jeannie stundenlang von ihren Kindern und deren Klavierstunden und Schulaufführungen redete, fragte LuAnn sich, ob sie sich überhaupt daran erinnerte, dass Katy fort war.

Die Kolleginnen im Krankenhaus?

Vielleicht sollte es ein verspäteter Gute-Besserung-Gruß sein. Vielleicht wussten sie gar nicht, was für ein Tag heute war ...

Wer zum Teufel würde so grausam sein?

Sie griff in den Strauß und zog die Karte heraus. Die Leute meinten es gut mit den Floskeln, mit denen sie einen trösten wollten, dabei konnten sie einem damit die schlimmsten Wunden zufügen.

«*Wahrscheinlich brauchte sie nur mal Freiraum, Lu. Du weißt schon. Sie probiert ihre Flügel aus!*»

«*Vielleicht warst du zu streng zu ihr. Ich sage immer, ich will nicht Laurens beste Freundin sein, aber es ist so schwer heutzutage, irgendwas aus ihnen rauszubekommen ... Na ja, ich schätze, manchmal muss man streng sein.*»

«*Elternsein ist nicht leicht, LuAnn. Keiner von uns weiß, ob wir es richtig machen. Geh nicht zu hart mit dir ins Gericht. Habe ich dir schon erzählt, dass Jonathan an der FSU angenommen wurde? Er freut sich so.»*

Jetzt schickten ihr dieselben wohlmeinenden Freundinnen Rosen zum Jahrestag des Verschwindens ihrer Tochter. Und später beim Abendessen erzählten sie ihren Kindern von ihrer Heldentat, und alle am Tisch zerrissen sich das Maul – darüber, dass es schon ein Jahr her war und warum Katy überhaupt ausgerissen war und über den derzeitigen Stand von LuAnns und Bobbys Ehe. Der schwere Geruch der Blumen war inzwischen mehr als übelkeiterregend. LuAnn hätte sie am liebsten weggeworfen. Die Blütenblätter abgerissen und die verdammten Dinger weggeschmissen.

Sie knipste das Licht im Flur an und öffnete die Karte.

Welche tröstende Floskel war heute für sie bestimmt?

Sie zog eine kleine weiße Karte mit einem gelben Smiley heraus. Ein Stück Papier flatterte auf den Boden.

Ungläubig starrte sie die Worte an.

Alles Gute zum Jahrestag!! Hoffe, dass er unvergesslich bleibt!

Dann sah sie auf den Boden. Das kleine schwarzweiße Foto eines lächelnden Ray Coon aus dem Highschool-Jahrbuch lag vor ihren Füßen. Seine Augen waren mit schwarzem Filzstift übermalt. Sie bückte sich und hob es auf. Es war auf das Bild eines Grabsteins geklebt. Unter dem Grabstein hing ein kleiner Zeitungsausschnitt aus der *Palm Beach Post*. Das Datum war der vierzehnte November.

VON PFADFINDER ENTDECKTE LEICHE IN BELLE GLADE IDENTIFIZIERT

Die verweste Leiche eines jungen Mannes mit Schussverletzungen, die letzte Woche in Belle Glade Marina von einem Pfadfinder und seinem Vater gefunden wurde, wurde als die von Reinaldo «Ray» Coon, 19, aus Margate, Florida, identifiziert. Es gibt noch keine Tatverdächtigen.

LuAnn ließ den Ausschnitt fallen und sah zu, wie er zurück zu Boden schwebte. Er landete mit dem Gesicht nach oben, das sie immer noch anlächelte.

72

Das Erste, was er sah, als er in den kleinen Lagerraum kam, waren die hin und her zuckenden Lichtkegel von Larrys und Don McCrindles Taschenlampen. Sie wurden von etwas Glänzendem am Boden reflektiert.

Dann sah Bobby die Ketten.

Sie waren um die Gelenke des schmalen Körpers geschlungen, der von der Decke hing, und wanden sich darunter wie eine zusammengerollte Schlange zu einem blitzenden, silbrigen Haufen. Er hielt seine Taschenlampe nach oben. Das Mädchen hing mit dem Rücken zu ihm. Langes, schmutziges blondes Haar hatte sich in den Ketten um ihren Hals verfangen. Ihre dünnen Arme waren mit weiteren Ketten an einem Rohr unter der Decke festgemacht. Dort baumelte sie, das Gesicht einem Fenster zugekehrt, durch das man auf die längst geschlossene Verbrennungsanlage hinaussah, die Larry beschrieben hatte. Jemand hatte die Bretter vor dem Fenster entfernt.

Bobby ging um die Leiche herum und ließ das Licht über das schwere Kollier aus Ketten gleiten.

Niemand sagte etwas. Nichts bewegte sich.

Es war nicht Katy.

Die Leiche war frisch, höchstens ein oder zwei Tage alt. Wahrscheinlich war sie nicht hier getötet worden. Wie bei den anderen fehlten die Augen, und die Verwesung hatte eingesetzt, doch sie war immer noch zu erkennen. Jedenfalls für Bobby.

Es war nicht Katy.
Zo stand hinter ihm. Bobby schüttelte den Kopf und holte seit einer Minute zum ersten Mal Luft. Er hatte das Gefühl, schwere Gewichte seien von seinen Schultern gefallen. «Sie ist es nicht», sagte er leise. Dann taumelte er nach draußen, um auf die Spurensicherung zu warten. Die Tränen, die er zurückgehalten hatte – für das Schlimmste aufbewahrt hatte –, kamen nun doch.

In dem Moment, als er vor die Tür trat, klingelte sein Telefon. Es war LuAnn, die von zu Hause anrief. Er wartete, dass die Mailbox ansprang. Er konnte jetzt auf keinen Fall mit ihr sprechen. Er konnte ihr nicht erzählen, was beinahe geschehen war. Er konnte ihr nicht sagen, wie unglaublich erleichtert er war, ohne sagen zu müssen, welche Angst er gehabt hatte. Aber dann klingelte es wieder. Und wieder. Was hieß, es war etwas Wichtiges – es war ein Notfall. Er ging zu seinem Wagen, wischte sich die Tränen aus dem Gesicht und versuchte, so normal wie möglich zu klingen. «Lu?»

Er hörte, dass sie weinte und gleichzeitig versuchte, ihren Atem zum kontrollieren. Doch sie war vollkommen hysterisch.

In diesem Moment kam seine Angst zurück.

«Er ist tot!», schrie sie. «O Gott, Bobby, er ist tot!»

«Was?»

«Er ist tot!»

«Wer ist tot? Wovon redest du, LuAnn? Dein Vater ...?»

Im Hintergrund explodierten Sirenen, als die Einsatzwagen über den verrottenden Hügel herankamen.

«Ray!», schrie sie. «Ray Coon! Er ist tot! Jemand hat ihn erschossen!»

Bobby schloss die Augen. *Warum ausgerechnet jetzt?* Ihm war klar, es war nur eine Frage der Zeit, bis die Nachricht von Rays Ermordung zu ihr vordrang. Er hätte mit diesem Anruf rechnen müssen. Er hätte ihr davon erzählen müssen. «Lu ...», begann er.

«Mir hat jemand sein Foto geschickt! *Sein Foto, Bobby!*»

«Was? Wer hat dir Rays Foto geschickt?»

«Auf einem Grabstein!», schrie LuAnn.

Zo kam herüber. «Was ist los?»

«Mit einem Blumenstrauß», sagte LuAnn zwischen den Schluchzern.

«Was für ein Blumenstrauß? Wovon redest du?»

«Ich weiß es nicht! Jemand hat mir Blumen geschickt. Ich dachte, es ist meine Schwester gewesen oder die Mädels aus dem Krankenhaus vielleicht ...»

«Jeannie würde dir doch keine Blumen schicken», begann Bobby. Nichts ergab einen Sinn.

«Rosen. Rote und weiße Rosen. Einen riesigen verdammten Blumenstrauß, Bobby!»

«Wer? Wer hat sie dir geschickt?», fragte er. «Wer zum Teufel würde dir heute Blumen schicken?»

«Ich weiß es nicht!»

«LuAnn, das ergibt keinen Sinn. Du musst mir helfen. Jemand hat dir heute Blumen geschickt und dazu ein Foto von Ray auf einem Grabstein – war eine Karte dabei?»

«Ohne Absender. Das Foto von Ray war in dem Umschlag mit einem Zeitungsartikel, in dem stand, dass er seit letzter Woche tot ist – ermordet!»

«Und was genau steht auf der Karte? Was steht da?»

«Da steht: ‹Alles Gute zum Jahrestag. Hoffe, dass er unvergesslich bleibt.›» Wieder begann sie zu schluchzen. «Wer macht so was? Wer schickt mir das?»

Bobby sah Zo an. «LuAnn, wie lange ist es her, dass die Blumen geliefert wurden?»

«Ich weiß nicht ... fünf Minuten vielleicht.»

«Woher kommen sie? Von welchem Laden?»

«Ich weiß es nicht. Es steht nicht drauf. Es steht nirgendwo drauf.»

«Was stand auf dem Lieferwagen? Hast du den Lieferwagen gesehen?»

«Es war kein Lieferwagen. Es war ein normaler Wagen, glaube ich. Ich weiß es nicht. Ich weiß es nicht!»

«Wie sah er aus, LuAnn? Wie sah der Lieferant aus?»

«Ich weiß nicht ... er war vielleicht so groß wie du. Ich glaube, er war blond. Er hatte eine Mütze auf. Das ist alles, was ich noch weiß! Ich habe ihn nicht angesehen.» Sie hielt einen Moment inne. «Du hast von Ray gewusst, oder? Hast du es gewusst, Bobby?»

«LuAnn, schließ die Tür ab. Mach niemandem auf. Ich komme nach Hause.»

«Warum? Bobby, was ist hier los? Sag es mir, verdammt!»

«Einen Streifenwagen zu mir nach Hause!», rief er Zo zu.

«Sag's mir!», schrie LuAnn.

«Was ist passiert?», fragte Zo.

Bobby legte die Hand über das Telefon, damit sie ihn nicht hörte. «Er war da. Vor fünf Minuten», knurrte er. «In meinem eigenen Haus, verflucht nochmal!»

Wieder kreischten die Funkgeräte auf.

Es dauert nur ein paar Minuten. Drei Minuten, bis ein Streifenwagen da ist. Wenn zufällig einer in der Nähe ist, noch weniger. Bitte, lieber Gott, mach, dass jemand vor Ort ist ...

«Wer war das? Wer hat die Blumen geschickt?», schrie LuAnn.

«LuAnn, hör gut zu. Dieser Fall, dieser Picasso-Fall, an dem ich arbeite ... ich glaube, er war es. Ich glaube, er hat die Blumen geschickt», sagte Bobby, während er in den Wagen stieg.

Sie schluchzte. «O Gott ... Katy ...»

Er ließ den Motor an und legte den Rückwärtsgang ein. «Und ich glaube, er hat dir die Blumen persönlich gebracht.»

Dann raste er mit blinkenden Lichtern und Sirene die gewundene Straße hinunter und fuhr mit hundertsechzig Stundenkilometern nach Hause.

73

Der Mann summte vor sich hin, während er im Verkehr feststeckte, der an den Straßenrand gefahren war, um die Streifenwagen durchzulassen. Mit blinkenden Lichtern und heulenden Sirenen rasten sie an ihm vorbei, wie in einem Actionfilm. Er wusste, wo sie so eilig hinwollten – wenn er noch ein Weilchen hier wartete, würde er auch den Super Special Agent persönlich vorbeifahren sehen. Doch wahrscheinlich wäre der zu beschäftigt, um zurückzuwinken. Er würde es, dachte er, Super-Special-Agent-mäßig eilig haben, nach Hause zu kommen. Junge, hätte Bobby viel zu erklären, wenn er heute Abend durch die Haustür kam!

Irgendwas sagte ihm, dass der «Held unter uns» seine kleine Frau noch nicht über die jüngsten und entscheidenden Entwicklungen im Fall des Verschwindens ihrer Tochter aufgeklärt hatte. Zum Beispiel über die Tatsache, dass sich deren mieser Gangster-Freund offiziell aus dem Kreis der Verdächtigen verabschiedet hatte. Wow! Was für eine Erleichterung.

Nur war er sich nicht so sicher, ob die kleine Frau es auch so sah. Nicht, nachdem der Held ihr anvertraute, was er den ganzen Tag im Büro eigentlich so machte, mit all den aufregenden, plastischen Details. Nicht, wenn er ihr von der täuschenden, unheimlichen Ähnlichkeit erzählte, die Picassos jüngstes und größtes Meisterwerk mit ihrer hübschen verschwundenen Tochter hatte.

Doch so etwas wie Zufall gab es nicht, oder? Und der große Detective wusste das besser als irgendjemand sonst. Bald würde es auch seine kleine Frau wissen. Nein, so etwas wie den Zufall gab es nicht.

SUPER SPECIAL AGENT ROBERT S. DEES
Der Hirte

... Von seinen Kollegen bei der Polizei liebevoll Shepherd, der Hirte, genannt, hat Special Agent Supervisor Dees bisher über zweihundert Fälle vermisster Kinder im ganzen Land betreut, seit er vor fast einem Jahrzehnt bei der Abteilung Crimes Against Children des FDLE angefangen hat. Von diesen zweihundert Fällen blieben nur fünf ungelöst (siehe Kasten). Auch wenn nicht jeder Fall glücklich endet, holt Dees «selbst die Kinder nach Hause, die niemals hätten gefunden werden sollen», wie Marlon Truett, Assistant Director des FBI, berichtet. «Tot oder lebendig bringt er sie ihren Familien zurück, was ein großer Trost ist. So hat die Sorge ein Ende. Selbst wenn es ein tragisches ist. Und Bobby Dees – er gibt nie auf. Wie ein Hirte sorgt er dafür, dass auch das letzte Schäfchen seiner Herde gefunden wird. Und bis dahin sucht er weiter. So ist er einfach.» Als Träger der angesehenen Auszeichnung «Beamter des Jahres im Dienst der Abteilung für vermisste und ausgebeutete Kinder» und als Florida Law Enforcement Officer des Jahres sagt Dees, die Gesichter der vermissten Kinder – jener, die er noch nicht «nach Hause gebracht hat» – verfolgten ihn Tag und Nacht. «Ich kann mir nur vorstellen, wie es wäre, wenn es um mein Kind ginge. Wie ich mich fühlen würde.»

Der Mann rollte die alte, zerknitterte Zeitschrift zusammen und warf sie auf den Beifahrersitz. Weniger als ein Jahr nach dem glühenden Artikel – noch bevor sich Staub auf all die hübschen

Auszeichnungen gelegt hatte – war auch die eigene Tochter des Super Special Agent in dunkler Nacht verschwunden.

Wie schade.

Der Mann lächelte.

Der gute Hirte lässt sein Leben für die Schafe. Der Mietling aber, der nicht Hirte ist, dem die Schafe nicht gehören, sieht den Wolf kommen und verlässt die Schafe und flieht – und der Wolf stürzt sich auf die Schafe und zerstreut sie.

Johannes 10,12–14. So spricht das Evangelium ...

Und was war die Lektion? Wie in *People* so eloquent beschrieben, gab es nicht immer ein glückliches Ende. Tatsächlich endeten die meisten Geschichten tragisch, genau wie in der Bibel. Entweder starb der gute Hirte, oder er sah den Wolf kommen und rannte davon. So oder so, die armen Schafe waren dem Untergang geweiht.

Obwohl er sich sicher war, dass Mr. und Mrs. Dees den bedeutsamen Tag am liebsten vergessen würden, wusste er, dass es richtig gewesen war, ihnen bei der Begehung unter die Arme zu greifen. Er wünschte, er könnte heute Abend in ihrem hübschen kleinen Haus Mäuschen spielen. Er wünschte, er könnte sie schreien hören. Ihren Qualen lauschen. Mit geschlossenen Augen stellte er sich einen Augenblick lang vor, wie die kleine Frau ihren Mund aufriss, weit und rot, schmerzverzerrt zu einem ewigen schwarzen Grinsen. Er stellte sich vor, wie sich der Pinsel in seiner Hand anfühlte, schwer von Farbe, der stechende Duft, der wie Parfum durch sein geheimes Labyrinth strömte ...

Er ließ die Hand in seinen Schoß sinken.

Bist du rein in Wort und in Tat?

Mit zitternden Fingern wischte er sich über die feuchte Stirn. Er spürte, wie ihm der Schweiß im Nacken in den Kragen lief, sodass der Stoff an seiner Haut klebte. Oh, er hatte so viele lustige Dinge vor.

Der Wolf war ausgezogen. Bald würde die Geschichte enden.

Dann schaltete der Mann das Radio ein und wartete auf die Nachrichten.

74

«Es ist eine Perücke», sagte Dr. Terrence Lynch, der Leiter der Gerichtsmedizin von Broward County, mit einem breiten, zahnigen Lächeln. Er hielt das lange blonde Haarteil hoch und strich mit seinen kurzen Fingern in Latexhandschuhen darüber, als wäre es eine Katze. Klein und untersetzt, mit bleicher Haut, die vor den alten mintfarbenen Kacheln im gerichtsmedizinischen Institut von Broward County grünlich schimmerte, sah der Pathologe aus wie Draculas Assistent Renfield. Er war erst kürzlich aus Upstate New York gekommen, und Bobby hatte noch nie mit Lynch zusammengearbeitet, doch zum ersten Mal in seinem Leben fehlte ihm Gunther.

Zo schüttelte den Kopf und warf Bobby über den Metalltisch einen Blick zu. «Ein Pathologe, dem sein Beruf Spaß macht – autsch.»

«Mmmh ...», murmelte Dr. Lynch und legte das Haarteil, das stellenweise mit getrocknetem Blut verkrustet war, zurück in die durchsichtige Beweismitteltüte. «Es ist keine teure. Synthetikfasern, billige Machart. Ich habe eine kleine Tochter, und das Ding sieht genauso aus wie die Hannah-Montana-Mähne, mit der sie zu Hause herumtanzt. Falls es in Südflorida nicht so viele Fans gibt wie anderswo, könnten wir die Fasern analysieren und sehen, ob wir die Suche eingrenzen können.»

«Ich glaube, auch hier gibt es mehr Fans, als uns lieb ist», gab Zo zurück.

«Haben Sie sie schon identifiziert?», fragte Dr. Lynch.

Bobby schüttelte den Kopf. «Kein Treffer bei AFIS.» AFIS war das Automated Fingerprint Identification System des FBI. «Die Beschreibung passt auf keine der vermissten Jugendlichen auf unserer Liste. Zumindest konnten wir keine Übereinstimmung finden.» Angestrengt versuchte er, nicht auf das junge Mädchen auf der Bahre zu starren, von der er noch gestern gefürchtet hatte, es könnte seine Tochter sein. Ein frisches weißes Laken bedeckte ihren Rumpf und ihre Beine. Glücklicherweise war die Obduktion beendet.

«Ich habe gehört, Sie haben ziemliche Angst ausgestanden, Agent Dees», sagte Dr. Lynch, als er sich die Hände wusch. Ein Assistent kam mit einer dicken Spule schwarzem Nylonfaden und einer großen Nähnadel. «Ich bin froh, dass sich Ihre Angst nicht bestätigt hat.»

Das war Bobby auch, aber es kam ihm nicht richtig vor zuzustimmen, während sie über der verstümmelten Leiche eines namenlosen Mädchens standen, nach dem niemand suchte. Also nickte er nur und trat zurück, um dem Assistenten Platz zu machen.

«Diesmal war Ihr Mädchenfänger besonders brutal», fuhr der Arzt fort. Er trocknete sich die Hände ab und sah Bobby und Zo an. «Ihr fehlen nicht nur die Augen, sondern auch die Zunge. Und beide Verletzungen wurden ihr vor dem Tod zugefügt.»

Bobby hatte im Lauf seiner Karriere schon vieles gesehen. Viele schreckliche Dinge. Zu viele Dinge. Doch es gab Grausamkeiten, die immer noch über seinen Verstand hinausgingen.

«Woher wissen Sie das?»

«Es haben sich Hämatome an der Haut, dem Muskel und dem umliegenden Weichgewebe gebildet», erklärte Dr. Lynch und zeigte auf die schwarzen Verfärbungen um die Augenhöhlen der Unbekannten. «Die Toten, Gentlemen, bekommen keine blauen

Flecken. Das Herz hat noch gepumpt, als ihr die Verletzungen zugefügt wurden, also war sie noch am Leben.»

«Als hätten wir einen neuen Cupido», murmelte Zo.

«Ich werde sie auf Betäubungs- oder Schmerzmittel testen», sagte Lynch. «Vielleicht hatte er ein wenig Mitleid und hat sie vorher betäubt.»

«Was ist mit den Fingern?», fragte Bobby mit Blick auf die schmale graue Hand auf der Bahre, die unter dem Laken hervorsah. Die Fingerspitzen waren schwarz, die Nägel abgebrochen und eingerissen, die Haut schwer abgeschürft.

«Die Haut beginnt sich zu lösen und zu faulen, was die Verfärbung zum Teil erklärt. Doch die Fingerspitzen – die Fettpölsterchen – sind außerdem stark beschädigt und fast bis auf den Knochen aufgeschürft. Erst dachte ich, dass sich vielleicht post mortem ein Tier daran zu schaffen gemacht hat, aber die Verletzungen sind, wie die an der Zunge und den Augen, eindeutig vor ihrem Tod entstanden. Ich habe die Finger geröntgt – sie sind nicht gebrochen.»

«Auf dem Bild, das uns Picasso geschickt hat, waren die Fingerspitzen auch blutig. Was zum Teufel macht er mit ihren Fingern und warum?», fragte Zo. «Will er uns damit was sagen?»

Dr. Lynch zuckte die Achseln. «Darauf habe ich leider keine Antwort.»

«Vielleicht war sie es selbst», murmelte Bobby. Er nahm die Hand des Mädchens sanft in die behandschuhte Hand und sah sie sich vorsichtig an. «Vielleicht hat sie versucht, sich zu befreien. Vielleicht hat sie versucht, sich *auszugraben*. Die Nagelbetten sind schließlich noch da, Dr. Lynch. Lassen Sie bitte analysieren, was unter den Nägeln ist. Gestein, Lehm, Erde, Pestizide – irgendwas. Testen Sie alles, was Sie finden. Vielleicht bekommen wir heraus, wo er sie gefangen gehalten hat.»

Dr. Lynch nickte. «Schon geschehen. Ich habe von allem Proben genommen. Die Tests brauchen eine Weile, aber ich versuche, denen ein bisschen Dampf zu machen.»

Bei Serienmorden, die sich über verschiedene Countys verteilten, war die fehlende Einheitlichkeit im Vorgehen der Behörden ein Problem. Drei Leichen in Broward und eine Leiche in Miami-Dade, das bedeutete verschiedene Police Departments, verschiedene Labore und verschiedene Pathologen. «Können Sie sich mit Gunther Trauss aus Miami verständigen und sehen, was er hat, damit nichts doppelt und dreifach gemacht wird?», fragte Bobby. «Es ist ein Wettlauf mit der Zeit. Wir brauchen die Ergebnisse gestern.»

Dr. Lynch nickte. Wieder zeigte er das Pferdegrinsen, das irgendwie unangenehm war. Er schob die Hände in die Taschen seines Kittels. «Und wie lange soll ich sie hierbehalten?»

In Broward County gab es keinen «Armenfriedhof» wie in Miami, wo Mittellose und nicht identifizierte Leichen beerdigt wurden. Die Leichen der Bedürftigen und Ungewollten wurden unter den örtlichen Beerdigungsinstituten zur Beseitigung ausgeschrieben. Der niedrigste Bieter bekam den Zuschlag, was aus wirtschaftlichen Gründen zwangsläufig Einäscherung bedeutete und das Verstreuen der Asche auf der örtlichen Müllhalde. Nicht identifizierte Mordopfer erfuhren eine Sonderbehandlung: Ihre Leichen wurden eingekocht und die Knochen in einer Kiste in einem Regal in der Gerichtsmedizin aufbewahrt, bis – falls kein Murks geschah – jemand einen Namen brachte. Dies geschah in der Hoffnung, dass zu dem Namen eine Familie gehörte, die die Knochen ausgehändigt bekäme und für eine richtige Beerdigung des unbekannten Opfers sorgen würde.

«Lassen Sie mir Zeit. Ich besorge Ihnen den Namen», sagte Bobby ruhig, als er und Zo zum Fahrstuhl gingen. «Ganz gleich, was aus dem Fall wird, sie wird nicht versteigert, Dr. Lynch. Ich kümmere mich um sie.» Falls sie keine Familie zu dem Namen fänden, würde Bobby selbst dafür sorgen, dass sie ein richtiges Begräbnis bekam. Kein Kind sollte die Welt unbemerkt verlassen müssen. Unvermisst. Zum Abschied nickte er, dann schlossen sich die Fahrstuhltüren.

«Die blonde Perücke, der andere Pullover. Picasso will dich fertigmachen, Bobby», bemerkte Zo leise, als die Kabine langsam, quietschend aus dem Keller nach oben fuhr.

«Das schafft er auch. Ich bin völlig fertig», antwortete Bobby und rieb sich die Augen.

«Du solltest nicht hier sein.»

Bobby warf ihm einen Blick zu.

«Ganz im Ernst. Du siehst beschissen aus. Hast du in den letzten Tagen überhaupt geschlafen?»

«Ich schlafe sowieso nicht. Meinst du, ich fange ausgerechnet jetzt damit an?»

«Wie geht es LuAnn?»

Er schüttelte den Kopf. «Sie hat Beruhigungsmittel bekommen. Hoffentlich wacht sie nicht auf, bevor ich den Kerl habe. Der Bericht der Ballistik zu der Kugel, die neben Ray Coons Schädel im Baum steckte, ist da. .44 Magnum, Linksdrall.»

«Große Knarre», sagte Zo, als sie am Empfang vorbei zum Ausgang gingen. Er streckte den Kopf durch die Hintertür und sah sich auf der langen Auffahrt nach Fernsehleuten um, mit denen inzwischen überall zu rechnen war. Picasso dominierte nicht nur in Südflorida jeden Sender, er hatte es sogar nach Übersee geschafft und das Interesse der internationalen Medien geweckt. Ein extravaganter, perverser Serienmörder mit einer Vorliebe für ausgerissene Teenager zog genauso viel Aufmerksamkeit auf sich wie die Cupido-Morde, die Miami vor ein paar Jahren erschüttert hatten. Und schon damals hatte die Presse verrückt gespielt. Doch heute war der Parkplatz leer.

«Eine Knarre, die sehr beliebt ist», ergänzte Bobby seufzend und setzte sich die Sonnenbrille auf, als sie die Auffahrt hinuntergingen und die Wiese zum Parkplatz hinter dem Gebäude der Technical Services überquerten. «Vor allem bei Gangmitgliedern. Laut Obduktion war er mindestens ein paar Wochen tot.»

«Wir waren überall auf der Straße. In Miami hat keiner Ray gesehen», sagte Zo. «Zumindest keiner, der den Mund aufmacht.»

«Was zum Teufel hat er in Belle Glade gesucht?»

«Wir können nur raten. Aber denk dran, Bobby, das Schwein will dich fertigmachen. Mach dich nicht verrückt mit dem Gedanken, dass Ray auf Picassos Konto geht. Das wissen wir nicht. Und wir wissen auch nicht, ob das alles etwas mit Katy zu tun hat.»

Bobby blieb stehen. «Er war bei mir zu Hause, Zo. *Bei mir zu Hause.* Er hat mit meiner Frau gesprochen. Er verschickt kranke Gemälde mit meinem Namen und stellt mir an den Tatorten Tischkarten hin. Und er will …», er holte tief Luft. «Er will, dass ich denke, er hätte meine Tochter. Warum?»

Zo wusste keine Antwort, also schwieg er. Als sie ihre Wagen erreichten, sagte er: «Du bist fertig für heute. Du musst nach Hause und dich um deine Frau kümmern. Ich will dich nicht mehr im Büro sehen. Wenigstens zwei Tage. Und wenn du zurückkommst, will ich dich nicht mehr an diesem Fall haben.»

«Das kannst du vergessen», gab Bobby zurück. Wie auf Stichwort klingelte sein Telefon. «Dees», antwortete er.

«Bobby, hier ist Ciro. Ich habe eben mit einem Kumpel von Computer Crimes oben beim Sheriff von Palm Beach telefoniert. LEACH – du weißt schon, die Spezialeinheit für Internetverbrechen an Kindern? –, sie haben einen Einsatz. Sie haben einem Perversen eine Falle gestellt, der sich heute Nachmittag vor McDoof mit einer Vierzehnjährigen treffen will. Einer der Ermittler, der im Internet den Lockvogel macht, hat den Fisch letzte Woche an die Angel bekommen, und sie brauchen taktische Hilfe, um ihn einzuholen. Bis jetzt nichts Besonderes, richtig? Passiert jeden Tag. Es gibt keine Garantie, dass der Typ wirklich aufkreuzt – bis jetzt ist er ein Geist –, und der Lockvogel hat seit ein paar Tagen nichts von ihm gehört, also ist alles vielleicht nur falscher Alarm, aber mein Kumpel meinte, es war doch ziemlich interessant, als er heute Morgen beim Briefing den Netznamen des Perversen gehört hat. Vor allem, wo er und ich erst letzte Woche über den Emerson-Fall geredet haben und diese spezielle Info gar nicht an die Öffentlichkeit kam.»

«Sprich dich aus», sagte Bobby und sah Zo an, während er beim Einsteigen in den Wagen innehielt und wie erstarrt auf Ciros nächste Worte wartete.

«Sie haben ein Date mit einem Typ namens TheCaptain.»

75

Es war fast komisch, dass im Zeitalter hochentwickelter polizeilicher Computersysteme, da Kommunikation via Internet, E-Mail, SMS und Mobilfunkgeräte ohne Verzögerung funktionierte, die rechte Hand immer noch nicht wusste, was die linke tat. Bobbys erste Handlung, nachdem er das Porträt der Boganes-Schwestern gesehen hatte und ihm klarwurde, dass Lainey Emerson vermutlich mit dem Mädchenfänger zusammenhing, war gewesen, einen Steckbrief an das FCIC und NCIC hinauszuschicken, die landes- und bundesweiten Informationssysteme der Polizei, in dem er alle Ermittlungsbehörden bat, ihn zu kontaktieren, falls sie auf einen Internettäter stießen, der den Namen Zachary, Cusano, ElCapitan oder irgendeine Kombination oder Variation dieser Stichworte führte. Allerdings war in Anbetracht der reinen Zahl von Steckbriefen, die ihre eigene Analystin täglich hereinbekam, die Wahrscheinlichkeit groß, dass der Steckbrief ausgedruckt, in einem chaotischen Großraumbüro an die Pinnwand geheftet und fortan ignoriert wurde.

Keine Abteilung ließ sich gern von anderen dazwischenfunken – und entsprechend skeptisch betrachteten die Leute von der Special Investigations Unit Palm Beach und der LEACH-Spezialeinheit die Ankunft der FDLE Special Agents bei ihrem taktischen Briefing auf dem Parkplatz des Flohmarkts an der 45th Street, ein paar Straßen von dem McDonald's entfernt, wo das Rendezvous stattfinden sollte. Bobby und seine Kollegen wurden also nicht mit einem «Schön, dass die Kavallerie da ist» begrüßt oder sonst irgendwie herzlich willkommen geheißen. Allerdings hatte Bobby auch nicht damit gerechnet. Die Bundespolizei, genauer gesagt, das FBI, war bekannt dafür, die Lorbeeren anderer Abteilungen einzuheimsen und die Zuständigkeit für wichtige Fälle zu beanspruchen, nachdem die Arbeit getan war, und so war man in allen Ermittlungsbehörden misstrauisch geworden. Doch sosehr es die örtlichen Beamten ärgern mochte, es galten die gleichen Regeln wie bei dem Spiel «Stein, Schere, Papier»: Das FDLE stach die örtliche, die städtische und die Bezirkspolizei aus, und jeder Officer auf dem Parkplatz wusste es. Es gab also guten Grund, eine feindliche Übernahme zu befürchten. Allerdings hatte Bobby nicht vor, die LEACH-Ermittlung an sich zu reißen. Er wollte weder die Lorbeeren noch die Schlagzeilen. Alles, was er wollte, war, dass der Albtraum aufhörte und das Schwein so schnell wie möglich gefasst wurde. Und bis jetzt war der Benutzername ElCapitan das Einzige, was vielleicht irgendwohin führte.

Oder auch nicht.

Wie Ciro gesagt hatte und wie jeder bestätigen konnte, der mit Internetverbrechen zu tun hatte, es gab keine Garantie. Man konnte nie wissen, wer oder was bei solcher Art Treffen auftauchte. Oder ob überhaupt jemand auftauchte. Viele Cyber-Täter waren hartgesotten; sie hatten mehrere Opfer gleichzeitig im Visier und jede Menge Offline-Erfahrung, bevor sie sich in einen Chatroom begaben. Die meisten konnten einen Polizisten eine Meile gegen den Wind riechen.

Obwohl Bobby sein Bestes tat dagegenzuwirken, herrschten Spannungen zwischen den verschiedenen Einheiten, als alle für den Showdown in Position gingen. Wobei erhöhte Spannung nicht unbedingt von Nachteil sein musste. Es war, als wisse man, dass die Vase, die man über den Steinboden trug, eine unbezahlbare Urne aus der Mingdynastie war – natürlich machte es einen nervös, aber auch sehr viel vorsichtiger, denn es war klar, welche Konsequenzen ein Fehler hätte. Picasso hatte in jedem County schreckliche Schlagzeilen gemacht, und keiner wollte dafür verantwortlich sein, dass es so weiterging.

Eine kleine brünette Undercover-Agentin des Drogendezernats vom Palm Beach Sheriff's Office namens Natalie, die wie fünfzehn aussah, bezog im McDonald's Position. Um 16:00 Uhr würde sie herauskommen und auf der Bank vor dem Schnellimbiss neben einem Scheckbüro auf die Ankunft warten. Verdeckte Ermittler waren zu beiden Seiten des Restaurants und auf dem Parkplatz hinter dem McDonald's postiert, das zu einem kleinen Einkaufszentrum gehörte. Außerdem gab es einen Winn-Dixie-Supermarkt, einen Familien-Discounter und eine Reihe weiterer Läden, inklusive eines Waschsalons und einer Little-Caesars-Pizzeria. Wegen der Geschäfte war es auf dem Parkplatz immer voll und belebt. Auf der anderen Seite der Australian Avenue befanden sich eine Sunoco-Tankstelle und ein Pfandleiher; schräg gegenüber von McDonald's war eine Grünfläche. Bobby und ein paar LEACH-Beamte saßen in Undercover-Wagen und warteten vor dem Supermarkt; Zo und Ciro standen drüben an der Tankstelle und im Park. Am Palm Beach International Airport, nur ein paar Kilometer entfernt, war ein Helikopter des FDLE abrufbereit.

Es war 15:55 Uhr. Bobby saß tief in seinem Sitz und starrte in den Verkehr auf der überfüllten 45th Street. Ohne Fernglas war es von seiner Position aus unmöglich, in das Restaurant hineinzusehen. Und es war unmöglich, ein Fernglas zu benutzen, ohne aufzufallen. Das Einkaufszentrum war voll. Mütter, Kleinkinder, Senioren, Geschäftsleute, Teenager. Männer, Frauen. Alle Typen. Alle Formen, alle Größen.

Das war das Problem. Er konnte überall sein. Er konnte jeder sein. Und jeder wirkte verdächtig, dachte Bobby, als er einen jungen Mann beobachtete, der drei Supermarkttüten mit nichts als Waschmittel in den Kofferraum seines SUVs packte. Drei Reihen weiter saß ein schmieriger Mann mittleren Alters in einem Ford-Pick-up und nuckelte an einem Bier, während er in ein Mobiltelefon sprach. Und es konnte natürlich sein, dachte Bobby, als er sich wieder auf das McDonald's konzentrierte, dass sie in einer Sackgasse waren. Die Zeit vergeudeten, während der Wahnsinnige in sicherer Entfernung friedlich an einem neuen Porträt arbeitete.

Bobby trommelte auf das Lenkrad und sah wieder auf die Uhr. 15:59. Er konnte nur warten.

76

Der Mann atmete tief ein und ließ die frische, für die Jahreszeit erstaunlich warme Luft in seine Lungen strömen. Sein ganzer Körper bitzelte, jeder seiner Sinne war in Alarmbereitschaft, wie bei einem hungrigen Raubtier, das auf der saftigen Wiese in der Ferne leise das Mittagessen blöken hörte. In der Highschool hatte er Angel Dust und LSD probiert, doch an den natürlichen Rausch kam keine Droge heran. Er schnüffelte. Ein Dutzend Gerüche kitzelten seine Nase – Autoabgase, Kiefernnadeln, Benzin, brennendes Laub, Schweiß, gebratenes Fleisch, Urin. Vielleicht war es verrückt, doch er bildete sich ein, auch sie zu riechen. Irgendwo da draußen. Süß und zart, wahrscheinlich mit irgendeinem Teenager-Parfum eingesprüht und mit Babypuder bestäubt. Frisch gewaschenes braunes Haar, das nach Himbeershampoo duftete.

Janizz. Der Name kam entweder von einer unangepassten Mutter oder von einem Teenager, der den langweiligen, altmodischen Namen Janice hasste. Ein Mädchen, das anders sein wollte, so wie die Paris und Cocos und Demis dieser Welt.

Er tippte auf Türchen Nummer zwei. Ein Mädchen, das endlich bemerkt werden wollte. Er lächelte. *Ich habe dich bemerkt, süße Janizz. Ich werde dich mit Aufmerksamkeit überschütten.*

Janizzbaby. Selbst in dem Namen steckte eine kleine Melodie. Er summte vor sich hin. Langsam und sexy würde es sein, wie ein alter R-&-B-Song von H-Town. Er musste sich die verschwitzten Handflächen an der Hose abwischen. Wie bei der Oscar-Verleihung war der schönste und schlimmste Teil des Abends die Vorfreude. Würde sie kommen? Würde sie aussehen wie auf dem Foto, oder hatte sie sich bloß verkleidet? Würde sie freiwillig einsteigen oder im letzten Moment zurückschrecken?

Das war ihm allerdings noch nie passiert – bis jetzt hatte er kein Problem gehabt, sie in den Wagen zu kriegen. Die Sorge bestand natürlich trotzdem. *Es gibt immer ein erstes Mal,* pflegte seine Mutter zu sagen. *Du musst immer mit allem rechnen.* Und das tat er. Er warf einen Blick auf den Rücksitz, wo seine besondere schwarze Tasche lag. Darin war alles, was er brauchte. Er musste die Kleine nur in den Wagen kriegen. Sobald sie drin war, gehörte sie ihm.

Seine Hände troffen vor Schweiß. Natürlich konnte es sein, dass sie nicht auftauchte. Das war schon passiert. Und er war richtig, richtig böse geworden. Die ganze Mühe, die er sich gegeben hatte, um das Haus für die Neue herzurichten. Wenn ihm das passierte – wenn alles umsonst gewesen war, wenn er zum Narren gehalten wurde –, dann brauchte er sehr, sehr lange, bis er wieder einem Mädchen vertrauen konnte.

Er starrte die Glastür des überfüllten McDonald's an. Ein ständiges Kommen und Gehen. Faule Mütter mit schreienden Kindern rannten hinein, um den Gören wieder mal ein ausgewogenes Mahl aus Chickennuggets und Pommes vorzusetzen. Fettsäcke starrten die Bilder auf der Speisekarte an, als hätten sie noch nie im Leben einen Big Mac gesehen. War sie dort drin? Sah sie durch die Tür heraus, auf der Suche nach ihm, und fragte sich, wie er aussah? War sie ebenso aufgeregt, ihn zu sehen, wie er sie? Hatte sie sich etwas Besonderes angezogen, wie sie versprochen hatte? War sie nervös? Hatte sie Angst? Seine verschwitzten Hände zitterten wie verrückt. Er zündete sich eine Zigarette an, um seine Nerven zu beruhigen. Sie würde Angst bekommen, wenn sie merkte, dass er sich nicht unter Kontrolle hatte. Dass er zitterte wie ein Parkinson-Patient, wenn er sie sah, und dann lief sie vielleicht davon. Nicht vielleicht, bestimmt sogar. Und das wäre schlimm. Wirklich schlimm.

Er fragte sich, ob und wann man das Verschwinden der kleinen Janizz bemerken würde. Jetzt, wo er überall in den Nachrichten war und Schlagzeilen machte, selbst in Ländern, deren Namen er nie gehört hatte. Er fragte sich, wie lange es dauerte, bis jemand den Quantensprung machte und Janizz' Verschwinden mit ihm in Verbindung brachte. Wie lange es dauerte, bis sie als Picassos jüngstes Opfer bekannt wurde. Er lächelte. Wie lange dauerte es, bis die Leute seinetwegen nachts ihre Häuser verbarrikadierten? Oder sich zu Bürgerwehren zusammenschlossen?

Er leckte sich über die trockenen Lippen, die Augen an die Glastür geheftet, und hob witternd die Nase, um den ersten echten Hauch von ihr zu erschnüffeln. Sein verlorenes Lamm.

Die Tür ging auf. Ein winziges Ding – kaum einen Meter fünfzig, wie es aussah – kam heraus und setzte sich auf die Bank vor dem Schnellimbiss. Ein glitzerndes Tuch hielt das lange, kastanienbraune Haar aus ihrem Gesicht. Seitlich hatte sie eine lila gefärbte Strähne, genau wie auf dem MySpace-Foto. In dem Jeansminirock und dem engen schwarzen T-Shirt hatte sie die muskulöse Figur einer Turnerin, und ihre wohlgeformten Beine steckten in einem Paar Keilabsatz-Sandalen. Sie sah sich auf dem Parkplatz um, als würde sie auf jemanden warten, doch sie wirkte kein bisschen nervös. Nach einer Minute zündete sie sich eine Zigarette an und begann auf ihr Handy einzutippen, allem Anschein nach völlig sorgenfrei. Es war eindeutig Janizz. Und ihrem Auftreten nach zu urteilen, glaubte er nicht, dass er der erste Junge war, mit dem sie sich über das Internet traf, auch wenn er ziemlich sicher der letzte sein würde.

Bei ihrem Anblick spielten seine Hände verrückt. Er wischte sie ein letztes Mal an seiner Jeans ab, dann benutzte er ein Deo.

Es würde schwierig sein, sie festzuhalten, wenn seine Hände so rutschig waren.

Wie das kleine Lamm, das sich zu weit von der Herde entfernt hatte und mutterseelenallein auf der Weide stand, nahm die süße kleine Janizz anscheinend überhaupt nicht wahr, dass nur wenige Meter entfernt der böse Wolf in seinem Versteck lag und auf sie lauerte.

Er warf die Zigarette aus dem Fenster und lächelte. Die Jagd hatte begonnen.

Es wurde Zeit, sich vorzustellen.

77

«Was zum Teufel machen Sie hier?», fragte Bobby und klopfte gegen das Fahrerfenster.

Die Scheibe glitt herunter. «Offensichtlich das Gleiche wie Sie», antwortete ein rotgesichtiger Mark Felding mit einem grimmigen Lächeln.

«Verarschen Sie mich?»

Der Reporter schüttelte den Kopf. «Wir leben in einem freien Land. Die Presse kann man nicht aufhalten.»

«Sie verarschen mich», wiederholte Bobby. Er fuhr sich durchs Haar. «Das darf nicht wahr sein.»

«Ich tue nichts Illegales, oder? Verfolge nur eine Spur, um zu sehen, wo sie mich hinführt. Das sind meine Angelegenheiten, Agent Dees. Ich versuche nur, die Nase vorn zu haben. Sie rufen nicht gern zurück, es sei denn, es springt was für Sie raus, und da ich von Ihnen nun mal nichts im Gegenzug kriege, muss ich sehen, wie ich an meine Informationen komme.»

«Woher wussten Sie davon?»

«Bilden Sie sich ein, Ihre Leute können unbehelligt herumlaufen, ohne dass sich jemand Gedanken macht? Machen Sie sich nichts vor, Agent Dees, Sie sind jetzt berühmt. Sie sind Freiwild, wie Brangelina.»

Bobby versuchte seine Wut zu unterdrücken. Es kostete ihn jeden Funken Selbstkontrolle, nicht durch das Fenster zu greifen, Felding am Kragen zu packen und raus auf den Parkplatz zu zerren. Nicht dass er Skrupel gehabt hätte, doch er wusste, es würde auffallen, und das konnte er sich nicht leisten. «Was zum Teufel ist euch Typen wichtiger? Eure Visage im Fernsehen zu sehen oder einen Serienmörder aufzuhalten, bevor ihm das nächste Mädchen in die Finger fällt?»

Der Kerl zögerte nicht einmal. «Offen gesagt, ich will beides. Auch wenn ich weiß, dass Sie das nicht gerne hören.»

Bobby sah auf die Uhr. 16:07. «Sie und Ihre Kamera machen hier alles kaputt. Verpissen Sie sich.»

«Hören Sie, ich will hier nichts kaputtmachen. Ganz ehrlich nicht. Ich will nur sehen, wie Sie diesen Typen drankriegen. Lassen Sie mich einfach hier sitzen. Ich bin still. Ich bin brav. Ich werde nicht mal zu meiner Kamera greifen», bettelte er. «Nur wenn er auftaucht. Und erst, wenn Sie ihn verhaftet haben. Ist das fair? Wenn irgendwas dabei rauskommt – lassen Sie mir die Story. Das ist alles, was ich will. Nur die Story. Falls sie heute Nacht zu Ende ist, will ich der sein, der sie kriegt. Mit mir hat es angefangen, und mit mir soll es aufhören. Das wäre nur fair.»

«Ich mache keinen Deal mit Ihnen.»

«Können Sie mir einen Namen nennen? Details? Was wissen Sie über ihn?»

«Ihre Visage ist jeden Abend in den Nachrichten, Felding. Wenn er Sie sieht, ist es vorbei.»

«Nur falls er Channel Six sieht», antwortete Mark lächelnd. «Und ich muss Sie anscheinend daran erinnern, dass Ihr Psychopath hauptsächlich auf Sie steht, Agent Dees. Wenn er *Ihr* Gesicht sieht, ist es genauso vorbei, schätze ich.»

«Verpissen Sie sich, verdammt. Ich sage es nicht nochmal …»

Das Funkgerät knisterte. «Möglicher Verdächtiger nähert sich. Schwarzer viertüriger Lexus.» Es war einer der LEACH-Beamten.

«ES», sagte eine weitere Stimme. Lou Morick, ebenfalls von LEACH. «Ein Lexus ES. Vielleicht 2003 oder 2004.»

LEACH, die Leute des Sheriffs und die Picasso-Sonderkommission funkten alle auf dem gleichen Kanal, um nicht über die Zentrale oder von Mann zu Mann sprechen zu müssen. Jetzt wurden die Meldungen schneller und aufgeregter.

«Getönte Scheiben. Kann den Fahrer nicht sehen. Bewegt sich langsam über den Parkplatz. Kannst du das Kennzeichen sehen, Mike?»

«Florida. Xanthippe, Sieben, Zebra, Dora, Drei, Sieben. Kann das Datum von hier nicht lesen.»

«Okay, 1622, gib es durch», befahl Kleiner, Lieutenant von PBSO Special Investigations, der die Operation von der nordwestlichen Straßenecke leitete.

«10-4.»

Scheiße. Die Sache kam in die Gänge, und Bobby war beim Babysitten. «Wenn Sie sich von der Stelle bewegen oder zu Ihrer Kamera greifen, buchte ich Sie wegen Behinderung der Staatsgewalt ein. Wir sind hier nicht bei *Den Tätern auf der Spur.* Das hier ist keine Fernsehsendung.» Bobby schaltete sein Funkgerät ein. «Nur zur Info, ich habe hier einen Reporter in seinem Wagen vor dem Discounter sitzen.»

«Was soll das?» Es war Kleiner.

«Wer ist es, Bobby?», fragte Zo. «Wieder Felding, dieser Schleimer?»

Einer der Beobachter klinkte sich ein. «Natalie geht auf das Beifahrerfenster zu. 10-23.»

10-23 hieß Standby.

«Sie hat kein Mikro, also achtet auf das Signal», warnte Morick.

«Das wird hoffentlich nicht live übertragen», murmelte Mike Hicks über den Äther. «Wir sind hier nicht bei *Herzblatt.*»

«Beifahrerfenster geht auf. Fahrer noch nicht erkennbar.»

«Sie redet mit der Person.»

«Kennzeichen überprüft. Gestohlen. Ist auf einen schwarzen Benz registriert.»

«Okay. Wartet auf das Signal», ordnete Kleiner an. «Wenn er fliehen will, haltet ihn auf, aber bis dahin warten wir, was er macht. Jetzt ist Natalie an der Reihe.»

«Ich habe einen Streifenwagen des PBSO, der von der 45th Street aus östlicher Richtung auf den McDonald's-Parkplatz einbiegt», meldete Ciro.

«Wer ist das? Einer von euch?», fragte Hicks.

«Sie spielt mit ihrem Tuch», sagte der Beobachter.

«Das ist das Signal.»

«Hat sie das Tuch ausgezogen? Sie sollte es abnehmen», sagte ein anderer.

«Ach du Scheiße, der Streifenwagen hat ihn gerade angeblinkt. Was zum Teufel macht er da?»

Der Streifenwagen hatte sich hinter den Lexus gestellt und das Blaulicht eingeschaltet. Es sah aus, als wollte er eine Verkehrskontrolle durchführen.

«Wer zum Teufel ist der Idiot?», schrie Hicks.

«Der Drecksack haut ab! Ist aufs Gas gestiegen, flieht über die 45th nach Osten!»

«Scheiße! Alle Einheiten, dranhängen. Lasst ihn nicht entkommen!», brüllte Kleiner.

Bobby lief zurück zu seinem Wagen und schrie dabei in sein Funkgerät. «Ronny, starte den Helikopter! Der Verdächtige fährt einen schwarzen Lexus ES auf der 45th Street nach Osten. PBSO, 10-9 das Kennzeichen!»

Er konnte nur Katys Gesicht sehen.

«Xanthippe, Sieben, Zebra, Dora, Drei, Sieben. Roger?», wiederholte der Beobachter.

Ihr süßes Gesicht auf dem verstümmelten Körper der unbekannten Leiche.

«Roger», sagte Ronny Martin, der Hubschrauberpilot des FDLE. «Ich gehe hoch.»

Auf dem Metalltisch, die Ketten um ihren Hals.

«Er fährt auf die Australian Avenue nach Norden ...»

«Verlier ihn nicht!», rief Bobby ins Funkgerät, als er seinen Grand Prix erreichte. Er sprang in den Wagen, ließ den Motor an und raste vom Parkplatz, nur um Haaresbreite vorbei an einer kreischenden Frau mit Kleinkind im Einkaufswagen. Dann schloss er sich den Undercover-Einheiten an, die mit Blaulicht und heulenden Sirenen über die 45th Street und Australian Avenue jagten. Der unglückselige Streifenpolizist musste bei der Zentrale Verstärkung gerufen haben; Bobby hörte Sirenen aus allen Richtungen.

«Ein Zug kommt!», bellte Hicks über das Funkgerät. «Verdammt! Nur zur Info, Jungs, die Schranke ist unten. Ich hab's grade noch geschafft. Wenn ihr nicht drüben seid, müsst ihr warten. Lou ist direkt hinter mir – wir brauchen Streifenwagen auf der Nordseite der Michigan oder Martin Luther King, wenn der Typ weiter nach Norden fährt und nicht anhält!»

Etwa hundert Meter vor sich sah Bobby die rotweiße Schranke. Sie war unten. Wenn er jetzt nicht rüberkam, würde er nie aufholen. Falls es ein Güterzug der CSX oder East Coast Railway war, konnte es fünf Minuten dauern, bis alle Waggons vorbei waren und er endlich durchkam. Und wenn Hicks und Morick den Kerl nicht erwischten und er die I95 erreichte ...

Der Stoßverkehr hatte eingesetzt. Vor der Schranke hatte sich bereits eine Schlange gebildet. Bobby fuhr auf die linke Spur, die dank der geschlossenen Schranke leer war. Er hörte das ohrenbetäubende Pfeifen des Zugs, das sein Herankommen ankündigte.

Lass den Täter nicht entkommen. Nicht diesen.

Er schnitt den Ford Explorer, der vorn an der Schranke stand. Von rechts kam der Zug. Er war vielleicht noch zwanzig Meter weg. Vielleicht weniger. Es war keine Zeit, den Entschluss zu hinterfragen, keine Zeit umzukehren. Es war nicht mal Zeit für ein schnelles Gebet. Mit Blaulicht trat er aufs Gas. Fast hörte er das kollektive Ächzen der Fahrer, die hinter ihm in der Schlange standen.

Es war auch keine Zeit für Erleichterung, als er es geschafft hatte. Er wischte sich den Schweiß aus den Augen. Der herannahende Zug hatte den Verkehr nach Norden gelichtet, aber Bobby hatte Zeit verloren. Morick und Hicks waren einige Blocks vor ihm.

Hicks meldete sich über Funk. «Er fährt über hundert.»

«Was ist das Tempolimit?», fragte Kleiner.

«Fünfzig, glaube ich.»

«Er ist auf der Gegenseite! Der ist total verrückt!», rief Lou Morick. «Mitten im Berufsverkehr!»

«Der bringt noch jemanden um!»

«Er ist beim Martin Luther Drive über eine rote Ampel gefahren!», rief Morick. «Ohne zu bremsen! Wo zum Teufel sind die anderen? Wir müssen die Straße sperren. Der Mann hält für niemanden an!»

«Motorrad am Boden! Ein schwarzer Chopper an der Kreuzung – ist ins Schleudern gekommen und zu Boden gegangen!», meldete Hicks. «Ruft einen Notarzt zur Ecke MLK und Australian! Verdammt, ich muss anhalten! Der Typ ist wahnsinnig!»

«Das war's.» Es war Kleiner. «Keine Zivilisten mehr, Lou. Es ist halb fünf und einfach zu voll. Wir beenden die Jagd. Wir schicken Einheiten zum Blue Heron Boulevard und stoppen ihn dort!»

Die Australian Avenue endete am Blue Heron Boulevard, knapp zwei Kilometer weiter nördlich. Doch der Blue Heron

Boulevard führte direkt zur Interstate 95. Der Highway war weniger als drei Kilometer entfernt. Und falls der Lexus den Highway erreichte, hätte er freie Fahrt.

Verfolgungsjagden bei hohem Tempo waren gegen die Politik jedes Police Departments. Unweigerlich wurden Zivilisten oder Cops dabei verletzt oder sogar getötet, zumindest entstand Sachschaden, und Klagen wurden eingereicht. Alles, was mehr als zwanzig Stundenkilometer über dem Tempolimit lag, wurde als «hohe Geschwindigkeit» eingestuft, und hundert Sachen auf einer dicht befahrenen Einkaufsstraße waren definitiv zu schnell. Hochgeschwindigkeitsjagden mussten vom Führungsstab genehmigt werden, und normalerweise wurden sie das nicht.

Doch Lieutenant Lex Kleiner vom PBSO war nicht Bobbys Vorgesetzter. Er war nicht mal im gleichen Zuständigkeitsbereich. Stein schlug Schere, und das FDLE stach das Palm Beach Sheriff's Office aus. Morick wurde langsamer. Bobby raste an ihm vorbei.

Beim Heulen herannahender Sirenen wichen die Autofahrer entweder an den Straßenrand aus, oder sie blieben mitten auf der Straße stehen, wie in Panik geratene Rehe. Der wahnsinnige Fahrer, der von einem Orchester von Sirenen und Blaulichtern gejagt wurde, hatte den dichten Verkehr auf der Australian Avenue in einen Hindernisparcours aus Stahl verwandelt. Bobby musste sich durch die stehenden Wagen und den entgegenkommenden Verkehr fädeln. Endlich konnte er den Lexus sehen.

«Ich bin direkt hinter ihm; er scheint nicht am Heron zu halten», sagte Bobby, als der Lexus über eine weitere rote Ampel raste und direkt an einem Streifenwagen vorbei auf den Blue Heron Boulevard bog. «Er fährt zur I95. Schickt Einheiten auf die Rampen. Lasst ihn nicht auf den Highway kommen!» Wenn sie es schafften, den Wagen aufzuhalten, und der Fahrer zu Fuß fliehen musste, würde er nicht weit kommen. Hier gab es nur Tankstellen und Firmen, und die ließen sich abriegeln.

«Wer zum Teufel ist das?», bellte Kleiner. «Ich sagte, wir machen Schluss! Zu gefährlich!»

«Ich arbeite nicht für Sie», gab Bobby zurück.

Plötzlich wich der Lexus scharf nach links aus, um einen stehenden FedEx-Transporter zu überholen.

Bobby trat auf die Bremse und wollte ihm folgen, doch im gleichen Moment schien die Welt zu explodieren, direkt vor seiner Nase.

78

Bobby hörte es, bevor er es sah. Ein unglaublich lauter Schlag, der Ewigkeiten zu dauern schien, das Kreischen von Metall auf Metall, berstendes Glas. Dann gab es einen donnernden, ohrenbetäubenden Knall, der die Scheiben erzittern ließ. Eine dicke, sich windende schwarze Rauchsäule quoll vor dem FedEx-Transporter in die Höhe.

«Verdammte Scheiße!», meldete sich eine überraschte Stimme über Funk.

«Ich sehe einen Feuerball auf dem Blue Heron, westlich der Australian», berichtete Ronny. «Schwere Rauchbildung. Mehr kann ich nicht erkennen.»

«Dees? Bobby?» Es war Zo, der ihn über Funk rief. «Wo zum Teufel bist du? Ich bin unterwegs, den Blue Heron herauf ...»

Bobby war bereits ausgestiegen und rannte an den stehenden Kombis und Pritschenwagen vorbei.

«Er hat einen verdammten Tankwagen gerammt!» Es war Lou Morick.

Entsetzte Autofahrer kletterten aus ihren Wagen, um mit offenem Mund zu sehen, was passiert war. Dann rannten sie in die andere Richtung.

«Ach du Scheiße! Der Laster muss gerade aus der Tankstelle rausgekommen sein, und er ist einfach in ihn rein, und bumm!», rief Morick. «Frontal in die Seite! Der Tanker ist umgekippt! Auf den Lexus! Ein dritter Wagen ist auch verwickelt, glaube ich. Er – o Gott – sie stehen beide in Flammen!»

Eine Wand aus dickem schwarzem Rauch schloss die Straße ein. Grelle orange Flammen leckten am Himmel, bis zu zehn Meter hoch. Der blutüberströmte Tankwagenfahrer stieg aus seinem umgekippten Führerhaus, er stand unter Schock.

Noch in zehn Metern Entfernung herrschte eine sengende Hitze. Es war so heiß, dass einem die Haut am Leib zu schmelzen schien. Aus dem schwarzen Vorhang kam ein lauter Knall, und ein weiterer Feuerball wurde in den Himmel geschleudert. Ein Streifenwagen des PBSO erreichte den Unfallort. Sirenen näherten sich aus allen Richtungen. Es war schwer, durch die Rauchschwaden etwas zu erkennen. Bobby näherte sich der Unfallstelle, versuchte etwas zu sehen.

«Um Gottes willen! Sehen Sie doch!», schrie eine Frau. «Er lebt! Da ist ein Mann im Wagen! Er braucht Hilfe!»

Im gleichen Moment wirbelte der Wind den Rauch auf, vielleicht wegen des FDLE-Helikopters über ihnen, und Bobby konnte den verbogenen Haufen aus Stahl und Flammen ausmachen. Vom Lexus war nicht mehr viel übrig. Er war dem Tanker in die Seite gefahren, und dieser war umgekippt und hatte die Beifahrerseite des Lexus völlig eingedrückt. Doch hinter der geborstenen Windschutzscheibe war auf der Fahrerseite ein blutiges Gesicht zu sehen. Eine Hand hämmerte gegen das Glas.

Bobby rannte auf die Hitze zu, doch jemand packte ihn von hinten und riss ihn mit Bärenkräften zurück. «Auf keinen Fall», brüllte ihm Zo ins Ohr. «Auf keinen Fall! Du kannst ihn nicht retten, Shep! Unmöglich!»

Bobby kämpfte gegen seinen Griff, doch Zo hielt ihn fest und zog ihn fort. Das verzerrte Gesicht hinter der zersplitterten Scheibe wurde immer kleiner, dann wurde es von einem Vorhang aus schwarzem Rauch verdeckt.

«Das Ding geht hoch, Bobby!», schrie Ciro in sein anderes Ohr. «Wir müssen weg hier!»

Wenige Sekunden später explodierte der Tanker. Die Flammen verschluckten den Wagen und den Laster vollkommen. Das schreiende Gesicht war verschwunden.

Jetzt kam auch der Rest der LEACH-Spezialeinheit und des Sondereinsatzkommandos an, jeder stieg aus und starrte auf das Inferno. Keiner sagte ein Wort. Es stank nach Benzin.

«Feuerwehr und Rettungsdienst alarmiert. Voraussichtliche Ankunft vor Ort in zwei Minuten. Brauchen Sie einen Notarztwagen?», schnarrte die monotone Stimme aus der Zentrale aus dem Funkgerät des PBSO-Beamten, der neben Bobby und Zo stand.

«Notarzt? Ein Notarzt kann dem auch nicht mehr helfen», sagte Mike Hicks mit einem ungläubigen Lacher. Er sah Bobby, Zo und Ciro an und schüttelte den Kopf. «Unser Mann ist Toast.»

79

«War er das?», fragte Hicks.

Es schien, als hätte sich die ganze County bei Wendy's, Ecke Blue Heron Boulevard und Australian Avenue, versammelt und das Schnellrestaurant zur behelfsmäßigen Kommandozentrale für Rettungseinheiten, Verkehrspolizei, die Mannschaften der Gefahrgut-Reinigung und das Florida Department of Environmental Protection (DEP) – den Umweltschutz – umfunktioniert. Der hintere Teil des Lokals wurde von den Mitgliedern der LEACH- und Picasso-Einheiten und von den PBSO Special Investigations Detectives belegt, die an dem desaströsen Rendezvous beteiligt gewesen waren. Reporter aller Sender, darunter CNN, Fox und MSNBC, belagerten die Tür und wurden von uniformierten Beamten und dem gelben Flatterband in Schach gehalten, mit dem offensichtlich der ganze Block abgesperrt war. Die Feuerwehr war immer noch dabei, den Brand nach der Tankerexplosion zu löschen, die noch zwei weitere Wagen zerstört hatte. Mark Felding stand natürlich ganz vorn und berichtete mit Grabesstimme über die jüngsten Ereignisse, mit schmerzlichem Ausdruck in seinem schönen Gesicht. Er hatte es sogar geschafft, sich ein wenig Ruß auf die verschwitzte Stirn zu schmieren, wahrscheinlich in der Hoffnung, bei den Zuschauern den Eindruck zu erwecken, er sei selbst den Flammen nur knapp entkommen. Die Quoten würden durch die Decke schießen.

Natalie beantwortete Mikes Frage mit einem bedächtigen Nicken. «Ich glaube, ja. Ich muss sagen, ja. Alles ging so schnell. Ich habe nach einem schwarzen BMW Ausschau gehalten, als er näher kam, deswegen bin ich nicht mal aufgestanden. Aber er ist stehen geblieben und hat eine Weile da geparkt. Dann hat er das Fenster runtergelassen und mich gerufen, und wir haben angefangen, uns zu unterhalten. Dann kam der Streifenwagen, und plötzlich ist er nervös geworden. Richtig nervös. Hat dauernd in den Rückspiegel gesehen. Dann hat er gesagt, er muss los. Ich habe versucht, ihn aufzuhalten, aber der Streifenwagen hat das Blaulicht angemacht, und das war's – der Kerl hat einfach Gas gegeben. Ist mir fast über den Fuß gefahren. Fünf Minuten später war er tot. Puh», sagte sie, und ihre Stimme klang zitterig. «Was für ein Tag im Büro.»

«Hat er den Namen Captain benutzt?», drängte Bobby. «Oder Zach? Hat er dich Janizz genannt?»

«So weit sind wir nicht gekommen. Er hat gefragt, ob ich auf ihn warte, und ich habe gesagt: ‹Schätze schon›, und er meinte, das wäre gut, weil er sein ganzes Leben auf mich gewartet hat. Und er hat gesagt, er ist froh, dass er gewartet hat, weil er Spaß haben will. Er hat mich gefragt, ob ich auch auf Spaß stehe, und ich habe gesagt: ‹Was meinst du damit?›, und er sagte: ‹Finden wir's raus.› Ich habe gefragt: ‹Bist du der Captain?› Sie wissen schon, auf die Flirtschiene. Und er hat so gelacht, als sagte er, ja, das bin ich. Dann hat er gefragt, ob ich eine Spritztour machen will. Aber da kam schon der Streifenwagen, und alles ging schief.»

«Wie sah er aus?», fragte Bobby.

«Er war weiß, vielleicht zwischen fünfundzwanzig und dreißig, glaube ich. Hellbraunes Haar, fast schulterlang. Gewellt, glaube ich. Er trug eine Pilotenbrille, es war schwer zu sagen. Ehrlich gesagt konnte ich ihn nicht sehr gut sehen.»

«Was ist mit dem Wagen?» Bobby drehte sich um und fragte Lex Kleiner, der hinten in der Nische saß, die Arme vor der Brust verschränkt. «Irgendwas?»

«Der Wagen ist weg. Der Tanker hatte eine volle Ladung Super. Es war so heiß, dass die Straße geschmolzen ist. Da gibt es keine Fahrzeugidentifizierungsnummer mehr, selbst wenn der Lexus so weit abgekühlt ist, dass wir danach suchen könnten. Das Nummernschild stammte von einem schwarzen Mercedes C300, Baujahr 2006, angemeldet auf eine Silvia Montoya aus Miami Shores. Wurde am zweiten Oktober aus ihrer Einfahrt gestohlen. Keine Hinweise auf den Dieb.»

«Wir haben also überhaupt keine Ahnung, wer der Typ in dem Lexus war? Keine Anhaltspunkte?», fragte Zo.

«Nein», erklärte Kleiner kopfschüttelnd. «Noch nicht. Das Einzige, was wir wissen, ist, dass er pünktlich zu einem Rendezvous aufgetaucht ist, in einem Wagen mit gestohlenen Nummernschildern. Und dass er abgehauen ist, als ein Polizist auftauchte. Klingt mir nach unserem Mann. Aber ob er auch Ihr Mädchenfänger war, kann ich nicht sagen. Das ist Ihre Ermittlung.»

«Lassen wir einen Zeichner kommen und sehen, ob Ihr Lockvogel ein Porträt für uns zusammenbekommt. Haben Sie mit dem Streifenpolizisten gesprochen?», fragte Bobby. «Was wollte der von ihm?»

«Er hat das Kennzeichen überprüft. Wusste, dass es gestohlen war.»

«Hatte er einen Grund für die Überprüfung?»

«Er wollte ihm eins reindrücken. Der Typ war ihm auf der Australian Avenue durch aggressives Fahren aufgefallen. Da hat er das Kennzeichen überprüfen lassen. Man kann nie wissen», sagte Kleiner frostig.

«Sie haben recht. Man kann nie wissen, was passiert wäre, wenn er sein verdammtes Blaulicht nicht eingeschaltet hätte», gab Bobby sarkastisch zurück.

«Hätten Sie sich nicht auf eigene Faust eine Hochgeschwindigkeitsjagd mit ihm geliefert, bräuchten wir jetzt keinen Porträtzeichner, um uns ein Bild von ihm zu machen. Vielleicht hätten wir ihn sauber und ordentlich anhalten können, ohne dass drei Leute ins Krankenhaus müssen und einer in die Leichenhalle.»

«Ja, sauber und ordentlich wie Ihre Einheiten an der Ecke Heron und Martin Luther King. Vielleicht hätten wir einfach bitte, bitte sagen sollen, als wir ihn das erste Mal aufgefordert haben anzuhalten.»

«Okay, das reicht jetzt», sagte Zo und hob beschwichtigend die Hände. «Also, Lex, wie bekommen wir je sicher raus, ob Ihr Perverser – der jetzt tot ist – der Captain war und ob der Captain wirklich unser Picasso war?»

«Indem wir abwarten, ob weitere Gemälde auftauchen», erklärte Ciro.

«Oder weitere Leichen», sagte Bobby und fuhr sich durchs Haar. «Ist genug von ihm übrig, um seine DNA zu testen?»

«Sie haben ihn als Ersten rausgezogen, aber er ist völlig verkohlt. Der Rumpf ist übrig – wie ein blutiges Steak. DNA haben wir auf jeden Fall. Falls er aktenkundig ist und eine DNA-Probe abgegeben hat, können wir ihn vielleicht identifizieren.»

Bei bestimmten Delikten wurde in Florida und anderen Bundesstaaten vom Verurteilten eine DNA-Probe für die Datenbank des FDLE verlangt. Dazu gehörten Sexualstraftaten, Einbruch, Raub, Mord und Hausfriedensbruch.

Bobby nickte. «Irgendjemand wird ihn vermissen. Eine Mutter, eine Schwester, eine Freundin, ein Bruder, eine Frau. Hoffentlich meldet sich jemand bei der Polizei. Sobald wir ihn identifiziert haben, machen wir von da aus weiter und sehen, ob es eine Verbindung zum Captain oder zu Picasso gibt.»

«Okay. Und falls er Picasso ist oder war, was ist mit …?» Ciro brach ab, als er merkte, was er sagte.

Bobby beendete den Gedanken für ihn. «Mit den Mädchen, die immer noch vermisst sind? Wir finden sie. Schnell. Deswegen müssen wir ihn ja identifizieren. Wir nehmen das Leben dieses Kerls auseinander, jedes miese kleine Detail, bis wir jeden seiner Schritte zurückverfolgen können. Wenn es noch weitere Opfer gibt, wenn Lainey – und andere vielleicht – noch leben, muss er sie irgendwo versteckt haben. Und es muss eine Verbindung zu seinem täglichen Leben geben, die uns dort hinführt.»

«Ich weiß nicht, was besser wäre», dachte Hicks laut, «zu wissen, dass Picasso tot und seine Asche in alle Winde verstreut und der Albtraum vorbei ist, bevor seine Opferliste die von Bundy oder Cupido übersteigt, ohne zu wissen, wo er den Rest seiner Opfer versteckt hat ...»

«... oder zu wissen, dass er quicklebendig ist und sich über die Nachrichten totlacht», ergänzte Zo und zeigte hinaus auf die Straße, wo sich der Medienzirkus auf dem Parkplatz versammelt hatte, angeführt vom neuesten und größten Star von Channel Six.

«Gute Frage», murmelte Hicks und stand auf, um zu gehen.

«Ja, gute Frage», stimmte Bobby leise zu, während er beobachtete, wie sich der Wagen der Gerichtsmedizin von Palm Beach County auf dem Rückweg langsam durch das Chaos auf dem Blue Heron Boulevard wand und so lange an einer roten Ampel stehen musste, dass die Horde der Kamerateams auf ihn zustürmen konnte.

80

Als Lainey klein war, hatte sie keine Spielkameraden. Nicht weil sie schlecht roch oder unbeliebt war oder so was, sondern weil sie nach der Scheidung ihrer Eltern, bevor Todd und ihre Mom nach Coral Springs zogen, hauptsächlich bei ihrer Großmutter in einer Seniorensiedlung in Delray lebte, wo es kaum andere Kinder zum Spielen gab. Ihre Mutter arbeitete und hatte keine Zeit, sie nachmittags zu Verabredungen zu kutschieren; Liza wollte nicht mit ihr spielen, und Lainey wollte nicht mit Bradley spielen. Also war sie meistens allein, wenn sie mit ihren Barbies und dem Barbie-Swimmingpool stundenlang hinter dem Seniorentreff spielte, und die Welt war in Ordnung. Lainey spielte gern allein. Und sie las gern allein und saß gern allein vor dem Fernseher. Es machte ihr nie was aus, allein zu sein, anders als manchen ihrer Freundinnen, die unbedingt ständig jemand um sich haben wollten.

Doch jetzt hasste sie es.

Sie saß wieder in ihrem engen, übelriechenden Verlies. Er hatte ihr Hundefutter und Wasser in die Ecke gestellt, doch nur einen Bruchteil dessen, was er das letzte Mal dagelassen hatte, und sie hatte Hunger. Selbst wenn sie inzwischen gelernt hatte zu rationieren, jetzt war wirklich nicht viel da – nur ein paar Handvoll Trockenfutter. Und er war schon sehr, sehr, sehr lange weg. Wie lange, konnte sie nicht sagen, aber es fühlte sich länger an als je zuvor. Sie fing langsam an zu denken, dass er vielleicht gar nicht wiederkam. Und falls doch, kam er vielleicht nicht mehr zu ihr herunter. Und wieder fragte sie sich, wie es sich anfühlte zu verhungern.

Doch was sie mehr alles andere auf der Welt vermisste – mehr als Pommes und Cola und Milkshakes, mehr als die Sonne und sogar mehr als ihre Mutter und Liza und Molly –, war Katy. Sie vermisste es, mit ihr zu reden, ihre Stimme zu hören. Sie vermisste die Hoffnung, die Katy ihr gab, dass irgendwann alles wieder gut werden würde. Sie vermisste ihre Freundin. Und tief im Innern wusste sie, dass sie ihre Stimme wahrscheinlich nie, nie wieder hören würde.

Es konnte hundert Räume wie diesen geben, hundert Verliese, mit kalten, hässlichen Ketten bestückt. Ein Labyrinth von Kerkern und Folterkammern wie die Katakomben unter dem Kolosseum in Rom, das sie gerade in Geschichte durchgenommen hatten. Katy hatte gesagt, es gab noch mehr – mehr Mädchen – irgendwo hier unten. Eine, zwei, zwanzig – sie hatte keine Ahnung, wie viele. Manchmal konnte sie in der Ferne gedämpfte Schluchzer oder Schreie hören, aber hinter der Wand in ihrer Nähe war niemand mehr. Niemand, mit dem sie sprechen oder dem sie zuhören konnte. Niemand, der sie davon abhielt durchzudrehen.

Und er ... der Teufel. Das Monster. Er hasste sie jetzt. Er redete nicht mehr mit ihr – nicht mal ein Flüstern oder Grunzen –, und er saß auch nicht mehr bei ihr wie früher. Sie war froh darüber, aber sie hatte auch Angst. Seit er neulich das Loch entdeckt hatte, das Katy grub, hatte Lainey nichts mehr von ihr gehört. Und auch wenn sie versuchte, sich nicht vorzustellen, was mit ihrer Freundin geschehen war, sie konnte den Gedanken nicht ganz verdrängen. Immer wenn sie den Kopf auf den Boden legte und die Augen schloss, sah sie die gleiche schreckliche Szene vor sich: ein hübsches Mädchen mit schmutzigen Händen, das schmal genug war, um durch ein winziges Erdloch in den leuchtend gelben Sonnenschein auf der anderen Seite zu klettern, wie Alice im

Wunderland. Mit den Beinen voraus war sie schon draußen im grünen Gras und musste nur noch Kopf und Rumpf nachziehen, um frei zu sein. Doch der Teufel hatte sie erwischt und zerrte sie in die Hölle zurück, mit seinen stummeligen, schmutzigen, schwieligen Händen, auf denen drahtige schwarze Haare wucherten wie Weberknechte. Zentimeter für Zentimeter wurde Katy zurück in das Loch gezogen. Sie strampelte und schrie und bettelte und flehte, doch es nutzte nichts. Der Teufel war zu stark und zu böse. Und das Loch wurde immer kleiner und kleiner, bis am Ende die Sonne verschwand und wieder Schwärze Laineys Gedanken füllte.

Er war so wütend gewesen, nachdem Katy fort war. Furchterregend wütend. Er hatte herumgeschrien und mit Dingen um sich geworfen. Was würde das nächste Mal passieren, wenn er wieder so wütend war? Würde er mit ihr machen, was er mit Katy gemacht hatte?

Lainey wollte es gar nicht wissen.

Also hatte sie diesmal nicht gewagt, sich die Binde von den Augen zu reißen, egal wie lange er schon fort war. Und sie wagte auch nicht zu graben, ganz egal, wie nah der Sonnenschein auf der anderen Seite war.

Sie hatte es aufgegeben, an Superkräfte und Superhelden zu glauben, die es nicht gab. Sie saß einfach nur da, wiegte sich in der Dunkelheit, vermisste ihre Freundin und betete, der Albtraum möge endlich aufhören.

81

Das Nachbeben des Palm-Beach-Infernos war heftig. Wenn der Regional Director nach einem Grund gesucht hatte, Bobby aus der Crimes-Against-Children-Mannschaft loszuwerden und ins Betrugsdezernat zu versetzen, fand er ihn in der eigenmächtigen Hochgeschwindigkeitsjagd mit in der Folge einem Toten und drei Verletzten. Selbst wenn Bobby und all die anderen, die am Freitag vor Ort gewesen waren – Lex Kleiner und die LEACH-Beamten eingeschlossen –, wussten, dass Bobby Dees' letzter Spurt auf den Fersen des Verdächtigen nicht für den Unfall verantwortlich war, es war genau die Entschuldigung, die Foxx brauchte. Wie man ihn auch nennen wollte, den Captain, Picasso oder den großen Unbekannten, der Flüchtige wäre in den Tanklaster gerast, ganz gleich, ob Bobby hinter ihm war oder nicht, denn sein Ziel war die I95, und er wäre nicht langsamer geworden, bis er die Interstate erreicht hatte. Doch Regional Director Foxx brauchte einen Grund, selbst wenn es kein guter war. Bobby war ab sofort bis zum ersten Januar freigestellt. Danach würde er höchstwahrscheinlich nicht mehr für Crimes Against Children arbeiten, und vermutlich war er auch kein Supervisor mehr. Stattdessen würde er ein, zwei Jahre lang den Chauffeur spielen oder faule Schecks zurückverfolgen, bis Foxx irgendeinen Stuhl in Tallahassee erklommen hatte und Bobby vom nächsten Regional Director aus dem Fegefeuer erlöst wurde.

Zo leitete nun die Picasso-Ermittlung, unterstützt von Special Agent Supervisor Frank Veso, der offiziell Numero uno in der Anwartschaft auf Bobbys Posten im kommenden Januar war. Doch als Foxx dahinterkam, dass Zo Bobby genehmigt hatte, in der Sonderkommission zu bleiben, nachdem Bobbys vermisste Tochter möglicherweise eins von Picassos Opfern war, war die Kacke erst richtig am Dampfen. Zos Status als Assistant Special Agent in Charge stand auf dem Spiel. Es ging das Gerücht, dass die Sonderkommission offiziell eingestampft wurde, dass Zo zum SAS degradiert und ein Jahr nach Tallahassee geschickt werden sollte, um Buße zu tun. Und auch wenn Zo darauf beharrte, es sei ihm egal, wusste Bobby, dass es anders war. Und das war das Einzige, was ihm leidtat.

Die schlimmste Strafe aber war, stellte Bobby bald fest, nach Hause geschickt zu werden und nichts tun zu können. Überhaupt nichts. Das Warten auf die kleinste Information war quälend, das Verbot, Spuren zu verfolgen oder Zeugen zu befragen, war mehr als frustrierend. Es gab keinen weiteren Kontakt mit Picasso, und die Identität des Fahrers, der die Palm-Beach-Beamtin hatte mitnehmen wollen, blieb weiter ungeklärt. Mehr Information bekam er nicht, und sie reichte nicht. Denn Bobby wusste besser als alle anderen, dass irgendwo da draußen mindestens noch ein Opfer des Wahnsinnigen war, das um Hilfe schrie, ohne gehört zu werden, und er konnte nichts tun, um zu helfen. Endlich wusste Bobby, wie sich die Eltern der Opfer seiner Fälle all die Jahre gefühlt hatten – ohnmächtig.

Fünf höllische Tage später, ausgerechnet am Vorabend von Thanksgiving, kam der Anruf, auf den er so lange gewartet hatte.

«Wir haben eine DNA-Übereinstimmung zu unserem gegrillten Perversen.» Es war Zo, der vom Handy aus anrief.

Bobby ging ins Wohnzimmer, außer Hörweite von LuAnn,

die gerade nach Hause gekommen war. Sie hatte für den Feiertag einen Truthahn aus dem Supermarkt gekauft, doch in den letzten zehn Minuten hatte sie ihn nur mit leerem Blick angestarrt.

«Was? Wann?», fragte er.

«Ganz ruhig, Bobby. Ciro, Larry und Veso sind schon bei ihm zu Hause. Stephanie Gravano hat uns die Gerichtsbeschlüsse besorgt. Kelly, McCrindle, Carrera und Castronovo nehmen Nachbarn und Arbeitgeber auseinander. Alle sind an der Sache dran. Du nicht, Bobby. Ich rufe dich als Freund an, weil ich nicht will, dass du rumsitzt und denkst, es gibt nichts Neues. Dass wir nichts tun. Dass du den Sekundenzeiger an der Küchenuhr beobachtest wie eine Zeitbombe. Also halte ich dich auf dem Laufenden, weil wir Freunde sind. Und umgekehrt würde ich's auch wissen wollen ... ich würde von dir erwarten, dass du's mir erzählst.»

«Wer ist er?», fragte Bobby.

Zo seufzte. «Er heißt James Roller, weiß, achtundzwanzig, aus Royal Palm Beach. Zwei Vorstrafen: 1999 wegen Einbruchs und 2002 wegen Vergewaltigung, für die er achtzehn Monate abgesessen hat. Das Opfer war fünfzehn. Er hat behauptet, sie wäre einverstanden gewesen, das Opfer war anderer Meinung, und der Postbote, der ihn in der einsamen Gasse von ihr runtergezogen hat, kam anscheinend gerade noch rechtzeitig. 2004 wurde er vorzeitig aus Raiford entlassen. In beiden Fällen musste er Speichelproben abgeben, sodass er in der Datenbank sofort aufgetaucht ist.»

«Ich will ...»

«Ich weiß, was du willst», unterbrach ihn Zo. «Aber du bist nicht im Dienst, deshalb machst du erst mal gar nichts. Alle sind dran. Alle. Wir finden sie, wenn wir können. Im Moment zerpflücken die Jungs sein Apartment und interviewen seine liebe Mutter. Um fünf wissen wir alles, was es je über diesen Kerl zu wissen gab.»

«Wie sieht er aus?»

«Genau wie ihn die Undercover-Agentin beschrieben hat: braune Haare, braune Augen, ein Meter achtundsiebzig, fünfundachtzig Kilo.»

«Was haben sie bei ihm gefunden? Irgendwas?»

«Er hat alleine gelebt. Bis jetzt gibt es nur Bier und ein Glas Mayo im Kühlschrank. Kein Computer, weder bei sich noch bei der Freundin, aber er könnte in der örtlichen Bücherei gesurft haben – die direkt um die Ecke ist. Oder, was noch wahrscheinlicher ist, er hatte einen Laptop, und der Laptop war bei ihm im Wagen und ist restlos mit dem Asphalt verschmolzen.»

«Farben? Bilder? Hat er Kunst studiert? Wer zum Teufel ist das Schwein? Da muss doch mehr sein, Zo.»

«Wir haben uns seinen Lebenslauf angesehen. In den späten Neunzigern hat er bei Pearl Paint in Fort Lauderdale gearbeitet. Aber lass mir bis fünf Uhr Zeit für weitere Angaben. Bis jetzt gibt es nichts, das eindeutig auf Picasso zeigt, aber es spricht auch nichts dagegen. Wir gehen Schritt für Schritt vor. Kann gut sein, dass er irgendwo ein geheimes Atelier hatte. Und wenn, dann finden wir es, Bobby. Wenn es irgendwas da draußen gibt, finden wir es. Und falls er Katy hat, finden wir sie auch.»

Bobby legte auf und boxte mit der Faust gegen die Wand. Doch leider half der Schmerz in der Hand nicht, den Schmerz in seiner Brust zu lindern. Stattdessen hatte er ein Loch im Putz in der Wohnzimmerwand. LuAnn stand in der Küchentür und starrte ihn an.

«Sie haben einen Namen», sagte Bobby leise, denn er sah an ihrem Blick, dass sie alles gehört hatte. «Er kommt aus Royal Palm Beach, oben in Palm Beach County. James Roller. Achtundzwanzig. Vorbestrafter Sexualtäter.»

LuAnn schnappte nach Luft und begann zu zittern. Aus dem

Kaffeebecher in ihrer Hand verschüttete sie die Hälfte aufs Parkett. «Fährst du rein?», flüsterte sie.

«Ich bin freigestellt. Ich darf nicht.»

«Aber du lässt dich nicht aufhalten, oder? Du beendest die Sache?»

«Ja. Ja, das tue ich.»

Er kam durchs Wohnzimmer zu ihr und umarmte sie. Sie drückte das Gesicht an seine Brust und begann zu weinen, etwas, das sie in der vergangenen Woche sehr häufig getan hatte.

«Ich muss es wissen», flüsterte sie. «Vermutungen reichen mir nicht. Ich brauche Gewissheit ...»

«Schsch», tröstete er sie und strich über ihr Haar. «Ich finde es heraus, Lu. Bald haben wir Gewissheit. So oder so.»

«Ich kann nicht mehr ... Ich muss hier raus, Bobby.»

«Wenn er es ist, schicken wir die Jungs vor der Tür weg, und du kannst dich wieder frei bewegen.» Seit die Blumen geliefert worden waren, stand rund um die Uhr ein Beamter des Broward Sheriff's Office vor dem Haus, um LuAnn zu bewachen. Nicht einmal Foxx hatte gewagt, ihn abzuziehen. «Dann kannst du wieder arbeiten, zurück ins normale Leben.» Der Ausdruck klang komisch. Nichts in ihrem Leben würde je wieder normal sein.

«Wenn sie sie finden ... wenn sie ... tot ist ...», sagte LuAnn und schluckte. «Ich will wegziehen. Ich will nicht mehr hier sein. Hier. All das.»

Bobby war sich nicht sicher, was LuAnn meinte. Noch vor sechs Wochen hätte er gedacht, dass «all das» auch ihn selbst einschloss. Und auch wenn sich ihre Beziehung seit der Gehirnerschütterung verbessert hatte, war er sich jetzt, als er sie so hörte, nicht mehr sicher, ob sie es auch so empfand wie er. Er sah sie an. «Bitte denk nicht daran.»

«Ich muss. Ich ... sie ist jetzt ein Jahr fort. Ein ganzes Jahr. Dieser Mädchenfänger hat vier Mädchen ermordet. Ich muss vorbereitet sein. Und selbst wenn ihr ihre Leiche nicht findet, kann ich nicht mehr hoffen. Ich kann einfach nicht mehr. Es zerreißt mich. Und ich kann das alles –» sie hielt inne und ließ den Blick durchs Wohnzimmer schweifen – «nicht mehr um mich haben.»

Er nickte langsam. «Meinst du damit auch mich?»

Sanft schüttelte sie den Kopf, und er hielt die Luft an. Alles um ihn herum fiel zusammen. Sein Leben ging den Bach runter, und es gab nichts, was er dagegen tun konnte. Sein Job, seine Karriere, seine Tochter ... Es würde nur passen, wenn auch seine Ehe jetzt und hier aufhörte.

«Nur du und ich», flüsterte sie. «Ich will, dass wir wieder wir sind. Ich will, dass es wieder so ist wie früher, bevor alles schiefgegangen ist. Ich will einen neuen Anfang. Ich ertrage das Mitleid in den Gesichtern nicht mehr – bei der Arbeit, beim Joggen, im Supermarkt. Ich ertrage den Anblick ihres Zimmers nicht mehr. Ich sehe überall Gespenster, Bobby.»

Er drückte sie an sich, spürte ihren warmen Atem an seinem Hals. Dann küsste er ihren Scheitel. Auch ihn hielt hier nichts mehr. «Wir bringen alles wieder in Ordnung, LuAnn. Ich bringe es in Ordnung.»

Sein Handy klingelte. Er erkannte die Nummer nicht, doch er nahm trotzdem ab. «Dees.» LuAnn wischte sich die Tränen ab und ging zurück in die Küche.

«Agent Dees, hier spricht Dr. Terrence Lynch von der Gerichtsmedizin in Broward. Wie geht es Ihnen heute?»

Gefährliche Frage, also ignorierte er sie einfach. «Hallo, Dr. Lynch. Was ist los?»

«Ich wollte mit ihnen darüber sprechen, was wir unter den Fingernägeln der Toten gefunden haben. Die Ergebnisse sind eben zurückgekommen. Außer dem, was unter den Nägeln war, haben wir auch eine relativ große Menge Erde unter der Haut ihrer Fingerspitzen gefunden. Ich habe darüber nachgedacht, was

Sie gesagt haben, dass sie sich die Wunden möglicherweise selbst zugefügt hat – vielleicht hat sie versucht, sich irgendwo auszugraben. Sie haben erwähnt, dass wir unter Zeitdruck stehen – dass Ihr Picasso vielleicht weitere Opfer gefangen hält und die Hinweise, die uns die Tote geben kann, möglicherweise aufschlussreich für deren Auffindung sein könnten – also habe ich die Tests selbst durchgeführt. Wie Sie wissen, können Labor- und Toxikologieergebnisse manchmal Monate dauern.»

«Das weiß ich zu schätzen», sagte Bobby.

«Sie hatten recht, Agent Dees. Es handelt sich um Erde. Aber das ist keine präzise Definition. Erde hat viele Charakteristika, wie Sie sich vorstellen können, je nachdem, woher sie stammt. Mit der Untersuchung dieser Charakteristika, darunter Textur, Struktur, Farbe et cetera, lässt sich Erde klassifizieren. Ich weiß, das alles ist ein wenig kompliziert – Bodenkunde ist eine Wissenschaft für sich. Es soll reichen, wenn ich Ihnen sage, dass wir eine eilige Probe an das Institut für Boden- und Wasserkunde der University of Florida weitergegeben haben, wo man die Probe als Histosol klassifiziert hat – eine Erde, die hauptsächlich aus organischem Material besteht. Um genau zu sein, handelt es sich um Wabasso-Feinsand. Ein sandiger, kieselsäurehaltiger, hyperthermer Bleichgley.»

«Ich kann Ihnen nicht folgen.»

«Mit hohem Phosphor- und Stickstoffgehalt.»

«Ich kann Ihnen immer noch nicht folgen.»

«Phosphor wird als Dünger eingesetzt, typischerweise im Zuckerrohranbau. Wie Sie wissen, ist Zuckerrohr hier in Südflorida ein großes Geschäft. Allein die U.S. Sugar Inc. baut in den Bezirken Palm Beach, Hendry und Glades etwa sechzigtausend Hektar Zuckerrohr an. Solche Größenordnungen helfen Ihnen natürlich nicht viel weiter. Also habe ich beschlossen, nach Pestiziden zu suchen. Oder besser gesagt, ich habe Dr. Annabelle Woods, die

Leiterin unserer Toxikologie, nach Pestiziden suchen lassen, die für den Zuckerrohranbau typisch sind. Dr. Woods musste zwar ein paar Nächte lang ihr Kissen mit ins Labor nehmen, doch Zuckerrohr ist ziemlich widerstandsfähig, und es gibt nicht allzu viele Pestizide, die verbreitet sind. Am Ende hat sie gefunden, was ich gesucht habe. Carbofuran und Cyfluthrin – zwei Chemikalien, die nach der Anwendung eine erhebliche Zeitspanne im Boden verbleiben.»

«Wie lange?»

LuAnn kam mit einem Eisbeutel und einem Handtuch zurück und versorgte vorsichtig seine Hand, die anzuschwellen begann.

«Studien zeigen, dass es bei beiden Stoffen bis zu fünf Jahre dauern kann, bis sie zersetzt werden. Die starke Humifizierung schließt die chemischen Verbindungen ein und verhindert das Auswaschen.»

«Sie benutzen schon wieder diese abgehobenen Bezeichnungen.»

«Die gute Nachricht ist, die Verwendung beider Pestizide muss bei der Umweltschutzorganisation EPA gemeldet werden. Ich habe für Sie nachgesehen. Carbofuran gegen den Drahtwurmbefall wurde letztes Jahr auf etwa dreihundert Hektar Zuckerrohr in Südflorida eingesetzt.»

Dr. Lynch stieg gerade in die Oberliga der beliebten Gerichtsmediziner auf. «Unsere Unbekannte wurde also auf einer Zuckerrohrfarm festgehalten?»

«Oder im Abschwemmungsgebiet eines Zuckerrohrfelds. Herauszufinden, welche dreihundert Hektar behandelt wurden, scheint für unseren Mann bei der EPA sehr viel schwieriger zu sein, dafür müssen Sie ihn schon selbst anrufen. Aber dreihundert Hektar sind viel besser als sechzigtausend, finde ich.»

«Absolut. Sie sind ein toller Ermittler, Dr. Lynch.»

«Ich tue, was ich kann. Wie läuft es bei Ihnen?»

Offensichtlich hatte der Gerichtsmediziner entweder die Zeitung nicht gelesen, oder er war zu höflich, um zu fragen, ob die Schlagzeilen, die das FDLE und seine Ermittlungen im Fall Picasso anschwärzten, zutrafen. «Wir haben einen Verdächtigen in Royal Palm Beach im Visier», antwortete Bobby.

LuAnn verschwand lautlos nach oben.

«Da sind Sie schon mal in der richtigen Gegend, denke ich. Die Zentrale von U.S. Sugar sitzt in Clewiston, gleich westlich von Royal Palm an der Grenze zwischen Palm Beach und Hendry County. Ich glaube, es gibt einige Zuckerfarmen da draußen. Wohin soll ich Ihnen den Bericht faxen?»

Bobby gab ihm seine private Faxnummer und legte auf. Dann rief er Lynchs Kontakt bei der EPA an, um herauszufinden, ob sich die Farmen, die in den letzten fünf Jahren Carbofuran und Cyfluthrin eingesetzt hatten, ermitteln ließen. Der Gerichtsmediziner hatte recht. Genaue Informationen waren allerdings nur durch die mühselige Suche in bestimmten Archiven aufzutreiben, von denen sich manche im Keller befanden, alles per Hand. Selbst bei erhöhter Dringlichkeit konnte es Tage dauern, bis die Informationen ans Licht kamen.

Durchs Fenster sah er den Streifenwagen des Broward Sheriff's Office, der auffällig vor dem Haus stand.

Ich ertrage das Mitleid in den Gesichtern nicht mehr – bei der Arbeit, beim Joggen, im Supermarkt. Ich ertrage den Anblick ihres Zimmers nicht mehr. Ich sehe überall Gespenster, Bobby.

Belle Glade. Zuckerrohr. U.S. Sugar. Royal Palm Beach, wo der Verdächtige James Roller gemeldet war, wie er von Zo wusste, lag nur eine halbe Stunde östlich von Belle Glade. Ganz langsam ergab alles zusammen ein Bild. Ein hässliches, grauenhaftes Bild.

Bobby nahm die Autoschlüssel vom Couchtisch und ging zur Tür.

Er würde die Sache zu Ende bringen, wie er LuAnn versprochen hatte. Er würde sein kleines Mädchen nach Hause holen.

Und das konnte er nicht tun, indem er auf der Couch saß.

82

Wenn die Leute «Palm Beach» hörten, dachten sie an opulente Villen am Meer, wie Lago Mar oder das Anwesen der Kennedys. An Maybachs, Bentleys und 30-Meter-Yachten. An juwelenbehängte Damen, deren Schmuck mehr wert war als manche Firma, die auf der eleganten Worth Avenue shoppen gingen und bei Wohltätigkeitsveranstaltungen und Debütantinnenbällen mit den Vanderbilts und Astors verkehrten. An die pittoreske Innenstadt von West Palm mit ihren schillernden Hochhäusern, die vor dem strahlend blauen Atlantik in den Himmel ragten.

Im Landesinneren, westlich des relativ schmalen, doch so prominenten Streifens an der Treasure Coast mit seinen hohen Immobilienpreisen, schloss sich der Rest von Palm Beach County an. Je weiter man auf dem Southern Boulevard nach Westen fuhr, desto weiter entfernte man sich von der Schickeria mit den Champagner und Kaviar schleppenden Dienstboten im Gefolge. Und dann, wenn man das zur oberen Mittelklasse gehörende Reiterstädtchen Wellington hinter sich gelassen hatte, kam gar nichts mehr. Nichts als hektarweise Nutzflächen. Grüne Bohnen, Salat, Sellerie, Zuckermais, Zuckerrohr. Jede Menge Zuckerrohr. Und dank der in der Nähe befindlichen Strafvollzugsanstalt Glades gelegentlich eine Truppe von Häftlingen bei der Arbeit.

Irgendwann teilte sich der Southern Boulevard in die State Road 441 und Route 80. Nachdem er fünfzig Kilometer lang nichts als grüne Zuckerrohrstangen und im Wind wogende Maisfelder gesehen hatte, stieß Bobby schließlich wieder auf so etwas wie Zivilisation. Er hatte das kleine Nest Belle Glade erreicht – Einwohnerzahl 14606, ohne die 1049 Häftlinge in der Glades Correctional Institution am Ende der Landstraße oder die illegalen Saisonarbeiter, die auf den Farmen halfen und den Volkszählern im Jahr 2000 durchgerutscht waren. Am südöstlichen Ufer des Okeechobee-Sees gelegen, hatte sich Belle Glade vor einer Weile mit der höchsten Quote von HIV-Infizierten in den USA einen Namen gemacht und vor nicht allzu langer Zeit mit der zweithöchsten Pro-Kopf-Rate an Gewaltverbrechen des Landes. Ein verwittertes braun-weißes Schild hieß Bobby in dem Städtchen willkommen, das 1928 von einem Monster-Tornado von den Landkarten gefegt worden war.

WILLKOMMEN IN BELLE GLADE.
IM BODEN LIEGT UNSER GLÜCK.

Welche Ironie, dachte Bobby, während er nach seinem Handy tastete und hoffte, dass es klingelte. Vielleicht waren es ein paar Körner von Belle-Glade-Wabasso-Feinsand – dem kieselsäurehaltigen, hyperthermen Bleichgley –, die ihm bei der Suche nach den Opfern eines Wahnsinnigen Glück bringen würden. Ihn endlich zu seiner Tochter führten. Pam Brody von der EPA hatte zurückgerufen, um zu berichten, dass eine vorläufige Überprüfung der Aufzeichnungen der letzten zwei Jahre die Meldung eines konzentrierten Drahtwurmbefalls in und um die Betriebe in der Nähe von South Bay, South Clewiston, Belle Glade, Vaughn und Okeelanta ergeben habe. Das war immer noch eine Menge Land, doch viel besser als die potenziellen sechzigtausend Hektar plus, die sich zwischen Zentral- und Südwestflorida erstreckten. Jetzt wartete Bobby auf den Rückruf mit den Namen der Betriebe und Orte, die den Einsatz von Carbofuran gemeldet hatten. Er wusste, dass die Liste nicht vollständig sein würde – immer wieder ignorierten Betriebe und Bauern die Richtlinien der EPA und benutzten Pestizide, ohne sie zu melden –, aber er hätte zumindest einen Ansatzpunkt. Er wusste immer noch nicht genau, wo er hinfuhr oder wonach er konkret suchte – er wusste nur, dass er hier draußen in den Zuckerrohrfeldern seinem Ziel einen Schritt näher war. Und das gab ihm wenigstens das Gefühl, etwas zu tun … und nicht mehr ohnmächtig herumzusitzen.

Falls Belle Glade je eine Glanzzeit gehabt hatte, waren es wahrscheinlich die vierziger und fünfziger Jahre gewesen. Müde, aus der Mode gekommene Gebäude, Schnellrestaurants und Tankstellen, die mindestens ein halbes Jahrhundert alt waren, säumten die Hauptstraße, die quer durch die Innenstadt führte. Vor dem örtlichen Eckladen standen ein paar Einwohner auf der Veranda, tranken Bier und schlugen die Zeit tot, wahrscheinlich so wie an jedem Tag. In den Seitenstraßen sah Bobby ein paar heruntergekommene Doppelhäuser, Apartmentkomplexe und Einfamilienhäuser. In den Vorgärten standen «Zu verkaufen»-Schilder. Mehr als ein Geschäft hatte dichtgemacht, und bis auf den Eckladen sahen die meisten, die noch nicht geschlossen hatten, ziemlich tot aus.

Er fuhr zur Belle Glade Marina, dem Hafen mit angrenzendem Zeltplatz, wo unter einer Banyanfeige Ray Coons Leiche gefunden worden war. Ohne den Polizeibericht, der ihn zu der genauen Stelle führte, an der Ray Coon sein Leben ausgehaucht hatte, hätte Bobby nicht gewusst, wo er suchen sollte. Es war ein friedlicher Ort. Durch ein paar Bäume sah man im Hintergrund den See. Abgelegen genug für ein romantisches Picknick oder einen kaltblütigen Mord. Bobby dachte an die aufgeschürften Fingerspitzen der Unbekannten. Sie hatte versucht, sich irgendwo herauszuscharren. Aus ihrem Grab, wie sich herausstellte. Weit weg von einem hübschen See und einer schattigen Banyanfeige. Und sie war auf grausamste und unmenschlichste Art gefoltert worden, bevor ihr Mörder sie mit den Ketten, an denen er sie aufgehängt hatte, endlich erwürgte. Sie hatte keinen Gnadenschuss in den Hinterkopf bekommen. Ray Coon war Drogendealer und ein vorbestraftes Gangmitglied gewesen. Er hatte einen Schlagring mit sich herumgetragen und vor seinen Mafiakumpeln damit geprahlt, er hätte kein Problem, einen Cop umzulegen, obwohl er wusste, dass der Vater seiner Freundin Special Agent beim FDLE war. Wut stieg in Bobby auf, und er hatte einen bitteren Geschmack im Mund. Wie gerne hätte er sich an Ray Coon gerächt, der ihm seine Tochter weggenommen hatte, doch sein Blut war längst versickert und seine Knochen an seine Mutter zurückgeschickt worden, damit sie ihn anständig begraben konnte. Es war nichts mehr zu sehen in diesem hübschen Park, und leider verschaffte ihm der Besuch nicht die geringste Genugtuung. In der Zwischenzeit lag die unbekannte Tote im Kühlraum in Broward und wartete darauf, dass jemand sie vermisste. Dass jemand überhaupt bemerkte, dass sie verschwunden war. Weder das Leben noch der Tod waren fair.

Er verließ den Park und fuhr die gewundenen zweispurigen Landstraßen ab, die sich durch die endlosen Zuckerrohrfelder wanden. Wonach er Ausschau hielt, wusste er selbst nicht. Er nahm die US 27 und passierte South Bay – ein weiteres gottverlassenes Nest, Einwohnerzahl 3859 –, dann kehrte er auf der Landstraße 827 über Okeelanta nach Norden zurück, bis er wieder durch Belle Glade kam.

Gegen vier begann die Sonne ihren langsamen Abstieg über die Felder und tauchte den Himmel in rauchiges Violett, das von orangefarbenen Streifen durchzogen wurde. Pick-ups voller verdreckter, verschwitzter Männer und Frauen überholten ihn, auf dem Heimweg zu ihren Familien und überfüllten Hütten. Einige lachten und unterhielten sich, doch die meisten starrten schweigend vor sich hin, die müden Gesichter vollkommen leer. Richtig begann die Zuckerrohrernte erst nach Dezember, auch wenn manche Bauern schon angefangen hatten. Bobby fuhr wieder die Hauptstraße hinunter, in Richtung 441, in Richtung Zivilisation. Hoffentlich bekam er am nächsten Morgen weitere Informationen von der EPA. Hoffentlich rief Zo heute Abend an und meldete, dass sie bei James Roller etwas gefunden hatten. Etwas Belastendes. Etwas Eindeutiges. Etwas, das bewies, dass Roller in allen Fällen der Täter war. Das dieses nagende, bohrende Gefühl in Bobbys Eingeweiden beendete, die Furcht, dass der Albtraum noch nicht vorbei war. Den ganzen Tag hatte er versucht, Zo anzurufen, doch er ging nicht ans Telefon und rief auch nicht zurück – wahrscheinlich, weil es immer noch nichts zu berichten gab. Wahrscheinlich, weil nichts außer der Vorstrafe wegen eines Sexualdelikts und dem Job in einem Künstlerbedarfshandel auf Picasso wies, und Zo brachte es nicht übers Herz, Bobby das zu sagen. Seinerseits hatte Bobby Dr. Lynchs Informationen für sich behalten, denn er wusste, Zo hätte ihm verboten hinauszufahren, so wie er ihm verboten hatte, zu Rollers Wohnung zu kommen.

Er hielt am Straßenrand an, um nach der Advil-Packung im Handschuhfach zu suchen. Er hatte nicht nur rasende Kopfschmerzen, auch wurde seine Hand immer dicker. Verdammt. Ein Haarbruch vielleicht. Er schluckte drei Tabletten. Als er wieder auf die Straße fuhr, fiel sein Blick auf ein rostiges «Zimmer frei»-Schild, nur wenige Meter entfernt, mit einem überdimensionalen Pfeil, der nach rechts auf eine Abzweigung wies. Sein erster Gedanke im Vorbeifahren war, dass es seltsam war, hier draußen im Nichts und Nirgendwo ein Hotel zu führen. Es musste ein Relikt aus der längst vergangenen Glanzzeit sein, denn wer wollte schon hier draußen übernachten?

Dann erkannte er den Namen des Hotels, der teilweise von den wogenden grünen Zuckerrohrstangen verdeckt wurde, und trat auf die Bremse.

83

Bobby bog in die Curlee Road ein, ohne etwas anderes zu sehen als saftiges Grün. Er folgte der Straße einige Kilometer. Doch es kamen keine weiteren Schilder. Also drehte er um und nahm die nächste Abzweigung und dann die nächste und die nächste. Im schwindenden Licht begann er immer hektischer durch das Labyrinth verödeter Landstraßen zu irren und geriet immer tiefer ins Nirgendwo hinein.

Dann endlich sah er etwas, etwa einen Kilometer nach der letzten Abzweigung, die ihn, wenn er sich recht erinnerte, auf die Sugarland Road geführt hatte. Er blieb stehen, stieg aus und starrte hinauf zu einem baufälligen, zweistöckigen viktorianischen Haus, zu dem eine etwa hundertfünfzig Meter lange, von Unkraut und Dickicht überwucherte Auffahrt führte. Zu allen drei Seiten erstreckten sich endlose Hektar Zuckerrohr. Das Zuckerrohr war sogar auf das Grundstück eingedrungen und überwucherte den Garten wie in einem seltsamen Science-Fiction-Horrorfilm. Das Rascheln der Blätter im Wind hörte sich an wie leises, mitteilsames Geflüster. Es brannte kein Licht, und auf der windschiefen Veranda, die um das ganze Gebäude lief, standen keine Schaukelstühle, keine Krüge mit selbstgemachter Limonade, nichts lud zu einer nachmittäglichen Partie Schach ein. Einige der vielen Fenster waren mit Brettern zugenagelt, und es sah ganz so aus, als wäre die Pension seit Jahren geschlossen.

Es war wie ein Déjà-vu. Bobby lief es eiskalt über den Rücken. Er hatte das Haus schon einmal gesehen. Ein einfaches schwarz-weißes Schild baumelte von einem Pfosten, der irgendwann in die Mitte des Vorgartens gerammt worden war. Quietschend schaukelte es im Wind.

THE HOME SWEET HOME INN.

Bobbys Mund wurde trocken, sein Puls schneller. Die Streichhölzer. An dem Abend in der Bar, nachdem Gale Sampsons Leiche im Regal Hotel gefunden wurde. Die Streichhölzer auf dem Tisch, mit denen Mark Felding spielte. Darauf hatte gestanden: *The Home Sweet Home Inn.* Unter einem Bild des Hauses. Die Streichhölzer, die Bobby an seine Flitterwochen mit LuAnn in Vermont erinnert hatten.

Mark Felding.

Bobbys Brust zog sich zusammen, und in diesem Moment wusste er es. Er wusste, was er in diesem Haus finden würde. Er wusste, was in diesem Haus passiert war.

Er rief Zo an. Diesmal nahm er ab.

«Es ist noch nicht fünf. Hör auf, ständig anzurufen», sagte Zo.

«Ich hab ihn.»

«Was?»

«Ich habe ihn gefunden», wiederholte Bobby. «Es ist Felding. Er ist unser Picasso, unser Mädchenfänger.»

«Was zum Teufel? Wovon redest du?»

«Ich stehe vor einer verlassenen Pension in Belle Glade ...»

«Belle Glade?»

«Ja, Belle Glade. Heute Morgen hat Dr. Lynch von der Gerichtsmedizin in Broward angerufen. In der Toxikologie konnten sie die Erdreste unter den Fingernägeln der unbekannten Toten zuordnen, und zwar Zuckerrohrfeldern, und die in den Spuren enthaltenen Pestizide haben das Gebiet auf Belle Glade, Clewiston, South Bay, Vaughn und Okeelanta eingegrenzt. Ich bin rausgefahren, um zu sehen, ob ich was finde.»

«Danke, dass du mir Bescheid gesagt hast.»

«Du bist nicht ans Telefon gegangen.»

«Ich habe dir gesagt, du sollst zu Hause bleiben», sagte Zo mit einem frustrierten Seufzer.

«Nein, du hast gesagt, ich soll von deiner Hausdurchsuchung wegbleiben, und das habe ich getan.»

«Du arbeitest nicht mehr an dem Fall.»

«Das spielt jetzt keine Rolle. Ich brauche dich und die Jungs hier draußen, sofort. Seid ihr noch in Royal Palm?»

«Ja.»

«Es sind nur fünfunddreißig Minuten. Mit Blaulicht schafft ihr es in zwanzig.»

«Wie zum Teufel kommst darauf, dass es Felding ist?»

«Ich weiß es einfach. Überprüfe das Home Sweet Home Inn in Sugarland. Irgendwo muss es eine Verbindung zu Felding geben, davon bin ich überzeugt. Habt ihr Presse da? Ist Felding bei euch?»

«Wir haben ein paar Nachzügler, aber die meisten haben eingepackt und sind gegangen, als ihnen klarwurde, dass wir nichts finden. Felding war früher hier, aber jetzt sehe ich ihn nicht mehr. Alle packen zusammen wegen der Ferien.»

Bobby sah sich auf der Straße um. Um ihn herum überall Zuckerrohr. Kein Wagen in Sicht. «Wahrscheinlich ist er im Studio von Channel Six in Miramar. Er ist um sechs dran, oder? Der Sheriff von Broward soll ihn abholen.»

«Mit welchem Grund?», fragte Zo. «Was zum Teufel haben wir gegen ihn in der Hand, außer deinem Bauchgefühl, das dir sagt, dass er was mit dieser Pension zu tun hat? Du hast mir noch nicht erzählt, wie die Hütte, vor der du stehst, auch nur entfernt mit dem Fall zusammenhängen soll, an dem du ohnehin nicht mehr arbeitest.»

«Lass ihn abholen», wiederholte Bobby. «Sag ihm, ihr wollt mit ihm reden. Sag ihm, ihr hättet bei Roller was gefunden, über das ihr mit ihm reden wollt. Da kann seine Reportereitelkeit nicht widerstehen. Egal wie, aber schnappt ihn euch, bevor er abhauen kann. Ich bin mir sicher, du kriegst alle Verbindungen, die du brauchst, wenn wir erst in dieses Haus reinkommen.»

«Schon gut. Ich bin unterwegs. Ich sage Stephanie, sie soll die Gerichtsbeschlüsse besorgen. Aber du musst ihr erklären, woher du das alles weißt, damit sie überhaupt einen bekommt.»

«Scheiß auf den Beschluss. Wenn er die vermissten Mädchen hier drin hat, brauchen wir keinen Gerichtsbeschluss. Ich stehe doch nicht sechs Stunden hier vor der Tür und warte.»

«Rühr dich bloß nicht vom Fleck, Shep. Warte auf uns. Wir sind unterwegs. Und solange du keinen begründeten Verdacht hast, dass da jemand im Haus ist und dass dieser Jemand in akuter Gefahr ist, brauchen wir einen Durchsuchungsbefehl.»

Bobby legte auf, stellte den Motor ab und starrte wieder hinauf zu dem Haus. Ungeduldig trommelte er auf das Lenkrad ein. Seine Gedanken rasten. Alles passte zusammen. Felding schickte sich die Porträts selbst – und jede Spur von ihm, die an den Sendungen gefunden würde, wäre unverdächtig, da er sie ohnehin in der Hand gehabt hatte. Felding war der erste Reporter vor Ort, als die Boganes-Schwestern in Fort Lauderdale gefunden wurden, und er war entweder gleichzeitig oder kurz nach den Cops angekommen. Und Felding hatte vor dem McDonald's auf Janizz gewartet, weil er das Rendezvous selbst eingefädelt hatte. Er war der Captain. Er war Picasso. Er war der Mädchenfänger. Es war Felding, der in der Presse genauso viel Aufmerksamkeit bekommen hatte wie der Mörder selbst und der in den Kabelnachrichten als der entsetzte Bote eines Wahnsinnigen auftrat. Zieh dich warm an, du Larry King. Die Gesichter der Vermissten vom Schwarzen Brett im FDLE wirbelten durch Bobbys Kopf wie ein Zettelkatalog bei Windstärke zehn. Allegra Villenueva. Nikole Krupa. Adrianna Sweet. Eva Wackett. Lainey Emerson. So viele vermisste Mädchen. Zu viele wurden nicht einmal vermisst.

War Katy dadrin?

Zo und die Jungs würden in zwanzig Minuten da sein. Er musste nur zwanzig Minuten warten. Am liebsten wäre er gleich durch die Tür gestürmt, aber er wusste, es wäre dumm, allein reinzugehen. Falls die Mädchen dort drin waren, hatte Felding vielleicht Fallen aufgestellt, um die Mädchen an der Flucht und Fremde am Eindringen zu hindern. Außerdem bestand immer noch die Möglichkeit, dass Felding einen Partner oder mehrere hatte, und während Felding im Fernsehstudio war, um seine fünfzehn Minuten Ruhm auszukosten, wartete sein Kumpel vielleicht hier in dem dunklen Haus, um ungeladene Gäste mit einem Hackebeil zu empfangen. Zwar arbeiteten Serienmörder selten in Teams, doch es kam vor. Die Hillside Stranglers. Die Chicago Rippers. Henry Lee Lucas und Ottis Toole.

Bobby sah zu, wie das Schild im auffrischenden Wind hin und her schaukelte. Über den endlosen Zuckerrohrfeldern ballten sich dunkle Wolken zusammen. Ein Sturm zog auf. Wenn er schon nicht ins Haus hineinkonnte, würde er sich wenigstens draußen umsehen. Zwanzig Minuten waren eine Ewigkeit. Er hatte zwar keine Lust, auf den Durchsuchungsbefehl zu warten, doch er wusste, dass Zo einen Grund brauchte, wenn sie die Tür einschlugen. Wenigstens für den Bericht, den er zu schreiben hatte. Vielleicht konnte Bobby durchs Fenster oder an der Hinterseite des Gebäudes etwas sehen.

Er stieg aus und ging zu Fuß die ungepflasterte Auffahrt hinauf, wobei er das Dickicht und Unkraut beiseiteschieben musste, das teilweise bis zu einem Meter hoch wuchs. Im räudigen Wuchs waren Reifenspuren, die neben dem Gebäude endeten. Noch vor kurzem war jemand hier gewesen. Dann sah er im Augenwinkel etwas in einem der oberen Fenster. Ein orangefarbenes Flackern.

Das Warten war vorbei. So schnell er konnte, rannte Bobby zur Haustür.

84

Als er den Notruf angerufen und die Tür eingetreten hatte, hatten die Flammen bereits die Treppe im oberen Stock erreicht. Rauch begann sich in dem alten Haus auszubreiten.

Bobby zog die Waffe, als er vorsichtig in die Eingangshalle trat. Der Schmerz in der rechten Hand ließ ihn zusammenzucken. Ein Feuer, während er draußen vor der Einfahrt saß und auf Verstärkung wartete – das konnte kein Zufall sein. Felding war hier. Irgendwo. Oder sein Partner. Auch wenn es für Bobby sicherer gewesen wäre, seine Position nicht zu verraten – falls die Mädchen hier irgendwo im Haus eingeschlossen oder versteckt waren und falls sie noch am Leben waren, würde er sie am schnellsten finden, wenn sie nach ihm riefen. Doch dafür müssten sie wissen, dass er da war.

«Polizei!», rief er und stolperte fast über die hohen Zeitungsstapel und Kisten mit Sperrmüll auf dem dunklen Flur, der zur Treppe führte. Die Sonne war fast untergegangen, von der Straße kam kein Licht, und der giftige graue Rauch füllte rasch das Haus. «Hier ist die Polizei! Melden Sie sich, wenn Sie mich hören! Polizei!» Ein altes viktorianisches Holzhaus würde wie Zunder brennen. Bobby wusste, es dauerte nicht lange, bis das ganze Gebäude hochging. Vielleicht gelang es ihm, zum Feuer vorzudringen und es unter Kontrolle zu bringen. Zeit schinden, bis die Feuerwehr endlich da war – wer weiß, von wo aus sie anrückten. Er spurtete die Treppe hinauf.

Offensichtlich befand sich der Brandherd im vorderen Schlafzimmer im ersten Stock, das jetzt lichterloh in Flammen stand. Falls jemand dort drin gewesen war, war von ihm oder ihr nicht mehr viel übrig. Die Tür stand offen, und das Feuer breitete sich schnell im Flur aus. Die rosa geblümten Vorhänge, die das große Fenster einrahmten, standen auf einer Seite bereits in Flammen, und das Feuer leckte an den Wänden. Wenn die Decke im Treppenhaus erst brannte, würden die Flammen über den alten Putz rollen wie eine La-Ola-Welle im Baseballstadion. Er konnte nichts mehr tun. Sobald sich das Feuer in die Wände fraß, würde es zum Dachboden hinaufschießen, und dann wäre alles in wenigen Minuten vorbei. Er hatte nicht viel Zeit.

«Polizei!», rief er wieder. Auf dem oberen Flur waren drei weitere Türen, alle geschlossen. Dichter Rauch, man konnte kaum einen Meter weit sehen. Bobby ließ sich auf alle viere nieder und kroch zur ersten geschlossenen Tür. Hinter sich im Schlafzimmer hörte er das Knirschen und Bersten von Glas, gefolgt von einem Sausen, als das Feuer den Sauerstoff begrüßte, der von draußen hereinströmte. Unterhalb des aufsteigenden Rauchs konnte er etwas mehr erkennen – zumindest sah er, wohin er kroch. Er musste das Risiko eingehen, dass hinter einer der Türen Felding oder ein möglicher Partner auf der Lauer lag; ihn mit einer Kalaschnikow und einem wahnsinnigen Grinsen erwartete. Er streckte die Hand nach oben, öffnete Tür Nummer eins und rollte sich ins Zimmer, um einer Kugel auszuweichen, falls nötig.

Kein Felding. Keine tödliche Kohorte im Hinterhalt. Doch das Zimmer sah aus wie die Kulisse eines Horrorfilms. Selbst im dichten Rauch konnte er die langen Ketten erkennen, die wie Kronleuchter von der Decke hingen. Eiserne Handschellen waren an den Bettpfosten befestigt. Dies war entweder eine Folterkammer oder das Spielzimmer eines Masochisten. Er sah sich um – keine Toten, keine Überlebenden.

Auf allen vieren kroch er zurück in den Flur und dann hinüber zu Tür Nummer zwei. Wieder betete er, während er den Knauf drehte, dass ihn auf der anderen Seite nicht der Falsche begrüßte. Wieder fand er die makabren Gerätschaften an der Decke, außerdem einen mittelalterlich aussehenden Hochstuhl mit Metallklammern an der Kopfstütze und mit Nieten versehenen Handschellen, um die Arme zu fixieren. Keine Mörder. Keine Leichen.

Das dritte Zimmer war vollkommen leer.

«Polizei!», rief er, als er zurück auf den Flur und zur Treppe kroch. «Melden Sie sich, wenn Sie mich hören!»

Und genau wie im Film eines erfahrenen Regisseurs bekam Bobby diesmal prompt eine Antwort – das ohrenbetäubende, unverwechselbare Krachen einer Flinte.

85

Wo war dieser Schuss hergekommen? Wo zum Teufel steckte der Kerl? Hatte er auf ihn gezielt?

Bobby drehte sich in alle Richtungen. Doch im dichten Rauch verlor er das Gleichgewicht und strauchelte, stolperte die Treppe hinunter in die Eingangshalle. Er fasste sich schnell wieder, die Glock immer noch fest in der schmerzenden Hand. Blinzelnd spähte er in den Rauch, der nun auch im Erdgeschoss dichter wurde, und versuchte, sich nach allen Richtungen gleichzeitig umzusehen.

Wo zum Teufel war er?

Bobby hatte keine Zeit, sich eine Strategie zu überlegen. Keine Zeit für seine eigene Sicherheit. Sobald das Feuer den Dachboden erreichte, würde das Dach einstürzen. Stockwerk für Stockwerk würde nachgeben. Er wischte sich den Rauch aus den brennenden Augen.

Denk nach, Bobby, denk nach. Wo würde er sie verstecken? Wo zum Teufel sind sie?

Er dachte an die Hände des Mädchens, die Erde, die so tief unter ihren Nägeln steckte, dass sie sich ins Fleisch eingegraben hatte. Sie hatte versucht, sich aus ihrem Grab zu befreien ...

WILLKOMMEN IN BELLE GLADE.
IM BODEN LIEGT UNSER GLÜCK.

Unten.

Ein Keller.

Aber in Florida gab es doch keine Keller. Höchstens einen Kriechkeller unter der Veranda. Wo zum Teufel fand er hier einen Kriechkeller?

Er stand auf, drückte sich gegen die Wand und folgte ihr in eine Art runde Lobby. Überall standen Pappkartons und Zeitungsbündel am Boden. Hektisch sah er sich im dichter werdenden Rauch um, auf der Suche nach einem Wahnsinnigen. Seine Augen tränten, er bekam kaum noch Luft. Vom Empfangsraum führte ein Durchgang zu dem, was wahrscheinlich einmal das Frühstückszimmer gewesen war. Mehrere kleine Tische waren an eine Wand geschoben worden, die Stühle auf den Tischen gestapelt. Vor einem dunklen Kamin stand ein riesiger, mit rotem verschlissenem Samt bezogener Chippendale-Sessel, den Rücken zu Bobby und zur Lobby gedreht. Rechts und links vom Kamin standen Staffeleien mit Bildern. Porträts. Makabre Darstellungen des Todes, ähnlich gemalt wie die letzten Augenblicke von Gale Sampson, Rosalie und Roseanne Boganes und der Unbekannten.

Bobby näherte sich vorsichtig. Auf der Armlehne des Sessels sah er eine milchweiße Hand. Die Spitze eines Schuhs auf dem Teppich. Mit der Pistole im Anschlag stellte Bobby sich hinter den Sessel.

Darin saß Mark Felding wie der schaurige Torwächter des Geisterhauses, in Anzug und Krawatte, den Presseausweis um den Hals, auf dem Schoß eine Bibel. Auf der Bibel lag die Flinte. Feldings behandschuhter Finger lag noch am Abzug.

Sein Gesicht war weg.

Der verdammte Feigling hat sich aus dem Staub gemacht, dachte Bobby angewidert und trat gegen seinen Fuß, um sicherzugehen, dass er tot war. Die Leiche kippte vornüber.

Er ließ, was von Felding übrig war, liegen und hastete weiter in die riesige Küche. In einer Pension musste es doch einen Vorratsraum geben, dachte er. Vielleicht einen Rüben- oder Weinkeller. Eine Kammer, wo die Konserven aufbewahrt wurden. Er hatte nur Zeit für einen einzigen Versuch. Wahrscheinlich hatte das Feuer den Dachboden schon erreicht. Er dachte an seine Tochter.

Daddy, du bist berühmt! Du bist ein Held!
Ich will nur dein Held sein, Kitkat.
Das bist du, Daddy. Immer.

Um ihretwillen hoffte er, dass er richtiglag.

Neben dem Kühlschrank sah er eine Tür. Er rannte hin und riss sie auf.

Es war eine Vorratskammer. In den Regalen türmten sich Konservendosen und Einmachgläser. Widerlich. Sie enthielten hoffentlich nur altes Obst, das niemand weggeworfen hatte. *Verdammt.* Er sah sich verzweifelt um. *Wo ist der Kriechkeller?*

«Polizei! Hier ist die Polizei!», rief er wieder und tigerte wie gefangen in der Küche auf und ab. Die Zeit war beinahe abgelaufen. «Ist hier irgendjemand? Elaine Emerson? Lainey? Katy? Katy, bist du hier? Hört mich jemand? Hallo? Verdammt! Antworte mir!», flehte er verzweifelt.

Und zu seiner Überraschung bekam er eine Antwort.

86

«*Polizei! Hier ist die Polizei!*»

Es klang sehr, sehr leise. Eine Stimme. Aber sie schien ein klein wenig näher zu kommen.

«*Meldet euch, wenn ihr mich hört!*»

Als sie die entfernte Stimme hörte, roch Lainey den Rauch. Auch nur ganz schwach. Doch er wurde stärker.

Über ihr waren Schritte, und Lainey begann zu zittern. Sie war wie gelähmt. Buchstäblich gelähmt von der kalten Angst, die sie packte. Sie erinnerte sich, wie sie und Katy dachten, sie wären gerettet, doch in Wirklichkeit war es der Teufel, der von seinem langen Ausflug zurückkam. Danach hatte er Katy mitgenommen. Und Lainey hatte geschworen, immer brav zu sein. Sie hatte es ihm versprochen. Sie wollte nicht, dass er sie mitnahm. Wie sehr sie auch nach Hause wollte, sie wollte nicht schreiend davongezerrt werden wie Katy.

«*Polizei!*»

Wahrscheinlich war es wieder ein Trick. Ein Test, das war alles. Der Teufel stellte sie auf die Probe, um zu sehen, ob sie brav war. Ob sie ihr Wort hielt. Genauso war es.

Doch was bedeutete der Rauch? Es *war* Rauch, eindeutig. Und zwar nicht Zigarettenrauch. Nicht der Rauch brennender Blätter. Es war dicker, giftig riechender Rauch, wie an Ostern, als ihr Bruder einen Topflappen angezündet hatte. Der Geruch war nicht übermäßig stark, doch er war eindeutig.

Sie betastete die Binde vor ihren Augen. Was sollte sie tun? Was, wenn es wirklich die Polizei war, und sie war zu feige, sich bemerkbar zu machen?

Im Kopf hörte sie Katys Stimme. Ihre Worte waren so klar und deutlich wie an dem Tag, als sie sie ausgesprochen hatte, vor Monaten oder Wochen oder Tagen.

Vielleicht kommt jemand, um uns zu retten! Wenn wir uns nicht bemerkbar machen, geht er wieder, und sie finden uns nie. Schrei! Schrei mit mir, Lainey, damit sie uns hören! Wir sind irgendwo unter der Erde, und sie finden uns nicht, wenn wir nicht schreien!

Lainey riss an dem dicken Klebeband. Panik breitete sich in ihr aus. Was, wenn der Rauch ein schlechtes Zeichen war? Was, wenn es brannte? Verbrennen wäre schlimmer als Verhungern ...

Sie kroch zur Tür und drückte die Hand dagegen, um zu sehen, ob sie heiß war, wie der Feuerwehrmann erklärt hatte, der in der fünften Klasse ihre Schule besucht hatte. Die Tür war nicht warm. Aber der Rauchgeruch war unverkennbar. Sie legte den Kopf auf den Boden, an den Schlitz unter der Tür, und atmete ein.

Es kam eindeutig von draußen.

Schrei! Schrei mit mir, Lainey!

«Ich bin hier», rief Lainey ungefähr halb so laut, wie sie gekonnt hätte. Sie hielt die Luft an, um zu lauschen, ob sie hinter der Tür den Teufel atmen hörte. Ob sie hörte, wie er sich über seinen Streich ins Fäustchen lachte. Sie machte sich darauf gefasst, dass die Tür aufging.

Doch es passierte nichts. Und sie hörte weder Schnauben noch Atmen.

Schrei! Schrei mit mir, Lainey, damit sie uns hören! Sonst finden sie uns nie!

Das Schlimmste, was man tun konnte, war, etwas halbherzig zu tun. Entweder wurde sie ohnehin erwischt und bestraft, oder sie wurde nie gefunden. «Du kannst nicht schwimmen, ohne nass zu werden», hatte ihre Großmutter immer gesagt. «Spring rein und mach es richtig.»

«Ich bin hier! Hilfe!», schrie sie, so laut sie konnte. Lauter, als sie je geschrien hatte. «Ich bin hier unten! Ich bin hier!»

Wenn wir nicht schreien, gehen sie wieder und finden uns nie!

«Ich bin hier! Hilfe!», schrie sie wieder, und diesmal trommelte sie mit den Fäusten gegen die Tür, so fest sie konnte.

Dann flog die Tür auf, und sie stolperte hinaus in die Dunkelheit.

87

Sie landete mit dem Gesicht auf dem Lehmboden. Instinktiv rollte sie sich zusammen und hielt sich schützend die Hände vors Gesicht, während sie darauf gefasst war, dass der Teufel zu kichern anfing. Oder zu flüstern. Oder irgendetwas Schreckliches zu tun. Doch nichts passierte. Überhaupt nichts.

Da war kein Teufel. Aber auch kein Polizist. Keine Rettungsmannschaft. Es war niemand da. Die Tür war einfach aufgeflogen, als sie dagegengehämmert hatte. Entweder hatte jemand aufgeschlossen, oder die Tür hatte nachgegeben. Oder Katy – wo immer sie jetzt war – hatte ihr geholfen und ihr eine Botschaft geschickt. Bei dem letzten Gedanken lächelte sie.

Der Rauchgeruch war inzwischen ziemlich stark. Sie musste hier raus. Das sagte ihr Instinkt. Und sie würde es nicht schaffen, wenn sie nicht sah, wo sie hinlief. Entschlossen riss sie sich die Klebebänder und die Plastikscheiben vom Gesicht, die er, genau wie Katy gewarnt hatte, nach ihrem letzten Ungehorsam mit Sekundenkleber an ihren Lidern befestigt hatte. Sie spürte, wie die zarte Haut um ihre Augen und Lider mit abriss. Es tat weh, schlimmer als das schlimmste Pflaster. Doch sie hatte keine Zeit zu weinen. Wenn sie hier nicht herauskam, waren blutige Lider das geringste ihrer Probleme.

Vorsichtig öffnete sie die Augen, langsam und blinzelnd wie ein Welpe. Mit den Fingern tastete sie ihr Gesicht ab. Die Lider waren noch dran. Das war gut. Und auch wenn sie nur vage

Schatten sehen konnte, funktionierten ihre Augen noch. Auch das war gut, sehr gut.

«Polizei! Hier ist die Polizei!»

Die Stimme war wieder da. Und sie klang, als wäre sie genau über ihr.

«Elaine Emerson? Lainey?»

«Ich bin hier! Ich bin es, Lainey!» Tränen liefen ihr über die Wangen. Ihre Schreie waren nur noch raue Schluchzer.

«Katy! Katy, bist du da?»

Katy! Er suchte auch nach Katy!

«Ist da jemand? Kann mich jemand hören? Hallo?»

Sie wischte sich das Gesicht ab und holte tief Luft. Vermurks es jetzt bloß nicht, Lainey. «Ich bin hier! Ich höre Sie! Ich bin hier unten!», rief sie. «Hier unten! Hilfe!»

Einen kurzen Moment, der ihr wie eine Ewigkeit vorkam, herrschte Stille.

«Ich höre dich! Hier ist die Polizei! Wir sind hier! Ruf weiter! Ich werde deiner Stimme folgen!»

«Helfen Sie mir, bitte!», schrie Lainey, während sie sich auf Händen und Füßen den Weg durch die Dunkelheit bahnte. Sie tastete sich an der Wand entlang. Irgendwoher kam schwaches, verschwommenes Licht. «Oh, Gott! Hier unten ist überall Rauch!»

Dann war die Stimme verschwunden. Einfach verschwunden.

«Hallo? Sind Sie noch da? Officer? Sir! Hilfe!»

Keine Antwort.

Sie fing zu weinen an. «Ich bin hier unten!» Die Wand endete. Sie kroch durch eine Tür. Es nutzte nichts. Sie konnte nichts sehen, und der Rauch brannte in ihren Lungen. Dann stießen ihre Hände auf ein paar Schuhe. Sie griff nach oben, ertastete Beine. Sie schlang die Arme um sie und hielt sich fest. «Helfen Sie mir!», schluchzte sie. Erleichterung durchflutete sie. Es hatte sich noch nie so gut angefühlt, einen anderen Menschen zu umarmen. «Bitte, helfen Sie mir!», flüsterte sie. Sowohl ihre Stimme als auch ihre Gegenwehr versagten.

«Natürlich», flüsterte eine Stimme zurück. «Natürlich helfe ich dir.»

Und dann hockte sich der Teufel neben sie und tätschelte ihr den Kopf.

88

Er warf die Einmachgläser auf den Boden und tastete die hintere Wand der Vorratskammer ab. Bobby war nie religiös gewesen, doch jetzt betete er, während er mit den Fingern nach einer Fuge, einem Spalt, irgendeinem geheimen Zugang suchte. Er ging auf die Knie und untersuchte den Boden. Die Zeit lief ab. Er konnte die schwache Stimme hören, die irgendwo unter ihm rief. Sie rief um Hilfe.

«Bitte, Gott, lass mich sie finden!», schrie er heraus. «Lass es nicht so enden! So darf es nicht enden!»

Ob es göttliche Fügung war oder reines Glück, was seine Finger die Delle im Boden finden ließ, konnte er nicht sagen. Doch er würde nichts mehr selbstverständlich hinnehmen. «Danke», flüsterte er, «danke, Gott ...», während er die Diele hochzog. Eine Falltür. Er blickte nach unten in pechschwarze Finsternis. Der Gestank nach Schimmel und Verfall war noch stärker als der beißende Rauch. Es roch nach Tod.

«Sind Sie noch da? Officer? Sir?»

Die Stimme war ein gutes Stück entfernt, doch sie kam eindeutig von unten. Er ließ sich mit den Füßen voran durch die Öffnung gleiten, ohne zu wissen, wie tief es war oder was ihn in der Dunkelheit erwartete. Doch er hatte das Wimmern eines Kindes gehört, und er musste dorthin.

Mit den Füßen voran landete er auf festem Boden, rollte zur Seite und schlug mit der Schulter gegen einen Stapel Holz. Er war unter dem Haus. Er sah sich um. An der Decke neben der Falltür klemmte eine ausziehbare Leiter. An einem Kabel waren kleine orange Glühbirnen in unregelmäßigen Abständen an den Gipskartonwänden festgetackert, die sich vor ihm labyrinthartig in der Dunkelheit verzweigten. Tunnel. Jemand hatte hier unten ein Tunnelsystem angelegt. Großer Gott ...

Bobby tastete sich durch den rauchigen, dämmrigen Dunst an der Wand entlang und zog den Kopf ein, als die Decke niedriger wurde. Es gab zu viele Abzweigungen, zu viele Gänge. Wie viele Kammern waren hier unten?

Doch dann hörte er den Schrei, der sein Herz stocken ließ, und er rannte mitten hinein in das schwarze enge Labyrinth, während er ein weiteres Gebet losschickte und um ein Wunder bat, das ihn an den richtigen Ort führen möge.

89

Lainey schrie.

«Siehst du mich jetzt?», fragte der Teufel, während seine verschwitzten Finger wie Spinnen über ihr Gesicht liefen und es näher zu sich heranzogen. «Schau mich gut an. Ich bin des Blinden Auge und des Lahmen Fuß ...»

Bobby hob die Waffe und hielt die Mündung an Mark Feldings Hinterkopf. «Lass sie los», befahl er. Die Decke in dem höhlenartigen Raum war sehr niedrig. An manchen Stellen, wo das Erdgeschoss abgesackt war, sogar niedriger als mannshoch.

«Oder was?», kam die kontrollierte, doch erregte Antwort.

«Ich wiederhole mich nicht.»

«Natürlich tun Sie das. Sie wollen doch wissen, was ich mit Ihrer Tochter angestellt habe.»

Bobby ließ die Waffe sinken und gab aus nächster Nähe einen einzelnen Schuss in Feldings Schulter ab. Der Reporter schrie vor Schmerz und Überraschung, als Knochen und Muskeln explodierten. Er taumelte rückwärts zu Boden, griff mit der gesunden Hand nach dem spritzenden Arm und krümmte sich vor Schmerzen.

«Nein, tue ich nicht», erklärte Bobby. Die kleine Gestalt auf dem Boden hielt sich schützend die Arme über den Kopf und kreischte. Felding versuchte aufzustehen, doch Bobby stieß ihn gegen die Betonwand und stellte sich zwischen den Reporter und das Mädchen. Ketten rasselten wie ein Windspiel. Felding schlug sich mit einem lauten Knall den Kopf an einem Balken an.

«Bleib unten», sagte Bobby zu Lainey. «Und schütze deinen Kopf.» Dann konzentrierte er sich wieder auf das Wesen, das vor ihm an der Wand lehnte. «Wo ist sie?»

Felding quiekte.

Bobby hob die Waffe und schoss in Feldings andere Schulter. «Ich habe gesagt, dass ich mich nicht wiederhole.»

Der Reporter zuckte wie ein Fisch auf dem Trockenen und heulte vor Schmerz, während er abwechselnd gegen die Wand und den Balken stieß. «Leck mich! Leck mich! Leck mich!», schrie er.

Aus der Ferne meldeten sich Sirenen, die rasch näher kamen. Endlich war die Feuerwehr da.

«Wo ist meine Tochter?», fragte Bobby.

«Dein süßer kleiner Katy-Schatz?», gackerte Felding, dann fiel er gegen die Wand, der ganze Körper sich in die Ketten verwickelnd. «Das kleine Mädchen, das du nicht nach Hause holen konntest, Daddy?»

Bobby schoss wieder. Diesmal ins Knie. «Bald sind keine Körperteile übrig. Wo ist sie?»

«Er hat sie!», schluchzte Lainey mit leiser, zitternder Stimme. «Er hat Katy!»

Plötzlich gaben die Mauern über ihnen ein lautes Stöhnen von sich, gefolgt von einem donnernden Krachen. Der Dachboden war eingestürzt. Die Glühbirnen, die das Labyrinth schwach beleuchtet hatten, flackerten und gingen aus. Es war stockfinster.

«Fragen Sie ruhig», krächzte Felding in der Dunkelheit. Bobby hörte, wie er sich auf dem Boden wand. «Irgendwas. Sie können mich alles fragen. Machen Sie schon.»

«Komm, steh auf. Wir gehen, Schätzchen!» Bobby steckte die Glock ins Halfter und bückte sich, um das kleine Mädchen hochzuheben. Sie schlang die Arme um seinen Hals und begrub das Gesicht an seiner Brust.

«Ich bin Lainey», sagte sie leise.

«Ich weiß. Ich habe nach dir gesucht», antwortete Bobby.

«Ihnen läuft wohl die Zeit davon, Super Special Agent Dees», murmelte Felding aus der Dunkelheit.

«Nicht ganz», gab Bobby zurück, während er sich an der Wand entlang zurücktastete. Er erinnerte sich an die Stelle, wo er sich bücken musste, um durch den höchstens eins zwanzig hohen Durchgang zurück zur Falltür und zu der Klappleiter zu kommen. «Aber Ihnen. Willkommen in der Hölle», rief er hinter sich. «Ich hoffe, es ist Ihnen heiß genug.»

90

Er wollte zurück. Er wollte jeden Quadratmeter des engen, feuchten, schimmeligen Kriechkellers untersuchen, den Felding in ein Kerkerlabyrinth verwandelt hatte. Er wusste, dass es weitere Kammern gab. Weitere Geheimnisse. Weitere Opfer.

Doch er hatte keine Zeit.

Als er das Ende der Wand erreichte, tastete er nach dem Seil der Klappleiter und zog sie herunter. Mit Lainey auf dem Arm stieg er die Sprossen in die Vorratskammer hinauf. Durch das quadratische Loch im Boden erkannte er, dass die Küche intakt war. Die Decke war noch nicht eingestürzt. Doch es konnte jede Sekunde so weit sein.

Er schob Lainey zuerst hinauf. «Zum Fenster! Schnell!», rief er. Man konnte nicht mehr atmen.

«Ich sehe nichts!», schrie sie.

Er konnte auch nichts sehen. Der Rauch war schwarz, die Hitze unerträglich. Er kletterte hinter ihr aus dem Loch, packte ihre Hand und zog sie zu Boden. «Halt dich unten! Mir nach!» Auf allen vieren bahnte er sich wie ein Soldat den Weg durch die Küche und zerrte Lainey hinter sich her. Im Frühstücksraum, der von der Küche abging, hatte er ein Erkerfenster gesehen. Er streckte die Hand in die Dunkelheit vor sich und berührte Glas.

«Großer Gott!», rief ein Feuerwehrmann, der vor dem Fenster stand. «Zurück! Gehen Sie zurück!», befahl er, dann schlug er mit der Axt die Scheibe ein. Glas regnete über Bobbys Kopf, gefolgt von einem brüllenden Seufzen, als Sauerstoff herein- und Rauch hinausströmte.

«Hol sie raus!», rief ein weiterer Feuerwehrmann von irgendwo. Bobby sah eine Gestalt, die ihm winkte. Er sollte herauskommen. Sich beeilen. Der Feuerwehrmann am Fenster griff durch die geborstene Scheibe und riss Laineys schlaffen Körper aus Bobbys Armen. Er musste all seine Kraft zusammennehmen, um auf die Knie zu kommen. Dann griffen Hände herein und zogen auch ihn hinaus.

Zwei weitere Feuermänner kamen dazu. Einer packte Bobby, der andere Lainey. Sie warfen sie sich über die Schulter wie Lumpenpuppen und trugen sie durch das Zuckerrohrdickicht zur Vorderseite des Hauses. Überall standen Feuerwehrwagen. Der Abendhimmel war in rotes und blaues Licht getaucht.

Und leuchtende orange Flammen.

Bobby sah sich noch einmal um nach dem Inferno, das die Nacht erhellte. Überall flüsterte das raschelnde Zuckerrohr und tratschte aufgeregt in den böigen Wind. Der Sturm, den Bobby hatte kommen sehen, war da. Blitze zuckten über den Himmel und beschrieben Zickzacklinien in beunruhigender Nähe.

Er hat sie! Er hat Katy!

Bobby schloss die Augen, und im gleichen Moment stürzte das Haus der Schrecken in sich zusammen.

91

«Wie geht's dir, Shep?»

In anthrazitgrauem Anzug mit schwarzer Seidenkrawatte stand Zo Dias an seinem Krankenhausbett, einen Blumenstrauß in der übergroßen Hand. Der Anblick war so ungewohnt, dass Bobby eine Sekunde lang dachte, er sei tot. Er wollte mit einem smarten Spruch kontern, doch das Sprechen schmerzte zu sehr – trotz all der Drogen, die man ihm gegeben hatte. Sie hatten ihn erst gestern Abend vom Beatmungsgerät genommen und auf die Intensivstation für Brandopfer verlegt. Er konnte nur nicken.

«Das wird dir gefallen, LuAnn.» Zo lachte. «Er kann nicht reden. Die Wünsche einer Ehefrau werden wahr, was?»

LuAnn nahm die Blumen und stellte sie in einen der leeren Plastikkrüge, die die Schwestern gebracht hatten. Das Zimmer war bereits mit Blumenkörben, Topfpflanzen und Luftballons gefüllt – von denen mehr als einer auf Zos Rechnung ging. «Ich schätze, davon träumen eher die Ehemänner, Zo», erwiderte LuAnn mit einem müden Lächeln. «Wir wollen, dass unsere Männer *mehr* reden. Dass sie uns sagen, was ihnen durch den Kopf geht. Du solltest dir öfter mal *Oprah* ansehen.»

«Hmm ... du meinst, mehr Quatschen würde Camilla glücklich machen? Und ich dachte immer, sie meint es ernst, wenn sie sagt, ich soll die Klappe halten.» Er zog sich einen Stuhl ans Bett, und sein Gesicht wurde ernst. «Du bist ein Riesenglückspilz, Kumpel, das muss ich dir sagen. Eigentlich müsstest du tot sein.»

LuAnn griff nach Bobbys Hand und drückte sie. Er drückte zurück. «Eine Minute länger in dem Haus, und er wäre tot gewesen», sagte LuAnn mit zitternder Stimme.

«Wie lange, bis du wieder joggen gehen kannst?»

«Der Arzt sagt, seine Lungen sind ziemlich mitgenommen», antwortete sie. «Er hat viel Kohlenmonoxid eingeatmet. Eine Weile wird er jedenfalls keinen Marathon laufen.»

«Wo wir gerade von Leuten sprechen, die tot sein könnten – da fällt mir das kleine Mädchen ein, das du gerettet hast. Ich glaube, sie wird morgen aus dem Joe DiMaggio entlassen.» Das Joe DiMaggio Children's Hospital war das Kinderkrankenhaus in Broward County, in das Lainey wegen einer schweren Rauchvergiftung mit dem Rettungshubschrauber geflogen worden war. «Ich habe Larry und Ciro gestern zu ihr geschickt, um sie zu vernehmen. Es wird Jahre dauern, bis sie die Geschichte verarbeitet hat. Wenn du so weit bist – sie möchte dich gerne sehen.»

Bobby nickte.

«Und vielleicht interessiert dich, dass ihre verrückte Mutter danke sagt. Aber freu dich nicht zu früh. Bevor du ‹bitte› sagen kannst, verklagt sie dich wahrscheinlich wegen Entzugs der ehelichen Lebensgemeinschaft, weil ihr pädophiler Ehemann nämlich die nächsten zwanzig Jahre auf dem Land verbringt. Am Freitag hat LaManna seine Anhörung, und dabei sind die Klagen der Stieftöchter, an denen er sich vergriffen hat, noch nicht mal eingereicht.»

«Das Schwein», sagte LuAnn.

Bobby nickte. «Felding?», formte er mit den Lippen.

Zo hielt inne. «Wir haben zwei Leichen aus der Asche gezogen. Feldings Zahnarztunterlagen passen zur Leiche im Keller. Die andere wurde oben gefunden, wo mal das Ess- oder Wohnzimmer war, wie uns der Kollege von der Brandursachenermittlung erklärt hat. Weiblich. Der Gerichtsmediziner sagt, Todes-

ursache war nicht Rauchvergiftung, sondern die Ladung Schrot in ihrem Kopf. In der Asche haben wir die geschmolzenen Reste einer Winchester 12 Gauge gefunden.»
«Wer ist sie?», fragte Bobby tonlos.
Zo antwortete nicht.
«Wer?», wiederholte Bobby.
«Wir wissen es noch nicht», sagte er schließlich.
«Katy?», brachte Bobby flüsternd heraus.
«Besorg mir ihre Zahnarztunterlagen», antwortete Zo leise.
LuAnn unterdrückte ein Schluchzen und schloss die Augen. «Ich rufe den Kieferorthopäden an und bitte ihn, sie an die Gerichtsmedizin zu schicken», sagte sie mit einem Nicken. «Das erledige ich.»
Betretenes Schweigen legte sich über das Zimmer.
«Und sonst?», fragte Bobby lautlos.
«Und sonst? Also, während du die letzten Tage verschlafen hast, waren wir anderen bei der Arbeit. Du hattest recht. Das Haus auf der Sugarland Road gehörte Feldings Großmutter Mildred Bolger. Sie ist vor zwanzig Jahren bei einem Landwirtschaftsunfall ums Leben gekommen. Dann ging das Haus an seine Mutter, Loretta Felding, die dort lebte, bis sie wahnsinnig wurde und 2003 in einer Anstalt starb. Nach ihrem Tod hat Felding das Haus geerbt, ihr einziges Kind. Nach Behördeninformationen war es 1990 zum letzten Mal als Pension in Betrieb, vor fast zwanzig Jahren. Doch dem Getratsche vor Ort zufolge hat in den sieben Jahren, bevor Mama Felding in die Anstalt kam, auch schon kein Gast mehr dort übernachtet. Nur die Schilder sind geblieben. Ziemlich unheimlich.
Manches von dem, was Felding uns aus seinem Leben erzählt hat, stimmt. Wir haben mit seiner Ex in L. A. gesprochen. Sie gibt es wirklich. Die Sache mit der Tochter war reine Lüge. Sie hatten keine Kinder. Die Frau wusste von dem Haus in Belle Glade.

Sie sagte, vor Jahren hätte Feldings verrückte Mutter davon gesprochen, es herzurichten und Krimipartys dort zu veranstalten. Die Ex hat die alte Dame schon damals für plemplem gehalten, denn sie war einmal in Belle Glade gewesen und wollte, wie die meisten Besucher, nie wieder dorthin zurück. Dann haben sie und der Psychopath sich scheiden lassen, und das Haus wurde nie wieder erwähnt. Tatsächlich hat sie kein Wort mehr mit ihm gewechselt, denn zu ihrem Glück verschwand er völlig aus ihrem Leben. Feldings Leben zusammengefasst: verrückte, dominante Mutter. Einzelgänger. Hat seine Frau in einem Schnellrestaurant in Fresno kennengelernt, wo sie kellnerte. Hat irgendeine Rundfunkschule in L.A. besucht und ein paar Jahre versucht, draußen im Westen Karriere zu machen, sowohl in L.A. als auch in San Francisco, wo er von Sender zu Sender tingelte, aber nicht viel zu tun hatte, als dem Kameramann Kaffee zu reichen. Hatte ein paar Gigs, aber keiner von Dauer. Vor zwei Jahren hat er die Zelte abgebrochen und ist in Miami aufgetaucht. Wir sind auf einige Fälle von vermissten Teenagern in L.A. und Frisco gestoßen, die unseren ziemlich ähnlich sehen und etwa zu der Zeit verschwunden sind, als er dort für CBS5 unterwegs war. Anscheinend hat er sogar die Mütter von zwei der Mädchen interviewt, genau wie Debbie Emerson und Gloria Leto. Wir warten auf die Tapes.»

«Das ist krank», sagte LuAnn leise. Sie drückte Bobbys Hand noch fester.

«Ziemlich kaputt. Geilt sich daran auf, die Mütter, deren Töchter er auf dem Gewissen hat, zu fragen, wie es ihnen geht. Der Typ ist ein Psychopath – *war* ein Psychopath, wie er im Buche steht. Und ein eitler Fatzke. Aber vielleicht ist genau das gut für uns. Er hat keinen Versuch gemacht, euch zu kontaktieren, als Katy verschwunden ist. Die Sache war in den örtlichen Schlagzeilen und, wenn man *People* dazurechnet, sogar in den landesweiten. Da hätte Felding sich dranhängen können, sowohl wegen seiner Karriere als auch seiner kranken Phantasie wegen, aber er hat es nicht getan. Wenn die Leiche, die wir im Esszimmer gefunden haben, nicht Katy ist ...» Zo zuckte die Achseln, bevor er fortfuhr. «Vielleicht hat er sie nie gehabt. Draußen auf dem Sugarland-Grundstück sind Leichensuchhunde im Einsatz. Bisher keine Spur, und ich glaube, das ist ein gutes Zeichen.»

«Und was ist mit Ray Coon? Mit dem Bild, das er mir geschickt hat?», fragte LuAnn.

«Das ist interessant, denn wir konnten die .44-Kaliber-Kugel aus Rays Kopf einer Magnum zuordnen, die letzte Woche bei einem Einbruch in Lake Worth benutzt wurde. Der Verdächtige, ein Kerl namens Trino Calderon, hat gestern beim Einbruchsdezernat in Palm Beach gestanden. Bei dem Treffen in dem Park in Belle Glade im November ging es um einen Drogendeal. Ray hat versucht, ihn um eine Unze Heroin zu betrügen, und das ließ Calderon sich nicht bieten. Calderon behauptet, er kennt Felding nicht und hat sein Gesicht noch nie gesehen. Wahrscheinlich hat Felding die Nachricht von dem Mord an Ray zufällig in der *Palm Beach Post* gesehen, an dich gedacht, Bobby, und beschlossen, die Gelegenheit zu nutzen, um dich und LuAnn fertigzumachen. Aus irgendeinem Grund, den wir nie erfahren werden, war Mark Felding von dir besessen, Bobby. Vielleicht war es so, wie die Profilerin gesagt hat, und er hat dich als sportliche Herausforderung betrachtet. Ein paar von Rays Gang-Kumpeln wohnen in der Nähe vom Gefängnis in Glade. Wahrscheinlich hat Ray sich bei ihnen einquartiert, um näher an den Knastbrüdern zu sein, an die er den Stoff vertickte.»

«Und Katy?», fragte LuAnn mit bitterer Stimme. «Wenn Ray wieder in der Stadt war und bei Freunden in Belle Glade lebte, wo ist sie geblieben?»

Zo zuckte die Achseln. «Darauf habe ich auch keine Antwort, Lu. Ich wünschte, ich hätte eine.»

Wieder entstand ein betretenes Schweigen.

«Was ist mit diesem Sexualtäter, den ihr für Picasso gehalten habt?», fragte LuAnn schließlich.

«Roller? Ja, das war zu dumm», sagte Zo mit einem kurzen Lachen. «Der perfekte Hintergrund, ein minderjähriges Opfer und der Job im Künstlerbedarf. Doch wie der Zufall es will, hat Roller unsere Undercover-Agentin im engen Jeansminirock anscheinend nur angequatscht, weil er sie süß fand. Er hat die Namen Captain und Janizz nicht selbst ins Spiel gebracht und auch den Chat nicht erwähnt. Was er mit Natalie vorhatte, wenn sie in seinen Wagen gestiegen wäre, können wir nur raten – vielleicht dachte er, dass sie leicht zu haben war, oder, bei seinem Hintergrund, er hatte finstere Absichten. Aber wir gehen davon aus, dass Roller am falschen Ort das Falsche tat und zur falschen Zeit die Fliege machte. Ciro hat rausgefunden, dass er Dope verkauft hat, um sich über Wasser zu halten. Vielleicht hatte er ein paar Tütchen im Wagen und wusste, wenn er von der Polizei angehalten wurde, würde er wegen Verstoßes gegen seine Bewährungsauflagen zurück in den Knast wandern. Deshalb ist er abgehauen. Ansonsten haben wir nichts gefunden, das ihn mit Felding in Verbindung bringt oder die Theorie stützt, er könnte der Captain sein. Felding war Picasso, der Mädchenfänger. Felding war der Captain. Felding war ElCapitan, und Felding war Zach Cusano.»

«Waren sie vielleicht Partner?», fragte LuAnn.

Zo lachte. «Du wärst ein guter Cop geworden, Lu. Vielleicht hast du Bobby all die Jahre eingeflüstert, wie er seine Fälle zu lösen hat, und er heimst deine Lorbeeren ein. Aber falls Roller und Felding zusammengearbeitet haben, ist das ein Geheimnis, das die beiden mit ins Grab genommen haben. Lainey Emerson sagt, soweit sie es mitbekommen hat, gab es nur einen Entführer, aber sie hat sein Gesicht nie richtig gesehen, also hilft uns ihre Aussage nicht viel weiter. Ich muss langsam los. Camilla wird mich in den

Schwitzkasten nehmen wegen des Besuchs bei euch heute, und mir tut jetzt schon der Hals weh vom vielen Reden.»
　Bobby nickte. «Danke», flüsterte er.
　«Bitte. Hör auf. Das tut weh. Gern geschehen.» Zo stand auf. «Ich gehe lieber, bevor es mir hier zu kitschig wird und alle heulen. Ach, nur eins noch. Veso schuldet mir zwar noch seinen Anteil an dem Gruppenblumenstrauß, aber er ist schon auf dem Weg zurück nach Pensacola. Der Job bleibt deiner, wann immer du zurückkommst. Selbst Foxx hatte einen Sinneswandel – höchstwahrscheinlich dank der Aktion ‹Rettet Bobby Dees vor der Frührente›, die als Telefonlawine in seinem Büro eingegangen ist. Ich habe selber zweimal angerufen», erklärte er augenzwinkernd, dann küsste er LuAnn auf die Wange und ging zur Tür. «Also, wenn die Ärzte hier feststellen, dass du nicht mehr dampfst, Shep – wir warten auf dich.»

92

Lainey saß zitternd im Bett. Sie war schweißgebadet, und das Herz hämmerte in ihrer Brust. Ängstlich suchte sie in ihrem hell erleuchteten Zimmer nach dem Wecker. Es war 00:10. Sie versuchte sich zu beruhigen, wie es Dr. Kesslar ihr beigebracht hatte: Sieh dich in deiner Umgebung um, atme tief ein, mach dir klar, dass du *geschlafen* hast, mach dir klar, dass du in *Sicherheit* bist, erkenne, dass es nur ein Albtraum war. Es war nur ein schrecklicher Albtraum. Du bist zu Hause. Dir kann keiner mehr wehtun.

Mit stockendem Atem sah sie zu, wie die roten Ziffern auf der Uhr zu 00:11 wechselten. Sie hatte 43 Minuten am Stück geschlafen. Das war vermutlich ein Fortschritt. Noch letzte Woche hatte sie überhaupt nicht gewagt, die Augen zuzumachen. Schlaf, falls er denn kam, währte nie länger als zehn Minuten.

Lainey sah sich in ihrem renovierten kaugummirosa Zimmer um. Das schöne weiße Bett, der dazu passende Schreibtisch und die Kommode, der coole karierte Sitzsack und die Poster von Robert Pattinson und Taylor Lautner. Es sah aus wie ein Mädchenzimmer aus dem Katalog, bis hin zu dem kleinen herzförmigen Teppich und dem schicken Kronleuchter aus Glas. Das Einzige, was fehlte, war natürlich der Computer. Ihre neuen Sachen waren den großzügigen Spenden von Hunderten Fremder auf der ganzen Welt zu verdanken, die anscheinend Anteil an ihrer «schockierenden Geschichte» genommen hatten.

Channel Six hatte am meisten gespendet, doch Debbie Emerson hatte ihrer Tochter verboten, das Geld anzurühren, bis sie aufs College ging.

Alles um sie herum sah perfekt aus, doch Laineys Leben war alles andere als normal. Hier saß sie in ihrem hübschen Schlafzimmer, jede Lampe eingeschaltet, und hatte Todesangst davor, was vor ihren Fenstern oder auf dem Flur lauerte, und ihr Herz klopfte so heftig, dass sie dachte, sie würde sterben. Sie hatte Angst zu schreien, Angst, sich wieder hinzulegen, Angst, auch nur einen Muskel zu bewegen. Immer wenn sie die Augen schloss, sah sie sein schemenhaftes Gesicht. Zach. Der Mann im Wagen. Der Teufel. Schnaubend, grinsend, schreiend, fluchend, predigend. Es war Wochen her, und doch schaffte sie es kaum, fünfundvierzig Minuten am Stück zu schlafen. Wenn es so weiterging, wäre sie dreißig, bis sie wieder eine Nacht durchschlafen konnte.

«Lainey? Alles klar bei dir?» Es war Liza, die mit dem Handy in der Hand in ihrer Tür stand und sie missmutig ansah.

Lainey schüttelte den Kopf.

«Schlaf wieder ein. Alles ist gut. Hier ist niemand. Okay?»

Lainey nickte, wischte sich die Tränen von den Wangen und drückte das Kissen an ihre Brust.

Liza ging zurück in ihr Zimmer. Es war ein paar Wochen her, seit das Drama beendet war, und die Geduld mit ihrer kleinen Schwester und deren Panikattacken ging langsam zur Neige. Auch in ihrem Leben war jede Menge Scheiße passiert – man musste eben sehen, wie man damit zurechtkam. Sie konnte nicht begreifen, dass Lainey sich immer noch deswegen in die Hose machte.

Andererseits war sie natürlich nie wochenlang in einem Verlies eingesperrt gewesen.

Ihre Mutter war noch bei der Arbeit, die Schicht beim telefonischen Auftragsdienst dauerte bis eins. «Ich tue, was ich tun muss», hatte sie Lainey seufzend erklärt, «damit wir was zu essen auf dem Tisch haben.» Seit Todd im Gefängnis war, gab es nur noch das eine Einkommen, wie sie jeden gern erinnerte. Und obwohl Lainey es hasste, allein zu sein – das war ihre größte Angst –, war es besser, wenn ihre Mutter arbeitete und nur sie und Bradley und Liza da waren. Denn wenn ihre Mutter zu Hause war, hing sie ständig bei Lainey herum – stand an der Tür, kam ins Zimmer, fragte Lainey, was «dieser Mann» ihr angetan hatte, oder fragte, was sie «da unten im Keller» gesehen hatte. Fragte, ob es nicht doch irgendeine Fluchtmöglichkeit gegeben hatte, wenn sie nicht gefesselt war – irgendeine. Und immer war da der stille Vorwurf, bildete sich Lainey ein, dass sie sich überhaupt in diese Lage gebracht und damit ihrer aller Leben vollkommen über den Haufen geworfen hatte.

Niemals würde Lainey ihrer Mutter sagen können, was ihr der Teufel angetan hatte. Sie konnte es niemandem sagen. Sie wollte nur vergessen, sich nicht erinnern. Sie drückte das Kissen fest an sich und gab sich alle Mühe, sein Gesicht vor dem Fenster auszublenden – ein Gesicht, das sie nie richtig gesehen hatte, das ihre Phantasie zu einer entsetzlichen rotäugigen Fratze verzerrt hatte, zu einem nach Dosenspaghetti riechenden Monster mit bleicher, pockennarbiger Haut und großen Zähnen mit Kaffeeflecken. Sie wollte ihn nicht in den Nachrichten sehen. Sie wollte nicht sehen, wie Mark Felding wirklich ausgesehen hatte, denn dann würde sie nie wieder irgendjemandem in die Augen sehen können. Sie könnte niemals wieder vor die Tür gehen. Niemandem mehr vertrauen. Es war besser, sich den Teufel als verzerrtes Monster vorzustellen – zu glauben, sie würde das Böse beim nächsten Mal erkennen –, als mit der Angst zu leben, dass es jeder sein konnte, der neben ihr in der Menge stand, an der Straßenecke, im Zug, und sie mit einem «ganz normalen» Lächeln und einwandfreien blauen Augen angrinste.

Beim nächsten Mal. Sie wurde den Gedanken nicht los. Sie wiegte sich im Bett hin und her. *Normal.* Was für ein Wort. Wann würde ihr Leben wieder normal sein? Wann würde sie sich wieder sicher fühlen? Die Mitschüler an der Sawgrass Highschool hatten sie wie eine Aussätzige behandelt, als sie zurückkam, also war sie zurück zur Ramblewood gewechselt, aber auch Melissa und Erica und Molly waren anders zu ihr. Alles hatte sich verändert. Keine ihrer Freundinnen war noch die Alte. Vor allem Lainey selbst nicht. Und sie wusste einfach nicht, was sie tun sollte, um zur Normalität zurückzukehren. Wie sie sich wie alle anderen darum sorgen sollte, ob sie Eintrittskarten zum Konzert der Jonas Brothers ergattern konnte, statt vor Angst wie gelähmt zu sein, wenn sie den Computerraum an der Schule betrat.

Lass dir Zeit, hatte Agent Dees – ihr Held – ihr geraten. *Es dauert sehr, sehr lange, aber irgendwann wird es besser. Jeden Tag ein kleines bisschen.*

Sie griff nach dem Telefon und wählte seine Nummer. «Brad?», fragte sie, während sie das Freizeichen hörte. Ihr kleiner Bruder schlief jetzt bei ihr im Bett, jede Nacht, mit dem Kopf am Fußende. Sie zwang ihn dazu, doch er beschwerte sich nicht. Brad grunzte. Lainey nahm seine Hand und hielt sie fest.

«Hallo, kleine Lainey», antwortete nach dem zweiten Klingeln ein verschlafen klingender Agent Dees. «Alles klar bei dir, Schätzchen?» Er war nicht überrascht; Lainey rief jede Nacht bei ihm an.

Jeden Tag wird es ein bisschen besser.

Lainey schüttelte den Kopf und biss sich auf die Lippe. «Noch nicht», flüsterte sie. «Heute noch nicht.»

93

Das Hauptquartier der Picasso-Sonderkommission im FDLE war aufgelöst. Der Konferenztisch war weggeräumt worden – an seinen alten Platz am Ende des Flurs –, genau wie die Pinnwände, das Whiteboard und die wachsende Collage verstörender Tatortfotos. An ihrer Stelle stand ein kleiner, stämmiger silberner Weihnachtsbaum, der über und über mit Lametta und blinkenden Lichtern geschmückt war. Bunt verpackte Päckchen und Geschenktüten lagen haufenweise darunter. Später am Vormittag fand die Bescherung der Crimes Against Children Squad statt und danach die offizielle Weihnachtsfeier des MROC im Erdgeschoss. Im ganzen Gebäude roch es nach Schweinebraten und kubanischem Kaffee.

Beim montagmorgendlichen Treffen der Special Agent Supervisors, das von Zo geleitet wurde, hatten sich alle über das unschlagbare Timing von Bobbys Rückkehr ins Büro an Heiligabend lustig gemacht. Bei den Regierungsbehörden wurde in der Woche vor Weihnachten praktisch nicht gearbeitet, ebenso wenig wie an den Feiertagen selbst und in der Woche danach. Eigentlich herrschte mehr oder weniger von Thanksgiving Ende November bis Silvester tote Hose. Die Kollegen gingen zwar ins Büro, doch da sich die meisten Richter den Kalender bis Januar freihielten und die Staatsanwälte ihre Urlaubstage abfeierten, passierte vor Gericht nicht viel. Natürlich wurden weiterhin Verbrechen begangen, doch Ermittlung und Strafverfolgung lagen ein paar Wochen auf Eis, während Familienbesuche gemacht wurden oder man sich auf den fast täglichen Weihnachtsfeiern, festlichen Mittagessen und Betriebspartys mit Eierlikör betrank.

An Heiligabend waren die Flure des MROC also ziemlich leer, und genau deswegen kam Bobby ausgerechnet heute zurück. Er war vier Wochen weg gewesen – so lang wie nie zuvor in seiner Karriere –, und er wollte sich einen Überblick verschaffen, bevor ihn ab dem zweiten Januar Leute bestürmten, die zwei Tage vor Ablauf ihrer Fristen plötzlich ganz dringend Rat brauchten.

Er stellte die Kiste mit den Päckchen unter den Baum, die LuAnn für seine Kollegen – vom Regional Director bis zur Analystin der Truppe – ausgesucht hatte, und ging in sein Büro. Er musste sich unter der tiefhängenden grünen Girlande, die seine Tür schmückte, hindurchbücken. Ohne seine Aufsicht waren jemandem bei der Dekoration dieses Jahr die Pferde durchgegangen. Wie im Kindergarten hingen überall auf den Fluren Plastikweihnachtsmänner und Chanukka-Dreidel.

Bis auf das halbe Dutzend Weinflaschen auf dem Schreibtisch – Geschenke von Kollegen, die ihre Feiertagswanderungen quer durchs Land zu ihren Familien bereits angetreten hatten – sah das Büro genau so aus, wie er es vor Thanksgiving verlassen hatte.

«Hallo, Bobby», sagte Larry mit breitem Lächeln und kam zu ihm ins Büro. «Schön, dich wieder bei uns zu haben, Mann. Was du erlebt hast! Verdammt nochmal! Gut zu hören, dass du wieder auf dem Damm bist.»

«Ich bin so gut wie neu. Nur den Iron Man im Februar schaffe ich noch nicht.»

Larry lachte. «Schande! Komm mit uns zum Training bei McGuire, und wir stemmen ein paar kühle Bier. Ciro und ich sorgen schon dafür, dass du bald wieder fit bist.» McGuire's Hill war eine alte irische Bar in Fort Lauderdale, Larrys Stammlokal.

«Deswegen bist du so gut in Form?», erwiderte Bobby lächelnd.

«Zo hat mir von der Identifizierung der Leiche draußen im Sugarland-Haus erzählt. Was für eine Erleichterung. Gute Nachricht, dass es nicht deine Tochter war.»

Bobby nickte. Tolle Nachricht für ihn. Weniger gute Nachricht für die Großmutter der sechzehnjährigen Shelley Longo aus Hollywood, Florida. Zwei Tage vor ihrem siebzehnten Geburtstag hatte man ihre Zahnarztunterlagen mit dem Gebiss der Leiche verglichen, die in den verkohlten Ruinen der Pension in Belle Glade gefunden worden war. Und keine gute Nachricht für die Mutter der siebzehnjährigen Katy Lee Saltran aus Anaheim in Kalifornien.

Die forensische Gesichtsrekonstruktion der unbekannten Leiche hatte schließlich zu ihrer Identifizierung geführt. Es war ausgerechnet ein Folgeartikel über Bobby in *People*, in dem Sue Saltran, während sie im kalifornischen Long Beach in einem Schönheitssalon saß, die Skizze des rekonstruierten Gesichts ihrer Tochter Katy Lee wiedererkannte – oder Katy, wie sie sich selbst nannte. Katy wollte Sängerin werden und hatte vor acht Monaten ihren Freundinnen anvertraut, sie würde nach Orlando durchbrennen, um sich mit einem Typen zu treffen, den sie online kennengelernt hatte und der sie Jay-Z vorstellen wollte. Der Name ihres neuen Freunds war T. J. Nusaro, doch sein Künstlername war El Capitan. Die Ermittlungen ergaben, dass Katy mit American Airlines nach Orlando geflogen war, und danach hatte nie wieder jemand von ihr gehört. Vergangenen Samstag war Sue Saltran eingeflogen, um die sterblichen Überreste ihrer Tochter abzuholen und mit nach Kalifornien zu nehmen. Das Ticket hatte Bobby bezahlt.

«Gehst du runter zur Weihnachtsfeier?», fragte Larry auf dem Weg zur Tür.

«Ja. Komme gleich. Ich muss nur noch ein paar Dinge hier durchsehen. Wir treffen uns unten», antwortete Bobby, als Larry ihn verließ und auf den Flur verschwand.

Bobby drehte sich um und blickte aus dem Fenster. Selbst an Weihnachten herrschte auf den Straßen stockender Verkehr, so weit er sehen konnte. Die Straßenbauarbeiter waren wieder da, wenn auch heute nur zu zweit oder zu dritt, saßen in einem städtischen Bauwagen und tranken Kaffee. Alles sah genauso aus und hörte sich genauso so an wie beim letzten Mal, als er aus diesem Fenster gesehen hatte – selbst die Weihnachtsbäume, die sich ein paar Nachzügler aufs Autodach geschnallt hatten. Doch erneut hatte die Welt, die Bobby kannte, sich vollkommen verändert.

Gute Nachricht, dass es nicht deine Tochter war.

War es wirklich eine so gute Nachricht? Bobby warf einen Blick auf den Steckbrief seiner Tochter, der in der Mitte der Pinnwand der Vermissten in seinem Büro hing. Auch wenn es stimmte, dass er sein Kind nicht begraben musste, er kannte den Schmerz der Angehörigen. In den vergangenen fünf Wochen hatte er seine Tochter bereits zweimal innerlich begraben – um dann beide Male zu erfahren, dass sie es nicht war. Zu erfahren, dass er keine Ahnung hatte, wo sie sich befand. Wieder musste er sich die grauenhaften Dinge vorstellen, die ihr vielleicht zugestoßen waren. War sie drogensüchtig? War sie eine Prostituierte? War sie tot? Für ihn würde es keine Linderung geben. Niemals. Und auch wenn er dankbar war, dass der Gebissvergleich bewiesen hatte, dass die Tote nicht seine Tochter war, sein Leben hing einmal mehr in dieser grausamen emotionalen Schwebe, denn die Daten konnten nicht beweisen, dass sie noch lebte. Oder dass sie gesund war. Oder glücklich. Oder in Sicherheit. Und in diesem Zustand würde er immer bleiben – er würde Ferien und Umzüge mit LuAnn verschieben –, weil er die ganze Zeit rätseln, warten, hoffen, fürchten müsste, bis ans Ende seiner Tage.

Sein Blick glitt über die Pinnwand. Es hingen so viele Steckbriefe dort. So viele junge, hübsche Gesichter. In dem Monat, den er ausgesetzt hatte, waren noch weitere dazugekommen. Teenager, die vor einem schrecklichen Leben davonliefen. Oder in ein schreckliches Leben hineinliefen. Teenager, die keine Lust mehr hatten. Oder nicht mehr konnten. Er fand den Steckbrief von Shelley Longo und riss ihn von der Wand.

Und es gab noch andere, die er abnehmen musste.

Die Leichensuchhunde, die die Zuckerrohrfelder hinter der Sugarland-Pension absuchten, hatten schließlich doch angeschlagen. Bisher waren drei skelettierte Leichen gefunden worden. Und es lagen noch viele Hektar vor ihnen. Die Erste, die sie identifizieren konnten, war die hübsche Eva Wackett, die schon als kleines Mädchen Ballerina hatte werden wollen. Wie viele Eltern würden den Anruf noch erhalten, vor dem sie sich fürchteten seit dem Augenblick, da ihr Kind nicht mehr ans Handy ging, dem Tag, da es abends nicht nach Hause kam? Seit dem Moment, als sie ihr wunderbares kleines Baby zum ersten Mal in den Armen gehalten und Gott gebeten hatten, auf ihr Kind aufzupassen?

Oder schlimmer noch, wie vielen Eltern war es gleichgültig?

Auf seinem Schreibtisch klingelte das Telefon und riss ihn aus seinen Gedanken.

«Dees.»

«Ein Anruf für dich», sagte Kiki. «Ich stelle durch. Kommst du nachher zur Weihnachtsfeier? Ich habe Crème Caramel gemacht.»

«Oh. Dann auf jeden Fall. Hast du Rum reingetan?»

«Frag nicht. Natürlich. Jede Menge.»

«Ich komme sofort.»

Dann stellte sie den Anrufer durch. «Dees.»

«Daddy?»

Plötzlich hatte jemand die Luft aus dem Zimmer gesaugt.

«Daddy, bist du da?», wiederholte die leise, zarte Stimme, die er sofort erkannte.

«Katherine? Katy?», brachte er heraus. «Bist du's? O mein Gott, Katy, bist du das?» Er fiel auf seinen Stuhl. Alles drehte sich.

«Ich bin's, Daddy. Ich bin es.» Sie weinte.

«Lieber Gott ... Katy, wo bist du? Wo bist du gewesen?»

«Ich stehe am Busbahnhof in New Orleans, aber ich habe kein Geld ...»

«Ich schicke dir Geld. Ich gebe dir Geld. Sag mir, wo du bist. Geht es dir gut? Bist du verletzt?»

«Ich ... ich ... ich habe dich in den Nachrichten gesehen, Daddy. Ich habe dich im Fernsehen gesehen. Ich habe alles falsch gemacht, Daddy. Ich habe so viel Scheiß gebaut.»

Er schloss die Augen. «Schon gut, Katherine. Alles wird gut. Wir kriegen alles wieder hin.»

«Ich vermisse dich und Mom. Ich vermisse euch, aber ich habe alles verbockt. Ich habe ein paar schlimme Sachen gemacht ...»

«Wir lieben dich, Katherine. Deine Mutter und ich haben dich so lieb. Ganz egal, was du getan hast, wir kriegen das wieder hin ...» Das Sprechen fiel ihm schwer. Tränen liefen ihm über das Gesicht.

«Ich will nach Hause. Bitte, Daddy, darf ich wieder nach Hause kommen?»

«Du lieber Gott, natürlich kannst du nach Hause kommen! Du kannst immer nach Hause kommen, Katy. Jederzeit.»

Bobby schloss die Augen wieder und schickte flüsternd ein Dankesgebet zum Himmel.

Weihnachten fing dieses Jahr etwas früher an.

DANKSAGUNG

Ein Buch zu schreiben, selbst wenn es Fiction ist, bedarf der Hilfe und Unterstützung vieler Leute. Folgenden Menschen, die ich um Rat gebeten habe (manche ständig und selbst spätabends), möchte ich für ihr Wissen und ihre Fachkenntnisse danken: Special Agent Supervisor Lee Condon vom Florida Department of Law Enforcement; den Special Agents Larry Masterson, Chris Vastine, Bob Biondilillo und Don Condon vom Florida Department of Law Enforcement; Marie Perikles, Esqu., vom Büro des Inspector General; Julie Hogan, Leiterin des Broward County Office of Statewide Prosecution; Special Agent Jeff Luders vom Federal Bureau of Investigation; Detective Joe Villa vom Broward Sheriff's Office; und zu guter Letzt Assistant Medical Examiner Reinhard Motte von der Gerichtsmedizin Palm Beach County, der selbst auf die scheußlichsten Fragen stets eine fröhliche Antwort parat hatte. Larry und Chris, danke, dass ihr immer ans Telefon gegangen seid, selbst samstagabends. Schön, dass ihr zurück seid!

Für eine ehemalige Staatsanwältin mit reichlich Erfahrung in Entführungsfällen und Sexualverbrechen sind zwei Töchter mit Handys – ein Teen und ein Twen – und ein Computer im Haus Inspiration genug, um über die erschreckenden Gefahren des Internets zu schreiben. Dafür muss ich ihnen wohl danken.